우리는 좋은 이웃

We Are Good Neighbors

주한미군 한국생활 체험수기
Essay by American Soldiers in Korea

문무사

We Are Good Neighbors

Published by Mun Mu Publications
Cheoni Bldg. 302-ho, 95-12, Euljiro 3-ga, Jung-gu, Seoul, Korea
Phone: 82-02-2272-6146

Printed in the Republic of Korea

ISBN 978-89-86009-22-4   03800

우리는 좋은 이웃

지은이   테디 C. 다투인 외
편집인   사단법인 한미친선군민협의회

1판 1쇄 인쇄   2007년 6월 7일
1판 1쇄 발행   2007년 6월 12일

발행인   김범수
발행처   문무사
　　　　서울시 중구 을지로 3가 95-12 천이빌딩 302호
　　　　전화: (02) 2272-6146 / 팩시밀리: (02) 2272-6145
　　　　E-mail: munmu@hananet.net

등록번호   제 201-00154호
등록일자   1978년 10월 23일

ⓒ2007. Munmu Publications

값   14,000원

ISBN 978-89-86009-22-4   03800

우리는 좋은 이웃

WE ARE GOOD NEIGHBORS

발간사

지난 2001년, 본 협의회 창설 20주년을 기념하면서 주한미군 한국생활수기 단행본 〈우정의 50년〉을 발간한 지도 벌써 6년이라는 세월이 흘렀습니다. 그동안에도 우리 협의회의 미군생활수기 공모 행사는 변함없이 계속되어, 주한미군 및 가족 약 500여 명이 수기 공모에 응모를 하였고, 그 중 36편의 수상작들이 새로 탄생했습니다. 그 결과 이렇게 두 번째 단행본인 〈우리는 좋은 이웃〉을 엮어내게 되었습니다.

짧은 6년이라는 세월이었지만 그동안 한미관계는 정부의 정책 변화로 여러 분야에서 많은 변화가 있었습니다. 많은 사람들이 변화해 가는 한미관계를 바라보면서 큰 우려를 하고 있는 것도 사실입니다. 그러나 이들 문제는 정부 당국자들의 생각에 따라 결정되는 정책의 문제들이기 때문에 우리가 개입할 여지가 없는 것입니다. 친선단체인 우리가 할 일은 주한미군이나 그 가족들이 어떤 생각을 하고 있는지, 그들이 바라보는 한국은 어떤 모습인지를 이해하는 것입니다.

인간관계란 소통입니다. 저는 이러한 작은 소통과 상호이해가 모여 나라 간의 선린관계를 만든다고 믿습니다. 그리고 이것이 '좋은 이웃' 이 될 수 있는 길이 아닌가 생각합니다. 그런 의미에서 우리가 하고 있는 이 생활수기 공모전은 큰 의미가 있는 것입니다.

두 번째 주한미군 생활수기 단행본 발간을 기쁘게 생각하며, 첫 번째 공모전부터 계속해서 수기를 심사해 주고 있는 메릴랜드대의 한국분교 교수님들과 출간 관계자들의 노고에 감사드립니다.

박 정 기 회장
한미친선군민협의회

Editorial

Six years have passed since Korea Corporate Members of AUSA had published its first edition of the collection of essays by American soldiers and their families under the title of *Fifty Years of Friendship*. It was published in 2001 on the occasion of its 20th anniversary. Annually, about 500 soldiers and their families participate in the essay contest sponsored by KCM. Since its publication of the first edition, 36 award-winning essays have been waiting for the publication of the second edition under the title of *We Are Good Neighbors*.

In the rather short period of six years, there have been considerable changes in the relationships between Korean and American peoples influenced by the changes in policies by the two governments of Korea and USA. It is true that many people are worried about the changes of the relationships of our two countries. Since the changes are influence by the policies of the two governments, there is no room for the commitment of friendship organizations like ours. What we can do is to understand what American soldiers have in their minds about Korean people.

Human relationship is reciprocal. I believe that mutual understanding and the way people react with each other in our daily life are the basis of good relationship of our two peoples, and these lead to being good neighbors. In this regards, our efforts to sponsor the essay contest are meaningful.

I am pleased to publish the second edition of the collection of essays by American soldiers and their families. Taking this opportunity, I would like to express my appreciation to the professors of University of Maryland and staff members of Korean Chapter of AUSA who made possible the publication of the essay collection.

Jung-Ki Park

President I Korea Corporate Members of AUSA

▎추천사

    한미친선군민협의회에서 발간하는 주한미군 및 가족의 수필집 〈우리는 좋은 이웃〉의 축사를 쓰게 되어 큰 영광입니다. 이 수필집은 제 2 권으로서 한국에 근무하는 미군의 수필을 훌륭하게 엮은 책이며, 한미친선군민협의회가 주최한 수필 경연대회의 수상작품 중 2001년부터 2006년까지의 수필을 모은 것입니다.

    이 책에 포함된 수필 공모 당선작품들은 가장 훌륭하고 당당한 주한미군과 가족들이 썼으며, 그들이 동맹국인 한국에서 근무하고 생활하면서 경험한 것들을 표현한 것입니다. 이 수필들은 한국과 미국 간의 훌륭한 관계를 표현하고 있으며 동맹관계를 지원하는 바로 그 토대를 표현하고 있습니다. 병사들이 이와 같이 중요한 활동에 참여하고 있을 뿐만 아니라 위대한 나라인 한국의 평화와 안전 그리고 동북아의 안정을 유지할 수 있도록 도움을 주고 있다는 데 대하여 감사를 드립니다.

    연합군의 팀을 이루고 있는 육·해·공군 및 해병대와 그들의 가족에게 헌신적으로 기여하고 참여하며 끝없는 지원을 베풀어 주고 있는 한미친선군민협의회에도 감사를 드립니다. 협의회 회원들의 훌륭한 기여는 한미 간의 굳건하고 지속적인 동맹을 뒷받침하고 있습니다. 이 단체와 이와 유사한 많은 단체들의 지속적인 헌신 덕분으로 우리의 파트너 관계는 21세기 전반에 걸쳐 자유와 민주주의 및 번영하는 대한민국의 중추적인 역할을 맡을 것입니다.

    본인은 훌륭하고 사려 깊은 대한민국 국민들에게 감사드립니다. 귀 협회가 우리 군인과 가족들에게 보여주는 온정과 환대는 우리의 한국 생활에 훌륭하고 지속적인 추억을 마련해 주고 있습니다. 이러한 훌륭한 추억들이 이 수필집의 수상작품 속에 잘 반영되어 있으며, 지속적인 한·미 양국 국민들 간의 역사적인 관계를 가장 잘 설명하고 있습니다. 우리는 진정으로 함께 가고 있습니다! 같이 갑시다!

B. B. 벨 대장
주한미군 사령관

Congratulatory Remarks

It is my great honor to provide the introduction to the Korea Corporate Members of the Association of the United States Army (AUSA) Korean Chapter's book titled, "We Are Good Neighbors". This book is the Second Edition of its kind, and is comprised of a wonderful compilation of essays written by United States Army Soldiers stationed in the Republic of Korea who participated in the Korea Corporate Members of AUSA Korea Chapter Annual Essay Contests from 2001 to 2006.

The award winning essays contained in this publication have been written by our best and brightest Soldiers, expressing his or her experiences while serving and living with our Korean Ally. These essays exemplify the outstanding relationship between the Republic of Korea and the United States by expressing the very foundation that supports the Alliance. I thank each of these Soldiers for not only participating in important activities like this, but also for the selfless contributions they make in helping the great country of Korea maintain peace and security on the peninsula, and stability in Northeast Asia.

I would also like to graciously thank the Korea Corporate Members of the AUSA Korean Chapter for their dedicated involvement, commitment, and endless support to the many Soldiers, Sailors, Airmen, and Marines and their families from our combined defense team. The incredible contributions by the Korea Corporate Members have made the ROK-US Alliance strong and enduring. With the continued dedication from their organization and many others like it, I know our partnership will remain the centerpiece of a free, democratic and prosperous Republic of Korea throughout the 21st Century.

I take great pleasure in concluding these comments by thanking the beautiful and caring people of the Republic of Korea. The warmth and hospitality you provide to our Servicemembers and their families have filled their experiences in Korea with many fond and lasting memories. These great memories are reflected in the award winning essays published in this book, and best describe the enduring nature of the historic relationship between the peoples of the Republic of Korea and the United States of America. We truly Go Together!

Katchi Kapshida!

GEN B. B. Bell
Commander I UNC/CFC/USFK

차례 | Contents

발간사 | Editorial — 5
추천사 | Congratulatory Remarks — 7

2006

Reaching Out and Making a Difference — 15
마음을 열면 다른 세상이

A Home Away from Home — 28
가족을 떠난 새로운 터전

Watercolor Korea — 44
수채화 같은 한국

The Three Heroes in My Travel — 52
고마운 세 사람

A Story to Tell — 65
들려주고 싶은 이야기

Limitless Identity — 71
구속 없는 자아의식

2005

Married to the Clan — 79
전통 대가족 집안과의 결혼

Korean Service: The Ties that Bind — 89
한국 근무로 맺은 인연

The Subway — 99
지하철

Korea: A 21st Century Dynamism — 113
21세기 한국의 역동성

My Job as An Interpreter is to Communicate. — 123
통역병의 임무는 의사소통

Full Circle 132
긴 여정의 완결

2004 An Eternal Experience 144
영원한 추억

A Day in Korea 154
한국에서의 하루

Third Time is a Charm 163
매력적인 세 번째 근무

The Rooster 176
수탉

A Spoonful of Korea Leads to More 188
한국에서의 교훈

Wonderful Experiences 199
훌륭한 경험

2003 Namsan Tower 207
남산타워

If You Really Want to Understand a Man 217
당신이 진실로 어느 한 사람을 이해하고자 한다면

Reunion 228
재회

Our Friends In War and Peace 243
전시나 평시나 우리는 친구

My Life as a Korean American
Soldier in a Foreign Country 251
한국계 미군이 겪은 한국생활체험

Manjokhamnida
(Contentment · Satisfaction) 263
만족합니다

2002 Wasu-ri 271
와수리

I am Korean in Sprit 279
나의 마음은 한국인

Life in Korea, A Wonderful Experience! 288
멋진 체험, 한국생활

My Korean English Class of 2002 296
2002년 나의 한국 영어교실

Growing with Korea A Country and A Man 306
한국과 더불어 성장하다

Water Then Worship 319
억수 같은 물벼락과 예불

2001 Interesting and Educational Life in Korea 332
신기한 한국 생활

Where were You? 340
당신은 어디에 있었는가?

Korea is What You Make of It   348
한국, 바로 내가 만들기 나름

Interesting Experience in Korea   356
신나는 한국 체험

Life in A Strange City   369
낯선 도시에서의 생활

The Typical Courtesy of Koreans   380
한국인의 친절

Reaching Out and Making a Difference

CW4 (P) Teddy C. Datuin
1st Signal Brigade

Living in Korea, for me, is like being at home, though it's a home far away from home. As a geographical bachelor, separated from my wife and three children living in California by the vast expanse of the oceans, I find comfort and joy from my good neighbors here in Korea - my Korean, Filipino, and American friends. My family, especially my wife, also finds comfort and joy, knowing that I have good neighbors and very good friends.

If it's not for these good people, my life in Korea would have been dull and routine. Yes, there are a lot of things to do and places to go here in Korea that will take the stress and the anxiety of being in a foreign land and being away from your loved ones. But there's a big difference when you really feel at home doing the things you want to do and going to the places you want to see here in Korea with a group of friends, especially my Korean friends, compared to doing them on your own or with a group of unknowns.

Twenty four years ago was my first tour here in Korea. As I look back, that was my very long one year tour ever. My second Korean tour, 10 years later, was my "shortest" one year tour ever, thanks to the back-to-back field training exercises my unit participated in throughout the whole year. Twelve years since my last Korean tour, I got orders for Korea for a third tour. It was not what I was hoping for and I was not looking forward to it.

That was then and almost three years later, I'm still here in Korea, doing the best I can to perform my duties and enjoying my Korean tour like I never did before. What makes me feel at home here and adds color to my daily routine?

Reach out and touch and the windows of opportunities will open up. That's what I have been doing since I got here for my third tour last January 2004. Enrolling in the Army Community Services (ACS) Korean Language Class program in January 2004 opened my eyes and my mind into a new world of opportunities here in Korea.

The Korean Language Class taught me how to read and write Hangul, the Korean alphabet, and taught me a little bit of Korean history and culture. However, working closely with Michael Lee, a long time ACS Korean Language Class instructor, I have been learning Korean language, history, and culture, not from books, but from the Korean people.

By reaching out to the Korean people and touching their lives, I made a lot of friends and made my life in Korea a little easier and very rewarding. Since February 2004, Michael Lee and I have been organizing a joint American Korean cultural and friendship tours. We call this program, The Saturday Tour Program and associate it with the United States Forces Korea (USFK) Good Neighbor Program (GNP).

Hundreds of American and Korean lives have been affected by The Saturday Tour Program since its beginning and continues until today. Newly arrived Americans, military and civilian, are the main American participants for this joint tour, while Korean university students and Korean elementary and high school students are the main participants on the Korean side. Americans bringing their whole family and Korean mothers accompanying their young children, make up this joint tour group on many occasions.

For Eddie and Sandy, a civilian couple from California, a group of ten Korean university students they had bonded friendship with through The Saturday Tour Program, became their "adopted" children. "These are my children," Sandy always said whenever we were together on a tour or at a party at her house. Sandy and Eddie also have six very good Korean mother friends that have been participants of the joint Saturday tours.

"I don't know why, but I always looked forward to Saturdays," said Lisa, a United States Navy servicemember, whenever I called her reminding her about the upcoming Saturday tour. Joy, a young nurse at the 121 Hospital, never expected that she will be treated to a unique birthday celebration by the Korean university students during one of the tours. That was my first time to witness how the Koreans celebrate a birthday and it was a pretty and happy occasion.

For Jessee, a United States Army servicemember, it was a tearful farewell when he departed Korea for his next stateside assignment. "I wish I have known you earlier. I wish I have joined these tours earlier," Jessee told the group of Korean university students who organized the farewell party for him. "You're all my very good friends. I will miss you a lot and I will never forget you," Jessee concluded as we all wished him the best.

Eddie, Sandy, Lisa, Joy, and Jessee have all left Korea now but still maintain contacts with our Korean friends. I get asked a lot by our Korean friends how our American friends who had already left are doing. I get asked, in turn, by some of our American friends who had left how our Korean friends here are doing. The stories of these Americans and Koreans who had cemented good friendships are a few examples of many more and the cycle continues.

A new group of Americans and a new group of Koreans have bonded their friendships through The Saturday Tour Program. Then, the

Americans leave. Brian, a civilian, Resti, a United States Air Force servicemember, and Mac, a United States Army servicemember had recently left for their new assignments. Every Korean that they had reached out and touched missed them so much. I know, because they always asked me how these good Americans are doing every time we get together on a Saturday tour or during an English Class Program session.

Reaching out and making a difference can bring wonders and help me bring out my hidden potentials. Through The English Class Program, another GNP related activity that Michael Lee initiated and I have been fully supporting, I am not only touching the lives of some Korean adults, university students, and young children, but I have been enriching my own self literarily and personally.

Currently, aside from the regular Saturday tours I participate in, I volunteer teach Basic English to a group of Korean university students and adults once a week. It used to be twice a week and also on Saturday afternoons. I also volunteer once in a while on a weekend to teach English to a group of Korean children. What the record shows on these English classes is that it takes a little encouragement to let the students feel more comfortable on their abilities to express themselves, especially for those who had never spoken in English to a foreigner.

"I was so shy and felt embarrassed to speak in English at first," said Christine (her English name), a third year Ewha Women's University student. "I found the atmosphere in this English class more relaxing," added Hanna, Christine's friend whom she introduced to the program. Both university students, along with three other students from different universities, are now volunteering teaching Korean language class to Americans.

Both The Saturday Tour Program and The English Class Program have benefited a few Korean university students landed good jobs. These students attributed gaining confidence in their leadership and communication skills with their frequent dealings with Americans. To Skylar (his English name), his over a year participation in both programs prepared him for his successful summer studies in California and his recent employment with a top high tech Korean firm.

Not only has the Korean students benefited from the two GNP related programs that I participate in, some of the Korean mothers and adults also benefited. Laura, Rosa, and Chris (their English names) feel so comfortable now with Americans and with their own abilities to express themselves in English, now volunteer also as Korean language class instructors.

Here in Korea, there are a lot of U.S. citizens or immigrant Filipino Americans in the military and civilian sectors. More are married to Americans. There is also a lot of non U.S. citizen or non U.S. immigrant Filipinos in Korea who work as contractors or are part of the Korean labor force. Filipinos are almost everywhere in a major city anywhere in the world. And one thing is almost always a certainty; they will always have some weekend fun gathering.

But after several months of observing and wondering why there wasn't a single get together that I was aware of, except for the weekly Filipino Friendship Bowling League in Yongsan, I organized the largest get together of all Filipinos, Filipino Americans, along with Korean and American friends and including all family members and their friends.

That first gathering and potluck picnic was attended by almost 500 people from all over Korea that filled Picnic Areas 1 and 2 on Yongsan's South Post. Because of the great success of that Labor Day weekend potluck picnic, a Christmas party was held next. That party surpassed the expectation of everyone that attended which filled the entire ground floor of the Embassy Association Club building on South Post. Over 450 people showed up and had a good time with lots of food to spare and lots of happy memories embedded in everyone's hearts and minds.

Other Filipino American (Fil Am) type events had followed with equal successes, like the first Fil Am Easter Egg Hunt and picnic. For the first time also, we had the first participation of the Filipino American community in Yongsan during the Asian Pacific Islander (API) month. It was again a huge success that Area I and Area II requested for my assistance. Unfortunately, I wasn't able to assist those areas but was able to assist the Yongsan Commissary successfully celebrated API month at the commissary.

Human nature calls for a sense of belonging and a sense of friendship. Whether participating in a GNP related program like The Saturday Tour Program or The English Class Program, or volunteering to organize events to bring people together for friendship, camaraderie, and a sense of belonging, I find satisfaction and pride in knowing that I had done something or that I'm doing something that touches somebody's life.

The Saturday Tour Program affords me the chance to see Korea and meet the people on a real time basis and through the eyes of very good Korean friends. This program also enables me to play even a small part in reassuring newly arrived Americans that Korea is truly an assignment of choice.

The English Class Program enables me to impart a little bit of Americana to Koreans and to encourage them that they can express themselves in English to any foreigner. This program also enhances my own quest of learning the Korean language as I occasionally asked the students the Korean meaning of some of the English words or phrases that I taught them.

Organizing events so people can get together for fun, friendship, and camaraderie is not an easy task, but the reward of knowing that people had fun, had met new friends, and had renewed old friendships is just amazing. Having events like this, where people feel all equal regardless of social and ethnic status, strengthens the bonds of togetherness.

Americans, Koreans, and Filipinos have a taste of each other's culture through each other's food, music, and customs through these events. And I always feel like doing another joint event whenever people tell me, "Thanks for bringing us together. Thanks for a great event."

Reaching out and touching someone's life is what makes my life here in Korea a little easier, meaningful, and more rewarding. Giving a little back to the community is what I hope to continue doing. It is the right thing to do; it is being a good neighbor.

My family is in San Diego, CA. This is my third tour in Korea, arriving here in January 2004. I was at Camp Carroll in 1981 and at Camp Casey in 1991. My DEROS date is January 2008 but expecting to retire in July 2008.

마음을 열면 다른 세상이

테디 C. 다투인 일등준위
제1통신여단

나에게 있어 한국에 산다는 것은 비록 원래의 집과는 멀리 떨어져 있지만 집에 사는 것과 다름없다. 넓은 바다를 사이에 두고 아내와 아이들은 캘리포니아에 살고 있지만, 지리적인 독신자로서, 나는 여기 한국에서 좋은 이웃인 한국인, 필리핀인 그리고 미국 친구들과 함께 안락하고 즐겁게 살고 있다. 내 가족들, 특히 나의 처도 내가 좋은 이웃과 매우 훌륭한 친구들과 같이 있다는 것을 알고 안도와 기쁨 속에 살고 있다.

이러한 좋은 사람들이 아니었더라면 나의 한국 생활은 무미건조하고 일상적이었을 것이다. 그렇다. 여기 한국에서는 할 일도 많고 갈 곳도 많지만 외국에서 산다는 것, 그리고 사랑하는 사람들과 떨어져 있다는 스트레스가 따른다. 많은 친구들, 특히 한국인 친구들과 하고 싶은 일을 하고 가보고 싶은 곳은 가면서 집에 있다는 느낌을 가지는 것과, 낯선 사람들 속에서 혼자 시간을 보내는 것 사이에는 큰 차이가 있다.

나의 한국 생활은 24년 전에 시작되었다. 돌이켜 보면 첫 한국 근무는 매우 길게 느껴졌던 한 해였다. 그로부터 10년 후 두 번째 한국 근무는 내 소속 부대가 참여했던 일 년 내내 계속되는 야전훈련 덕분에 '가장 짧은' 한 해였다. 그로부터 12년 후, 나는 나의 마지막 한국 근무를 명받았다. 그것은 내가 희망하던 것이 아니었으며 기대하던 것도 아니었다.

그때 그리고 3년 후에도 나는 그 이전에 경험하지 못했던 그런 모습으로 내 임무를 수행하고 한국 근무를 즐기면서 한국에 살고 있다. 무엇이 나를 편하게 만들고 있으며 내 일상생활을 다양하게 하고 있는 것일까?

눈을 뜨고 보라, 그러면 기회의 창이 열릴 것이다. 이것이 지난 2004년 1월에 내가 세 번째 한국 근무를 위해 도착한 이후 경험한 것이다. 2004년 1월에 내가 육군 공동체 서비스(ACS) 단체의 한국어 프로그램에 등록한 것은 여기 한국에서 새로운 기회의 세계로 내 눈과 마음을 열게 만들었다.

한국어 과정을 통해 나는 한글을 배웠고 한국 역사와 문화를 조금이나마 배우게 되었다. 그러나 ACS에서 오랫동안 한국어를 가르친 마이클 리와 가깝게 지내면서 나는 책을 통해서가 아니라 한국사람들을 통해 한국어와 역사 그리고 문화를 배우게 되었다.

한국사람들에게 다가가 그들의 생활을 접하게 됨으로써 나는 많은 한국 친구들을 사귀게 되었고, 이것은 나의 한국생활을 더 쉽게 그리고 보람있게 만들었다. 2004년 2월 이후로 나와 마이클 리는 한미합동 문화우정여행모임을 조직했다. 우리는 이 프로그램을 토요일 방문 프로그램이라 불렀고 주한미군의 좋은이웃 프로그램과 연계시켰다.

이 프로그램이 시작된 후로 수 백 명의 한국인 및 미국인들이 토요일 방문 프로그램의 영향을 받았고 이것은 아직도 계속되고 있다. 새로 한국에 도착하는 군인 및 민간인 미국인들이 주로 이 합동 여행 프로그램에 참여하고 있고, 한국 측에서는 대학생과 고등학생 및 초등학교 학생들이 참여하고 있다. 수차례에 걸쳐 미국인들은 전 가족들을 데리고 왔고 한국의 어머니들은 아이들을 데리고 이 합동 여행 단체에 참가했다.

캘리포니아에서 온 에디와 샌디 부부는 토요일 방문 프로그램을 통해 친구가 된 한국 대학생 10명을 '양자'로 삼았다. 우리가 함께 여행을 하거나 그들의 집에 초대 받을 때마다 그들은 이들 한국 대학생들을 '우리 아이들'이라고 소개했다. 샌디와 에디 부부는 합동 토요일 방문프로그램에 참여한 매우 훌륭한 여섯 명의 한국인 어머니들과 친구가 되었다.

매주 토요일 예정된 행사에 관해 전화할 때마다 미 해군 수병인 리사는 "왠지는 모르지만, 나는 항상 토요일을 기다리고 있다"라고 말한다. 121 병원의 젊은 간호사인 조이는 토요일 방문 프로그램의 일환으로 한국 대학생들로부터 특이한 한국식 생일잔치에 초대받게 될 것이라고는 전혀 생각도 못했었다. 나는 이때 한국인들이 생일을 어떻게 보내고 있는지에 관해 처음으로 경험했으며, 그것은 매우 멋있고 즐거운 행사였다.

미 육군 병사인 제스는 본국 근무 발령으로 한국을 떠날 때 눈물겨운 작별을 고했다. 한국 대학생들이 송별연을 열어주었을 때, 제스는 "당신들을 좀 더 일찍 알았더라면 좋았을 텐데. 그리고 여행 프로그램에 더 일찍 가입했으면 좋았을 텐데"라고 말했다. 우리 모두가 잘 가라고 말하자 제스는 "당신들은 나의 좋은 친구다. 여러분들을 보고 싶을 것이다. 결코 여러분들을 잊지 않을 것이다"라고 말했다.

에디, 샌디, 리사, 조이, 그리고 제스는 이제 모두 한국을 떠났다. 그렇지만 그들은 아직도 한국 친구들과 연락을 하고 있다. 한국의 친구들은 한국을 떠난 미국 친구들이 어떻게 지내고 있는지 나에게 묻고 있으며, 한편 미국 친구들도 나에게 한국 친구들이 어떻게 지내고 있는지 묻고 있다. 견고한 우정을 맺은 미국인과 한국인들에 관한 이야기는 많은 사례들 가운데 일부에 불과하며, 이러한 이야기들은 계속 이어지고 있다.

새로운 미국인들과 새로운 한국인들이 토요일 프로그램을 통해 우정을 맺고 있다. 그리고 미국인들은 떠난다. 민간인인 브라이언과 미 공군 병사인 레스터, 미 육군 병사인 맥은 최근에 새로운 근무지를 찾아 한국을 떠났다. 이들과 인연을 맺었던 모든 한국인들은 그들을 그리워한다. 토요일 방문 프로그램과 영어시간에 우리가 만날 때마다 한국 친구들은 항상 미국 친구들이 잘 지내고 있는지 묻기 때문에 나는 이에 관해 알고 있다.

마음의 문을 열고 다른 세계를 경험하는 것은 경이로운 것이며 나의 숨겨진 잠재성을 알게 해 준다. 마이클 리가 시작했고 내가 지원한 좋은 이웃 프

로그램과 관련된 영어 프로그램을 통해 나는 한국의 성인과 대학생 및 아이
들의 생활을 알 수 있게 되었을 뿐만 아니라, 말 그대로 그리고 개인적으로
내 자신을 풍요롭게 만들 수 있었다.

현재 내가 참여하고 있는 정기적인 토요일 방문 프로그램 외에도 나는 자
발적으로 일주일에 한 번씩 대학생들과 성인들에게 기초영어를 가르치고 있
다. 그 전에는 주당 두 차례 그리고 토요일에도 이러한 활동에 참여했다. 나
는 그 외에도 가끔 주말에 어린이들에게 영어를 가르쳤다. 영어교육 기록부
를 참조해 보면 한국사람들에게, 특히 외국인들에게 영어로 대화를 해 보지
못한 사람들에게 자신의 생각을 영어로 표현하는 데 있어서 자신감을 갖게
하려면 약간의 격려가 필요하다는 것을 알 수 있다.

크리스틴이라는 영어식 이름을 가진 이화여대 3학년 학생은 "영어로 말하
는 것이 처음엔 너무 부끄러웠고 당황스러웠습니다"라고 말했다. 크리스틴
이 영어교실을 소개하여 데려온 한나는 "영어교실의 분위기가 매우 자연스
럽다"고 말했다. 이 두 대학생과 3명의 다른 대학교 학생들은 자원하여 미국
사람들에게 한국어를 가르치고 있다.

토요일 방문 프로그램과 영어 교실을 통해 몇 명의 한국 대학생들은 좋은
직장을 구했다. 이 학생들은 미국인들과 자주 접촉하면서 지도력과 대화술
에 자신감을 가지게 되었다고 한다. 영어로 스카이라라고 불리는 학생은 이
러한 계획에 1년 이상 참가하여 캘리포니아에서 여름학기를 성공적으로 마
쳤으며 최근에 한국의 유수한 하이테크 회사에 취직했다.

한국에는 미군부대와 미국인 민간 분야에 많은 미국인들과 필리핀계 미국
인들이 살고 있다. 많은 사람들이 미국인과 결혼하고 있다. 또한 미국 시민
권자가 아닌 또는 미국 이민자가 아닌 필리핀 사람들이 미 정부의 계약직으
로, 또는 한국의 외국인 노동자로 한국에 살고 있다. 필리핀 사람들은 세계
의 많은 주요도시에 살고 있다. 한 가지 분명한 것은 이들이 항상 주말에 함
께 모여 시간을 보낸다는 것이다.

나는 몇 주일 동안 이들을 지켜보면서 용산의 주말 필리핀 볼링 단체 외에

는 단 한차례의 모임도 없다는 사실을 알게 되었다. 그래서 모든 필리핀 사람들과 필리핀계 미국인 및 한국과 미국의 친구들과 가족, 그리고 그들의 친구들이 모일 수 있는 큰 규모의 사교 모임을 조직했다.

첫 번째 모임인 단체 피크닉에는 한국 전역에서 500여명의 사람들이 용산기지 사우스 포스트의 두 곳에 있는 피크닉 공간을 가득 채웠다. 노동절 주말의 팔럭(Potluck, 각자 음식을 가져오는) 피크닉이 크게 성공하자 크리스마스 파티가 계획되었다. 이 파티는 모든 사람들의 기대 이상으로 성공하여 사우스 포스트의 엠버시 클럽 1층을 가득 채웠다. 450 여 명이 모여 즐겁게 보냈으며 음식이 남을 정도였고, 모인 모든 사람들의 마음속에 즐거운 추억들을 담게 되었다.

그 외에도 부활절 계란 찾기와 피크닉과 같은 필리핀계 미국인 형태의 행사들도 매우 성공적으로 개최되었다. 최초로 아시아 태평양 제도(섬) 주간 행사 기간에 용산의 필리핀 계 미국인 공동체가 참여했다. 이 행사가 크게 성공하여 제1지역과 2지역 단체들이 나의 협조를 요청했다. 불행하게도 나는 이러한 지역에 도움을 줄 수는 없었다. 그러나 나는 용산기지 슈퍼마켓의 아태지역 제도 월간행사를 성공적으로 개최하는 데 도움을 주었다.

인간은 본래 소속감과 우정이 필요하다. 좋은이웃 프로그램과 관련된 토요일 방문 프로그램이나 영어교실에 참여하거나 우정과 동질감 및 소속감을 위한 행사에 사람들을 모이게 하면서 나는 무엇인가 해냈다는, 사람들이 서로 접촉하게 만드는 일을 해냈다는 것을 알게 되어 만족감과 자부심을 느끼게 되었다.

토요일 방문 프로그램은 나에게 실제로 한국사람들의 눈을 통해 한국을 보고 사람들을 만날 수 있는 기회를 주었다. 이 프로그램은 처음으로 한국에 도착하는 미국인들에게 한국 근무가 잘 선택한 근무라는 것을 확인해주는 데 있어서 내가 조금이나마 역할을 했다는 것을 깨달았다.

영어교실은 한국인들에게 조금이나마 미국을 알리게 하였고 한국인들에게 영어로 외국인들과 의사소통을 할 수 있도록 했다. 이 프로그램을 통해 나는 영어를 가르치면서 영어 단어나 표현을 한국어로 어떻게 표현하는가를 학생들에게 물으면서 내 한국어 실력을 향상시켰다.

사람들이 모여 즐기고 우정을 나누고 동질감을 느끼게 하도록 행사를 주선하는 것은 결코 쉬운 일이 아니다. 그러나 사람들이 즐기고 새 친구들을 만나고 오랜 우정을 다짐하게 한다는 것을 알게 되어 보람을 느끼는 것은 경이로운 것이다. 사회적인 그리고 인종적인 배경과 무관하게 서로 평등하다는 것을 느끼게 하는 이러한 모임들을 갖는 것은 유대감을 강화시켜 준다. 이러한 행사들을 통해 미국인과 필리핀인 그리고 한국인들은 음식과 음악과 풍습을 알게 되어 서로의 문화를 이해하게 된다. 그리고 나는 항상 "이런 모임을 주선해 주어서 고맙다. 훌륭한 행사였다"라고 사람들이 말할 때마다 비슷한 행사들을 주선하고 싶은 생각을 갖게 된다.

마음을 열고 다른 사람들을 알게 되는 것은 나의 한국 생활을 더 편안하고, 의미 있고, 보람 있게 한다. 지역사회에 무언가 조금이나마 기여한 이러한 일들이 내가 계속하고 싶은 일들이다. 이것은 옳은 일이다. 이것은 훌륭한 이웃이 되는 것이다. End

가족은 캘리포니아 주 샌디에이고에 살고 있음. 한국에 세 번째 근무하고 있으며 2004년 1월 한국에 도착했음. 첫 번째 근무는 1981년에 Camp Carrol에서 했고, 두 번째 근무는 1991년 Camp Casey에서 했음. 2008년 7월에 전역할 예정임.

A Home Away from Home

Kathleen Ruth Gines Walsh
Wife to SSG Jeffrey Jon Walsh

When I was a child, I always looked forward for weekend nights. My grandmother would let me help out with making dinner while we listen to my beer intoxicated grandfather's harmonica and never ending stories. Fairy tales, haunted houses, horror stories and fantasias were nothing compared to my grandfather's war stories; feuding countries, the Holy War, the Spanish Colonialism, the British Imperialism, the Japanese Occupation, the American Regime and the battle of Korea from the Japanese invasion.

At an early age of 8, I had my first experience of Korea through my grandfather. While other children request for magical stories, I asked for real life ones. While my playmates were waiting for a fairy god mother to take them to Disneyland and meet Mickey Mouse, I was praying for a magic carpet to take me to Korea, where according to my grandfather, real kings, queens and palaces existed once upon a time.

My grandfather never went to war, but most of his friends did. When Korea won back its democracy in 1953, grandpa's friends made it back home to our homeland with unforgettable experience of Korea and fond memories with its people.

My grandfather never got tired of telling how his friends were taken cared of by Korea's hospitality. During cold winter nights, they were served with "chicken ginseng rice soup" (I believe it is called samgyettang in Hangeul) and some fish or beef broth to keep them warm. On hot summer days, the villagers would offer them "spicy pickled cucumber" ("oi"), pickled radish and the kimchi cabbage.

With the friendship and camaraderie that has flourished between grandpa's friends and the Korean people despite the language barrier; my grandfather has developed a deep respect for Korea. He talked about Korea with so much enthusiasm that would make anyone believe he was at the war too. He spoke about Korea with intense passion and pride. He boasted about his friends' experience with Korea's culture, nature and hospitality. Little did he know that someday, his granddaughter would experience more of what the Land of the Morning Calm could offer.

During my senior year in college, I met Choi, Yuri, a foreign exchange student. Yuri was having difficulty with catching up with her classes and she was too shy to ask anyone for help. When I found out she was Korean, I did not waste anytime to offer my help with her studies. It was almost like I heard my grandfather's voice telling me how his friends were treated well in Korea and this time it's my turn. Yuri and I met once a week at lunch time, by the university theater cafe. I patiently go through her notes and explain anything and everything she has difficulty in understanding. Every time our session ends, she brings out a rectangular container with Korean scriptures on the lid and hands me a pair of chopsticks. With our giggles and smiles, we start our lunch by saying, "It's Kimbap time!" I always enjoyed "Kimbap time" with Yuri. Beyond the seaweed, rice, ham, cheese and radish of kimbap, we get to talk about our families, our friends, our cultures, our dreams and ambitions. I asked her once to teach me how to make kimbap and she said, "You cannot learn how to make kimbap unless you learn how to greet in Korean".

After a year, I was able to make use of what Yuri taught me.

I came to Korea in 2003, without any knowledge of Korean custom, without knowing the Korean language but with a pocketful of dreams, a bagful of prayers, Yuri's seminar on how to greet in Korea (bow your head as you say "Anyonghaseyo") and my childhood memory of my grandfather's stories and passion for the Land of the Morning Calm. At some point, that memory gave me enough courage to start a new horizon of my life in Korea.

I am very much impressed of Korea's structure. It is only in this country that I have witnessed nature and technology entwined with each other. In Seoul city alone, trees are found all over the sidewalks and in between newly built establishments. Rolling hills and valleys that would lead to world class ski resorts and amusement parks. Sky rise high apartments located in the middle of green fields. The stream of Cheongghe River found in the middle of Seoul drew me back with its architectural structure; lights were planted along the riverbanks and miniature bridges with blue neon lights in the middle. Anywhere in the Korea you may meet a hip dressed teenager with gel firmed colored hair listening to whatever beat his MP3player, very liberated and contemporary looking, but would voluntarily give up his seat on the train to an elderly or readily bow to give respect to anyone. The western modernization meets up with the country's eastern culture and conventional traditions. While Korea rises up with its industrialization and economic upheaval, its culture and customs become richer and well preserved.

Korea has been the silent witness of my new beginnings, the serene observer of the ups and downs I went through trying to stand independently as a young adult; the quiet spectator of my love story with an US army soldier; and the joys of my motherhood. My husband and I got married in Seoul city hall. After the signing of marriage contract, we had the opportunity to wear the Korean traditional wedding dress (Hanbok). We took pictures and sent it to our relatives back home. My grandmother told me that she cried when she saw the wedding picture, not because her granddaughter just got married but because it reminded her so much of my grandfather's zeal for Korea.

I gave birth in a Korean hospital. The language barrier did not stop the medical staff in helping me and making sure I had all I needed. I had cesarean section birth procedure and for that I had to stay in the hospital for a week and my baby had to stay in the nursery with the nurses. In my room, a nurse would come and check me every two hours. We could not understand each other but we tried to communicate anyway. At meal time, two elderly nurses would come to my room, one will help me sit up and the other will feed me rice and seaweed soup. After each meal, another nurse comes to my room and cleans me up. She gently wipes me with warm washcloth and changes my bed covers while the two nurses assist me as I get off and go back on the bed. It was a heart warming experience, it brings smile to my face every time I remember it. I felt like I was a family to them.

Another unforgettable experience in Korea, that never failed to warm my heart, happened in 2004. My husband and I both work. He goes to Camp Red Cloud every morning and comes home every night. We live around Camp Casey and that is 45 minute drive from our home to his work. We entrusted our then one year old son to daycare "sonsaengnims" (teacher). The daycare bus picks him up at 10:30am then drops him off at 6:20pm. My husband or I have to be home before the bus gets to our house, but one day, neither of us made it on time. I had to call for our landlord and ask him to meet my son at the gate (we have a duplex like house, they live next to us) and keep him company until I get home. It was winter and I was worried that my son would not be warmed enough. When I got home, I immediately went to our landlord's house and asked for my son. The landlord's wife invited me inside their home. I took my shoes off and followed her to her kitchen still wondering where my son is at the moment. Then I saw my son seated on the old man's lap, eating kimbap and paying real attention to what the old man was saying. Our landlord was telling him the story of Korea's battle for freedom during the 1950's. He was saying, "You know, I use to be a soldier too like your dad. I climbed mountains and stayed in the forest for a long time and I was able to meet some American soldiers like your dad. Halabuchi (grandfather) is a good soldier too. And halabuchi (grandfather) have many American friends like your dad". I smiled with the sight, not because I knew that my son does not understand most of what halabuchi was saying and still appears to do anyway, but because it gave me a flash of deja vu on those weekend nights I spent at my grandparents' kitchen listening to war stories. The kimbap that my son was eating reminded me of my friend Yuri. The kimbap experience with a friend and the Korean War stories with a grandfather; between my son and me, it was history all over again.

During winter that same year, I came down with flu. It was Friday, my day off from work. Usually, on this day, I would go out for errands and I would see our landlord on the porch having tea with his wife. We would have a short talk and he would always insist that I call them "halmoni" (grandmother) and "halbuchi" (grandfather). He said calling them "Mr. and Mrs." is not what family do. But on this day, it probably worried halmoni that she has not seen me yet and it was almost lunch time. At 1pm, she came knocking on my door. With bloodshot eyes, burning fever and weak joints I tried to manage to let her in. When she knew how sick I was, she went back to her house and fetched some warm water and wash cloth. She wiped my face, arms and legs with the warm washcloth. She gave me some ginseng tea that was supposed to warm my body, make me sweat and bring back my strength. She reached for my feet and rubbed them with some strong menthol smelling ointment. She said that she needs to rub my feet and hands to make my whole body warm. I felt so pampered; I dozed off without even noticing it. I woke up after 3 hours with the sound of my husband's voice talking to halmoni and halbuchi and the smell of something that made me feel hungry. Halmoni came in the room with a bowl of seaweed soup garnished with onions and tidbits of meat. She said, "Mogo, mogo" (Eat, eat.). My husband asked me to get dress so we can go to the clinic, but as I noticed the time, in about an hour, the daycare bus would be dropping off our son and there is no way we could make it home on time. Hearing our conversation, halabuchi interrupted us and offered to watch our son until we get back. I was hesitant because they have done so much already but halabuchi said, "Don't be shy, we're family here."

When we got back home and went to pick up my son from the landlord's house, I jokingly asked my son if he listened to war stories from halabuchi again, halabuchi answered, "Oh no, this time, he learned a Korean song". Amazed, I looked at my son and asked him to sing for me, he sang, "Panchak, panchak, chaguil pyeol…" (Twinkle, twinkle little star…) I thought it was impressive that he learned the Korean version before the English one. Before we left, halmoni gave me a small pot of rice soup with chicken and ginseng (samgyettang). She said it will make me feel better. That night, I could not help but think how I use to think that my grandfather was lucky for having friends who were able to experience the hospitality of Korea, but then I was luckier because I am able to have a taste of life in Korea, but still my son is the luckiest; he is being raised in Korea, by its people and with its culture.

My family has been living in Korea for four years now. For four years, my husband and I have taken every opportunity to explore the wonders of Korea's nature. From time and time again, my husband still experiences culture shock, but it does not bother him anymore, he has learned to live by the positive and disregard the negative. To overcome his cultural anxieties, I encouraged him explore and discover the bright side of Korea with me. We visited the Gyeongbokgung Palace and it gave us great pride and honor to walk inside the royal home. On four day weekends, we would drive down south or to the east coast of Korea and enjoy the graceful green lands and blue mountains. We climbed the Peaks of Soyo San to visit the Lost Buddha's Temple. The Buddha's temple in the middle of the forest gave me a taste of quick but heartfelt nirvana. Getting on top of the mountains and looking down the world behind was breath taking. It made me feel like the world was in my hands at that moment. It was that moment that I realized how much I have fallen in love for the natural beauty of this country.

At this point of my life, I wish my grandfather were here to see all these good things that are happening to me in this wonderful Land of the Morning Calm. He passed away when I was fourteen, cancer took him. On his last days, I spent my weekends by his bedside and listening, still, to his war stories. I remember him saying that he will die happy because he have done all the things he wanted to do, he have seen his family grow in love and harmony and he jokingly told me that he have told me all the war stories he wanted me to hear. Out of nothing I asked him, what about Korea, he was never able to go to Korea nor was he ever able to be friends with a Korean. He looked at me straight in my eyes and said, "I am not worried of that, I have you to pursue that journey for me".

Now, during weekends, I call my grandmother back home and tell her about all my adventures and encounters here in Korea. And while she sits by her kitchen table preparing dinner with my younger cousins, I tell her that we have yet to conquer the peaks of Sorak San; visit Jeju Island; witness a South Korean soldier stand face to face a North Korean soldier at the DMZ. I call her to share some Korean recipes that will surely please her meticulous taste. I also sent her a bottle of Soju and jokingly told her to her to have a taste of Korea.

Through the years, my husband, my son and I have been living each day as a part and to be a part of this country. We have explored its natural resources; experienced its exotic delicacies; visited notable historic places and like my grandfather, we have learned to respect, embrace and love the Land of the Morning Calm.

This is our life in Korea... everyday is an adventure for my husband, everyday is an experience for my son, everyday is a memory for me, everyday is a dream come true for my grandfather... and everyday is a story for my family. Someday, we may go back to our homeland... someday we may be leaving for good... but for now, this is our life... for now, this is our home.

I am 24 years old, married to SSG. Jeffrey Jon Walsh and we have an adorable son, Dylan, who goes to a Korean daycare with his cousin Wacky. We have been living in Dongducheon City, Kyonggido for 4 years now and we love it. I wrote this essay to inspire other people to look into the positive aspects of staying in Korea, take the good instead of the bad. Korea has a lot to offer; its culture, food, traditions, historic places, shopping places and heart warming experiences.

가족을 떠난 새로운 터전

카트린 루드 진 월쉬 여사
제프리 존 월쉬 하사 부인

나는 어렸을 때 항상 주말 저녁을 손꼽아 기다렸다. 맥주에 취한 할아버지가 하모니카를 불고, 그리고 끝없이 이야기를 하는 동안, 할머니는 저녁 준비를 하면서 내가 일을 돕도록 했다. 동화 이야기나 귀신 나오는 집, 무서운 이야기 그리고 환상적인 이야기들은 할아버지의 전쟁 이야기에 비하면 아무것도 아니었다. 그것은 서로 다투는 나라들, 종교전쟁, 스페인의 식민지 정책, 영국의 제국주의, 미국의 통치 그리고 일본의 침략에 맞선 한국의 전투들과 같은 이야기들이었다.

여덟 살 때 나는 할아버지를 통해 한국에 관해 처음으로 이야기를 들었다. 다른 아이들이 마법 이야기를 좋아하는 데 반해 나는 진짜 이야기를 듣고 싶었다. 내 친구들이 요정을 기다리며 디즈니랜드에 데려가거나 미키마우스를 만나기를 바랄 때 나는 할아버지가 이야기해준 옛날 옛적의 왕들과 여왕 그리고 궁궐이 있는 한국으로 데려다 줄 요술 담요가 오기를 기도했다.

할아버지는 전쟁터에 간 적이 없다. 그러나 할아버지의 거의 모든 친구들은 전쟁 경험을 했다. 1953년에 한국이 민주주의를 되찾았을 때 할아버지의 친구들은 한국에 관한 잊을 수 없는 경험과 한국인들에 관한 좋은 추억을 가지고 귀국했다.

할아버지는 한국인들이 친구들을 친절하게 돌봐준 데 대해 끊임없이 이야기했다. 추운 겨울밤에 한국인들은 미국 군인들에게 닭과 인삼과 쌀을 넣은 음식(한국말로 삼계탕이라 부른다고 생각됨)을 만들어 주었고, 추위를 이기도록 생선 매운탕이나 소고깃국을 끓여 주었다. 더운 여름철에는 주민들이 오이김치와 깍두기 그리고 김치를 담가 주었다.

언어 장벽에도 불구하고 할아버지의 친구들과 한국인들 간에 이루어진 우정과 동지애를 통해 할아버지는 한국인들에 대해 깊은 존경심을 가지게 되었다. 할아버지가 한국에 관해 매우 열정적으로 이야기했기 때문에 사람들은 할아버지가 한국전에 참전했던 것으로 생각했다. 할아버지는 한국에 관해 애정과 자부심을 가지고 이야기했다. 할아버지는 친구들의 한국에 대한 문화와 자연경관, 그리고 친절함과 관련된 경험을 자랑했다. 할아버지는 손녀가 어느 날 조용한 아침의 나라에서 더 많은 것을 겪게 될 것이라고는 조금도 예측하지 못했다.

대학교 상급생 시절에 나는 교환학생으로 미국에 온 최유리를 만났다. 유리는 수업을 제대로 따라 갈 수 없었고 수줍음을 많이 타서 도움을 받지도 못했다. 이 사실을 알게 된 나는 주저하지 않고 그녀의 학업에 도움을 주었다. 할아버지의 친구들이 한국인들로부터 많은 도움을 받았고, 그리고 지금은 내가 그 친절에 보답할 때라고 할아버지가 말하는 것 같았다. 유리와 나는 일주일에 한 번씩 학교 극장의 식당에서 점심을 같이 먹었다. 나는 인내심을 갖고 유리의 노트를 점검하고 유리가 이해하지 못한 것들에 관해 설명했다. 공부가 끝날 때마다 유리는 뚜껑에 한글이 쓰여져 있는 네모난 상자를 열고 젓가락을 나에게 주었다. 우리는 낄낄대며 "김밥 시간이다"라고 외치면서 점심을 먹기 시작했다. 나는 유리와 함께 '김밥 시간'을 즐겼다. 김과 밥, 햄, 치즈, 그리고 무가 들어있는 김밥을 먹으면서 가족과 친구와 문화, 우리의 꿈, 그리고 장래에 관해 이야기를 나누었다. 한번은 유리에게 김밥 만드는 것을 가르쳐 달라고 했더니 유리는 "한국식으로 인사하는 법을 알지 못하면 김밥 만드는 방법을 배울 수 없다”고 했다.

일 년 후에 나는 유리가 가르쳐 준 대로 할 수 있게 되었다.

2003년에 나는 한국에 왔다. 그때 나는 소박한 꿈과 기도, 그리고 유리가 가르쳐 준 한국식 인사법 (머리를 숙이면서 “안녕하세요”라고 하는 것), 그리고 할아버지가 들려준 어린 시절의 한국에 관한 이야기들, 그리고 조용한 아침의 나라에 대한 애정을 가지고 한국에 왔지만 한국의 풍습과 언어를 알지 못했다. 시간이 점차 흘러 그 기억은 나에게 한국 생활의 새로운 지평선을 열게 될 충분한 용기를 주었다.

나는 한국의 건축물에 매우 강한 감명을 받았다. 나는 자연과 기술이 서로 조화된 것을 한국 외에 다른 곳에서는 결코 본 적이 없다. 서울에서만 보더라도 나무들이 모든 보도에 심어져 있고, 새로운 건물 사이에도 심어져 있다. 굽이치는 언덕들과 계곡이 세계 수준의 스키장과 유원지로 이어져 있다. 고층 아파트들은 녹색의 자연 속에 위치하고 있다. 서울의 한가운데에 흐르는 청계천은 주변의 건축 구조물들과 함께 나를 압도한다. 양쪽 둑과 작은 다리들을 따라 전등이 설치되어 있고 그 가운데에는 푸른 네온 등이 있다. 한국의 어느 곳을 가든지 여러분들은 유행하는 옷을 입은 사춘기 아이들이 무스를 바른 염색 머리를 하고 여러 음조의 MP3로 노래를 듣는 모습을 보게 된다. 이들은 자유분방하고 현대적인 모습을 하고 있지만 전철에서는 나이 많은 사람들에게 자리를 양보하며, 누구에게나 머리를 숙여 인사를 한다. 서구의 현대화가 동양의 문화 및 전통적인 관습과 만난다. 한국의 산업화와 경제가 풍요하게 성장하고 있으나 문화와 전통은 더욱 풍요롭게 잘 간직되어 있다.

한국은 조용하게 나의 새로운 시작을 지켜보고 있다. 이제 막 성인이 되어 독립하려고 노력하는 나는 가는 곳마다 일어나는 일들을 조용히 지켜본다.

한국은 미 육군 병사와 나의 사랑 이야기 그리고 어머니가 된 나를 지켜보고 있다. 내 남편과 나는 서울시청에서 결혼식을 올렸다. 혼인서약이 끝난 후에 우리는 전통 한복을 입을 기회를 가졌다. 우리는 사진을 찍어 고국에 있는 친척들에게 보냈다. 할머니는 내 결혼사진을 보고 울었다고 한다. 그 이유는 손녀가 이제 막 결혼해서가 아니라 한국에 대한 할아버지의 애정이 생각났기 때문이란다.

나는 한국의 한 병원에서 아이를 낳았다. 언어 장벽은 한국 의사들이 나를 돕고 내가 필요한 모든 것들을 확인하는 데 전혀 방해가 되지 않았다. 나는 제왕절개 수술을 받았고 이 때문에 일주일 간 병원신세를 져야 했다. 내 아이는 간호사들과 함께 간호실에 있어야 했다. 내 병실에서 간호사가 매 두 시간마다 나를 점검했다. 우리는 서로 말을 알아듣지 못했지만 서로 이해하려고 노력했다. 식사 때마다 두 명의 나이가 지긋한 간호사들이 들어와서 한 사람은 나를 앉도록 부축했고, 다른 한 사람은 죽과 미역국을 먹여 주었다. 식사가 끝난 후에 다른 한 명의 간호사가 들어와 따뜻한 천으로 나를 씻어 주었고 내 침대보를 갈았다. 그동안에 두 간호사는 내가 일어나고 다시 침대에 눕는 것을 도와주었다. 그것은 감동적인 경험이었다. 그 일을 기억할 때마다 나는 미소를 짓게 된다. 그들은 나의 가족과 같았다.

내가 한국에서 겪은 또 하나의 감동적인 이야기는 2004년에 경험한 것인데 항상 내 가슴을 뭉클하게 한다. 남편과 나는 모두 일을 한다. 남편은 매일 아침 캠프 클라우드로 출근하고 밤에 퇴근한다. 우리는 캠프 케이시 주변에 살고 있으며 집에서 근무지까지는 차로 45분이 걸린다. 우리는 한 살 된 아이를 탁아소 '선생님'에게 맡긴다. 이 어린이 집 버스는 아침 10시 반에 아이를 데려가고 6시 20분에 집으로 데려온다. 남편과 나 둘 중에 한 사람은 버스가 오기 전에 집에 와야 한다. 그러나 어느 날 우리 모두가 그 시간 내에 집에 올 수가 없었다. 나는 집 주인에게 전화하여 내 아이를 우리가 올 때까지만 맡아 달라고 부탁했다.(우리가 사는 집은 같은 모양의 집이 서로 붙은 주택이었고 주인은 바로 옆집에 살고 있었다.) 그때는 겨울이었고 나는 아이가 추울까봐 걱정이 되었다. 집에 오자마자 나는 주인집으로 가서 아이를 찾았다. 안주인은 나를 집안으로 안내했다. 나는 신발을 벗고 아이가 어디 있는지 걱정을 하면서 안주인을 따라 주방으로 갔다. 그리고 나는 아들이 바깥주인의 무릎에 앉아 김밥을 먹으면서 그 노인이 이야기하는 것을 정말 열심히 듣고 있는 것을 보았다. 그 노인은 1950년대 한국전 당시의 전투에 관해 이야기하고 있었다. 그 노인은 "나도 그때 네 아빠처럼 군인이었지. 나는 산을 올라가 오랫동안 숲속에 머물면서 네 아빠와 같은 미군들을 만날 수 있었지. '할아버지' 는 훌륭한 군인이었단다. 할아버지는 네 아빠와 같은 많은 미군들과 친구가 되었단다." 나는 이 광경을 보고 웃음을 지었다. 내 아들이 할아버지의 말을 이해할 수 없는 데도 불구하고 실제로 알아듣는 것처럼 이야기하고 있기 때문이 아니라, 옛날 주말 밤에 내가 주방에서 할아버지의 전쟁 이야기를 듣고 있을 때가 순간적으로 떠올랐기 때문이었다. 아들이 먹고 있는 김밥은 친구인 유리의 생각을 떠올렸다. 아들과 나 사이에 김밥과 할아버지의 전쟁 이야기는 역사가 되풀이된 것과 같다.

　그해 겨울에 나는 심한 감기를 앓았다. 그날은 금요일이었고 나는 비번이었다. 비번인 날은 보통 밀린 일을 하기 위해 외출했고 그때마다 바깥주인은 부인과 차를 마시면서 문 밖에 앉아 있었다. 우리는 잠시 이야기를 나누었고 앞으로는 자신들을 할아버지, 할머니로 불러달라고 했다. 그는 미스터나 미세스는 가족들 간에 부르는 이름이 아니라고 했다. 그러나 바로 그날 할머니는 거의 점심때가 되었는데도 내가 보이지 않아 걱정이 되었는지 우리집 문을 두드렸다. 나는 눈에 핏발이 선채 열이 올랐고 무릎이 떨리는 상태에서 간신히 할머니를 집안으로 들어오게 했다. 할머니는 내가 아픈 것을 알고 집으로 돌아가 따뜻한 물과 수건을 가져왔다. 할머니는 따뜻한 수건으로 내 얼굴과 팔과 다리를 닦아 주었고, 내가 따뜻해지도록 인삼차를 먹여서 땀을 흘리게 하여 기운을 차리게 했다. 할머니는 내 다리를 잡고는 박하향이 나는 연고로 문질렀다. 할머니는 내 몸 전체가 따뜻해지도록 다리와 팔을 문지르는 것이라고 했다. 나는 편안하게 느끼면서 깜박 잠이 들었다. 세 시간쯤 지난 후에 남편이 할아버지, 할머니와 이야기하는 소리를 듣고 잠에서 깨어났다. 그리고는 무슨 음식 냄새를 맡자 시장기를 느꼈다. 할머니는 미역에 약간의 양파와 고기를 넣은 국을 가지고 들어왔다. 할머니는 "먹어, 먹어"라고 하였다. 남편이 병원에 가자고 옷을 입으라고 했지만, 나는 한 시간 후에 아들을 데려오는 버스가 오는데 우리가 그때까지 집에 올 수 없다는 것을 알았다. 우리 이야기를 듣고 할아버지가 아들을 돌볼 테니 걱정 말라고 했다. 할아버지의 신세를 너무 많이 져서 내가 머뭇거리자 할아버지는 "걱정 마, 우리는 가족이잖아"라고 했다.

집으로 돌아와 할아버지 집에서 아들을 데려올 때 나는 농담으로 할아버지에게 전쟁 이야기를 해 줬느냐고 물었다. 할아버지는 "아니야, 이번에는 내가 한국 노래를 가르쳐 줬지"라고 말했다. 나는 놀라서 아들에게 노래를 불러 보라고 했다. 아들은 "반짝반짝 작은 별…" 하면서 노래를 불렀다. 나는 아들이 이 노래를 영어보다 먼저 한국말로 부른 데 감명을 받았다. 우리가 일어서자 할머니는 작은 그릇에 담긴 삼계탕을 주었다. 할머니는 이걸 먹으면 기운이 날 것이라고 했다. 그날 밤에 나는 친 할아버지의 친구들이 한국에서 한국인들의 친절을 경험하게 되어 얼마나 행운이었는지에 관해 생각하지 않을 수 없었고, 내 자신이 한국의 참 멋을 알게 되어 더 많은 행운을 느꼈으며, 내 아들은 한국인들의 문화 속에 자라고 있으니 나보다 더 행복하다는 것을 느끼지 않을 수 없었다.

이제 우리 가족은 한국에서 4년째 살고 있다. 이 4년 동안 남편과 나는 기회 있을 때마다 한국의 경이로운 자연을 둘러보았다. 간혹 남편은 아직도 문화적인 충격을 느낀다. 그러나 이런 것들은 이제 큰 문제가 아니다. 남편은 부정적인 것은 잊고 긍정적인 것들을 받아들이면서 사는 것을 배웠다. 남편이 문화적 차이에서 오는 우려를 극복할 수 있게 하기 위해, 나는 남편이 나와 함께 한국의 밝은 면을 찾을 수 있도록 도와주었다. 우리는 경복궁을 방문했으며, 궁궐을 걸을 수 있다는 것은 우리에게 영광이었고 자부심을 주었다. 나흘 동안의 연휴에 우리는 남쪽과 동해로 드라이브를 하며 우아한 녹색의 대지와 푸른 산을 감상했다. 우리는 오래된 사찰을 찾아 소요산을 등산했다. 숲속에 있는 사찰을 방문하는 것은 우리에게 잠깐이나마 마음에 와 닿는 열반의 경지를 느끼게 해 주었다. 산 정상에 올라 그 아래 세상을 내려다보면 숨이 막힐 정도로 기분이 좋다. 이 순간에 나는 이 나라의 자연에 내가 얼마나 심취하고 있는지를 알게 되었다.

나는 요즘 할아버지가 이곳에 와서 이 경이로운 나라에서 나에게 일어나고 있는 좋은 일들을 볼 수 있었으면 좋았겠다는 생각을 했다. 할아버지는 내가 열네 살 때 암으로 돌아가셨다. 할아버지가 돌아가시기 얼마 전까지 나는 주말을 할아버지의 전쟁 이야기를 들으면서 할아버지와 함께 살았다. 할아버지는 원하시던 일을 모두 이루었고, 가족이 행복하게, 그리고 화목하게 살아왔기 때문에 행복하게 돌아가실 수 있다고 했다. 그리고는 농담으로 내가 들을 수 있는 모든 전쟁 이야기는 다 해 주었다고 했다. 내가 한번은 한국에 관해 이야기하는 할아버지에게 한국을 방문한 적이 없었고 한국사람들과 친구가 될 기회가 없지 않았었느냐고 했다. 할아버지는 나를 빤히 쳐다보면서, "걱정할 것 없어, 나 대신 네가 가면 되잖아"라고 했다.

요즘 나는 주말이면 할머니에게 전화를 하여 내가 한국에서 겪고 있는 이야기들을 한다. 할머니가 내 사촌들과 주방에서 저녁을 준비하고 있는 동안 나는 우리가 아직 설악산과 제주도를 가보지 못했고, 한국군과 북한군이 대치하고 있는 휴전선을 가보지 못했다고 말했다. 나는 전화로 할머니의 까다로운 식성을 분명히 만족시켜 드릴 한국 음식 요리법을 알려드렸다. 나는 할머니에게 소주를 한 병 보내면서 농담으로 한국의 맛을 보시라고 했다.

한국에 살면서 남편과 아들 그리고 나는 이 나라의 일부가 되어 하루하루를 지내고 있다. 우리는 한국의 자연을 음미했고, 이국적인 음식을 즐겼으며, 잘 알려진 역사적인 곳들을 방문했다. 우리는 할아버지와 마찬가지로 조용한 아침의 나라를 존경하고 받아들이며 사랑하는 것을 배웠다.

이것이 우리의 한국 생활이다. 남편에게는 매일매일이 모험이며, 아들에게는 하나의 새로운 경험이 되고 있고, 나에게는 추억이 된다. 할아버지에게는 하루하루가 꿈이 이루어지게 되는 것이며 내 가족에게는 하나의 이야기거리가 된다. 언젠가 우리는 귀국하게 될 것이다. 언제가 우리는 이 나라를 영원히 떠나게 될 것이다. 그러나 한국은 지금 우리의 생활 터전이며 우리의 집이다. End

24세, Jeffrey Jon Walsh 하사와 결혼, 아들 Dylan은 사촌인 Wacky와 같이 한국의 어린이집에 다닌다. 경기도 동두천에 4년 째 살고 있으며, 한국을 사랑한다. 이 글을 쓰게 된 동기는 다른 사람들이 한국 근무의 긍정적인 측면을 살펴보고 나쁜 면보다는 좋은 면을 보게 하기 위한 것이다. 한국은 문화, 음식, 전통, 역사적 유적, 쇼핑 및 가슴을 뭉클하게 하는 많은 것들을 보여준다.

Watercolor Korea

Michelle Valcourt
Seoul American High School Student

Thick, grey drips fall heavy from the milky sky. Drops: the hard and soft pitter-patter slapping inconsistent rhythms against the windows, taunting you that you can't go out today. It's all you've seen, the rain. It clots the sky, cloaking the once lush mountain side in a sleepy haze. It's all you've smelled, the rain, that hint of mildew, thick with the scent of mud. All you've tasted, the rain. It seeps into everything, and lays a bland, thick film on your tongue. Its all you've heard, rain, after rain, after rain! For days on end. Today, the first in a long while, you venture out into the sand-bagged street, looking for something stimulating to your senses, and for the excuse to stretch your legs.

Namdeamoon market, drenched in the grey molasses, amazes the tourist, even in this condition. It is a display of muted color and careful movement, the streets and alleys packed full, a can of soggy sardines. Carefully, clutching the umbrella you recently purchased from a vendor, the one that yelled in broken English, "you, come buy... rain". He surprised you with his soliciting pushiness, cornering you as you exited the yellow lit subway. Smiling at the animal, painted on the newly bought rain guard, you trudge on, humming with the patter that lazily slapped at the top of your plastic cover. A smell of smoke and of the ocean swims it's way through the moisture to your nose, filling it with a new scent, one that you aren't sure appalls you or appeals to you. You follow the trail of the salty sea to a little booth.

A cart-like booth is tucked into a drippy ally. Its complete with five tiny stools lined up around the front of the humble shack, all covered with a heavy orange canvas. In the cart is an elderly woman leaned over a grill of hot rocks and what looks to be a dozen little pearly octopod. You make your way to the cover of the tent, intently watching, as she focuses on her eight-legged fish, her deep leather-like skin gently hangs in wrinkles around her face, framing it in wisdom and experience. Like a ray of sun in this monsoon season, she looks up at you and smiles, lines plow deep around her eyes, and you take note to the gaping holes where teeth once stood. Surly she must miss those five, six teeth, but you can tell this woman to be one of dignity, full of kindness, and love. She lights up at the sight of you, wiping her twisted hands in her ratty, once white, now profoundly grey apron and quickly reaches for your hand. After shaking it and bowing for a few minutes she offers you a white crispy octopus. Inwardly you're screaming not to take it, but your appearance tells of false curiosity and appreciation. Taking the skewered sea-dweller from the glowing woman, you take a deep breath and inhale the foul squishy creature. Chewing it 'round your molars, looking for a place to spit it out, and not be caught, you thank her in your best attempt at her language, "Com-Sah-Mee-Dah". Your new friend turns back to her coals after giving you a few more bows and smiles, and you continue on your walk through the rainy day market.

Funny, you'll think to yourself, that for once this week, you forgot about the rain. You continue to watch in wonder as these people go about their business, not seeming phased at the buckets of dishwater emptied on their heads. What peace and grace these people have, to be able to continue their lives in this melange.

Further on down the street, you spy two men squatting down on upturned buckets, focusing on a tiny table that sat between them with the happy marbles, black and white, setting idly still on top. Standing there, with the animal umbrella, rain pouring down, you gaze on, watching as the two men laugh and argue. Their scruffy faces lined in thick shadows are out of place with the bright eyes that tease and laugh. They seem to have been here for hours, playing their game on their little buckets, drinking their green bottles, laughing more as their bottles empty.

Suddenly, someone pushes past you, hitting your shoulder, spinning you around to see a collage, an opaque view of these peoples' lives.

Ducking into an alley, two girls with hair cut squarely to their chins, adorned in plaid skirts, giggled profusely.

Then pulling a cart of light brown roots, a man with a fisherman's hat mutters his foreign words as he climbs the narrow hill.

HONK! HONK, HONK! You dive out of the way of the mini pickup truck as it sends a wave of dirty muck towards your semi-damp clothes. Unable to avoid the truck's splash, you continue to look at the faded blue calamity on wheels, noting how it was filled to the brim with construction workers. One of the men, with a rather youthful face, stares at you with a blank expression, till the driver takes him out of sight with a wabbly left turn.

Turning around, completely soaked from head to toe, as though you had just been pushed into a pool at a summer cookout, you decide to head back to home. You pass the octopus woman, still busy with her rocks and fish, humming soft tunes unfamiliar to your ears. The rain continues to beat down, pit, pat, pit, pat. You take no mind, you have

 우리는 좋은 이웃

learned to appreciate the downpour. You have seen the effect of the monsoons on Korea. It turns an acrylic painting into a watercolor, mixing emotions, dreams, and personalities. The rain keeps time, the people keep the notes. Together they create the music, the spirit of their culture; together they have ability to keep peaceful, serene hearts. Now, a smile stamped firm on your face, you listen to the rain, you taste it, smell it, breath it in. Rain, rain, rain. No longer is the rain a soggy wool coat, a nuisance, or an inconvenience, but an instrument to teach listeners the secret to happiness. It preaches the ability to see beauty in all things and appreciate even the most tedious, unattractive elements in life for what they really are and the importance they all possess. End

수채화 같은 한국

미셸 발코우트
서울 아메리칸고등학교 학생

희뿌연 하늘에서 굵은 회색빛 빗방울이 무겁게 떨어진다. 빗방울, 창문을 불규칙적으로 강하게 그리고 부드럽게 두드리며 오늘은 바깥에 나갈 수 없다며 나를 애태운다. 비, 사방을 둘러보아도 비가 온다. 비는 온통 하늘을 뒤덮고, 한때 찬란한 녹색의 산자락을 졸음을 부르는 연무로 뒤덮는다. 온통 비 냄새를 풍긴다. 약간 곰팡이 냄새가 나는 짙은 흙 내음이 가득하다. 온통 비 맛이 난다. 비 맛이 온통 스며들어 혀에 텁텁하게 깔린다. 들리는 소리라고는 비, 비, 빗소리뿐이다! 매일매일 끝없이 비가 내린다. 오늘 처음으로 무언가 감각을 자극할 것을 찾기 위해, 그리고 다리를 뻗어보고 싶은 생각으로 모래투성이의 길로 나갔다.

비가 오는데도 달콤한 냄새가 가득한 남대문 시장은 관광객들을 감탄하게 한다. 이곳은 아늑한 색상으로 진열되어 있고, 조심스럽게 다녀야 하는, 정어리 통조림처럼 사람들이 빽빽이 찬 곳이다. 이제 막 배운 서툰 영어로 "이봐, 비... 와, 사"라고 외치는 행상인으로부터 산 우산을 쓰고 조심스럽게 시장을 다닌다. 노란 불빛이 비치는 지하철역 출입구 한쪽에서 장사꾼이 나에게 갑자기 다가서며 사라고 졸라서 산 우산이었다. 새로 산 우산에 새겨진 동물 그림에 미소를 지으면서 우산 위로 부스부슬 떨어지는 빗소리에 맞춰 콧노래를 부르며 터벅터벅 시장 길을 걷는다. 연기와 바다 냄새가 코로 스며든다. 다른 냄새도 풍겨나는데 싫은 냄새인지 좋은 냄새인지 분간이 가지 않는다. 바다 냄새를 따라 작은 노점으로 들어간다.

　수레처럼 생긴 노점이 빗방울이 떨어지는 골목에 자리잡고 있다. 다섯 개의 조그만 밤톨 의자가 짙은 오렌지색깔의 천으로 지붕을 삼은 허름한 가게 전면에 촘촘히 줄지어 놓여 있다. 노점 가운데에 나이 든 여자가 돌로 된 뜨거운 화덕 위에 놓인 작은 진주같이 보이는 여남은 마리의 낙지들 위로 몸을 굽히고 있었다. 나는 아주머니가 낙지에 시선을 팔고 있는 동안 그것들은 열심히 바라보면서 텐트 안으로 들어선다. 나이 든 이 아주머니는 피부 깊숙이 주름이 얼굴 주위로 덮여 있어서 지혜와 경험이 있는 사람처럼 보인다. 이 장마철에 한 줄기의 햇살처럼 아주머니는 나를 쳐다보며 웃음을 띤다. 눈 주위로 주름이 더 깊어진다. 나는 아주머니의 빠진 이빨자리를 바라본다. 아주머니는 분명히 대여섯 개의 빠진 이빨이 허전할 것이다. 그러나 이 아주머니는 위엄이 있고 친절하며 사랑으로 가득 차 있다. 아주머니는 나를 보면서 한때는 하얗던, 그러나 이제는 회색의 빛바랜 천에 움켜쥔 손을 닦으면서 재빨리 내 손을 잡는다. 악수를 하고 얼마동안 머리를 숙여 인사를 하면서 하얀 꼬물꼬물한 낙지를 건네준다. 나는 속으로는 받지 않으려고 고함을 지르고 있지만 겉으로는 호기심 있는 것처럼, 고마워하는 것처럼 행동한다. 환히 웃음짓는 아주머니로부터 꼬챙이에 꿴 바다 생물을 받아 들고 나는 깊은 숨을 들이키며 냄새나는 달랑말랑한 축축한 녀석들을 입에 넣는다. 어금니로 씹으면서 아주머니가 쳐다보지 않으면 내뱉을 곳을 찾아보면서, 나는 "감사합니다"라고 최선을 다하여 한국말을 하면서 아주머니에게 고마움을 나타낸다. 이 새로운 친구인 아주머니는 나에게 몇 차례 고개를 숙이고 웃으면서 화덕으로 시선을 돌린다. 그리고 나는 비가 내리는 시장 길을 계속 걸어간다.

이번 주일에 비가 오고 있다는 것을 한 차례 잊은 데 대해 우습다고 생각할 것이다. 나는 머리 위로 비가 퍼붓는데도 이 사람들이 개의치 않고 일상적으로 일을 하는 것을 경이롭게 계속 지켜본다. 북적대는 속에서 생활을 계속해 나갈 수 있기 위해 이 사람들이 지니고 있는 마음의 평화와 고귀함은 어떤 것일까.

길을 따라 계속 가면서 나는 두 남자가 조그만 나무판을 사이에 두고 엎어 놓은 바켓 위에 앉아서 찬찬히 검은 돌과 하얀 돌을 가만히 번갈아 놓는 모습을 본다. 비가 퍼붓는 속에 나는 그곳에 서서 동물 그림이 있는 우산을 쓰고 두 사람이 서로 웃고 다투는 모습을 지켜본다. 짙은 그림자가 드리운 그들의 꾀죄죄한 모습은 밝은 얼굴과 서로 놀리고 웃는 모습과는 전혀 어울리지 않는다. 이 사람들은 작은 바켓 위에 앉아 녹색의 병에서 술을 마시고 병이 비어감에 따라 더 웃으면서 게임에 몰두하여 이곳에 몇 시간이나 앉아 있는 것 같다.

갑자기 누군가가 내 어깨를 밀치고 지나간다. 그 힘으로 나는 불투명한 그림과 같은 이 사람들의 생활이 추상화처럼 돌아가는 모습을 쳐다보며 한 바퀴 회전한다.

골목길로 몸을 피하여 들어가면서 나는 격자무늬의 스커트를 입고 턱까지 머리를 늘어뜨린 두 젊은 여자들이 한껏 낄낄대는 모습을 본다.

그리고 어부 모자를 쓴 남자가 옅은 갈색의 뿌리를 실은 수레를 끌고 귀에 생소한 말을 하면서 좁은 언덕길을 올라간다.

빵 빵 빵, 나의 이미 반쯤 젖은 옷 위로 흙탕물을 튀기면서 소형 화물 트럭이 지나가자 나는 황급히 옆으로 피한다. 트럭이 튀긴 흙탕물을 피할 수 없어 맞으면서 나는 바퀴에 붙은 빛바랜 청색의 폐기물을 계속 지켜본다. 트럭 위에는 건축 인부들이 떨어질 듯이 가득 앉아 있다. 그 중 한 사람이 트럭이 비틀거리며 좌회전하여 시야에서 사라질 때까지 무표정하게 나를 쳐다본다.

마치 여름철 야외 식사 중에 웅덩이에 떠밀린 것처럼 머리에서 발끝까지 흠뻑 젖은 채 주위를 둘러보면서 나는 집으로 돌아가기로 작정한다. 아직도 달군 돌판 위에 낙지를 구우면서 알아들을 수 없는 이상한 콧노래를 부르는 아주머니 옆을 지나간다. 비는 후드득 후드득 계속 퍼붓는다. 나는 개의치 않는다. 이미 장마에 익숙해 있다. 나는 한국의 장맛비에 익숙해 있다. 장마 는 감정과 꿈과 개성을 뒤섞으면서 아크릴화를 수채화로 바꿔 놓는다. 비는 박자를 쳐주고 사람들은 거기에 음정을 더해준다. 비와 사람들이 어울려서 그들 문화의 정신인 음악을 만들어 낸다. 그와 더불어 그들은 평화와 마음의 안정을 유지할 여유를 가진다. 이제 얼굴 위에 환하게 웃음을 새기고 빗소리 를 듣는다. 비의 냄새를 맡는다. 그리고 비를 마신다. 비, 비, 비. 비는 이미 흠뻑 젖은 양모 코트나, 귀찮은 존재나, 불편한 것이 아니라 듣는 이들에게 행복의 비밀을 가르쳐 주는 악기가 된다. 비는 모든 사물 가운데에서 아름다 움을 느끼게 하는 능력을 가르쳐 준다. 비는 인생의 지겹고 멋없는 요소들조 차도 있는 그대로 고맙게 느끼도록 하며, 이 모든 것들이 가지고 있는 중요 함을 일깨워 준다. End.

The Three Heroes in My Travel

PV2 Lee, Ki Yung
KATUSA, 15 Field Artillery

In Korea, joining the Army means getting ready to be a real, adult man. When I am done with my duties in the Army, then I must prepare to get a job. I will be very busy. So, a month before I joined the Army, I was looking for something valuable and memorable to do. Since I had not been in Junranam-do, I decided to go traveling there. Junranam-do is located in the southwestern area of Korea. It is less developed than any other region in Korea. To me, Junranam-do was an unknown world.

I began to collect people to go with me, and two of my friends accepted my invitation. They were members of my soccer team, and we had the same major in college. (They will join the Army next year.) Our traveling route was from Soonchun to Haenam – on foot, because we had little money. We had a meeting and then did some backpacking a day before the start of our trip.

Finally, D day had come. The weather was cloudy, and there was a bulletin on weather conditions saying that it would be raining. Although we were worried, we just started our historical travel. On the first day, we went to Soonchun, looked around the downtown, and then moved on to Bosung. Fortunately, there was no rain on our first day. Even still, we slept in the Bosung train station with the homeless.

The second day, we got up at 4 AM and started to walk. Bosung is famous in Korea for its green tea. So we decided to go to the Green Tea Farm first. On the way to the Green Tea Farm, the rain finally started. It rained heavily. We wore raingear and kept walking. We walked about 5 hours (about 18km) in heavy rain and finally arrived at the Green Tea Farm. Although it was raining, we were happy. There were plenty of green tea trees on the small hill. Since there was heavy rain, there were no farmers and no tourists. In that entire big farm, there were just the three of us. The scenery was so beautiful and the air was so fresh. It was a brand new experience for us, since we were living in a big city, Seoul, and were just normal students. We took pictures and walked through the farm.

Our next destination was Jangheung. On the way to Jangheung, we had a problem. We were so tired because we had walked for a long time on the previous two days. We got more and more tired with every step. At that time, a car came up beside us. We met our first hero. The driver asked us, "Where are you from? Are you tourists?" He was a middle aged normal Korean man. At first we doubted his intention. We thought that he was a salesman or something, so we tried to ignore him. But after we shared a few words with him, we found he was not. When we explained our situation to him, that we had little money and were too tired, he listened seriously. He finally said, "Come to my house and rest. The door is open now." He said that he had something to do in Bosung at that time; in other words, his destination and ours were in the opposite direction. Still, he trusted us and let us take a rest in his empty house! He gave us his name card, which showed he was running a home stay. There was a rough map on his name card. And then he went on his way.

His house was located on the south coast and, to get to his house, we had to walk about 50 minutes. On the way to his house, we met our second hero. A car came alongside us again. The driver said, "Where are you going? Are you tourists?" He was a young guy who was living in that region, and he drove a fancy car. We told him that we were going to the coast. Then he said, "Get in my car. I'm going to the coast, too. You look really tired." Although our clothes were wet and, if we got in his car, we would get it dirty, he really didn't care about it. He said, "Don't worry about my car. It's alright." With his kindness, we could get to our first hero's house with no problem.

In our first hero's home, we ate some ramen noodles and took about an hour rest before we started walking again. Just after we reached Jangheung, it got dark. So, we found a cheap motel and decided to sleep there. The motel was near the Jangheung bus terminal. Jangheung was a very small city, so there were few facilities in that city. The motel was almost the only one in that city. We met our third hero in that motel. He was a middle aged man and the manager of the motel. We explained our situation to him, that we had little money and we were very tired. Besides that, I also told him that I was about to join the ROKA soon. Then he gave us a discount on the motel fee. We gave him the fee and went to rest in our room. While we were taking a rest, we heard a knocking sound on the door. When we opened the door, our hero was standing there. "Give me your clothes, and I will wash them for you." He offered us a free laundry service! We couldn't believe it – discount on our motel fee plus free laundry service! The next morning, there was a knocking sound on the door again. When we opened the door, our hero was standing there with our dried clothes.

The whole travel term was five days, but our second day was the toughest day of our travel. There were more heroes in our whole journey, but we met these three heroes on the second day of our journey. It might not seem like a big deal. But to us, it was huge kindness. We were just strangers, but they gave us the kindness in their hearts.

I think it's a unique emotion among Koreans. Honestly, it is now disappearing in many cities throughout Korea. I really feel sorry about this loss. But in Junranam-do, kindness is alive! I hope Korean's unique emotion will be forever.

고마운 세 사람

이기영 이병
B 포대 미 육군배속 카투사

한국에서 군에 입대하는 것은 진짜 어른이 되기 위한 준비를 의미한다. 군 복무를 마치게 되면 나는 구직 준비를 해야 한다. 나는 매우 바쁠 것이다. 그래서 입대하기 한 달 전에 나는 무엇인가 가치 있고 기억할 만한 일을 찾았다. 전라남도를 가 본 적이 없었기 때문에 나는 그곳을 가 보기로 결심했다. 전라남도는 한국의 남서부에 위치하고 있다. 이곳은 한국의 다른 곳보다 덜 발전된 지역이다. 나에게 전라남도는 미지의 세계이다.

나는 함께 갈 사람들을 찾았다. 두 친구가 내 제안을 수락했다. 두 친구는 모두 나와 같이 한 축구팀에 소속되어 있으며 대학에서 전공이 같다. (두 친구는 내년에 입대할 예정이다.) 우리는 돈이 부족했기 때문에 걸어서 순천에서 해남까지 여행하기로 했다. 여행 하루 전에 우리는 함께 모여서 짐을 꾸렸다.

마침내 출발일이 되었다. 날씨는 흐렸고 일기예보에 따르면 비가 올 것이라고 한다. 우리는 걱정했지만 역사적인 여행의 첫 발을 내디뎠다. 첫 날 우리는 순천으로 갔다. 중심가를 둘러보고 난 다음 보성으로 갔다. 다행스럽게도 첫 날에는 비가 오지 않았다. 그래서 우리는 보성역에서 노숙자들과 함께 잤다.

두 번째 날 우리는 새벽 4시에 일어나 걷기 시작했다. 보성은 한국에서 녹차 생산지로 유명하다. 그래서 우리는 먼저 녹차 농장으로 가기로 결정했다. 그곳으로 가는 동안 비가 내리기 시작했다. 비가 엄청나게 왔다. 우리는 우비를 입고 계속 걸어갔다. 폭우 속에서 다섯 시간 쯤 걸어서(18Km 쯤) 마침내 우리는 다원에 도착했다. 비는 내렸지만 우리는 행복했다. 작은 구릉을 따라 차나무들이 많이 자라고 있었다. 비가 내렸기 때문에 농부들도 없었고 관광객들도 없었다. 그 큰 차 밭에는 아무도 없고 우리 세 사람만 있었다. 경치가 너무 좋았고 공기도 매우 신선했다. 우리는 대도시인 서울에 살았고 대학생들이었기에 이 경험은 매우 새로운 것이었다. 사진을 찍으면서 우리는 농장을 걸어 다녔다.

다음 행선지는 장흥이었다. 장흥으로 가는 도중에 문제가 발생했다. 전 날 너무 걸었기 때문에 우리는 매우 지쳤다. 걸을 때마다다 피로가 더욱 쌓였다. 그때 차 한 대가 우리 옆에 멈췄다. 우리의 첫 번째 고마운 사람을 만났다. 운전하는 사람이 우리에게 "어디서 왔느냐? 관광객이냐?"라고 물었다. 그는 중년의 평범한 사람이었다. 처음에 우리는 그 사람의 의도를 의심했다. 물건 파는 사람이거나 그런 사람이라고 생각하여 우리는 그 사람을 무시하려고 했다. 몇 마디 말을 나눈 후에 우리는 그 사람이 그런 사람이 아니라는 것을 알게 되었다. 우리는 그 사람에게 사정을 설명하고 돈이 없고 지쳤다고 말했더니 그 사람은 심각하게 우리 이야기를 들었다. 마침내 그 사람은 "우리집에 가서 쉬게, 지금 집이 비어 있네"라고 했다. 그는 사업차 보성으로 가는 중이라고 했다. 다시 말하자면 그 사람의 집과 우리의 행선지는 반대 방향이었다. 그런데도 그는 우리를 믿고 빈 집에서 쉬라고 하는 것이다! 그는 명함을 건네주었다. 명함을 보니 민박집 주인이었다. 명함에는 약도가 그려져 있었다. 그는 자신의 갈 길로 향했다.

그 사람의 집은 남해안에 있었고 그곳에 가려면 약 50분 쯤 걸어야 했다. 도중에 우리는 두 번째 고마운 사람을 만났다. 차 한 대가 우리 옆을 지나가면서 멈췄다. 그 사람은 "어디로 가시오? 관광객이요?"라고 물었다. 그는 젊은 사람이었고 그 근처에 사는 사람인데 좋은 차를 몰고 있었다. 우리가 그에게 해안 쪽으로 간다고 했더니 그 사람은 "차에 타시오, 나는 해안 쪽으로 가는 중인데 당신들은 매우 지쳐 보입니다"라고 말했다. 우리는 옷이 젖어

차에 타면 더러워질 것 같았는데 그 사람은 개의치 않았다. 그는 "내 차는 걱정 마세오. 상관없어요"라고 했다. 그 사람의 도움으로 우리는 첫 번째 고마운 사람의 집에 문제없이 도착할 수 있었다.

첫 번째 고마운 사람의 집에서 우리는 라면을 끓여 먹고 한 시간 쯤 쉰 후에 다시 걷기 시작했다. 장흥에 도착하자 어두워지기 시작했다. 싸구려 여관을 찾아 묵기로 했다. 여관은 장흥역 근처였다. 장흥은 작은 도시여서 시설이 변변치 않았다. 그 여관은 그곳에서 하나뿐인 곳 같았다. 우리는 세 번째 고마운 사람을 그곳에서 만났다. 여관 주인은 중년의 남자였다. 우리는 사정을 설명하고 돈이 별로 없으며 매우 지쳤다고 말했다. 그리고 나는 내가 곧 입대할 예정이라고 했다. 그러자 그 사람은 방값을 할인해 주었다. 그 사람에게 돈을 주고 우리는 방으로 쉬러 갔다. 쉬고 있는 동안 누군가 우리 방문을 두드렸다. 문을 열자 주인이 서 있었다. "젖은 옷을 주게, 세탁해 줄 테니." 그는 무료로 세탁을 해 주겠다고 했다! 우리는 이 말을 믿을 수가 없었다. 여관비를 깎아주고 세탁을 무료로 해 주겠다니! 우리는 다음 날 아침에 다시 문을 두드리는 소리를 들었다. 문을 열자 그 고마운 사람이 우리의 마른 옷을 들고 서 있었다.

여행은 닷새 동안 계속되었다. 두 번째 날이 가장 힘들었다. 닷새 간의 여정에 고마운 사람들이 많이 있었지만 그 중에서 두 번째 날에 만난 세 사람이 정말 고마웠다. 큰 일이 아닌 것처럼 보일지 모르지만 우리에게는 정말 고마운 사람들이었다. 우리는 그냥 낯모르는 사람들이다. 그러나 그분들은 진심으로 우리에게 친절하게 대해 주었다.

이것은 우리나라에서 독특한 인정이라고 생각된다. 사실 이러한 일들은 한국의 많은 도시에서 사라져 가고 있다. 이러한 좋은 것들이 사라지는 것을 나는 정말 아쉬워한다. 그러나 전라남도에서는 이런 것들이 아직도 남아 있다! 한국사람들의 독특한 인정이 영원히 계속되기를 바란다.

  우리는 좋은 이웃

A Story to Tell

Susan Davis
English Instructor for KATUSA's at Camp Hovey

I packed them because of a guilty conscience. We certainly didn't need them, especially considering our miniscule 1000 pound limit allowed in this non command sponsored move to Korea. I'd never made time to use them in Texas, and the shiny white rubber tips at the bottoms were a dead give away. When Grandpa asked me to bring them along when we returned for our final visit before leaving the country and heading overseas, saying he'd wax them once more for me, I knew I was caught. No mud to show for their use, no stories to tell about where they'd taken us and all we'd seen. That was it. The hand carved hiking sticks were coming with us to Korea.

Unfortunately, even in Korea they found themselves ignored in a corner on the "storage patio". I spent my first three months at Camp Humphreys depressed. I'd become a wife just three months earlier, I was no longer working, and I was having a difficult time connecting with folks, American and Korean. After these first rough months of adjustment, I wrote out a "to do" list that would help me like Korea more. "Buy a piece of clothing from a Korean store" was an attempt to feel less intimidated by the cultural differences (how do you try on clothing without a dressing room?!); "use Hangul at the open market to buy some fruit" was meant to encourage my assimilation into everyday Korean society. "Get invited to a Korean's home" was my longest stretch on the list, but the intimacy of such a friendship would surely soften my heart towards a seemingly impenetrable culture. "See some Korean nature" would hopefully get me away from the crowded, littered cities and offer me a prettier mental image of the Korean landscape. All of these ideas were attempts to enjoy this new home of mine.

Since Kyle's work schedule was crazier than I'd anticipated, filling my days became mandatory if I was to combat boredom and depression. I quickly became involved in an assortment of activities, from volunteering at the library to attending a Bible study at the post chapel to teaching American Sign Language to a group of home schooled kids. While I stayed active, I didn't really venture much outside my safety zone of known destinations. I preferred trips to Osan for shopping, E Mart for a sense of being in America (it is a quirky yet comforting combination of Target, Pottery Barn, and Super Wal Mart), or any Army post where I could easily navigate my way and feel at home.

My volunteer "job" at the Camp Humphreys library is what saved me during my first year in Korea. Not only did I feel purposeful, helping out with the children's storytelling, but I became adopted by the staff... two Korean gentlemen, one Korean lady, and an American boss. Whenever they headed off post for a Friday night dinner, they'd invite me and Kyle to join them. As Kyle regularly worked late hours, I usually went alone. They introduced me to the spiciest Korean seafood I've ever tasted, yummy cinnamon tea to finish off the meal, and a plethora of other Korean delicacies I would never have tried on my own. Moreover, they invited me to glimpse Korean culture from the inside, as one of the group.

As the only female on staff, I think Ms. Song especially enjoyed my visits to the library. We'd sit and chat, and she freely extended her friendship to me despite our age difference. Therefore, when she invited me to join her for a hike in her hometown of Songtan on one of her days off, I felt as if some of the barriers I'd felt towards the Korean culture were beginning to erode. A new friendship, a new adventure, an unknown destination.

I'd heard from other Americans about the great hiking in Korea, but this would be my first stab at it. Would it be like the hikes we took through the bamboo forests when I was a teenager in Hawaii? Or like the hiking Kyle & I did in the Great Smoky Mountains on our recent honeymoon in Tennessee? I'd always enjoyed getting out into nature, and I knew my body would love the added exercise. As I readied myself for the hike, grabbing a long sleeved shirt to ward off any chill and a water bottle & snacks to keep me energized, my eyes fell on the forgotten hiking sticks. "Susan, this is your chance... get the bottom tips muddy, have a story to tell Grandpa the next time you call!" Without a second thought, I grabbed my lovingly carved, cedar hiking stick and headed out to our meeting point.

The day was beautiful. And, much to my delight, Ms. Song had invited along another friend and that friend's son. "An authentic Korean hiking experience," I thought with delight. I always felt more assimilated and less touristy when I, as a westerner, was the minority. Unlike Post or Itaewon or the shopping area outside Osan AFB, I felt as if I'd entered a truly Korean scene. We parked at Songtan City Hall and walked along a residential area. At the end of the road, unexpectedly, we began the climb up the mountain – the climb straight up the mountain. Whoa! This was no gradual side to side path like we use in America.

This was hard core vertical climbing. Well, okay, maybe I exaggerate. Nevertheless, already I was glad to have brought along my hiking stick, using it regularly to help myself up the incline. The cleverly carved "stairs" in the mountainside were also helpful. Within ten minutes, I'd tied my long sleeved shirt around my waist and felt much more comfortable in my tank top and jean shorts. That is, until we reached the formal trailhead where I noticed many other hikers out for the day. Now, I know Korea is a homogeneous society, but the uniformity in their hiking attire made me smile outwardly. Nearly everyone had on professional gear - waterproof hiking pants (almost always black), wicking shirts, and professional hiking poles. Yep, the American minority stood out like a sore thumb.

Despite my overly informal and amateurish hiking clothes, I pressed on. I'd grown accustomed enough to being noticed and talked about by Koreans passing by. I had even grown used to the challenge of getting one of them to return my smile. This, by far, was one of the more difficult cultural barriers for me. Should I accept it or fight it? I'd always been overly friendly, greeting even strangers with an eagerness for them to respond, at least with a smile. The cold stares and unmoved faces I met throughout Korea made me feel like an uninvited outsider. However, this hiking trip was a chance to build my friendship with Ms. Song, enjoy some healthy activity, and learn a bit more about this unique culture through observation. Stares or frowns, I was not going to be deterred.

We continued hiking, and the stairs in the side of the mountain kept going up and up and up. As other hikers descended past us, I noticed a pattern. They'd look at me inquisitively, smile, and then turn to their hiking partners and say something with a laugh. After the third or fourth repeat of this cycle, I pleaded with Ms. Song. "Please, tell me what they're saying!"

From a higher step, Ms. Song stopped, turned with a smile, and translated, "He's wondering why you stole your grandma's cane."

I couldn't help but laugh. My poor grandpa, I thought. All of his hard work to make this beautiful hiking stick, and it's being mocked. It's not mocked in Arkansas, where he lives. In that instant, I bonded with my walking stick, feeling defensive of its worth. When each consecutive hiker passed me, smiling and commenting, I just smiled even more broadly back at them. "Yes," I wanted to say, "My grandpa made this hiking stick for me. Isn't it beautiful?!"

A year later, my husband and I found ourselves heading out to hike Soyosan near our new home in Dongducheon, near Camp Casey. This was to be his first Korean hiking experience, and he eagerly grabbed both of our hand carved hiking sticks as we packed up our picnic lunch, water bottles, and backpack.

"Honey," I cautioned, "You remember what I told you... they'll wonder why you stole your grandma's cane if you go hiking with that."

"Who cares? Let's take them anyway!" he countered. Despite his affinity for Korea's sometimes quirky culture (he's a huge fan of all things Sheepo), Kyle was also proud to introduce new ideas, habits, and activities when given the chance. So, with enthusiasm for the adventure that awaited us, we headed out. On the paved walk up to the trailhead, Kyle got to see for the first time how seriously Koreans take their hiking. Professional gear, all matching, complete with professional hiking poles. Once more, turned heads, smiles, and comments were being made our way. By the direction of their gazes, it had to be our funky hiking sticks that caught their attention.

Kyle got a kick out of it. "They love 'em!" he said in exuberance.

We hiked onward and upward. While I felt totally exhilarated by the risky trail, Kyle was much more apprehensive. Well, at least until we saw a family descending, including a five year old and a seven year old boy and girl.

"Did you climb that mountain?!" we asked the little boy. He turned to his dad for interpretation and then back to us with a shy smile on his face. A smile, given in exchange for our openness to engage in the culture around us, spurred me on. No longer intimidated (after all, if a five year old could climb up and back safely...) and feeling a new sense of connection as we participated in this truly Korean activity, we plowed ahead, thankful for our hiking sticks on the extra steep climbs from rock to rock.

At one junction further up the mountain, where the trail narrowed, we had to wait off to the side for another group to pass by on their way down. As they reached the place we were standing, their eyes honed in on our wooden hiking sticks. They exchanged some words with each other in Hangul and then, with great curiosity, reached out to hold my stick. The smiles on their faces preceded my own. These smiles melted any feelings of coldness or distance I usually experienced with Koreans, and their smiles invited us to not just glimpse their lives but fully participate in them, even for a brief moment.

As I let go of my stick and watched these Korean men feeling the weight of it, admiring its uniqueness in comparison to their identical metal poles, I felt a sudden rush of pride. Pride for my grandpa and his loving work, pride for my husband for pushing me to bring the hiking sticks with us, and pride for our cultures that were, in their own unique ways, being discovered and shared atop this mountain.

Grandpa, thanks to two handmade hiking sticks that made the trek to South Korea, I now have dirty rubber tips and a story to tell.

들려주고 싶은 이야기

수잔 데이비스 여사
캠프 허베이, 카투사 영어교사

나는 양심의 가책을 느끼면서 짐을 꾸렸다. 한국으로 이사함에 있어서 사령부가 지원하지 않는, 겨우 1,000 파운드 이내로 허용되는 짐을 고려할 때 우리는 분명이 이 물건들을 가지고 갈 필요가 없었다. 나는 텍사스에서도 이 물건들을 사용하지 않았다. 이 반짝이는 물건의 바탕에 있는 하얀 고무로 된 끝부분은 전혀 필요 없는 것이다. 미국을 떠나 해외로 가기 전에 마지막으로 할아버지를 방문했을 때 할아버지는 나를 위해 그 물건들에 기름칠을 해 주겠다고 가지고 오라고 했다. 나는 내 계획이 탄로 났다는 것을 알았다. 사용했다는 흠 자국도 없었고, 어디에서 사용했으며 그것을 가지고 가서 무얼 보았는지에 관한 이야기거리도 없다. 이렇게 우리는 수제품 등산지팡이들을 한국으로 가지고 왔다.

불행하게도, 한국에서마저 이 물건들은 쓸 데가 없어서 구석 창고에 보관되었다. 나는 우울하게 한국의 첫 3개월을 험프리 기지에서 보냈다. 3개월 전에 나는 주부가 되었으며, 직장을 그만 두었고, 한국사람들이든 미국사람들이든 사람들과 만나는 것도 힘든 지경이 되었다. 환경 적응에 필요한 3개월이 지난 후에 나는 한국을 좋아하는 데 도움이 될 '할일들' 을 기록해 보았다. 문화적인 차이에서 오는 어려움의 정도가 덜 느껴질 수 있는 것으로는 가게에서 한국 옷을 사는 것이다 (탈의실이 없는 곳에서 어떻게 옷을 입어볼 수 있겠는가?!). '과일을 사기 위해 시장에서 한글을 사용하는 것' 은 한국사회의 일상생활에 동화되는 과정이다. '한국인의 가정에 초대받는 것' 은 내 목록의 장기 계획에 포함된다. 그러나 이러한 친근한 우정은 뚫을 수 없는 것처럼 보이는 문화로 다가가는 내 마음을 분명히 부드럽게 해 줄 것이다. '한국의 자연을 감상하는 것' 은 북적대는 도시를 떠날 수 있는 기회를 줄 것으로 기대되며, 마음속에 한국의 경관에 대한 아름다운 모습을 새겨줄 것이다. 이 모든 생각들은 이 새로운 나의 가정을 향유하고 싶은 시도이다.

남편인 카일의 일과는 생각보다 훨씬 복잡해서 나의 무료함과 우울증을 극복하려면 하루 일과를 보람 있게 보내는 것은 필수적이다. 나는 도서관 일을 돕는 자원봉사에서부터 기지의 교회에서 열리는 성경공부와 가정학습을 하는 아이들에게 미국의 기호 언어를 가르치는 등 여러 가지의 활동에 빨리 몰입했다. 활발하게 여러 가지 활동에 참여하였지만 나는 내가 알고 있는 안전지대 밖으로는 감히 나가지 못했다. 쇼핑을 위해 오산으로 외출하는 것을 좋아했지만 미국에 있다는 느낌을 주는 이마트 (이마트는 약간 이상하지만 편안한 마음을 주는데, 마치 미국의 타겟이나 포터리 반 그리고 수퍼 월 마트가 모여 있는 곳 같은 장소이다), 또는 쉽게 돌아다닐 수 있고 편안한 느낌을 가질 수 있는 육군 기지에 가는 정도에 불과했다.

험프리 기지 도서관내의 자원봉사는 한국에서 첫 해에 나를 구원해 준 활동이다. 나는 아이들에게 이야기책을 읽어줌으로써 목적의식을 가졌을 뿐 아니라 직원이 되어 있었다. 도서관 직원은 두 명의 한국 남자와 여자 한 사람 그리고 미국인 책임자로 구성되어 있었다. 직원들이 금요일 밤에 기지 밖으로 식사하러 갈 때 그들은 나와 카일을 초청했다. 평소 카일이 늦게까지 근무했으므로 나는 혼자 저녁행사에 참석했다. 한국사람들은 내가 먹어 본 중에 가장 매운 해물요리와 식후에는 맛있는 생강차와, 나 혼자서는 절대로 먹어보지 못할 수많은 한국의 음식들을 소개해 주었다. 더욱이 그들은 자신들의 한 일원으로서 내가 내부로부터 한국의 문화를 조금이나마 볼 수 있는 기회를 주었다.

미스 송은 도서관의 유일한 여자였기 때문에 내가 도서관에서 일하는 것을 매우 좋아하는 것 같았다. 미스 송과 나는 앉아서 서로 이야기를 나누었고 나이 차이에도 불구하고 서로 자유롭게 우정을 나누었다. 그래서 미스 송이 비번일 때 자기 집이 있는 송탄시로 등산을 가자고 나를 초청했을 때 나는 한국의 문화에 대한 장애물이 사라지는 것같이 느꼈다. 새로운 우정, 새로운 모험, 미지의 세계.

나는 다른 미국사람들로부터 한국의 등산에 관하여 들은 적이 있다. 이번 등산은 나의 첫 번째 시도였다. 이 등산은 내가 사춘기 시절 하와이에서 대나무 숲으로 간 등산과 같을까? 아니면 카일과 내가 최근에 신혼여행으로 다녀왔던 테네시 주의 스모키 마운튼의 등산과 같을까? 나는 항상 자연으로 다가가는 것을 좋아했다. 그래서 나는 신체적으로 약간 힘든 운동을 좋아했다. 추위에 견디기 위한 긴팔 셔츠와 물병과 힘을 보충하기 위한 간식을 챙겨 등산 준비를 하면서 내 눈길은 잊고 있던 등산지팡이에 멎었다. "수잔, 이번이 기회야… 지팡이 끝에 흙을 묻혀야 다음 번 할아버지에게 전화할 때는 이야기거리가 생기지!" 나는 서둘러 회양목으로 아름답게 다듬은 등산지팡이를 잡고 만날 장소로 갔다.

날씨는 화창했다. 더욱 기쁜 것은 미스 송이 다른 친구 한 명과 그의 아들을 데려 온 것이다. 나는 기뻐하면서 "진짜 한국의 등산 경험이다"라고 생각했다. 나는 내가 서구인으로서 한 단체 중에서 소수인원에 속할 때 항상 동화되지 못했다는, 그리고 여행객이 아니라는 느낌을 가졌다. 부대나 이태원 또는 오산 공군기지 밖의 쇼핑지역과 달리 나는 마치 진짜 한국의 분위기 속으로 들어온 것처럼 느꼈다. 우리는 송탄 시청에 주차한 후 주택지역을 따라 걸었다. 길 끝에서 우리는 바로 산으로 올라갔다. 곧장 산위로 오른 것이다.

와! 이것은 천천히 옆길로 오르는 미국과는 전혀 다르다. 이것은 진짜 수직으로 오르는 것이다. 아니, 내가 좀 과장하는지 모르겠다. 그러나 나는 등산 지팡이를 가져와 경사진 곳에서 계속 사용할 수 있게 되어 기분이 좋았다. 산 위로 솜씨 있게 만들어 놓은 '계단'은 정말 도움이 되었다. 10분이 채 지나지 않아 나는 긴소매의 셔츠를 허리에 잡아 맨 채 소매 없는 셔츠에 짧은 청바지를 입은 상태에서 더 편안하게 걸었다. 그것은 우리가 그날 등산 온 다른 사람들을 만나게 된 장소까지 갈 때의 차림이었다. 이제 나는 한국이 동질성을 지닌 사회임을 알게 되었다. 사람들의 획일적인 등산복 차림 때문에 나는 남들의 이목을 끌 정도로 웃었다. 거의 모든 이들이 (모두가 검정색의) 방수 등산 바지와 셔츠, 그리고 전문적인 장비를 갖추고 있었다. 그렇다, 소수인종인 미국인은 아픈 엄지손가락처럼 두드러져 보였다.

　나의 아무런 격식 없고 아마추어 같은 등산복장에도 불구하고 나는 계속 산을 올랐다. 지나가는 한국사람들이 나를 쳐다보며 나에 관한 이야기를 하는 것에 익숙해졌다. 나는 내가 웃음을 보내면 여러 사람들 가운데 한 사람 정도가 반응을 보이는 데에도 익숙해졌다. 이것은 다른 것들보다도 나에게 있어서 더 문화적인 장벽이었다. 이것을 받아들여야 하나, 아니면 계속 갈등을 겪어야 하나? 나는 항상 지나칠 정도로 친절을 보인다. 낯선 사람들이 웃음이라도 나에게 보일 수 있도록 나는 열심히 인사를 보낸다. 한국인들이 나를 차갑게 쳐다보는 것과 무표정한 얼굴들은 마치 내가 초대받지 못한 외부인인 것처럼 느끼게 한다. 그러나 이 등산은 미스 송과 나의 우정을 쌓는 것과, 건강한 활동을 즐길 수 있는 것, 그리고 관찰을 통해 이 특이한 문화에 관해 조금이나마 배울 수 있는 기회를 주었다. 멍하게 쳐다보거나 얼굴을 찡그리거나 개의치 않을 작정이었다.

　우리는 산을 계속 올랐다. 계단은 산 옆으로 나 있었으며 우리는 계속 위로, 위로 올라갔다. 다른 등산객들이 하산하면서 우리 곁을 지나갈 때 나는 하나의 관행을 발견했다. 그들은 나를 호기심을 가지고 쳐다보면서 미소를 띠며 자기 친구들에게 웃으면서 이야기를 하는 것이다. 이런 일이 서너 차례 반복된 후에 나는 미스 송에게 "저 사람들이 무어라고 하는 거냐?"라고 물었다.

미스 송은 계단 위쪽에서 멈추고 웃더니 "그 사람들은 당신이 할아버지의 지팡이를 훔친 것 같다고 그래요" 라고 통역해 주었다.

나는 웃지 않을 수 없었다. 불쌍한 할아버지, 이 아름다운 지팡이를 만드시느라고 고생하셨는데 웃음거리가 되다니. 할아버지가 사시는 아칸소 주에서는 웃음거리가 되지 않았는데. 바로 그 순간에 나는 지팡이의 가치에 관해 방어적으로 느끼면서 유대감을 가지게 되었다. 다른 등산객들이 지나가면서 웃고 말할 때 나는 그들에게 더 환하게 웃어주었다. "그래요, 우리 할아버지가 이 지팡이를 만들어 주었어요, 멋있지 않아요?" 라고 말하고 싶었다.

1년이 지난 후 남편과 나는 캠프 케이시가 있는 동두천의 새 보금자리 근처에 있는 소요산으로 등산을 갔다. 남편에게는 이번이 첫 산행이었다. 남편은 도시락과 물병과 배낭을 준비하면서 수제품 지팡이 두 개 모두를 챙겼다.

"여보, 내가 한 이야기를 기억하지? 이 지팡이를 가지고 가면 사람들이 왜 할머니의 지팡이를 훔쳐 왔느냐고 할 걸" 라고 경고했다.

"상관없어, 어쨌든 가지고 가겠어" 라고 남편은 대답했다. 때로는 이상하게 보이는 한국문화에 대해 호감을 가지고 있음에도 불구하고 남편은 기회가 있을 때마다 새로운 개념이나 습관 및 활동들을 소개하는 것을 자랑으로 삼고 있다. 그래서 우리를 기다리고 있는 모험에 기대를 가지고 출발했다. 산 어귀까지 포장된 길을 걸어가면서 남편은 처음으로 한국사람들이 등산을 중요하게 생각하고 있다는 것을 알게 되었다. 모든 것들이 등산지팡이와 어울리는 전문적인 장비였다. 우리가 가는 길에서 다시 사람들이 고개를 돌려 웃고, 우리를 향하여 무언가 말을 하는 것이다. 눈길이 멎는 곳을 보면 그들은 우리의 특이한 지팡이에 관심을 보이고 있음이 틀림없다.

남편은 기분이 좋은 것 같았다. 그는 들떠서 "사람들이 우리 지팡이를 좋아하는데!" 라고 말했다. 우리는 계속해서 산을 올랐다. 내가 험한 소로를 따라 올라가면서 매우 기분이 들떠 있는 데 비해 남편은 걱정이 되는 것 같았다. 아마도 우리가 다섯 살의 남자 아이, 일곱 살짜리 여자 아이와 함께 내려오고 있는 한 가족을 만났을 때까지 남편은 걱정을 하고 있는 것 같았다.

우리는 남자 아이에게 "네가 저 꼭대기까지 갔었니?" 라고 물었다. 아이는 아빠에게 우리가 무슨 말을 하는지 돌아보면서 얼굴에 수줍은 미소를 띠며 우리를 쳐다보았다. 우리 주변의 문화에 숨김없이 대하는 데 대한 보상으로 미소를 지으며 우리는 계속 올라갔다. (다섯 살짜리 아이가 올라갔다가 내려오는 데) 겁먹을 필요가 없어서, 그리고 진정으로 한국적인 이 활동에 참여하고 있다는 새로운 연관성을 느끼면서 바위에서 바위로 건너가면서, 가파른 곳에서는 지팡이 덕분에 우리는 전진할 수 있었다.

산길 위쪽의 길이 마주치는 곳에서 소로는 더 좁아졌다. 그래서 우리는 내려오는 사람들이 지나가도록 기다려야 했다. 사람들은 우리가 서 있는 곳을 지나가면서 눈길을 나무 지팡이로 돌렸다. 그들은 한국말로 무슨 말을 하더니 큰 호기심을 가지고 내 지팡이를 만졌다. 나보다 그들이 먼저 웃었다. 웃음은 내가 한국에서 통상 느껴왔던 차가움과 거리감을 녹여주었다. 한 순간이었지만 웃음은 우리가 한국인의 삶을 엿볼 수 있도록 해 주었을 뿐만 아니라 충분히 동화될 수 있게 했다.

내가 지팡이를 건네주었을 때 사람들이 무게를 가늠해 보고 자신들이 가지고 있는 금속 지팡이와 비교하여 특이한 점을 칭찬하는 것을 지켜보면서 나는 갑자기 자부심이 생기는 것을 느꼈다. 그 자부심은 할아버지와 할아버지의 솜씨, 그리고 이 지팡이를 가지고 오자고 한 남편에 대한 것이며, 이 산 위에서 찾아내어 서로 나누게 된 나름대로 특이함을 가지고 있는 우리 문화에 대한 것이다.

할아버지, 한국에서 등산을 하게 손수 만들어주신 두 개의 등산지팡이에 감사드리고, 지팡이 끝에 흙을 묻힐 수 있게 되어 드릴 말씀이 생겼답니다.

Limitless Identity

Jane Burch
Soeul American High School

They will send the Indians to India,
Send the Africans to Africa,
Well, somebody please just tell me
Where they're sending poor me, poor me?
Because I'm neither one or the other,
Six of one, half a dozen of the other,
I really don't know what will happen for true,
They're bound to split me in two!

- The Mighty Dougla - Popular Calypso

So, where would I go? As a biracial teenager in South Korea, a land with a determination to strive for homogeny and preservation of their race, it was common for me, especially during my adolescence, to ask myself, "What am I?"

A colorfully dyed hanbok, the Korean traditional dress, neatly hangs next to faded Levis with intentional rips in my closet. A Buddhist rosary made of Chinese juniper, a present from a Korean monk at Jogyesa temple lies next to my beautiful, crystal rosary I use for mass on Sundays. Like the items in my room, no hand gesture or eye contact I pose defines one specific culture. I have melted two distinct cultures and created my own identity.

Living in South Korea, adjacent to a fenced U.S. military base my entire life, I grew up experiencing the customs of the East and the West simultaneously. However, it was as if I planned which culture I was going to demonstrate each day. On school days, I lived an American way of life. My mornings started with the reciting of the Pledge of Allegiance, I ate from American fast food chains for lunch, and I practiced everyday with my cheerleading squad for next Friday's football game. The weekends were the days I spent being Korean. I went shopping at local night markets with my Korean relatives, enjoyed watching weekend game shows on Korean TV, and cooked traditional dishes with my mom.

I felt as if members of both societies accepted me as their particular race, but not as a mix of the two. Therefore, instead of gracing my bicultural identity, I shunned the idea of nonconformity and struggled to conform. However, as I began to experience the two environments separately in my adolescence, I began to realize I was taking the positive aspects of one culture and blending it into the other. As a result, each environment began to view my ideas and actions to be peculiar, yet innovative, when I merely incorporated the facets of one into the other.

The Western ideology I boasted, which emphasized individualism and candor in society, showed others that I was different from thousands of other Koreans. Last year, I had an opportunity of a lifetime when a casting director offered me an audition. While auditioning in front of music producers for a recording contract in Korea, I acted quite differently from an average aspirant and looked at some of the most callous producers in the music industry directly in their eyes. I conveyed my emotions through eye contact and danced fiercely, utilizing all the space possible, in a small meeting room of the entertainment office. Although intimidation came over my mind, my courage to communicate boldly, unlike the timid Koreans, confirmed to them that I was different from the usual performer in the music industry. Because of the dissimilarity in physical appearance and attitude, the producers were refreshed to see a unique character and offered me a contract immediately.

Just as aspects of Western cultures have benefited me in an Eastern society, my Korean qualities have helped me in the American environment. In a public high school filled with diverse students from various economic backgrounds, many students challenge the words of the soft-spoken teachers. Moreover, the students routinely conversed even while the teachers spoke. Initially, I also acted like my peers. Nevertheless, after a week of chitchatting, as I observed this behavior in my classrooms, I began to realize how rude it was to be so disrespectful toward one's teachers. Although Americans give respect to authority, many question the validity of it. On the contrary, Koreans are born into a society where age matters significantly. Since childhood, parents raise children to pay respect to anyone who is even a year older. With this upbringing from my mother, I found the actions of my fellow classmates to be rude, so I tried my best to keep my focus on my teachers during class. As a result, the teachers rewarded me with a simple thank you at the end of a class.

As I begin to experience the advantages of being biracial, I begin to be proud of the mix I am. My unique features, like the beige skin with a tint of yellow that covers prominent cheekbones and the thin blonde bangs touching gently the long eyelashes of big brown eyes, allow me to stand out from either side of my two cultures. In addition, my experience of being biracial has made me more open-minded and non-judgmental towards others.

Like everything with advantages, there are disadvantages. Until recently, the people of Korea disregarded biracialism. Even today, many from the past generations believe it is dishonorable for your family name to be biracial and some secretly practiced ethnic cleansing. However, due to the popularity of distinguished biracial celebrities, such as Super Bowl MVP, Hines Ward, and actor Daniel Henney on the rise, the positive media coverage of biracialism in South Korea has increased. Therefore, to be a biracial teen currently, I have not yet encountered any difficulties living in Korea as a foreigner that others might have in the past.

Some might say that because I am biracial, that I might not have a distinct root or an identity I can trace back to, and that I should be ashamed of this fact. However, it has been this distinguishing trait in me that has allowed me to relate, understand, and respect my two cultures genuinely because it did not limit me to only one. Having no restrictions with cultures, it has even allowed me to appreciate the traditions of all the cultures around the world. Although it was not my will for nonconformity, accepting my difference made me realize not only that I was a representative of both cultures, but also, more importantly, that I was a true world citizen.

구속 없는 자아의식

제인 버취
서울 아메리칸고등학교 학생

그들은 인도 사람들을 인도로 보낼 것이며,
아프리카 사람들을 아프리카로 보낼 것이다.
그런데 그들은 이 가련한 나를 어디로 보낼 것인가?
나는 이쪽에도 저쪽에도 속하지 않으므로,
한 다스에서 여섯 개는 이쪽에, 다른 여섯 개는 저쪽에,
나는 진정 나에게 무슨 일이 일어날지 모른다.
그들은 나를 반쪽으로 나누어야 할 것이다!

-위대한 더글러- (칼립소 민요)

그러니 나는 어디로 가야하나? 동질성을 유지하고 단일민족을 보존하기 위해 부단히 노력하는 한국에서, 혼혈아인 특히 사춘기에 있는 나는 항상 "나는 누구인가?" 라는 의문을 갖게 된다.

내 옷장에는 일부러 구멍을 낸 낡은 반 청바지 옆에 한국의 전통 옷인 다양한 색상으로 물들인 한복이 가지런히 걸려있다. 일요일에 성당에 갈 때 사용하는 예쁜 수정 묵주 옆에는 조계사 스님이 내게 선물로 준 중국산 측백나

무로 만든 염주가 놓여 있다. 내 방의 이러한 물건들처럼 나의 손짓이나 남을 바라보는 나의 눈길은 하나의 특정 문화를 나타내지 않는다. 나는 두 개의 이질적인 문화를 융화시켜 나의 정체성으로 만들었다.

태어나서 지금까지 울타리로 둘러져 있는 주한 미군기지 부근에 살면서 나는 동양과 서양의 문화를 동시에 경험하면서 성장했다. 그러나 나는 마치 어느 쪽 관습을 보여야 할까를 계획하는 것처럼 하루하루를 보낸다. 나는 학교에서는 미국 방식으로 생활한다. 매일 아침 나는 국가에 대한 충성의 맹세를 암송하는 것으로 하루 일과를 시작하며, 점심은 미국의 패스트푸드 식당에서 먹고, 매주 금요일에 활동하는 축구팀 응원단에서 연습을 한다. 주말은 내가 한국인이 되는 날이다. 나는 한국 친척들과 동네 야시장에 물건을 사러 가며, 한국 텔레비전 채널에서 주말 오락 프로그램을 보고 엄마와 한국식 음식을 요리한다.

나는 양쪽 사회의 사람들이 나를 두 인종이 섞인 것이 아니라, 각각 자신들의 인종인 것처럼 받아들인다고 느낀다. 그래서 나는 양쪽 문화를 공유한 나의 정체성을 특별하게 내세우기보다는 배타적인 생각을 멀리하고 순응하려고 노력한다. 그러나 내가 사춘기에 두 개의 환경을 별도로 경험하게 되자 내가 한쪽의 긍정적인 측면을 다른 한 쪽에 혼합하려고 한다는 것을 느끼게 되었다. 그 결과로 각각의 환경 속에 있는 사람들은 내가 단순히 한쪽의 측면들을 다른 쪽에 접목했는 데도 불구하고 내 생각과 행동이 혁신적이기는 하지만 특이하다고 생각하기 시작했다.

내가 자랑하는 서구의 사상은 사회에서 개인주의와 솔직함을 강조하며 내가 수많은 한국인들과 다르다는 것을 보여준다. 작년에 배역 담당 감독이 나에게 가수가 되기 위해 음성을 시험 받을 수 있는 일생에 한 번밖에 없는 기회를 주었다. 한국의 음반 취입 계약 관계자들 앞에서 시험을 받는 동안 나는 다른 지원자들과는 전혀 다르게 대부분이 냉담한 음반업계 관계자들의 눈을 정면으로 쳐다보았다. 연예계 회사의 작은 회의실에서 나는 가능한 모든 공간을 활용하여 시선 접촉을 통해 나의 감정을 전달하면서 열심히 춤을 추었다. 비록 마음속으로는 겁이 났지만 겁먹은 다른 한국인 지망생들과 달리 나는 대담하게 의사표현을 하기 위한 용기를 가지고서 내가 음악 분야의 다른 연기자들과 다르다는 것을 심사위원들에게 심어주었다. 나의 모습과 태도가 다른 사람들과 달랐기 때문에 심사위원들은 나의 특이한 개성을 신선하게 받아들이고 즉시 계약했다.

동양 사회에서 서구의 문화적 양상이 나에게 보탬이 되었듯이 나의 한국적 특성은 미국의 환경에서 도움이 되었다. 상이한 경제적 배경을 지닌 다양한 학생들이 공립학교에 다니고 있기 때문에 많은 학생들은 유순한 선생님들의 말을 잘 듣지 않는다. 더욱이 학생들은 통상 선생님들이 말하는 동안에도 자기들끼리 이야기를 하는 것이 습관처럼 되었다. 나도 처음에는 동료 학생들과 같이 행동했다. 그러나 한주일 정도 잡담을 하다가 나는 교실에서 학생들의 이러한 행동을 관찰하면서 선생님들을 존경하지 않는 것은 무례한 행동이라는 것을 깨닫게 되었다. 미국인들은 비록 권위를 존경한다고 하지만 많은 사람들은 이러한 행위의 진위성에 의문을 가지고 있다. 반면에 한국 사람들은 나이가 상당히 중시되는 사회에 태어났다. 어린 시절부터 한국의 부모들은 한 살이라도 많은 사람에게 존경심을 보이도록 아이들을 기른다. 어머니의 이러한 가르침 속에서 자랐기 때문에 나는 동료 학생들의 행동을 무례하다고 여긴다. 그래서 나는 수업시간에 선생님들에게 주목하려고 최선을 다하여 노력한다. 그러한 노력의 결과로 수업이 끝난 후에 선생님들은 나에게 고맙다고 말하는 것으로 나의 노력을 보상해 준다.

혼혈의 유리한 점을 경험하기 시작함에 따라 나는 자신을 자랑스럽게 생각하기 시작했다. 두드러진 광대뼈를 덮는 약간의 노란색을 띤 베이지색 피부와 나의 큰 갈색 눈동자의 긴 눈썹에 부드럽게 닿는 옅은 갈색 앞 머리카락과 같은 나의 특이한 외모는 내 양쪽 문화에서 각각 두드러지게 나타난다. 그 외에도 두 민족의 자손으로서 겪은 경험은 나를 더욱 더 개방적으로 만들었으며 다른 민족들에 대해 비판을 하지 않도록 해주었다.

매사에 있어서 이로운 점이 있으면 불리한 점도 있다. 최근까지 한국사람들은 혼혈아들을 무시했다. 심지어 지금도 많은 구세대 사람들은 혼혈아에게 가문의 성을 주는 것은 불명예라고 믿고 있으며, 일부는 비밀리에 인종청소에 가담하고 있다. 그러나 최고로 유명한 미식축구 선수인 하인즈 워드와 배우인 다니엘 헤니 같은 혼혈아의 인기 덕분으로 혼혈아에 대한 한국 언론의 긍정적인 보도가 증가되고 있다. 따라서 현재 사춘기의 혼혈아로서 나는 과거에 다른 혼혈아들이 한국에 외국인으로서 살면서 느꼈을지도 모르는 어려움을 아직 겪어보지 못했다. 어떤 사람들은 내가 혼혈아이기 때문에 추적할 수 있는 뚜렷한 뿌리나 정체성이 없을지도 모른다고 생각하며, 이 사실에 대해 부끄럽게 여겨야 한다고 생각한다. 그러나 내 속에 있는 이 뚜렷한 특성들로 인해 내가 한쪽 문화에만 구속되지 않기 때문에 나는 양쪽 문화를 순수하게 말할 수 있고 이해할 수 있으며 존경할 수 있다. 문화에 대한 구속이 없기 때문에 나는 세계 모든 문화의 전통을 이해할 수 있게 되었다. 어느 쪽에도 속하지 않는 이 특성은 내 의지와 무관하지만 내가 남들과 다르다는 것을 받아들이는 것은 내가 양쪽 문화를 대표한다는 사실뿐만 아니라, 더 중요한 것은, 내가 진정한 세계인이라는 것을 인식하게 해 주었다는 것이다.

Married to the Clan

MSgt Christopher J. Wachter
303rd Intelligence Squadron

My wife and I met when I was first stationed here at Osan in 1986. We married in 1987. Like many Americans, I married a farmerr's daughter, however, unlike many Americans; the farm my wife grew up on is in the rural hamlet of Chonju, located in North Cholla Province, South Korea. One tradition American and Korean culture share is that the groom-to-be must "meet the parents!"

My earliest trips to my in-law's farm were pretty much a feeling-out process on both sides. I come from the suburbs of New Jersey (insert your own joke here) and had never even been to a farm in America, let alone one in Korea. Add to this the fact that, before I joined the Air Force I could not locate Korea on a map, and you may get a sense of how well I was going to blend in. As for the inhabitants of Chonju; even though Kunsan Air Base is within driving distance, it's pretty safe to say that their contact with Americans was little if any.

After a three hour trip consisting of taxi and train rides, my wife and I were walking up the dirt road leading from a two-lane highway to the in-laws farm house. Along the way, about a quarter of a mile downhill from the main farm house, we passed my father-in-laws pig sty which housed 200 swine (More on the swine later). As we neared the farmhouse I could see the writing on the wallliterally! Someone had written "There's an American here." in Korean on the cement wall encircling the farmhouse. Far from being the omen it would be in today's troubled times, it was a notice to the inquisitive in the community.

Upon seeing them, my first impression of my in-laws was that my wife's father and mother could be substituted for the farmers in Grant Wood's 1930 masterpiece, American Gothic; the painting of the farmers in front of the farmhouse with the man holding the pitchfork. In preparation for this big meeting, my wife taught me the proper way of greeting one's future in-laws with a respectful bow. I got down on my knees in front of my father-in-law and, with hands folded on my forehead, leaned over and touched the ground at his feet with my palms. Judging by my in-laws approving chuckles, I can only compare my feeling of triumph to that of the gymnast Nadia Comaneci's when she scored those perfect tens at the 1976 Olympics. However, my triumph quickly turned to chagrin when my wife apologetically explained that she accidentally taught me the proper way a daughter-in-law would greet her father-in-law! Looking back, I wish my wife never told me thateven though Nadia couldn't have done it better!

After leaving this lasting impression, the visit turned to what every American who's ever visited a Korean's house has experienced; food! Though there are comparable breakfast, lunch, and dinner times when the whole family eats together, there seems to be no time that is considered inappropriate for consumption. As my wife's parents were older, the culinary duties in the household were inherited by my sister-in-law. By arrangement between their parents, she is married to my wife's older brother. He was the legal heir to the farm and had assumed the responsibilities of the daily operation. Through this marriage, she joined his family and assumed her societal role in their farming community. As bowl upon bowl of meat, vegetables, soup, nuts, fish, etc., were placed in front of me, I realized I had to formulate an eating style that would neither offend my in-laws nor my taste buds.

Recalling my early typing experiences from technical school, I chose the hunt and peck technique for sampling the exotic cuisine in front of me. I remained ever mindful that my every choice was being carefully watched and mentally noted by my sister-in-law, who prepared the food, and my mother-in-law, who was making observations that only future mother's in-law make for reasons shared only amongst future mother's-in-law the world over. I'm pretty sure I was equally unconvincing at trying to downplay how much I enjoyed the foods that tickled my palate and trying to emphasize the delectability of the foods my taste buds preferred not to hang out with. My lack of acting ability became apparent when my sister-in-law brought out an abundance of foods I liked for our next meal.

In the evening, the women gathered in the kitchen and the men gathered in the screened-in porch. While I presumed the women were discussing my suitability, or lack thereof, it was my father and brother-in-law's turn to size me up. Though a farmer, my father-in-law was one of the finest gentlemen I have ever met. He was soft spoken with a calm air about him that made me comfortable right away. If he ever had any reservations about his daughter marrying a foreigner, they never showed. My brother-in-law, a physical specimen similar to Jethro of the Beverly Hillbillies TV show, had an imposingly chiseled, sun-drenched face; definitely the face of a man who works for a living. His most striking feature however, was his huge smile; genuine and kind. We ate snacks and took turns pouring some spirits. Since my Korean skills and their English skills were limited, most of our communication was achieved through facial and body language. Whereas my mother-in-law made me antsy because I never knew what she was saying and assumed she knew everything I've ever done that could possibly be construed as an action unsuitable for marriage, these guys made me feel comfortable right away. As I went to sleep that night I revisited the events of the day; the beautiful scenery of the train ride, all the visitors needing to borrow some rice or tea, the looks from my mother-in-law-to-be when I lit a cigarette; and on and on. The next day brought an opportunity I never had in my life...and never want again!

I woke up at a decent hour, sometime around eight. The house was empty except for my wife and me. We sat outside on the edge of the porch taking in the morning rays, watching the chickens peck around and listening to the cows moo. Shortly, a guy I hadn't seen before who looked in his mid-thirties, came hurriedly through the gate and began speaking to my wife. I asked her what the deal was and she told me he worked with the family and he needed some help. I, being the altruistic sort, told her I had no problems if she went and helped the guy. She said he needed a guy to help because some pigs had gotten out of the sty and he needed to put them back in. Though I knew I was the only other guy around I kind of expectantly looked about, hoping my brother-in-law would show up. Obviously they knew he wasn't coming back any time soon as my wife offered my assistance. I followed the farmhand down to the sty.

The pig sty was a concrete rectangle about fifty feet long and half as wide. The walls were about three feet high. On the length of the wall away from the road, there were three or four approximately 8x8 inch squares cut through the base of the concrete. These were for pig excrement to be swept out through. Running the length of this wall on the outside was a river of excrement. Running freely in the dirt and brush outside the sty were, I'm not kidding, three little pigs. The farmhand handed me a stick, and, taking one himself, headed to the opposite end of the "river" from me. He showed me that by banging the stick on the ground and yelling, we could get the pigs to run. The object was to get them to run in the direction of the holes at the base of the sty. After only a few tries, we managed to have all the pigs reenter the sty through the holes. I felt way cool. I was turning to head back up the road to the farmhouse when this guy yelled and pointed my attention a little farther into the scruffy foliage outside of the sty. There roamed a young pig which easily weighed as much as I did. Obviously, it wasn't going to fit through an 8x8 opening. As I turned and gazed plaintively back at the farm hand, he threw his stick to the ground and started walking in an arc to get behind the pig. He motioned for me to do the same from my end. Once behind it, we began walking the pig back toward the sty. We got it situated right next to the wall standing over the "river." It was facing me with it's hindquarters toward the farmhand. The farmhand grabbed its hind legs and yelled for me to grab its ears (I knew this much in Korean) which I did. Just as I got its head about chest high, the farmhand lost grip of its legs and the pig began swinging towards me. With all the bravery I could muster (NOT!), I let go of its ears and it splashed into the river, splattering me from head to toe with excrement. Fortunately, before I had time to scream like a choir girl and yell "Doodie! Get it off, get it off!" my partner had the pig by the feet again and this time neither of us let go and we hoisted it over the wall and back into the sty. I noticed that the mature pigs were twice as big as the one we just returned and asked how they got those back in the sty. He intimated that the big ones don't run away. Good thing! Needless to say, my wife really enjoyed it when I came strolling back to the farm with my new look and manly scent.

After another meal, we left early that evening for Osan. I guess I made a better impression than I thought because we are still married and their door has been open to me

for the last 19 years. During those years we've had two beautiful children, my parents-in-law have passed, and the sty is no more. (My brother-in-law raises deer now for the medicinal value of the antlers).

If you ever want a view from the other side, maybe my wife can relate our first trip to America. My sisters believed that, if they enunciated English words at intolerable decibel levels, my wife would understand better. "Would you like some Ketchup????... You can put it on your Hamburger!!!" End

Husband to Kum Ok and father to Jarod (17) and Marissa (11). Joined USAF as Korean linguist in1985. Currently serving fourth tour at Osan AB. English as a Second Language volunteer at Songtan Central Baptist Church. Member of Songtan-Si Dart Association

전통 대가족 집안과의 결혼

크리스토퍼 J. 워처 상사
303 정보대대

나는 1986년 오산에서 첫 근무를 했을 때 아내를 만났다. 우리는 1987년에 결혼했다. 많은 미국인들과 마찬가지로 나는 농부의 딸과 결혼했다. 그러나 많은 미국인들과 달리 내 아내는 한국의 전라북도 전주의 시골 농촌 마을에서 자랐다. 미국과 한국 문화의 전통에서 같은 점은 신랑 될 사람이 아내가 될 사람의 부모를 만나야 한다는 것이다.

나의 아내가 사는 시골집 방문은 양측 모두 탐색전이었다. 나는 뉴저지주의 외곽에서 자랐는데(여러분들의 농담을 첨가해도 좋음— 뉴저지는 미국인들이 다른 나라나 지역을 비교할 때 자주 인용되는 주임.) 한국에서는 물론 미국에서도 농촌을 가 본 적이 없었다. 게다가 공군에 입대했을 때 한국이 어디 있는지도 몰랐다. 그러므로 여러분들은 내가 어떻게 적응하게 될 것인지를 미루어 짐작할 수 있을 것이다. 전주 사람들은 군산 비행장이 차를 타고 잠시면 도착할 수 있는 거리이지만 미국인들과의 접촉이 거의 없다고 해도 과언이 아닐 것이다.

택시와 기차를 번갈아 타고 세 시간을 여행한 후에 아내와 나는 2 차선 도로에서 처가의 농가로 가는 흙길을 걸었다. 도중에 농가로부터 1/4 마일쯤 되는 곳에서 우리는 200 마리나 되는 장인의 돼지농장을 지나갔다(나중에 알았는데 더 많은 돼지가 있었다). 농가가 가까워지자 벽에 써 놓은 글자가 내 눈에 들어오는 것이 아니가! 농가 주위를 둘러싼 시멘트 담에 누군가가 한글로 "여기 미국사람이 있습니다"라고 써 놓았다. 오늘날처럼 골치 아픈 세상의 하나의 불길한 표현이라기보다는 호기심 많은 동네 사람들에게 알리는 글이었다.

장인과 장모를 처음 보았을 때 나의 첫 인상은 농가 앞에서 남자가 쇠스랑을 들고 있는 농부 부부를 그린 그랜트 우드의 1930년도의 걸작품인 〈아메리칸 고딕 (American Gothic)〉을 또는 것 같았다. 이 중요한 만남을 위해 처는 나에게 미래의 장인에게 큰절하는 법을 가르쳐 주었다. 나는 장인 앞에서 무릎을 꿇고 두 손은 이마에 대고 타닥에 엎드려 큰절을 했다. 장인의 껄껄대는 웃음으로 미루어 보아 내 기분은 1976년도 올림픽 체조에서 만점을 받은 나디아 코마네치의 승리에 비유할 수 있을 것 같았다. 그러나 아내가 장인에게 사과하면서 그렇게 하는 절은 며느리가 시아버지한데 인사할 때 하는 것이라고 설명했을 때, 내 승리감은 곧바로 낭패감으로 바뀌었다. 지금 생각해 보면 아내가 이 사실을 나에게 설명하지 않았으면 더 좋았을 뻔했다. 비록 코마네치가 이보다 더 잘 할 수 없을 정도였지만!

이 지워지지 않는 기억이 있은 다음, 나는 한국의 가정을 방문한 적이 있는 모든 미국인들이 겪은 경험을 하게 되었다. 그것은 바로 음식이었다! 모든 가족이 모여서 식사할 때 비교할 수 있는 아침과 점심 그리고 저녁 식사 시간이 있지만, 어울리지 않는다고 생각되는 시간은 없는 것 같았다. 장인 장모님 내외분이 연로하였기때문에 식사준비는 올케가 맡고 있었다. 올케는 양가 부모의 허락하에 결혼했다. 처남은 농장의 합법적인 상속인이었으므로 농장 일을 맡아서 하고 있었다. 결혼을 통해 며느리는 가족의 일원이 되어 농촌 사회의 한 역할을 맡았다. 그릇 가득히 고기와 야채, 국, 밥, 생선 등이 내 앞에 나열되자 나는 처가 식구들과 다른 사람들을 실망시키지 않을 식사 예절을 보여야 한다는 생각을 했다.

직업학교에서 타이핑을 배울 때를 떠 올리면서 내 앞에 있는 이국적인 음식을 맛보기 위해 선택하고 쫓는 방식을 택했다. 나의 모든 선택이 음식을 준비한 올케가 조심스럽게 지켜보면서 마음에 담아두고 있다는 것과, 이 세상 모든 장모들이 공유하고 있는 관찰력을 의식했다. 나는 내 입맛을 자극하는 음식을 얼마나 즐겼는지를 감추려고 노력한 것과 다른 사람들이 좋아하지 않는 음식을 좋아하는 것처럼 보이려고 노력하는 것이 별로 설득력이 없었음을 확신한다. 다음 식사 때에 올케가 내가 좋아했던 음식들을 가득 차려왔을 때 나의 연기가 형편없었다는 것이 분명해졌다.

밤이 되자 여자들은 부엌에 모였고 남자들은 방충망이 있는 사랑채에 모였다. 여자들이 내가 적합한지 또는 아닌지에 관해 이야기 하고 있는 동안에 장인과 처남이 나를 시험해볼 차례였던 것으로 생각된다. 비록 농부였지만 장인은 내가 만나본 사람들 중에 가장 훌륭한 신사였다. 장인은 차분하게 부드러운 목소리로 이야기하였고 이것은 나를 금방 편안하게 만들었다. 설령 딸을 외국인에게 시집보내는 것이 못마땅할지라도 결코 그런 내색을 비추지 않았다. 처남은 TV 연속극 '비벌리 촌 사람들' 의 제트로와 비슷하게 육체적으로 건강한 사람이었고, 굳건한 턱과 햇볕에 탄 얼굴을 가졌으며, 건실한 생활인의 모습이 역력했다. 그의 가장 인상적인 특징은 순수하고 친절한 큰 미소를 띤 얼굴이었다. 우리는 후식을 즐겼고 약간의 술을 서로 부어주며 마셨다. 나의 한국어와 그들의 영어 실력이 부족했기 때문에 우리는 주로 표정과 몸짓으로 의사소통을 했다. 반면에 나는 장모가 무슨 말을 하는지 모르겠고, 내가 하는 것을 모두 알고 있는 것으로 미루어보아 아마도 사윗감으로 부적절하게 생각하는 것으로 추측되어 나를 불안하게 했었지만 남자들은 금방 나를 안심시켰다. 그날 밤 잠자리에서 나는 그날 일어난 일에 관해 생각했다. 기차를 타고 오면서 본 아름다운 경치, 쌀이나 차를 빌리려고 온 방문객들, 내가 담뱃불을 붙일 때 장모의 표정 등. 다음 날은 내 인생에서 결코 잊을 수 없는 그리고 다시 하고 싶지 않은 일이 벌어졌다.

나는 여덟시 경 때맞춰 일어났다. 나와 아내를 제외하고 집에는 아무도 없었다. 우리는 햇살을 받으면서 닭들이 모이를 쪼고 소가 우는 소리를 들으며 현관 가장자리에 자리잡고 있었다. 얼마 후에 처음 보는 30대의 남자가 황급히 문으로 들어와서 아내에게 말하기 시작했다. 내가 무슨 일이냐고 묻자 아내는 그 사람이 집에 일을 해 주는 사람이라고 하면서 도움이 필요하다고 했다. 나는 남을 돕는 형의 사람이기 때문에 아내가 나에게 가서 도와주라고 한다면 도와주겠다고 말했다. 아내는 돼지가 우리 밖으로 나갔기 때문에 남자의 도움이 필요하다고 말했다. 주위에 남자가 나뿐인 것을 알았지만 나는 처남이 나타나기를 은근히 기대하면서 주위를 살펴보았다. 아내가 내가 도와줄 것이라고 했기 때문에 처남은 곧 돌아올 것으로 기대되지 않았다. 나는 그 남자를 따라 돼지우리로 내려갔다.

돼지우리는 길이가 15 미터에 폭은 7.5미터 정도의 장방형 콘크리트 구조였다. 벽은 약 1m 높이였다. 길 쪽으로 벽의 끝쯤에 콘크리트 바닥을 통해 사방 20cm 크기의 배수구가 서너 개 있었다. 이것은 돼지의 분비물이 빠져 나가는 곳이었다. 이 벽의 길이만큼 돼지 오물이 개울처럼 흘렀다. 돼지우리 밖의 흙과 풀숲이 있는 곳에, 정말로 새끼 돼지 세 마리가 나와 있었다. 그 일꾼은 나에게 막대기 하나를 건네주고 자신도 하나를 잡고서 내가 서 있는 곳의 반대편에 있는 오물이 흐르는 도랑 끝 쪽으로 향했다. 그는 나에게 막대기로 땅을 치고 소리를 지르면서 돼지들을 몰 수 있다는 것을 보여주었다. 목표는 돼지들을 우리의 바닥에 있는 구멍 방향으로 몰아가는 것이었다. 몇 번 시도한 후에 우리는 돼지들을 우리 속으로 넣을 수 있었다. 나는 매우 기분이 좋았다. 집으로 들어가려고 길 쪽으로 갈 때 일꾼은 소리를 지르면서 돼지우리 밖의 지저분한 풀숲 쪽을 가리켰다. 그 곳에는 내 몸 무개쯤 되는 돼지 한 마리가 돌아다니고 있었다. 그놈은 사방 20 cm 크기의 구멍으로 넣을 수 없는 것이 분명했다. 내가 고개를 돌려 애처로운 표정으로 일꾼을 쳐다보고 있을 때 그는 막대기로 땅을 치면서 원을 그리면서 돼지의 반대편 뒤쪽으로 가고 있었다. 그는 내 쪽에서 같은 행동을 하라고 몸짓을 했다. 일단 돼지의 뒤에서 그는 우리 쪽으로 그놈을 몰기 시작했다. 우리는 돼지를 오물 "강" 바로 위 쪽 벽으로 몰았다. 돼지는 뒷다리를 일꾼 쪽으로 향하고 머리는 내 쪽으로 향해 서 있었다. 그는 뒷다리를 잡으면서 나에게 귀를 잡으라고 했고 (나는 그 정도의 한국어는 알고 있었다) 나는 그렇게 했다. 내가 돼지를 가슴 높이로 들었을 때 그가 뒷다리를 놓쳤다. 그래서 돼지는 내 쪽으로 기울었다. 내가 할 수 있는 모든 용기를 내었지만, (그렇게 해서는 안 되는데) 나는 잡은 귀를 놓았다. 그놈은 도랑으로 오물을 튀기며 떨어졌고 나는 머리에서 발 끝까지 그 오물을 뒤집어썼다. 다행히 내가 합창단의 여자아이들처럼 "더러운 똥물아 저리 가, 저리 가"라고 고함치기 전에 그는 돼지 뒷다리를 다시 잡았고 이번에는 둘 다 놓치지 않고 그 녀석을 번쩍 들어 우리 안으로 던져 넣었다. 내가 더 큰 돼지들은 금방 던져 넣은 놈보다 두 배나 더 큰 것을 알고 어떻게 그 녀석들을 우리 안에 넣었느냐고 물었더니 큰 놈들은 우리 밖으로 도망치지 않는다고 표현했다. 우습게도, 내가 새로운 모습으로 남자다운 냄새를 풍기며 터덜터덜 돌아왔을 때 아내는 정말 내 모습을 보고 좋아했다.

식사를 한 번 더 한 후에 우리는 저녁 일찍 오산으로 떠났다. 우리가 지금도 결혼한 상태로 있고, 지난 19년 동안 처가집의 문이 우리에게 열려 있는 것을 보면 생각보다는 내가 그때 좋은 인상을 남긴 것 같다. 그 동안에 우리는 귀여운 아이를 둘이나 가졌고, 장인과 장모는 세상을 떠났으며, 돼지 농장은 사라졌다. (처남은 지금 뿔을 약재로 팔기 위해 사슴을 기르고 있다.)

본가 쪽에서 있었던 일을 이야기하자면 아내가 처음 미국에 여행했을 때를 말해 보겠다. 내 누이동생들은 영어 단어들을 목청껏 크게 발음하면 아내가 영어를 더 잘 이해한다고 믿었다. "켓찹 좀 먹을래 ???? . . . 햄버거에 발라 봐 !!!

부인 금옥, 아들 Jarod (17), 딸 Marissa (11). 1985년에 한국어 특기로 미 공군 입대. 현재 오산 공군기지에 네 번째 근무중. 송탄 중앙 침례교회에서 자원 영어 강사. 송탄 다트 협회 회원.

Korean Service: The Ties that Bind

MAJ Laura B. Bozeman
G1, Eighth US Army

When I think back to the first time I ever heard about Korea, it was in the context of family Army legends. As a child, my parents often spoke of my father's tour in Korea. In the late 1950s, conditions for US Army personnel serving in Korea were austere, at best. Korea was recovering from the ravages of war, and US troops were not permitted to leave their military installations except for official businesslet alone go home on leave. When my father, Boyd Carmichael, served by the Demilitarized Zone (DMZ) from 1957 to 1958, it was a difficult time for my parents; my brother was not yet two years old when my father departed the US, and my mother was expecting her second child. Christmas Day, 1957, when my sister, Susan Nolle, was born, the only quick and affordable way for my mother to let my father know the happy news was via telegram. Since my father could not come back to the US during his tour, the first time he saw my sister, she was nearly a year old. Simply put, in the Carmichael family's history, service in Asia equated to sacrifice and separation.

Times sure have changed. When I received assignment instructions for Korea, I was able to obtain a command sponsored tour without difficulty, and my husband and I flew from Seattle to Seoul together.

The prospect of two years apart from family and friends wasn't pleasant, but we arrived knowing that it would not be expensive to place a telephone call from Korea to the US, and e-mail was just a mouse click away. From our first weekend in country, we were able to get off post to explore Seoul and meet members of our host nation. We've made truly remarkable friendships over the past year and one half, and we've grown to appreciate Korea's history and culture. Moreover, we've sampled plenty of delicious cuisine, and we've journeyed throughout Korea. Finally, we've had the oppor-tunity to travel extensively throughout Asia and Oceania. Overall, our assignment has not been so much a hardship, but an adventure; we've taken advantage of the opportunity our tour has presented to explore our host country and the surrounding region, and despite our geographic separation, we've grown closer to my parents through our regular discussions about Korea, then and now.

Thinking back to the spring of 2004, I realize my father was an integral factor in my decision to come to Korea. When my assignment manager mentioned the possibility of an overseas tour in Korea, the first thing my husband and I did was call Dad, for he'd served up North by the Injon River with the 8th Cavalry Regiment from 1957-1958. To put it mildly, all these years later, Dad has maintained a rather interesting perspective on the Korean peninsula. Before long, we had a richer, more vivid picture of Korea than soldiers who had recently served there could provide. For starters, Dad described how things used to be in Korea. His descriptions of encounters he had with North Korean personnel at the DMZ sounded somewhat harrowing, until he casually mentioned he the DMZ was also his favorite place to hunt for pheasant. The living and working conditions he endured were harsh, but he forged strong friendships and found moments of beauty in the midst of a war-torn land. During our conversation, he recalled driving back from Seoul one memorable evening, when the glow of a glass factory furnace stood out like a beacon in the night sky. Overall, he indicated serving in Korea had been a rewarding experience, and he peaked our curiosity. Serving in Korea, my husband and I realized, would mean more than a chance to be with each other. Korea also offered us an opportunity to become closer to Dadunited by service.

One of the first discussions I had with my father upon arriving in Seoul, Korea centered on my living conditions and the city's transportation network. When Dad lived in Korea, his quarters consisted of a quonset hut, and his primary mode of transportation was walking. While the installation where I work has a few corrugated metal buildings, they are used for storage or office spacenot as living accommodations. My father lived in a tiny room; my husband and I reside in a beautiful apartment with a view of the Han River. No pot bellied stove for us: we have modern ondol heating. Wool blankets hung from clothes lines do not delineate one half of the hooch from the other; we have a wood paneled entryway foyer, complete with a cabinet for our shoes and a mulberry paper screen for privacy. As far as transportation goes, we have endless options: we own a small used Hyundai, and we live near the subway. We've taken the KTX to Busan, and we've traveled by military bus to the Third Tunnel, up by the DMZ. The contrast between our experience in Korea and that of my father underscores the past half century's remarkable recovery and development.

Food has been an integral part of my family's experience in Korea. Our first weekend in country, my husband and I went out to eat at a traditional Korean restaurant, and we had a thoroughly enjoyable meal. The more kimchi we ate, the more we loved it! We resolved then and there to continue to sample different cuisine during our assignment, and we've grown to savor many traditional dishes. Over the time we've been in Korea, we've enjoyed the hospitality of a Korean family during a home visit program, we've dined on delicacies at the

Korea House, and we've sampled temple food at Sanchon Restaurant in Insadong. Given my family's love for foreign cuisine, I was surprised that my father hadn't eaten many Korean dishes during his tour. Unfortunately, while we wish we could use food as a common experience basis for Korean tours separated by nearly half a century, such is not the case, for my father served in a time when US personnel were virtually confined to their camps for the duration of their tours, except for field problems, and the economic miracle was nothing more than a fervent wish for the future. As a result, Dad didn't get to sample much local fare while he was in Korea, but his descriptions of special dinners with Republic of Korea Army officers sound impressiveespecially since the pheasants he shot in the DMZ often served as the entres! Given Dad's more limited exposure to Korean meals, I guess that makes his willingness to try some of the dishes we've grown to love all the more inspiring. He's now sampled roasted seaweed laver, bulgolgi, and kimchi. He compared the laver to potato chips, so perhaps, it's a good think we didn't bring home twigim, the deep fried, sugared seaweed we love to munch. The bulgolgi was a big hit. As for the kimchiwell, Dad said it was too spicy for human consumption! For a 76-year-old, Dad's got a sense of adventure!

When we speak with Dad on the telephone each week, we comment on our various experiences, and he discusses memorable experiences from his 16 month tour. Dad certainly didn't live in a high rise apartment building when he was stationed in Korea. In fact, one of the few places we've encountered that's anything like the Korea Dad remembers has been in Suwon, at the Korea Folk Village. If he traveled to Seoul, he had to be back up North that very evening. Civilian plane flights were cost prohibitive for a junior officer with a wife and children back in the US, whereas today most personnel can afford to fly home for mid-tour leave or even to bring their families over here for a jaunt around the region. Nonetheless, Dad came to love certain things about

Korea, as we have. We know that if my father came to visit, the friendliness of the Korean people would be familiar to him, and we are certain his visit will be a pleasant reminder that his service made a positive difference for others.

We are all too aware that service in Korea separates many people from their families, much as the DMZ separates many Korean families in the south from their loved ones in the north. We hope, during Dad's lifetime, that the DMZ will be no more. Our tour in Korea has brought our family closer together. It has enriched the relationship my husband and I cherish with each other. It has strengthened the ties between father-in-law and son-in-law. It has bridged the gap of nearly fifty years of service between a father and a daughter, both proud of our service as officers. Common threads bind us more closely together: the friendship of the Korean people, and our family's association with the US Army.

Major Laura B. Bozeman presently serves with the Eighth US Army G1 in Seoul, Korea. She is a 1992 graduate from Texas Christian University, where she earned her commission through Army ROTC. She grew up in Colorado Springs, Colorado, where her father retired following twenty-two years service as an infantry officer. This past June, Major Bozeman's father underwent emergency open heart surgery. Thanks to the US Army, she and her husband, Mike, were able to fly home on emergency leave, and they made it home in time to be with her father when he underwent his triple by-pass operation. After the successful surgery, they treated him to a gift pack of kimchi.

한국 근무로 맺은 인연

로라 B. 보우즈만 소령
미8군 인사처

내가 한국에 관해 처음 들었을 때를 회상해 보면, 한국은 내 가족의 육군 내력과 인연이 있다. 어렸을 때 부모님은 내게 할아버지의 한국 근무에 관해 자주 이야기했다. 1950년대 말 한국에 근무하는 미 육군 병사들의 상황은 좋게 말해서 검소한 편이었다. 한국은 전쟁의 폐허에서 벗어나고 있었고, 미군은 본국에 휴가를 가지 못하는 것은 말할 것도 없고 공식적인 업무 외에는 부대를 벗어날 수도 없었다. 나의 아버지 보이드 카마이클이 1957년에서 1958년까지 휴전선에서 근무했을 때, 오빠는 두 살이 채 못 되었고 어머니는 두 번째 아이를 임신하고 있어서 부모들은 어려운 처지에 있었다. 1957년 크리스마스에 언니 수전 노엘이 태어났을 때 어머니가 아버지에게 빨리 그 기쁜 소식을 전달할 수 있는 방법은 전보밖에 없었다. 근무 중에 귀국을 할 수 없었으므로 아버지가 둘째 딸을 본 것은 수전이 거의 한 살이 되었을 때였다. 간단히 말하자면, 카마이클 가족사에 있어서 아시아의 근무는 희생과 별거였다.

확실히 시대는 변했다. 내가 한국에 근무하게 된다는 지시가 내려졌을 때, 나는 사령부의 도움으로 여행을 할 수 있게 되어 아무런 어려움이 없었으며, 남편과 나는 함께 시애틀에서 서울로 이동했다. 가족과 친구들로부터

2년간 떨어져 있게 된다는 예정이 유쾌한 것은 아니었으나, 우리는 한국에서 미국으로 전화하는 것이 비싸지 않고 이메일은 마우스 클릭 한 번이면 된다는 것을 알고 한국에 도착했다. 한국 근무의 첫 주말에 우리는 부대를 벗어나 서울을 구경했으며 한국인 후원자들을 만났다. 우리는 지난 1년 반 동안 정말 훌륭한 친구를 사귀었으며 한국의 역사와 문화를 이해할 수 있게 되었다. 나아가 우리는 맛있는 음식을 많이 먹게 되었고 한국의 여러 곳을 여행했다. 마침내 우리는 아시아와 대양주를 광범위하게 여행할 수 있는 기회를 가졌다. 전반적으로 볼 때 우리의 한국 근무는 고난이 아니라 모험이었다. 우리는 한국 근무를 활용하여 한국과 주변국을 여행했으며, 부모님과는 지리적으로 떨어져 있었지만 과거와 현재의 한국에 관해 정기적으로 이야기를 나누면서 더욱 가까워질 수 있었다.

2004년 봄을 회상해보면 내가 한국 근무를 결정하게 된 중요한 요소는 아버지였음을 깨달았다. 내 보직 관리관이 내가 한국에서 해외근무를 할 수 있을지도 모른다고 알려줬을 때 남편과 내가 처음 한 일은 아버지에게 전화하는 것이었다. 왜냐하면 아버지는 1957년에서 1958년까지 임진강 부근의 북쪽 제8기병연대에서 근무했기 때문이었다. 다시 말하자면 아버지는 오랜 세월 동안 한반도에 관해 흥미로운 생각들을 가지고 있었다. 그리고 얼마 안 있어 우리는 한국에서 근무하는 군인들로부터 들었던 것보다 더 풍부하고 생생한 한국의 모습을 알 수 있게 되었다. 먼저 아버지는 한국의 옛 모습이 어떠했는지에 관해 이야기했다. 휴전선에서 북한군과 조우했던 이야기는 약간 긴장되었지만 아버지는 휴전선이 꿩을 사냥하기에 가장 좋은 곳이라고 지나가는 말처럼 이야기했다. 당시의 생활환경과 근무환경은 형편없었지만 아버지는 한국인들과 깊은 친분을 맺었고 전쟁으로 폐허가 된 가운데에서도 아름다운 순간들을 많이 찾아냈다. 이야기 하는 동안 아버지는 어느 날 추억에 남는 밤에 서울로 운전하면서 유리공장의 용광로로 불빛이 밤하늘에 등대불처럼 비추었던 때를 회상했다. 전반적으로 아버지는 한국의 근무가 보람이 있었다고 하면서 우리들의 호기심을 유발시켰다. 한국에 근무하면서 우리 부부는 서로 함께 있게 된다는 것 이상이 있음을 알게 되었다. 또한 한국 근무를 통해 일체가 되어 우리와 아버지가 더욱 가까워질 수 있는 기회를 갖게하였다.

　서울에 도착하여 우리가 아버지와 이야기한 첫 번째 문제는 생활 조건과 교통문제였다. 아버지가 한국에 근무했을 때는 숙소가 콘셋 막사였고 주 교통수단은 걷는 것이었다. 한편 내가 근무하는 곳에도 골판 형 양철지붕의 건물이 있지만 이것은 주거지가 아니라 주로 창고나 사무실의 일부이다. 아버지가 살던 곳은 작은 방이었지만, 우리 부부가 사는 곳은 한강이 보이는 아름다운 아파트이다. 우리집은 배가 튀어 나온 난로가 있는 것이 아니라 현대식 온돌로 되어 있다. 빨래줄에 걸린 담요가 칸을 막는 막사 대신 우리집은 로비가 멋있는 패널로 되어 있고 신발장이 있으며 짙은 자주색 종이로 된 스크린이 외부를 차단한다. 교통문제에 관한 한 우리는 수많은 선택이 있다. 우리는 중고 현대차를 가지고 있고 부근에 지하철이 있다. 부산까지 고속철도를 타고 가며 제3땅굴과 휴전선은 군부대 버스를 이용한다. 우리와 아버지의 한국 근무의 경험은 지난 반세기 동안의 놀랄만한 복구와 발전에서 비교된다.

　음식은 우리 가족의 한국 경험 중 빠질 수 없는 부분이다. 한국의 첫 주말에 남편과 나는 한국 식당에서 음식을 한껏 즐겼다. 김치를 많이 먹을수록 우리는 더 김치를 좋아하게 되었다. 우리는 그때 그곳에서 앞으로 근무하는 동안 계속해서 다른 음식들을 먹어보기로 결심했으며, 그 후에 많은 전통적인 음식들을 맛보게 되었다. 한국에 있는 동안 우리는 한국 가정방문 계획에 따라 한국의 한 가족의 환대를 받았다. 한국 가정에서 우리는 훌륭한 음식을 맛보았으며 인사동에 있는 식당에서 사찰음식을 먹어봤다. 우리 가족의 외국 음식에 관한 관심을 생각해 볼 때 나는 아버지가 한국 근무 중에 한국 음식을 드셔보지 못한 것에 놀랐다. 불행스럽게도, 우리가 반세기 동안 분단된 한국 근무 중에 음식을 공통적인 관심사로 이야기할 생각이었으나 아버지가 근무하던 시절은 미군이 야전 근무를 제외하고 생활이 사실상 부대 내에 제

 우리는 좋은 이웃

한된 시절이었고, 경제 기적은 미래의 희망사항에 불과하던 시절이었다. 그 결과 아버지는 한국에 근무하는 동안어 음식을 맛 볼 기회가 없었다. 그러나 대한민국 국군 장교들과 특별한 만찬에 관한 설명은 인상적이었다. 특히 휴전선에서 아버지가 사냥한 꿩이 자주 별식으로 사용되었다. 한국 음식에 관한 아버지의 짧은 경험을 고려할 때 우리가 즐기게 된 음식을 아버지가 잡숴 보시기로 한 것은 매우 고무적인 것으로 생각된다. 이제 아버지는 구운 김과 불고기 그리고 김치를 잡숴보았다. 아버지는 김을 감자 칩에 비교했다. 그래서 아마도 우리가 무척 좋아하게 된 설탕을 발라 바싹 튀긴 미역튀김을 집으로 가지고 오지 않은 것은 잘한 생각인지도 모른다. 불고기는 대단히 인기 있었다. 김치에 관해서 아버지는 김치가 인간이 먹기에는 너무 양념맛이 강하다! 라고 하셨다. 76세이신 나이 드신 아버지는 모험심이 강한 편이었다.

매주마다 우리가 아버지에게 전화를 할 때 우리는 여러 가지 경험에 관해 이야기하며 아버지는 16 개월 간 근무하면서 인상에 남았던 일에 관해 이야기하신다. 한국에 근무할 때 아버지는 분명히 고층아파트에서 살지 않았다. 사실 우리가 본 중에서 아버지가 근무했던 시절과 유사한 몇몇 장소들은 수원 근처의 민속촌이다. 아버지가 서울을 방문했을 경우에는 그날 밤까지 북쪽에 있는 부대로 돌아가야 했다. 민간인 비행기 여행은 본국에 부인과 아이들이 있는 젊은 장교에게는 엄두도 못너는 엄청난 비용이었다. 반면에 오늘날에는 근무 중간의 휴가 기간에 대부분의 군인들은 본국으로 갈 수 있으며, 나아가 가족들을 소풍삼아 근무 지역으로 데려올 수도 있다. 어쨌든 아버지는 우리처럼 한국의 어떠한 것도 사랑하게 되었다. 아버지가 한국을 방문하게 되면 한국인의 친절함이 아버지에게 친근감을 줄 것이며, 아버지의 방문을 통해 당신의 근무가 다른 사람들을 의해 긍정적인 변화를 만들어 냈다는 것을 기쁘게 회상할 수 있을 것으로 확신한다.

우리는 휴전선이 남쪽에 있는 많은 한국인들을 북쪽의 사랑하는 이들로부터 격리시키고 있듯이, 한국의 근무가 많은 이들에게 가족으로부터 떨어져 있게 하는 것을 너무 잘 알고 있다. 우리는 아버지가 살아계신 동안에 휴전

선이 사라지게 되기를 바란다. 우리의 한국 근무는 우리 가족을 더욱 가까워
지게 했다. 이것은 내 남편과 내가 서로를 더욱 아끼는 관계로 만들었다. 또
한 장인과 사위의 관계를 가깝게 했다. 이것은 아버지와 딸 사이의 거의 50
년의 세월이 지난 한국 근무의 가교 역할을 했다. 우리 모두 장교로서 한국
에 근무한 것을 자랑스럽게 생각한다. 우리의 공동의 관심사인 한국인의 우
정, 그리고 우리 가족의 미 육군과의 관계를 통해 우리를 서로 더 가깝게 연
결시켜주었다.

The Subway

Bobbi Kubish
Camp Humphreys

My husband has been stationed at Camp Humphreys in An Jung Ri, Korea since September 2003, four days after our wedding. Of course, I was very sad to see him go but wished him farewell teary-eyed and broken hearted. Though this was a difficult time, there was a part of me that was excited for him and wondered what adventures he would experience the next year in a country that quite honestly, neither of us had ever dreamed of visiting or knew much about.

For some reason, as an American, Asian countries seem so mysterious and distant. The faces and culture appear so different, so exotic. This was a chance for him to experience something so few Westerners do and I was grateful for that. I suppose there was a part of me that was also excited to know that I could visit and create some cherished memories myself!

Visit I eventually did and enjoyed Korea so much my husband, Joel, and I decided he would extend for another year and I would join him. After all, when else would I get the chance to live in Korea? No job back home was worth missing this experience and, as a result, there are many adventures that I could discuss in this essay: our trip to Jeju Island, our many excursions in Seoul and Suwon to palaces and markets, Mt. Sorak, the DMZ, visits to various cultural events or the Icheon Pottery Festival (where way too much money was spent). I could publish an entire memoir on my experiences teaching English to kindergarteners through sixth graders my first few months here. It is difficult to choose, so what I have decided onwellis a relatively uneventful ride on the subway; in particular a trip from Seoul to Pyeontaek a few weeks ago.

Joel and I were on our way home; it was about 9:00 p.m. on a Saturday evening. After spending a day in Seoul, mostly on one of our favorite streets in Insadong, we were exhausted and anxious to sit down. We caught the subway at Seoul Station and headed for home. We found a seat immediately, though the subway car was a bit crowded.

The lights overhead were bright and people were shuffling about, yet almost immediately my husband was asleep, arms folded, head resting against the wall behind him. I, however, sat wide-eyed, watching, mesmerized by the weary riders like us. We have ridden on the subway many times. Relying on public transportation in Korea forces you to learn it, though initially the experience can be overwhelming trying to interpret signs in Hangul and decipher maps. Perhaps that is why I have never noticed the people like I did on this particular trip. Always too tense and worried that we might miss a stop. After frequent trips of a similar nature, I have learned to relax.

As the subway proceeds, to my right sits a young, cheery couple in their mid-twenties. She with black-rimmed glasses that accentuate the squareness of her face and her bright smile. He with a spiked hair-style that accentuates the playfulness in his eyes. She was reading a novel (in Hangul, of course) and he was playing games on the cell phone. They were having light, pleasant conversation, laughing and enjoying each other's company. She pointed out a paragraph in her book and he acknowledged it, seeming to agree with what it said. She brushed my arm and turned to me to nod an apology. I have no idea what this couple was saying to each other or what the book was about but it was clear they enjoyed each other's company and were happy to be together. Each killing time as the subway hurriedly rolled on.

Across the aisle, slightly to my right was a middle-aged, pretty woman, sleeping as my husband was. Arms crossed, head against the window behind her. She had that long, black, glossy hair that many Korean women seem to wear flawlessly. Her make-up highlighted the shape of her delicate eyes. Her feet, slightly elevated from her white, dangerously high-heeled shoes. I wondered how her day was. How she walked in those heels and if her feet were sore. Mine were in my much more conservative shoes. Entering the subway, she walked as if on air. As if her small frame was light as a feather. Was she on her way home from work or from visiting loved ones in Seoul? Either way, she had a long day, and like us was exhausted and looking forward to being off the subway and closer to home. To be asleep in bed. She didn't tell me this, if she had I would not have understood, but it was clear from her body language this was what she was wanting as the subway effortlessly moved on.

The family across from me is comical, though, I try not to smile too obviously. A father, sleeping next to the silver rail by a door. Yet another passenger asleep, head against the wall like my husband. Only his mouth was wide open sucking in the air as if the oxygen content was depleting with each inhalation. Next to the man was his son, this was clear. He was perhaps nine years of age. Both proudly displayed round, red faces, chubby cheeks and flat noses. This young man will be of a shorter, stockier stature like his father. He was wearing shorts and black tennis shoes, untied, like most kids. One minute he tenderly has his hand on "dad's" arm and the next turning to aggravate his sister sitting on his other side. She was perhaps 13, thin and tall. Plain, but pretty. She has her mother's height and a look of seriousness in her eyes; perhaps because she was enjoying the attention from her mother on her left and trying to ignore her brother on her right.

Mother and daughter were both enjoying "talk time" on the subway, able to sit quietly and discuss the things mothers and daughters discuss. Friends, school, clothes, the events of the day, naughty brothers. The mother touches her daughter's hair and puts her arm around the girl. The girl smiles. The son, who gave up getting his sister's attention three stops ago, like his father, sleeps, head against the wall, hand still on dad, mouth gapping wide, sucking the air as if it was his last breath. Mom looks up and realizes their stop has unexpectedly arrived. Quickly, she wakes her husband and son and they hurriedly grab their belongings, mostly bags from a day of shopping. They didn't say it, but this family loved each other. They didn't have to tell me; it showed in their faces and their gentle touches. It showed in their eyes as they briskly walked off the impatiently waiting subway, father in the rear ensuring all are out safely.

My husband stirs next to me and puts his head on my shoulder. I wonder if we'll have a son and a daughter some day.

New people rush in. Now across from me, a teenage boy I would guess to be 17, my nephew's age back home in Wisconsin. Ironically, this small framed, ruggedly cute, introverted boy with black stocking hat, headphones, and baggy blue jeans instantly reminds me of Ryan. Their faces so different, yet the same. One a Korean with brown eyes and shaggy hair; the other with German/Polish decent, blue-eyed and blond. So different. But their noses, their mouths and their body frame. That distant, somber look in their eyes that only teenage boys have. The same. He glances at me and we both look away. I wonder if this young man has a girlfriend or if he has had his heart broken, like my nephew. If he is unsure of his future or what he would like to do as a career. I wondered if he has relatives half way across the world as my nephew does.

He gets up to leave. He didn't have to tell me he was thinking serious teenage thoughts. Serious to him at least. It showed in his eyes. It was exuded in his too-stoic-for-his-age persona. I realize I miss my nephew, my family, and need to call home. The subway continues, unaware of the changes within.

Next a college-aged, well-dressed man sits with a book and pen in hand, book bag overhead. Hair trimmed nicely, pressed white shirt, dress shoes, and a gold chain with a crucifix. He is serious about his studies as he copiously takes notes. It is clear he is reading for the sole purpose of gaining knowledge and not for pleasure. He is handsome, I glance at my husband. He is handsome too but in a completely different way. Dark brown hair and eyes across from me contrasts with sandy brown hair and blue eyes next to me. Opposite faces, yet both attractive. The young man looks up and smiles. My husband briefly wakes to glance out at the blurred scenery and puts his head back on the wall behind him. The man's smile is as soft as his eyes. He goes back to reading. I wonder if he is a student or perhaps a young businessman. Either way, I think back to my college years and am thankful to not have to read textbooks and prep for exams anymore. I am sure he will be grateful to get through whatever it is he is preparing for. He doesn't have to say it I know from experience. The subway abruptly stops again.

Another man, early forties I guess, sits next to the college-aged man with a blue pressed button up shirt and glasses. He is definitely a professional of some sort, with a friendly-looking face. This man does not look Korean, though he is Asian. He takes a phone call that results in much laughter and head nodding. Why do we nod when we are on the phone? He seems pleased with the call after hanging up. Smile on face and a reflective look; he is thankful for a call that just lasted through two or three stops. The young, college-aged man strikes up a conversation with him. Though I don't understand I can tell it is because of something he overheard in the phone conversation. They talk, chuckle, and the blue-shirted man points out something in the book the younger man is reading as if explaining it. They exchange information. The older man offers a business card, the younger man offers a torn piece of notebook paper. I am sure the younger man is in college after seeing this. I remember how many times I gave my name on a crumpled piece of paper. I felt so mature when I finally passed out my first business card. He will too. The blue-shirted man is happy to have been able to assist the young man and hopes to hear from him in the future. I don't understand their words, I just know. I have been through this many times and I wonder if they will follow through. I know they intend to. Everyone does, it just doesn't always happen. Life and other obligations get in the way. Either way, blue-shirted man says good-bye with a smile and head nod. The younger man bows. This has been a pleasant subway ride for the both of them.

It is half past ten and Pyeongtaek arrives. I too wake my husband, we gather our Korean treasures and scanter off the subway. It leaves us as quickly as it stopped and is but a distant sound in the chilly night air. Now comes the time to make a big decision. Do we take the number 20 bus back to An Jung Ri or "splurge" on a cab and arrive home more quickly? We opt for the cab. It is late and we are getting more tired and cranky by the minute. A quiet cab home gives me time to reflect on the subway ride; on the happy couple, the family that almost missed their stop, the young somber man that reminded me of my nephew, the middle-age woman, exhausted from a long day, and, of course, the men who exchanged phone numbers.

There were more people, more faces, more stories that I invented that night. I could go on and on but you get the point. The point, from my perspective, that we are all the same regardless of what country we call home, what our faces look like or what our customs are. This is not a new or enlightened message, but for some reason it hit me hard that night. I could have been on any subway in the world and would have watched the same scenes over and over again, only with different faces attached. Korea is where I happened to be when my belief was reaffirmed that we are all humans and belong to one race.

It is no mystery that people world-wide have good days and bad days, are exhausted or fall in love, are playing games or reading books to pass the time, are making connections for their future. Mothers are talking to their daughters and fathers are snoring next to their sons who are sleeping next to their fathers. People are thinking their thoughts, which are very serious thoughts to them. It doesn't matter where we are or who we are, people feel love and joy and friendship and anger and pain and loss.

I guess my "life in Korea", more than anything, has really opened up my eyes to this fact. All my experiences here are so unique and special and I have learned something from each. They have involved interacting with the Korean people, learning and respecting their traditions, which though very different, really aren't. Come to find out, Korea isn't that mysterious after all, it is a place that people call home and are proud of just as I am of my country, America. It seems a smile has the same meaning in every culture. Emotions are complicated and beliefs are thought to be worth fighting for. We must respect that, whoever we are and take the time to understand each other before judging and acting. And take the time to know each other, because quite frankly, in many ways we probably already do.

I only hope that I (and my country) have left the positive footprint on Korea and the people I have been blessed to meet as Korea and its people have on me. It is the least I can do for a country that has helped me to grow personally and too become less fearful of the unknown. Thank you Korea for the cherished memories.

My family is in San Diego, CA. This is my third tour in Korea, arriving here in January 2004. I was at Camp Carroll in 1981 and at Camp Casey in 1991. My DEROS date is January 2008 but expecting to retire in July 2008.

지하철

보비 쿠비쉬
캠프 험프리

　남편은 우리가 결혼한 지 4일 후인 2003년 9월부터 안정리의 험프리 기지에서 근무하고 있다. 물론 나는 남편이 떠나게 되어 매우 슬펐지만 눈시울을 적시면서 쓰라린 마음으로 남편을 보냈다. 비록 어려운 때였지만 내 마음 한 구석에는 남편에 대해 가슴 설레는 부분이 있었다. 솔직하게 말해 남편과 나도 잘 모르는, 가게 될 줄은 꿈에도 꿔 보지 못한 나라로 다음해부터 근무를 하게 되어 경험하게 될 모험들에 관해 흥분했다.

　무슨 이유인지 모르나 미국인으로서 아시아 국가들은 신비스럽고 멀리 떨어져 있는 느낌이 든다. 얼굴 모습과 문화가 너무 다르고 이국적으로 느껴진다. 남편에게는 극히 일부의 서구인들이 가지는 경험을 할 기회이며 나는 이것이 매우 고맙게 느껴졌다. 내 마음 한 구석에는 그곳을 방문하여 나 자신도 소중한 추억을 만들 수 있다는 것을 깨닫고 흥분했던 것으로 생각된다.

　결국 나도 한국을 방문하였고, 남편 죠엘과 나는 한국 생활을 즐겼으며 남편이 한국 근무를 1년 더 연장하기로 결심하여 나도 함께 생활하기로 했다. 말하자면 언제 내가 한국에 살 수 있는 기회가 다시 올 수 있겠는가? 고국의 직장을 잃는 것은 한국의 경험을 생각할 때 그 가치가 있다. 결과적으로 이 수필에서 나는 많은 모험에 관해 이야기할 수 있다 – 제주도 여행, 서울과 수원에서 고궁이나 시장으로의 수많은 나들이, 설악산, 휴전선 방문, 다양한 문화행사 또는 (비록 너무 돈을 많이 썼지만) 이천의 도자기 페스티벌. 몇 개월 동안 살면서 유치원에서부터 초등학교 6학년까지 영어를 가르친 경험에 관해 나는 자서전 한 권을 쓸 수도 있을 것 같다. 선택하기가 어렵지만 내가 결정한 것은 비교적 평범한 지하철을 탔던 이야기, 특히 몇 주일 전에 서울서 평택까지의 경험에 관한 이야기이다.

죠엘과 나는 토요일 밤 9시경에 집으로 가는 중이었다. 하루 종일을 우리가 가장 즐겨 찾는 인사동에서 보낸 후에 우리는 지쳤고 자리에 앉고 싶었다. 우리는 서울역에서 전철을 탔다. 차 안은 비교적 혼잡했지만 우리는 곧 자리에 앉았다.

머리 위의 전등은 밝았고 사람들이 이리저리 움직이고 있었다. 그러나 남편은 팔짱을 끼고 머리는 뒷벽에 기댄 채 즉시 잠들었다. 그러나 나는 최면에 걸린 듯이 우리들처럼 지친 사람들을 쳐다보면서 정신이 말짱한 채 깨어 있었다. 우리는 여러 번 전철을 탔다. 처음 전철을 탔을 때는 한글을 이해하고 지도를 해독하느라 힘들었지만 한국에서 대중교통을 이용하려면 이런 것들을 배워야 했다. 그래서 아마도 오늘 이 특별한 여행과 달리 전에는 사람들을 살펴보지 못했는지도 모른다. 정거장을 놓칠까봐 항상 너무 긴장하고 걱정이 되었다. 같은 방향을 자주 이용하게 된 후에 나는 긴장을 풀게 되었다.

전철이 달리면서 내 오른쪽에 20대 중반의 젊은 한 쌍이 앉았다. 여자는 검은 테의 안경을 썼는데 네모난 얼굴과 밝은 미소가 돋보였다. 남자는 밤송이 머리였는데 눈 가에 장난기가 있어 보였다. 여자는 소설을 읽고 있었고 (물론 한글 소설이었다) 남자는 휴대전화로 게임을 즐기고 있었다. 둘은 가볍고 유쾌한 이야기를 나누고 있었고 서로 재미있게 웃곤 했다. 여자는 소설의 한 부분을 가리켰고 남자는 내용에 동의하는지 수긍했다. 여자는 내 팔을 잠깐 스치더니 내 쪽을 보면서 미안하다고 고개를 끄덕였다. 이들이 무슨 이야기를 하는지 그리고 책의 내용이 무엇인지는 알 수 없었으나 서로 함께 있는 것을 즐기는 것이 분명했다. 전철이 빨리 달리는 동안 그들은 서로 재미 있게 시간을 보내고 있었다.

맞은편의 약간 오른쪽에는 중년의 예쁜 여자가 팔짱을 끼고 뒤편의 창에 머리를 기댄 채 남편처럼 잠이 들었다. 그 여자는 많은 한국 여자들의 완벽한 머리처럼 길고 까맣게 윤이 나는 머리칼을 가졌다. 그녀의 화장은 미묘한 눈의 모습을 돋보이게 했다. 그녀는 위험스러울 정도로 높은 굽의 신발을 신고 있었다. 나는 그녀가 하루를 어떻게 보냈을까 하는 궁금한 생각이 들었다. 그녀의 발이 아프다면 어떻게 그 높은 신을 신고 걸을까? 내 신은 비교적 보수적이다. 그녀는 전철을 탈 때 마치 작은 몸집이 날개인 것처럼 공중을 나는 것처럼 들어왔다. 그녀는 일을 마치고 퇴근하고 있는 것일까, 아니면 서울에서 연인을 만나고 오는 것일까? 어쨌든 그녀는 긴 하루를 보내고 우리들처럼 지쳐서 지하철을 내려 집으로 가려는 것으로 보였다. 빨리 잠자리에 들고 싶을 것이다. 그러나 내게 말하지 않았으니 내가 알 길이 없지만 전철이 자연스럽게 진행함에 따라 그녀의 몸짓으로 보아 그렇게 원하는 것이 분명한 것 같다.

맞은편의 한 일행은 우습게 보였지만 나는 너무 드러내어 웃지 않으려고 노력했다. 아버지는 문 옆의 은빛 금속 칸막이에 기대어 자고 있었다. 다른 한 승객도 내 남편처럼 벽에 기대어 자고 있다. 다만 그는 입을 크게 벌리고 마치 숨 쉴 때마다 산소가 더 빠져 나가는 것처럼 숨을 들이켜고 있다 그 옆에는 아들이 있었다. 아들임이 틀림없다. 아마 아홉 살 쯤 된 것 같다. 둘 다 자랑스럽게 둥글고 붉은 얼굴과 토실토실한 뺨과 납작한 코를 갖고 있었다. 이 아이는 아버지처럼 나중에 작고 통통한 모습이 될 것이다. 다른 아이들처럼 짧은 바지에 끈이 달린 검정색 운동화를 신고 있었다. 그 녀석은 잠시 "아빠"의 손을 부드럽게 잡고 있다가 다른 쪽 옆에 앉은 누나를 괴롭히고 있다. 누나는 13 살쯤으로 보인다. 가냘프고 키가 크다. 평범하지만 예쁘다. 누나는 엄마 키와 비슷하고 눈빛이 강렬하다. 아마 엄마의 관심을 의식하고 있고 오른쪽에 앉은 남동생을 무시하려고 노력하는 것 같았다.

엄마와 딸은 전철에서 "이야기 하는 시간"을 즐기고 있다. 조용히 앉아서 모녀가 이야기하는 그런 이야기를 나누고 있다. 친구, 학교, 옷, 그날의 일, 짓궂은 남동생 이야기 등. 엄마는 딸의 머리를 만지며 팔로 딸을 감싼다. 딸은 미소를 띤다. 아들은 세 정거장 전에 누이를 괴롭히는 일을 그만 두었다. 이제 벽에 기대어 손은 아직도 아버지 손을 잡고 입을 크게 벌린 채 마치 마지막 숨인 것처럼 숨을 들이켜고는 아버지처럼 잠이 들었다. 엄마는 위를 쳐다보며 갑자기 내려야할 정거장에 도착한 것을 느낀 것처럼 서둘러 식구들을 깨우고 대부분은 그날 쇼핑한 짐을 챙긴다. 말은 하지 않지만 이 가족은 서로를 사랑한다. 그들은 내게 그렇게 갈하지 않았지만 얼굴과 서로 부드럽게 만지는 행동이 그렇게 보여준다. 아버지가 제일 뒤에서 모두 안전하게 내리는 것을 확인하며, 조바심을 내면서 기다리는 것 같은 전철에서 분주히 내릴 때 그들의 눈이 서로 사랑하는 것임을 보여준다.

남편은 내 곁에서 몸을 움직이면서 손을 내 어깨 위에 놓는다. 나는 우리도 언젠가는 아들과 딸을 갖게 될 것이라고 생각한다.

새로운 사람들이 밀고 들어온다. 내 앞에는 17세쯤 되는 녀석이 앉았다. 위스콘신에 있는 조카의 나이와 비슷하게 보인다. 우습게도 거칠게 매력적인, 검은 뜨개 모자를 쓰고 이어폰을 끼고 헐렁한 청바지를 입은 이 작은 녀석은 즉시 라이언을 연상시켜준다. 한 녀석은 한국인이고 검은 눈에 덥수룩한 머리칼을 하고 있고, 또 한 녀석은 독일계 및 폴란드계의 후손으로 파란 눈에 금발이다. 매우 차이가 있다. 그러나 그들의 코, 입 그리고 몸집, 먼 곳을 보는듯한 수수한 눈매는 그 또래의 아이들만이 가지는 공통점이다. 그는 나를 쳐다본다. 그리고 우리 둘 다 딴 곳을 본다. 나는 그 녀석이 여자 친구를 가지고 있는지 내 조카처럼 바람을 맞았는지 궁금하다. 미래가 궁금한지 장차 무슨 일을 하고 싶은지. 나는 그 녀석이 나처럼 지구 반대편에 친척이 있는지 궁금하다. 그는 일어난다. 사춘기의 소년들이 하는 생각을 내게 말해야 할 필요는 없다. 적어도 자신에게는 심각하지만, 눈에 그렇게 씌어 있다. 이것은 나이 치고는 꽤 철학자 같은 그의 성격에서 풍겨 나온다. 갑자기 조카와 가족이 그리워진다. 집에 전화해야지. 전철은 그 속의 변화를 모르는 채 계속 달린다.

다음에는 손에 책과 펜을 든 대학생 나이의 청년이 책이 든 배낭을 위에 얹고 앉았다. 머리는 잘 손질되었고 잘 다려 입은 흰 셔츠, 정장 구두, 그리고 십자가가 달린 금목걸이. 무언가 잔뜩 기록하는 것으로 보아 공부에 열중하는 것 같다. 시간을 보내기 위해서가 아니라 지식을 얻기 위한 목적으로 책을 읽고 있음이 분명하다. 이 청년은 잘 생겼다. 나는 남편을 쳐다보았다. 남편도 잘 생겼지만 완전히 다른 측면에서 잘 생겼다. 맞은편의 짙은 갈색 머리와 눈은 내 곁의 모래 빛 갈색 머리와 푸른 눈과는 대조적이다. 반대의 얼굴 모습이지만 둘 다 매력적이다. 젊은이는 나를 보면서 미소를 띤다. 남편은 잠시 깨서 몽롱하게 바깥을 보더니 다시 뒤편의 벽에 머리를 기댄다. 청년의 미소는 눈빛과 마찬가지로 부드럽다. 그는 다시 책을 읽는다. 학생이나 회사원으로 보인다. 어쨌든 나는 대학 시절을 떠 올리며 이제 교과서를 읽지 않아도 되고 시험을 보지 않게 되어 기뻤다. 그가 무엇을 준비하고 있든 이런 경험이 끝난 후에 기쁜 마음을 갖게 될 것이라고 확신한다. 내 경험으로 미루어 그 청년이 그렇게 말할 필요가 없다. 전철이 갑자기 정지한다.

푸른색의 단추를 맨 위까지 채운 셔츠를 입고 안경을 낀 40세쯤 되는 다른 사람이 들어와 대학생 나이의 청년 옆에 앉는다. 그는 친절한 모습의 얼굴모습이며, 분명히 전문인이거나 그런 사람으로 보인다. 이 남자는 아시아인이지만 한국사람처럼 보이지 않는다. 그는 전화를 받으면서 웃음을 터뜨리고 머리를 끄덕거린다. 왜 사람들은 전화를 하면서 머리를 끄덕일까? 그 사람은 전화를 끝내면서 기쁜 표정이다. 미소를 지으면서 생각하는 모습이다. 두 세 정거장 동안 이야기하면서 그는 전화에 대해 기쁜 모습이다. 젊은 대학생 나이의 청년이 그 사람에게 이야기를 건다. 비록 내가 한국말은 모르지만 청년이 전화 내용을 듣고 이야기를 나누는 것 같다. 그들은 이야기를 나누며 껄껄 웃는다. 그러자 푸른 셔츠를 입은 남자가 젊은이가 읽고 있는 책에 마치 설명하듯이 무엇인가를 가리킨다. 그들은 서로 정보를 교환한다. 나이 많은 사람이 명함을 건네자 젊은이는 노트에서 종이를 찢어내어 그 사람에게 준다. 이것을 보면 젊은이는 대학생인 것 같다. 나는 여러 차례 구겨진 종이에 내 이름을 써 준 기억이 난다. 내가 처음으로 명함을 건네었을 때 어른이 된 기분을 느꼈던 때가 떠오른다. 그도 언젠가 그렇게 느낄 것이다. 푸른 셔츠를 입은 사람은 젊은이를 도운 것에 대해 기쁘게 느끼며 언젠가 청년의 연락을 기대할 것이다. 그들의 말은 알아듣지 못했으나 나는 그냥 안다. 나는 여러 차례 이런 경험을 했으며 그 사람들도 그렇게 할 것이라고 생각한다. 그들이 그런 의도를 갖고 있음을 안다. 모두 그렇다. 그러나 항상 그렇게 되지는 않는다. 생활과 다른 일들이 그 사이에 끼어들기 마련이다. 어쨌든 푸른 셔츠를 입은 사람이 웃으면서 작별을 고하고 고개를 끄덕인다. 젊은이는 허리를 굽혀 인사한다. 두 사람 모두에게 유쾌한 시간이었다.

10시 반이 되어 평택에 도착한다. 나도 남편을 깨운다. 우리는 한국의 보물을 챙기고 전철을 떠난다. 전철은 잠시 멈출 때처럼 빨리 우리를 떠나 차가운 밤공기 속에 소리를 내며 멀리 사라진다. 이제 큰 결심을 내릴 때다. 20번 버스를 타고 안정리로 갈 것인가, 아니면 으스대면서 택시를 타고 더 빨리 갈 것인가? 우리는 택시를 택했다. 늦었고 우리는 시간이 지나감에 따라 점점 더 지친다. 조용히 택시를 타고 가면 전철에서 겪은 일들－행복한 한 쌍의 젊은이, 내릴 곳을 노칠 뻔한 가족들, 조카를 닮은 젊은이, 하루를 마치고 지친 중년 여자, 그리고 물론 서로 전화번호를 교환한 사람들－에 관해 생각할 여유를 준다.

전철에는 더 많은 사람들, 얼굴들, 그리고 그날 내가 찾아낸 이야기들이 있었다. 나는 끝없이 이야기할 수 있다. 그리고 여러분들은 요점을 알고 있을 것이다. 나의 관점에서 볼 때 요점은 우리 모두가 어느 곳에 살고 있든, 얼굴 모습이 어떻든 또는 우리의 관습이 어떻든 우리는 모두가 같다는 것이다. 이것은 새롭다거나 더 현명하게 되었다는 메시지가 아니다. 그러나 어떤 이유인지 그날 그런 생각이 나에게 떠올랐다. 우리는 세계의 어떤 곳이든지 비록 얼굴 모습은 다르지만 전철에서 동일한 광경을 계속해서 보게 될 것이다. 다만 우리는 모두 인간이며 한 종족이라는 것을 내가 확인한 것이 한국이었다는 것이다.

세계 모든 사람들이 좋은 날과 나쁜 날을 가지게 되고, 지치고 사랑에 빠지며, 놀이를 하고 시간을 보내기 위해 독서를 하고 미래를 위해 서로 인연을 맺는 것은 신비스러운 것이 아니다. 엄마들은 딸들에게 이야기를 하고, 아빠들과 아들들은 서로 곁에서 잠이 들 것이다. 사람들은 그들에게는 심각한 그런 생각에 몰두할 것이다. 우리가 어디에 있든 누구이든 사람들은 사랑과 기쁨과 우정과 분노와 고통과 상실감을 느낄 것이다.

나는 "한국의 생활"이 다른 어떤 것보다도 이러한 사실에 대해 진정으로 눈을 뜨게 했다고 생각한다. 이곳에서 나의 모든 경험이 매우 독특하고 특별하여 나는 다른 사람들로부터 무엇인가를 배우게 되었다. 이러한 것들은 한국인과 상호 접촉을 통해 얻을 수 있었던 것이며 그들의 전통을 배우고 존경하게 되었으며 이것이 비록 매우 다르다 할지라도 진정으로 차이는 없다는 것이다. 돌이켜 생각해보면 한국은 전혀 신비로운 곳이 아니다. 이곳은 사람들이 고국이라고 부르는 곳이며 내가 우리나라인 미국에 자부심을 갖는 것처럼 자부심을 갖게 해 주는 곳이다. 모든 문화에서 웃음은 동일한 의미를 갖고 있다. 감정은 복잡하며 신념은 싸울만한 가치가 있는 것으로 생각된다. 우리는 우리가 누구이든 서로를 존경해야 하며 시간을 가지고 판단과 행동을 하기 전에 서로를 이해하도록 해야 한다. 그리고 서로 알기 위해 시간을 가져야 한다. 왜냐하면 솔직히 말해 여러모로 우리는 이미 그렇게 하고 있기 때문이다.

나는 한국과 한국인들이 나에게 해 주었듯이 나와 (그리고 우리나라가) 한국에 그리고 내가 축복을 받아 만나게 된 한국인들에게 긍정적인 흔적을 남겼기를 바란다. 이것은 내가 개인적으로 자라나도록 도와준 나라와 미지의 세계에 대해 두려움을 덜 느끼게 해 준 데 대해 내가 할 수 있는 최소한의 일이다.

소중한 추억을 준 것에 대하여 나는 한국에 감사한다.

Bobbi Kubish는 Joel Kubish 병장의 부인이며 Camp Humphreys 환경 사무소 외부의 URS Corp. 환경 전문가임. 2005년 2월부터 한국에 거주하고 있으며 불고기, 김치, 및 다양한 탕 종류를 포함한 한국 음식과 춤을 특히 좋아함. 한국에 오기 전에는 위스콘신 주에 살았으며 대학교에서 남편인 Joel을 만났음.

Korea: A 21st Century Dynamism

CSM Yolanda Lomax
HQs, Area I Support Activity

Life in Korea is as common as life in America, Europe or anywhere I decide to call home for the time I spend there, and the enjoyment I get from being there. For the past two plus years, I have enjoyed the gracious hospitality of my Korean hosts.

When I departed Korea in 1996, and was given theopportunity to return in 2003, my expectations were to return to a Korea of moped drivers twisting throughunbearably heavy traffic with propane bottles stacked 10-high on the back of their bikes. To see the typical Koreanhouse made of wood and clay, with its roof made of crumbling tiles and thatched straw instead of 17-story high-rise condominiums. And again to come face to face with the local "ville" right outside the front gate of our military installations, overrunning with dilapidated, musty-smelling stores and the owners trying to sell items of little quality, but at a high cost. To a country where Americans think it's proper to address our gracious Korean hosts as ajema or adashe rather than Mr., Miss or Mrs., and our hosts returning a warm smile and slight bow in the absence of our respect. This is how it was for me on my first assignment to Korea in 1995. I was assigned to Camp Red Cloud, Uijeongbu, with the 501st Corps Support Group. It was a significant assignment for me at an extremely emotionally difficult time in my life. It was a time when I was running away to escape the loss of my grandmother and co-worker; both of whom I was with when they passed. I knew a change of scenery and the opportunity to experience an Asian culture was what I needed to put my mind at peace. For as long as I can remember, I would read magazines and watch movies about Asian culture and become intrigued by its serene beauty, genuine calm and relaxing nature.

I immediately contacted the military assignments branch and asked for a tour in Korea. Here I sit 10 years and three months later, assigned to the same location and loving every minute of it this time. I awake each morning looking forward to the many adventures and challenges Koreahas to offer. I meet most of my challenges as a passenger riding on the busy streets where driving can test your motor skills and ability to control "road rage." I also can be assured that while standing in line at the train station, someone, usually an elderly person, will push their way in front of me, which will test my patience and respect for the elderly. Amid all the hustle and bustle, I have learned to understand and respect this country and its culture.

The Korea of 1995 is long gone. The economic, sociological, and political dynamics have shaped, molded and developed this country into a fine piece of Goryeo pottery. Whether it is evolution, economics, sociological or political dynamics that is solely responsible for an ever changing world, then Korea has impressively changed the way I view this assignment. The Korea of 2005 has aged and matured like fine wine. Korea is a place of beauty and I have also aged and matured over the years; opening my eyes and mind to the way I view and explore the many fascinating cities in Korea. I now give way to appreciate all that the Land of the Morning Calm has to offer. I no longer ask what my gracious hosts have to offer me, but what do I have to offer them. Whether it's hosting a BBQ for disabled children from the local community, to spending quality time with a nursing home or orphanage, I have learned the value of selfless service from a country that gives so much to ensure I enjoy each waking moment.

When asked whether I would prefer to travel on the subway to get around Korea rather than choose a taxi, without any hesitation I say catch the train. The train system is far less expensive than the taxi service, and is reminiscent of my rides on the New York subway system where I can expect to encounter someone peddling anything from batteries to umbrellas.

Overcoming my fear about using public transportation led me to my favorite shopping area in Ehwa. I do not hesitate to let my fellow Soldiers know that Ehwa is a woman's shopping paradise filled with streets and alleys of clothes, jewelry, and shoes, at very reasonable prices. I have taken groups of women there and they are amazed at the expansive shopping locations. From street vendors to shop owners, one could spend an entire day in Ehwa, and would still have to go back at least two more times in order to say I stopped in every store. The men also would find an array of clothing at reasonable prices. Their restaurants and Italian Ice Cream shop also are favorites of mine.

Another enjoyable spot is Hyewa. I happened to discover this city from an advertisement for the musical "Jump." My love for the dance and the theater led me to a poster that was taped to a building near the railroad tracks across from Camp Red Cloud's front gate. I ripped the poster down, took it to my office, and had my Korean Augmentee to the United States Army (KATUSA) Soldier translate everything for me. He gave me directions on how to get to Hyewa, and me and several friends ventured out.

To my surprise, when I arrived at the Hyewa subway station and got to the top of the stairs, I ran right into Baskin Robbins, TGI Fridays, Benigan's, Starbucks, Kentucky Fried Chicken, and the best Live Jazz Club I had ever visited. The Live Jazz Club has become my favorite spot for a night of relaxation; serving up quality live music, delicious food, and soul-warming drinks. With its various theaters, playhouses and coffee shops, Hyewa is similar to Times Square in New York.

To top it all off, the Alvin Ailey Ameri-can Dance Theater performed at the Opera Theater, Seoul Arts Centerin May of this year. I would never have imagined seeing my favorite dancers perform in Korea. I not only had the chance to see an awesome performance, I also had the chance to entertain 20 friends and dine at Tony Roma's before the show. Imagine this in Seoul, Korea!

These are places all Soldiers, family members, and Department of the Army civilians should be introduced to when they arrive in Korea. There is so much more to Korea than the local "ville" outside the front gate of our Army installations.

This year I will go on a three-day tour to Mt. Sorak Korea has so many breath-taking and picturesque mountains. I look at them from a distance and it is like looking at a postcard. In preparation for the 3rd Annual Octoberfest · Volksmarch, I climbed Sorakson Mountain, located outside Camp Stanley's gate, and found it to be my piece of heaven. I admire how the Korean people get out daily to hike these beautiful mountains.

Also, this year the beautiful city of Chuncheon was awarded the host city for the 2010 World Leisure Congress. I was an invited guest to their announcement ceremony, and was able to enjoy the beauty of their entertainment and fireworks which was overwhelming and breathtaking.

Furthermore, Korean food is some of the most pallet-pleasing food I have ever experienced. Most Americans would shy away from kimchi. I am often teased by my friends for selecting a Korean restaurant or the KATUSA Snack Bar over the American Eatery. I was first introduced to kimchi as a Private stationed at my first duty assignment at Fort Hood, Texas in 1980. I find its taste quite enjoyable. I have only eaten seafood as a meat staple for the past 10 years and when I go to a Korean restaurant, the host goes out of her way to accommodate me. My favorite dishes include soft tofu soup, chab-chae, squid & vegetables, fried rice with vegetables, and dolsat bibim-bap.

Whenever I travel back to the United States, Korean Airlines is my No. 1 choice. The service I receive is first class. I enjoy a 12 to 14-hour flight where I can look up and see stewardesses looking so beautifully refreshed and offering me a glass of water or juice every hour. Their polite manner makes me feel as if I am traveling in the first class section of the plane.

I read an article that explained what "Annyong haseyo?" means. "Annyong" means "peacefulness" and "well-being" and "haseyo?" is a suffix that makes a noun a verb and shows respect. I can truly say that life in Korea has given me a sense of peacefulness and well-being.

A great dynamics has hurled Korea into the 21st century. This dynamic is the love for the country, respect of the people, and pride for many achievements.

"Annyong haseyo?"

From the Jazz Festivals held at the Olympic Stadium auditorium to the fall and spring fashion shows, Korea is truly the assignment of choice; my home away from home. End

Command Sergeant Major Yolanda J. Lomax began her military career in the United States Army Reserve in August 1979. After completion of Advanced Individual Training in December 1979, the decision was made to enter Active Duty in February 1980. CSM Lomax received training in the Career Management Field of 45B, Small Arms Repairman. Through advancement, CSM Lomax became a 45K, Tank Turret Repairman and a 63Z, Wheel and Track Vehicle Maintenance Supervisor.

21세기 한국의 역동성

율랜다 로맥스 원사
Area | 지원단 본부

한국에서의 삶은 미국과 유럽, 그리고 그 외의 곳에서 근무하면서 즐겁게 생활하고 집으로 여겼던 그곳의 생활과 다름이 없다. 지난 2년 여 동안 나는 한국인의 호의와 환대 속에 즐겁게 살았다.

내가 1996년에 한국을 떠났을 때 그리고 2003년에 한국으로 돌아올 기회가 왔을 때 나의 기대는 모페드 운전사(가스통 배달원)들이 뒤에 프로판 가스통을 10개나 싣고 참을 수 없을 정도로 복잡한 차량들 사이로 이리 저리 빠져 나가는 한국으로 돌아오는 것이었다. 그것은 17층의 고층 콘도미니엄이 아니라 나무와 진흙 그리고 초가지붕으로 된 전형적인 한국의 집들을 보는 것이다. 또한 그것은 부대 바로 앞에 있는 낡고 냄새나는 가게에서 형편없는 물건들을 비싸게 파는 동네 사람들과 얼굴을 맞대는 것이다. 그것은 미국인들이 미스터나 미스 또는 미세스 대신 아줌마, 아저씨로 부르는 것이 더 어울리는 나라, 미국인들이 존경심을 보이지 않아도 따뜻한 미소와 가볍게 고개를 숙이며 인사하는 사람들이 있는 나라로 가는 것이다.

이것이 1995년에 내가 처음으로 한국에 근무했을 때의 모습이다. 나는 501 군단 지원단이 있는 의정부의 캠프 레드클라우드(Camp Red Cloud)에 발령 받았다. 그것은 인생에 있어서 극도로 정신적인 어려움을 겪고 있던 나에게 의미 있는 근무였다. 그때는 내가 할머니와 동료를 면전에서 잃고 세상을 도피하고 있을 때였다.

나는 환경과 기회를 바꾸어 아시아의 문화를 경험하는 것이 내 마음을 안정시키는 데 필요하다는 것을 알았다. 내가 기억하는 한, 나는 아시아의 문화에 관하여 잡지를 읽었고 영화를 많이 봐서 그 심원한 아름다움과 순수한 정적 그리고 마음을 편하게 하는 특성에 흥미를 가졌었다.

나는 즉시 군 보직 부서를 찾아가 한국 근무를 신청했다. 10년 3개월 후에 나는 같은 장소에 보직을 받아 이곳에 앉아 지금 매 순간을 즐기고 있다. 나는 매일 아침 일어나 한국이 나에게 주는 많은 모험과 도전을 기대한다. 나는 분주한 도로에서 운전하는 것이 운전 기술과 "도로상의 분노"를 통제할 수 있는 능력을 시험하는 데 도전한다. 또한 전철역에서 누군가는, 통상 나이 많은 사람들인데, 내 앞에 끼어들어 나의 인내심과 노인에 대한 존경심을 시험하게 하는 일이 반드시 일어난다. 이런 복잡하고 떠들썩한 가운데 나는 이 나라의 문화를 배우고 이해하며 존경하게 되었다.

1995년의 한국은 사라진 지 오래되었다. 경제, 사회 및 정치적 역동성이 이 나라를 어루만지고, 다듬어서 훌륭한 고려자기의 모습으로 빚어내었다. 이것이 항상 변화하는 세계를 설명하는 진화이든, 경제, 사회 또는 정치적 역동성이든, 한국은 이번 근무에 대한 나의 관점을 인상적으로 변화시켰다.

2005년의 한국은 훌륭한 포도주처럼 연륜을 쌓았고 성숙해졌다. 한국은 아름다운 나라이고 나도 지난 몇 년간 나이가 들고 성숙해져서 한국의 많은 멋있는 도시들을 관찰하고 탐구하는 눈과 마음을 열게 되었다. 나는 이제 조용한 아침의 나라가 나에게 주는 것들을 이해할 수 있게 되었다. 이제 나는 친절한 한국인들이 나에게 무엇을 줄 것인가를 묻지 않고 내가 그들에게 무엇을 줄 수 있을 것인가를 생각하게 되었다.

동네의 장애 어린이들에게 바비큐 파티를 열어주든, 양로원이나 고아원에서 보람 있는 시간을 보내든, 나는 내가 깨어 있는 매 순간을 즐기도록 해준 이 나라에 희생적인 봉사를 하는 가치를 배우게 되었다.

한국의 여러 곳을 둘러보기 위해 택시를 타는 것이 좋은지 전철을 타는 것이 좋은지 누가 묻는다면 나는 주저 없이 전철을 타라고 말하고 싶다. 전철은 택시보다 훨씬 싸다. 전철은 뉴욕의 전철을 연상시켜주며 이곳에서는 행상인들이 배터리에서 우산까지 판매한다.

대중교통 이용에 대한 두려움을 극복하게 되자 나는 제일 좋아하는 이화여대 앞의 쇼핑 지역으로 갈 수 있게 되었다. 나는 동료 군인들에게 이화여대 지역이 여자들의 쇼핑 천국이라고 주저없이 말한다. 이곳에서 길거리와 골목마다 가득히 싸인 옷과 보석 그리고 신발을 적절한 가격으로 살 수 있다. 나는 여러 여자 친구들을 그곳으로 데려갔고 그들은 쇼핑 지역의 규모에 놀랐다. 거리의 행상인들에서 가게에 이르기까지, 이곳을 모두 둘러보려면 하루 종일 걸릴 것이다. 그래도 모든 가게를 다 둘러보려면 적어도 이틀은 더 가봐야 한다. 남자들도 좋은 가격으로 살 수 있는 옷을 많이 보게 될 것이다. 식당들과 이태리 아이스크림 또한 내가 좋아하는 곳들이다.

또 가봐야 할 곳은 혜화동이다. 나는 이곳을 뮤지컬인 "점프" 광고를 통해 알게 되었다. 댄스와 연극에 관한 관심 때문에 나는 부대 정문 맞은편의 전철역 부근 건물에 붙여진 포스터를 보게 되었다. 나는 포스터를 찢어 사무실로 가져와서 한국인 카투사 병사에게 번역을 시켰다. 그는 혜화동으로 가는 방향을 알려주었고 나는 친구 몇 명과 그곳으로 모험을 떠났다.

혜화동 전철역에 도착하여 계단 밖으로 나왔을 때 놀랍게도 나는 Baskin Bobbins, TGI Friday, Benigan's, Starbucks, KFC와 내가 지금까지 본 중에 가장 훌륭한 라이브 재즈클럽과 맞닥뜨렸다. 라이브 재즈클럽은 내가 저녁에 하루의 긴장을 풀고 훌륭한 음악을 들으며 맛있는 음식을 먹고 한 잔으로 영혼을 달래며 휴식할 수 있는 제일 좋은 곳이 되었다. 다양한 극장과 연극 그리고 커피숍이 있는 혜화동은 뉴욕의 타임즈 광장과 비슷했다.

게다가 금년 5월에 서울아트센터의 오페라 극장에서 Alvin Ailey American Dance Theater의 공연이 있었다. 나는 내가 제일 좋아하는 댄서들이 서울에서 공연하리라고 생각을 해 본적이 없다. 나는 이 멋있는 공연을 보았을 뿐만 아니라 공연 전에 Tony Roma's 식당에서 친구 20여명을 대접했다. 이 모든 것들이 한국의 서울에서 이루어졌다는 것을 상상해 보라!

이런 것들이 모든 병사들과 가족들 그리고 육군성의 민간인 고용인들이 서울에 도착했을 때 소개 받아야 하는 곳들이다. 우리 육군부대 정문 밖의 "동네" 외에도 한국에는 훨씬 많은 볼 것들이 있다. 금년에 나는 3일 간 설악산에 갈 것이다. 한국에는 수많은 숨을 멎게 할 정도로 아름다운 산들이 많다. 나는 멀리서 산을 바라본다. 이 산들은 그림엽서 같다. 제3회 연례 10월 행사 시민행진을 준비하면서 나는 캠프 스탠리(Camp Stanley) 정문 앞의 수락산에 올랐으며 나의 천국인 것을 발견했다. 나는 한국사람들이 매일 아름다운 산을 오르는 것을 보고 경탄한다.

또한 금년에 아름다운 도시인 춘천이 2010년 World Leisure Congress 의 개최 도시로 결정되었다. 나는 발표 행사에 손님으로 초대되어 여흥과 압도적이고 숨을 멎게 하는 불꽃놀이를 즐길 수 있었다.

그 외에도 한국의 음식은 내가 지금까지 먹어본 음식 중에서 가장 맛있는 음식 중의 하나다. 대부분의 미국인들은 김치를 멀리한다. 내가 미국식 먹거리보다 한국 식당이나 카투사 병사들의 식당을 선호하면 친구들이 놀린다. 나는 1980년 텍사스의 포트 후드(Fort Hood)에 군인으로서 처음 근무하게 되었을 때 김치를 처음 먹어보았다. 나는 김치가 매우 맛있다는 것을 발견했다. 지난 10년 간 육류의 재료로써 해물을 먹었을 뿐인데 내가 한국식당에 가면 주인은 나를 대접하기 위해 특별히 신경을 쓴다. 내가 제일 좋아하는 음식은 순두부, 잡채, 오징어와 야채 볶음밥 그리고 돌솥 비빔밥이다.

내가 미국으로 갈 때마다 대한항공이 내 첫 번째 선택 대상이다. 내가 받는 서비스는 1등급이다. 12시간에서 14시간 비행하는 동안 나는 매 시간마다 생수나 주스를 가져다주는 아름다운 스튜어디스들을 바라보며 여행을 즐긴다. 그들의 공손한 태도는 내가 1등석에 앉아 있는 것 같은 느낌을 준다.

나는 "안녕하세요"의 의미를 설명하는 기사를 읽는다. "안녕"은 평화와 행복을 의미하고 "하세요"는 명사를 동사로 변화시키는 어미로서 존칭이다.

나는 한국의 생활이 평화와 행복의 느낌을 준다고 진정으로 말할 수 있다.

대단한 역동성이 한국을 21세기로 치닫게 한다. 이 역동성은 나라에 대한 사랑, 사람들에 대한 존경심 그리고 수많은 업적에 대한 자부심을 나타낸다.

"안녕하세요?"

올림픽 경기장에서 개최된 재즈 축제에서 봄과 가을의 패션쇼에 이르기까지 한국은 진정으로 집을 떠나 제2의 집으로서 내가 선택하여 근무하고 싶은 곳이다. End

Yolanda Lomax 원사는 1979년 8월에 미 육군 예비군으로서 군 경력을 시작. 1979년 12월 고등군사훈련 수료 후에 1980년에 현역 복무를 결심함. 소화기 수리 관리과정, 탱크 포탑 수리 고급과정, 및 윤형 및 궤도형 차량 관리 감독과정 훈련을 시작으로 대대 및 연대급 정비 및 감독 업무 수행.

My Job as An Interpreter is to Communicate.

CPL YOU, Yeong Min
HHC 2X, 2 ID

"I feel ashamed that my son served as a KATUSA."

Prof. Kang, Jung-Goo, a pro-north Korean who claims that the Korean War can be justified as nK's effort to unify Korean peninsula, recently said to the press he feels ashamed that his son once was a KATUSA soldier. His comment about his son dishonors not only all the KATUSAs serving as proud members of United States Forces in Korea, but also their family members and every other current and ex-member of USFK. I think everyone reserves freedom to express his or her opinion; however Prof. Kang's opinion about KATUSA program lacks thoughtful consideration of apparent historical facts and understanding of KATUSAs' role in maintaining peace and saving freedom in Korean peninsula. However, through this great opportunity to write an essay about my last 15 months in the army as a KATUSA, I would like to share my personal experiences with other people to demonstrate how important and essential roles I and my fellow KATUSAs have been playing.

"The KATUSAs were among the finest troops I have ever commanded."

   - Powell, Colin

KATUSA program has longer history than you may imagine. KATUSA program was first launched in the middle of the Korean War by verbal agreement between ex-president Lee, Seung Man and General McArthur. Since then, KATUSAs have been fulfilling constructive role as a Korean working with US Army. We maintain relatively high discipline and morale because we competed to be KATUSAs. KATUSAs are everywhere where US Army is stationed throughout the peninsula, and takes various MOSs that US Army has. Among the various MOSs, mine is 97L, interpreter.

My job as an interpreter is to communicate.

Interpretation is a lot more than simple converting of words into another language. It is rather whole complicated processes of supporting people understand each other through communication. The processes include overcoming language barriers, of course, but understanding each other's culture also plays indispensable part. E. B. Tyler, one of the founding fathers of anthropology defined culture as "complex whole which includes knowledge, belief, art, morals, law, custom, and any other capabilities and habits acquired by man as a member of society." This means a person thinks, learns, and acts according to the culture he or she has been exposed to. Therefore, if you do not understand the culture of your companion, you can never truly communicate with the person, which means you can never understand him or her with heart. This means cultural understanding of the counterpart takes precedence for both ROK Army and US Army to sincerely comprehend each other through communication.

As an interpreter, I sometimes en-counter with embarrassing

situations because of cultural difference between Republic of Korea and United States of America. For example, some kind of jokes which are really funny in English may not be as much funny, or even not funny at all, when interpreted into Korean. Imagine all US Army personals broke into roar of laughter while ROK Army personnel just staring at each other's face looking totally lost in a briefing room! MG Higgins, commanding general of 2nd Infantry division, is an eloquent speaker and sometimes tells jokes at command briefings for ROK VIPs to create amicable atmosphere. My job at that time should be to interpret his joke into Korean and guarantee the ROK VIPs understand MG Higgins's intention to create friendly circumstance by quickly explaining the cultural background of the joke, so that nobody get lost.

Importing cultural understanding into interpretation is not limited to jokes.

Guaranteeing every issue to a settlement in coordination meetings between ROK Army and US Army is another important role which only KATUSAs can play. In Korean culture, it is regarded rude to ask many questions. On the other hand, silence means agreement and comprehension in American culture. You are actually motivated to ask as many questions to fulfill every inquiry you may have about a certain briefing. So, at the coordination meetings with US Army officers, ROK Army officers hesitate to ask for further information, while US side regards silence as full comprehension of the subject. In that case, KATUSAs are expected to actively figure out whether all the issues ROK side had prior to the meeting were appropriately resolved. If not, we should politely recommend ROK Army officers to ask questions concerned with the issues. By doing so, both ROK side and US side can be satisfied and the mission can be successfully accomplished.

Cooperation with ROK Army units is even more critical under 2 UEx system, because UEx system requires organic coordination of combined forces. The enhanced form of combined forces of 2UEx is actually being practiced now. ROK 9th Infantry Division and 1st ROK Armored Brigade took part in WFX of 2 UEx successfully last summer. However, without KATUSAs support as cultural interpreters and coordinators, nobody could be sure of successful completion of this combined exercise which required highly complicated execution procedures. This kind of combined exercises will be continued as long as ROK Army and US Army fight together here, in Korean peninsula, and KATUSAs will be playing key roles in the middle of ROK Army and US Army facilitating communications.

KATUSAs belong to both ROK Army and US Army. This is the point which makes us strong. Because we belong to both armies, we are capable of applying both cultures of ROK Army and US Army when working. We are born with Korean culture, and exposed to American culture 24 hours a day, 7 days a week. We are Koreans who work, exercise, and live with US soldiers in same uniforms. With this background, communication between ROK Army and US Army through KATUSA interpreter is never a simple exchange of information which is vulnerable to delusions. It is more like a true understanding of each other which leads to real collaboration.

"We go together"

There are people who do not believe in firm ROK / US relationship. I actually was asked to sign on a form which requests total withdrawal of United States forces from Korean peninsula by a gentleman at Uiejeongbu station square. The gentleman made me feel responsible to be a change agent when I do ETS. Because I have broad understanding of USFK, I should be the one who helps those people who are not in favor of America understand why we need United States Forces in the peninsula through communication. As a KATUSA, I will do my best to support both armies as an interpreter of culture and language. When I do ETS, I will be a change agent who creates favorable atmosphere for ROK / US alliance. I am glad that I can utilize my knowledge about English language to serve for my country, and I believe my entire fellow KATUSAs; the future change agents feel the same way. With KATUSAs, ROK and US have been together for more than half a century. And with KATUSAs, ROK and US will go together, making the bright future.

2003 College of Business Administration, Seoul National University

통역병의 임무는 의사소통

상병 유영민
미 제2사단 카투사

"내 아들이 카투사로 근무한 것이 부끄럽다."

한국전쟁은 한반도를 통일하기 위한 북한의 노력으로 정당화 될 수 있다고 주장한 친 북한 교수 강정구는 최근 언론에 자기 자식이 한때 카투사 병사였던 것을 부끄럽게 생각한다고 말했다. 아들에 대한 그의 말은 주한미군의 자랑스러운 일원인 카투사 병사들뿐만 아니라 현재 및 과거 주한미군 일원 및 그 가족들을 모욕하는 언사다. 나는 누구나 자신의 견해를 표현할 자유를 가지고 있다고 생각한다. 그러나 카투사 계획에 대한 강 교수의 의견은 명백한 역사적 사실과 한반도의 평화유지 및 자유 수호에 있어서 카투사의 역할에 대한 이해에 관한 사려가 결여되어 있다. 카투사 병사로서 지난 15개월간의 군복무에 관한 수필을 쓰게 된 좋은 기회를 통해 나는 나와 동료 카투사 병사들이 얼마나 중요하고 필수적인 임무를 수행하고 있는지에 관해 내 개인적인 경험을 통해 다른 사람들에게 보여주고자 한다.

"카투사는 내가 지금까지 지휘한 병사들 중에 가장 훌륭한 병사들의 일원이었다" – 콜린 파월 전 미 합참의장 자서전.
카투사 계획은 생각보다 역사가 길다. 이 계획은 한국 전쟁 중에 이승만 대통령과 맥아더 장군 간의 구두합의에 의해 시작되었다. 그 후 카투사 병사들은 미 육군과 근무하는 한국인으로서 건설적인 역할을 수행해 왔다. 우리는 비교적 높은 군기와 사기를 유지한다, 왜냐하면 우리는 카투사가 되기 위해 경쟁했었기 때문이다. 카투사는 한반도 전역의 미군이 주둔하는 곳에 근무하며 미군이 가지고 있는 여러가지 주특기를 가지고 있다. 여러가지 주특기 중에 나는 97L인 통역병이다.

통역병으로서 내 임무는 의사소통이다.

통역은 단어들을 단순히 다른 말로 바꾸는 것보다 훨씬 복잡하다. 이것은 의사소통을 통해 사람들이 서로를 이해하도록 지원하는 대단히 복잡한 과정이다. 물론 이 과정은 언어장벽을 극복하는 것을 포함하지만 서로의 문화를 이해하는 것도 필수적인 부분이다. 인류학의 개척자 중의 한 사람인 E. B. Tyler는 문화를 "지식과 신념, 예술, 도덕, 법률, 관습 및 사회의 일원으로서 인간이 습득한 다른 능력들과 습관을 포함하는 복합적인 포괄성"으로 규정한 바 있다. 이는 인간이 성장해온 문화에 따라 생각하고 배우며 행동한다는 것을 뜻한다. 따라서 여러분들 동료의 문화를 이해하지 못하면 진정으로 그 사람과 의사소통을 할 수 없다. 이는 여러분들이 동료를 진심으로 이해할 수 없다는 뜻이다. 이는 의사소통을 통하여 서로를 진정으로 이해하기 위해서 한국 육군과 미국 육군은 상대방의 문화에 대한 이해가 선행되어야 한다는 것을 의미한다.

통역병으로서 나는 한국과 미국 간의 문화 차이로 인해 종종 당황스러운 상황에 처할 때가 있다. 예를 들면 영어로 할 때는 매우 우스운 농담이 우리말로 옮기면 별로 우습지 않거나 때로는 전혀 우습지 않은 경우가 있다. 브리핑 실에서 미군들이 배꼽을 잡고 웃고 있을 때 한국 측 장교들은 서로 멀뚱멀뚱 쳐다보면서 당황해 하는 상황을 상상해 보라! 제2사단장 히긴스 소장은 달변가로서 때때로 사령관 브리핑시 분위기를 잡기 위해 한국 측 귀빈들에게 농담을 한다. 이때 내 임무는 당황하는 사람이 없도록 빨리 문화적인 배경을 설명하면서 사령관의 농담을 통역하여 귀빈들이 히긴스 소장이 우호적인 분위기를 조성하고자 하는 의도를 틀림없이 이해할 수 있도록 하는 것이다.

문화적인 이해를 통역하는 것은 농담에만 국한되는 것은 아니다.

한국 육군과 미 육군 간의 협조 회의에서 모든 문제들을 해결할 수 있도록 하는 것은 카투사병사들만이 담당할 수 있는 중요한 역할이다. 한국 문화에서는 질문을 많이 하는 것은 결례로 간주된다. 반면에 미국 문화에서는 침묵은 동의한다는 것과 이해했다는 것을 의미한다. 어떤 브리핑에서 의문 사항들을 해결하기 위해서 실제로 많은 질문을 해야 한다. 그래서 미군 장교와 협조 회의에서 한국 장교들이 더 많은 정보를 알아내기 위해 질문하는 것을 주저하는 반면에 미국 측은 이러한 침묵을 주제에 대해 완전히 이해한 것으로 간주한다. 이러한 경우에 카투사 병사들의 역할은 한국 측이 회의 전에 가졌던 문제점들이 적절하게 해결되었는지를 적극적으로 확인해야 하는 것이다. 그렇지 않을 경우에 카투사 병사들은 공손하게 한국 장교들에게 문제와 관련된 질문을 하도록 건의해야 한다. 이렇게 함으로써 한·미 양측 모두가 만족하게 되고 우리는 임무를 성공적으로 완수하게 된다.

미 2사단의 개편 체계는 한미연합군 부대의 유기적인 협조를 요구하기 때문에 이 체계하에서 한국군 부대와 협조는 대단히 중요하다. 제2사단 개편 체계의 향상된 한미연합군은 실제로 시행되고 있다. 한국군 제9보병사단과 한국군 제1기갑여단은 지난 여름에 제2사단 개편 체계의 지휘소 연습에 성공적으로 참여했다. 그러나 고도로 복잡한 시행절차를 요구하는 이 연합훈련은 문화적인 통역사이자 협조자인 카투사 병사들의 지원이 없었더라면 어느 누구도 이 훈련의 성공적인 완수를 보장할 수 없었을 것이다. 한국 육군과 미육군이 한반도에서 함께 싸우게 되는 한 이러한 연합훈련은 계속될 것이며 카투사 병사들은 양국 육군의 의사소통을 용이하게 하는 데 있어서 중요한 역할을 담당하게 될 것이다.

카투사는 한국군과 미군에 공히 소속된다. 이것이 우리를 튼튼하게 하는 요체이다. 우리가 양쪽 육군에 소속되어 있기 때문에 우리는 업무를 수행하면서 양국 육군의 문화를 적용할 수 있는 능력을 갖추고 있다. 우리는 한국의 문화 속에서 태어났고 한주일 7일 동안, 하루 24시간 미국 문화에 노출되어 있다. 우리는 미군과 동일한 군복을 입고 미군과 함께 일하고 훈련을 하며 생활을 하는 한국인이다. 이러한 배경 속에서 카투사 통역 병사를 통한 양국 육군 간의 의사소통은 결코 잘못되기 쉬운 단순한 정보의 교환이 아니라 서로를 진정으로 이해하게 하여 진중한 협동을 이루어 내게 하는 것이다.

"같이 갑시다"

한미 관계의 확고함을 믿지 않는 사람들이 있다. 나는 의정부역 광장에서 한 신사로부터 한반도에서 주한미군의 완전한 철수를 요구하는 청원서에 서명해 달라는 요청을 실제로 받은 적이 있다. 그 신사는 내가 전역한 후에 사회 변화의 주도자가 되어야 하겠다는 책임을 지도록 느끼게 했다. 주한미군에 대한 폭넓은 이해를 하고 있으므로 나는 대화를 통해 미국을 좋아하지 않는 사람들에게 왜 우리가 한반도에 주한미군이 필요한지를 이해시킬 수 있는 사람이 되어야 한다. 카투사 병사로서 나는 군화와 언어의 통역인으로서 양국 육군을 지원하기 위해 최선을 다할 것이다. 내가 전역한 후에 나는 한미 동맹의 우호적인 분위기를 창출하는 사회 변화 주도자가 될 것이다. 나는 국가에 봉사하기 위해 영어에 관한 지식을 활용할 수 있게 된 것을 보람 있게 생각하며, 동료 카투사 병사 전체를 신뢰한다. 미래의 사회변화 주도자들은 같은 생각을 할 것이다. 카투사와 더불어 한국과 미국은 반세기 이상을 함께 하였다. 카투사와 더불어 한국과 미국은 밝은 미래를 만들며 같이 갈 것이다. End

2003년 서울대 경영학과 졸업

Full Circle

David McKee
U.S. Naval Forces Korea PAO

If My hometown of Federal Way Washington it seems is the largest community of expatriate Koreans in the Pacific Northwest. After listening to Koreans speak and reading signs I did not understand I became fascinated with the language and bought a book called College Korean at a local Korean Christian book store. I spent several weeks in my kitchen teaching myself the Korean writing system Hangeul, rudimentary Korean grammar and vocabulary.

I eventually realized I could not learn a foreign language isolated in my kitchen, so I took my Korean book, a dictionary and flash cards and parked myself in the Mi Rak Korean food restaurant. I ate lunch and sat patient as a fisherman waiting for someone to strike up a conversation. I became somewhat of a novelty sitting there with my book open, fingering flash cards and mumbling to myself, and one of the ladies did occasionally help me after the lunch rush. However, the owner watched us while he counted the money from lunch and though he said nothing I felt uncomfortable.

I decided to change venues and went across the street to the Barnes and Nobles bookstore to study and as luck would have it someone approached me asking about my interest in the Korean language. His name was Keith Kim and he recently graduated from high school, and he told me he wanted to improve his English before he went to college. I offered to help him in exchange for helping me develop my Korean conversations skills.

We met a half-dozen times at the library and I made progress with greetings, directions and identifying people, places and things. However, language was an avocation and I needed a better vocation. Before I met Keith I had joined the Navy's delayed entry program and the looming deadline before shipping off to basic training arrived and my lessons halted.

After three years in the Navy, I finally found the opportunity to come to go to the Republic of Korea. I was stationed in San Diego and up for orders. I wanted to go overseas and I did not know there was a base in Korea until I went online to find an open billet. There on the computer screen below Yokota, Japan to my happy surprise was Commander, U.S. Naval Forces Korea (CNFK) in Seoul.

I arrived in South Korea and while checking in at the Personnel Support Detachment I met Petty Officer Chang, Wan-sang and as it turned out he recently arrived in Korea too. He needed a roommate and asked if I found one yet. I told him I had not and we agreed on the spot to look for an apartment together.

Next I found out Wan-sang was Korean. Because he introduced himself as Chang with the long "a" sound, I thought maybe he was Chinese. I quickly greeted him and reintroduced myself in Korean. He was surprised at the fact I had learned some of the language before I arrived.

With the help of a realtor, we found an apartment minutes from the base in Dong-bingo dong. The name means the eastside storage place for the king's ice. By the way, learning the meaning of the Korean names for people, places and things became a hobby and a good aid for learning Korean.

After we met our realtor and chose our apartment, we went to a restaurant near the base called the Chungiwa. Wan-sang found the place when he arrived the week before. He said he liked the food and the owner let him charge his cell phone while he ate.

The owner Yu Gun-gup named the place for the exclusive blue tiles that adorned houses of royalty and places of worship until the Chosun dynasty. He was a nice man with a friendly smile and often sat with and talked when I was there. Wan introduced me to him as his new roommate and told him I was also in the Navy and I could speak Korean.

I greeted him awkwardly. My Korean was out of form after three years without regular study and I felt shy. It was the first time I spoke in a foreign country, and I was suddenly unsure I would be able to learn something as complicated as a new language.

But Wan and I became regular customers and the feeling wore away of any inadequacies faded and I felt comfortable. For the first time I was happily immersed in a foreign culture. I took every opportunity I could to practice. The ride in a taxi to and from work each day proved to be especially useful.

From the time I entered the cab and greeted the driver, my lesson began. The ride from home to work was only one left turn and a stop, but it was tricky. I knew right and left (when jok and oren jok) and how to say here and there (yeogi and jeogi). But I did not know how to ask the driver to stop before the gate I entered to go to work. So I would wait until the right moment, point frantically in the direction just before the crosswalk at the gate I wanted and say, "Here, stop! Here, stop!"

Taxi drivers avoided getting stuck at the red light governing the intersection in front of the base by taking advantage of my inability to be specific and usually stopped on the other side of the crosswalk. This meant I had to wait for the traffic to subside before I could cross the street and go to work. It was an inefficient and sloppy way of doing business.

To solve the problem, I bought myself some time by taking advantage of a landmark. To transport and shelter Korean National Police (KNP) who guard the base perimeter, there are painted green with bars on the windows parked just outside the gate. So I learned to say police bus and stop (kyung char busu and saeweohjuseo). After greeting the driver, I asked him to drive me to the base. Therefore there was no need to say right or left and I could focus on the final aspect.

When we were close enough to see the bus I simply said, "behind the police bus stop". I held my breath and what do you know. The driver slowed down and pulled in behind the bus and came to a complete stop. I felt like I had spoken a magical incantation.

Learning the language of my second home became my odyssey. My next move was to take advantage of the morning ritual of greeting coworkers. It was only a few minutes a day, but it was helpful. I was particularly fond of the custodian who had cared for the CNFK building for more than 30 years and had earned the title of a Navy E-7 or "chief" by the staff. Chief Kim was about 70 years old and always greeted me warmly and indulged me in brief conversations.

But in time the brief conversations became more complex and by my second August I was in Korea I understood enough Korean that he could explain the significance of the last sultry weeks of summer by telling about "marbok nar." He told me in plain words when the weather is humid Koreans eat special "health foods" like chicken soup (samkyetang), Duck (ori golgi) or other meats that promote vigor and help beat the heat. It was neat to learn that Koreans had a word that I could relate to in a foreign language. "Malbok nal" translates into "dog days" in English. This is of course in no way a reference to man's best friend being on a menu.

Learning a language also naturally includes a better understanding of the culture it represents. For example, in Korea tipping is virtually not practiced. The premise being that if the service is already good, customers should not have to pay extra for it. Imagine that.

It is my opinion, this lack of custom means instead of customers offering money as a display of appreciation for good food and service they return. Koreans even have a word for this type of loyalty and a regular customer is "tangool".

Of course Wan-sang and I went to other restaurants and habits changed. Moreover, Wan-sang got engaged and I started dating a nice lady in Pusan. Consequently, we spent less and less time at the Chungiwa. Nonetheless, each time we went Mr. Yu's smile never ceased to greet us like friends.

But then a weekend went by and turned into a month. I eventually felt like I committed some form of restaurant infidelity. So I packed my College Korean book, dictionary, pens and paper and humbly went back to where so much had begun. I apologized several times, but he assured it was unnecessary. He was my friend and besides I think he knew something big was coming up.

During one of my weekends away I met a woman while covering a story about a crew of Sailors who visited an orphanage in Pusan. Her name was Choi Bom-pi, which in Korean means spring rain.

When we met, she was finishing her Master's degree in communication so we corresponded with occasional emails and phone calls. After she graduated, we began to talk more on our cell phones. This got expensive and to save money we turned to using text messages.

Using the keypad opened up a new world of communication in which we created smiles to show we were happy and frowns to indicate displeasure using colons and parenthesis. Text messages evolved into using hearts for something romantic along with other digital illustrations made on the screen that were quirky for communicating with others, but appropriate for two people falling in love. In fact on a visit to Pusan we met and had coffee and during the date she showed me a notebook in which she diligently wrote every text message I ever sent her.

When I told Mr. Yu and his wife about the text messages they agreed she had to be wonderful. So on one occasion when she came up to Seoul for a friend's wedding I brought her to the Chungiwa. After meeting Mr. and Mrs. Yu, she told me she understood why I spent so much time there. She even suggested we invite them to our wedding.

I figured the invitation was a nice gesture. But I knew Mr. Yu was too dedicated to his business. So I figured he would graciously back out.

Indeed he claimed to Bom-pi to be a bit anemic and suffer occasionally from vertigo, so he therefore rarely took a train. I figured he would find a reason to tastefully back out. . Also, I thought, it would have been strange to invite someone to your wedding because you ate at that person's restaurant.

But he still wanted to go. It had been a long time, he said, since he had traveled with his wife. Besides he wanted to try the KTX, Korea's bullet train. She agreed and added it would be romantic to see us get married. So Mr. and Mrs. Yu as well as Wan-sang and his wife traveled from Seoul to Pusan to be at my wedding and made me very happy as I felt I had come full circle in my Korean odyssey. End

긴 여정의 완결

데이비드 맥키 병장
주한미해군사령부 공보실

내 고향인 워싱턴 주의 Federal Way에는 미국의 태평양 서북부에서 가장 큰 한국인 지역이 있는 것 같다. 한국사람들이 말하는 것을 듣고 내가 이해하지 못하는 간판들을 읽으면서 나는 한국어에 흥미를 갖게 되어 이 지역의 교회 서점에서 대학 한국어라는 교재를 구입했다. 주방에서 몇 주일 동안 한국의 문자 한글을 배우게 되었고 초보적인 단어와 문법을 익혔다.

나는 주방에서 고립되어서는 외국어를 배울 수 없다는 것을 차츰 깨달았다. 그래서 한국어 책과 사전 그리고 단어 암기 카드를 들고 한국식당인 미락원에 주차했다. 점심을 먹고 낚시꾼처럼 참을성 있게 누군가와 이야기를 걸기 위해 기다렸다. 나는 책을 펼쳐놓고 암기카드를 뒤적이며 앉아서 마치 진기한 대상이 된 것 같았고, 분주한 점심시간이 지나자 여자들 가운데 한 사람이 이따금 나를 도와주었다. 그러나 주인이 돈을 세면서 우리를 지켜보는 것이 비록 아무 말도 하지 않았지만 나는 불안했다.

나는 장소를 바꾸기로 하고 길 건너에 있는 Barns and Nobles 서점으로 가서 공부하기로 했다. 마침 운 좋게도 누군가 다가와서 한국어에 대한 나의 관심에 대해 물었다. 그의 이름은 Keith Kim이며 최근에 고등학교를 졸업했고 대학에 입학하기 전에 영어를 더 공부해야겠다고 말했다. 내가 그의 영어를 도와주는 대신 그는 내 한국어 대화 능력 향상을 도와주기로 했다. 우리는 도서관에서 여섯 번 정도 만났으며 나는 인사말과 길 묻기 및 사람들을 구분하는 방법과 장소 및 사물들에 관한 한국어 실력을 늘렸다. 그러나 언어는 부업이었으며 나는 직업이 필요했다. Keith를 만나기 전에 나는 해군에 입대 대기 프로그램에 참여했으며 기본훈련 입소 날짜가 다가와서 한국어 학습은 중단되었다.

해군에 근무한 지 3년 후에 나는 마침내 한국에 올 수 있는 기회를 갖게 되었다. 나는 샌디에이고에 근무하면서 명령을 기다리고 있었다. 나는 해외 근무를 원했으며 한국에 해군 기지가 있는지에 관해 알지 못했다. 그래서 공석이 있는지를 알아보기 위해 컴퓨터를 조회했다. 일본의 요코다 기지 항목 아래에 기쁘게도 서울의 주한 미 해군 사령부가 있었다.

나는 한국에 도착하여 인사지원과에서 점검을 하던 중에 장완상 병장을 만났다. 그도 역시 최근에 한국에 도착했다. 그는 방을 같이 쓸 동료를 찾고 있었고 내게 숙소를 구했는지 물었다. 나는 아직 숙소를 구하지 못했다고 했고 우리는 즉시 함께 아파트를 찾기로 했다.

그 후 나는 장완상이 한국인이라는 것을 알게 되었다. 그가 장을 길게 발음했기 때문에 나는 그가 중국계인줄 알았다. 나는 즉시 인사를 다시 하면서 나를 한국말로 소개했다. 그는 내가 이곳에 도착하기 전에 약간의 한국어를 구사할 수 있다는 사실에 놀랐다.

부동산업자의 도움으로 우리는 동빙고의 부대로부터 멀지 않은 곳에 아파트를 구했다. 이 동네의 이름은 '임금을 위한 동쪽에 위치한 얼음 저장고'를 뜻한다. 그런데 사람들과 장소 그리고 사물에 대한 한국어의 의미를 배우는 것은 나의 취미가 되었고 한국어를 배우는 데 큰 도움이 되었다.

부동산업자를 만나 아파트를 구한 후 우리는 부대 근처에 있는 청기와라는 식당으로 갔다. 완상은 1주일 전에 도착한 후 이곳을 알고 있었다. 그는 이곳의 음식을 좋아했고 그가 식사를 하고 있는 동안 주인은 휴대전화를 충전할 수 있도록 허락했다.

주인인 유건갑씨는 조선시대까지 왕궁과 저명한 건물에만 사용되는 지붕 색깔인 청색을 사용하여 식당 이름을 붙였다. 그는 상냥한 미소를 짓는 친절한 사람이었고 내가 그곳에 가면 옆에 앉아서 이야기를 했다. 완상은 그에게 나를 소개하면서 방을 함께 쓰는 동료이고 해군이며 한국어를 할 줄 안다고 말했다.

나는 그에게 어색하게 인사했다. 내 한국어는 3년 전 그 후로 규칙적인 공부를 하지 않아서 엉성했으므로 부끄러웠다. 그때 나는 외국에서 처음으로 외국어를 구사했으므로 갑자기 새로운 언어처럼 복잡한 어떤 것을 배울 수 있을 것인가에 관해 자신감이 없어졌다.

그러나 완상과 나는 그 식당의 단골에 되었고 어색한 감정이 점점 사라지게 되어 편한 마음을 가질 수 있게 되었다. 처음으로 나는 기분 좋게 외국 문화에 빠져들 수 있게 되었다. 나는 모든 기회를 활용하여 한국어 실력을 늘렸다. 출퇴근시 택시를 타는 것은 특히 유용했다.

택시를 타고 기사에게 인사를 건넬 때부터 나의 공부가 시작된다. 집에서 부대까지는 좌회전 한 번과 신호등 한 번이 있을 뿐이지만 이것은 매우 어렵다. 나는 왼쪽과 오른쪽 그리고 여기, 저기를 한국말로 할 수 있다. 그러나 부대 앞에서 세워달라는 말은 하지 못한다. 그래서 결정적인 순간까지 기다리다가 절박하게 부대 정문 앞의 횡단보도에서 영어로 "Here, stop! Here, stop!"이라고 외친다.

기사는 나의 형편없는 한국어 실력을 핑계로 부대 앞의 횡단보도에 있는 적색신호에 걸리는 것을 피한다. 그리고는 통상 횡단보도의 반대편에 멈춘다. 그래서 나는 차량이 뜸해질 때까지 기다렸다가 길을 건너 출근한다. 이것은 비능률적이고 형편없는 방법이다.

문제를 해결하기 위해 나는 주요 지형지물을 이용하여 약간의 시간을 번다. 부대 주변을 경계하는 전경을 수송하고 보호하기 위해 부대 밖에 창에 창살을 댄 녹색을 칠한 차량들이 있다. 그래서 나는 경찰버스가 있는 곳에 세워달라는 한국말을 배웠다. 기사에게 인사말을 건넨 뒤에 나는 부대로 가자고 말한다. 그래서 왼쪽, 오른쪽을 달할 필요가 없이 마지막 단계까지 정신을 집중시킬 수 있다.

택시가 전경버스를 볼 수 있는 곳에 가까워지면 나는 경찰버스 뒤에 세워 달라고 말하기만 하면 된다. 나는 숨을 들이쉬었고 그 다음은 상상할 수 있을 것이다. 기사는 속도를 줄이고 버스 뒤로 접근하여 정차시킨다. 나는 마술 주문을 말한 것처럼 느낀다.

나의 두 번째 고향의 말을 배우는 대장정이 시작되었다. 나의 두 번째 단계는 동료들에게 아침인사를 건네는 기회를 이용하는 것이다. 이것은 하루 중에 겨우 몇 분에 불과하지만 매우 유용했다. 나는 특히 주한 해군 건물 관리인을 좋아하게 되었는데, 그는 30여 년 간 근무하여 간부들로부터 해군 E-7, 또는 "중사"로 불렸다. 김 중사는 70세 정도의 나이로 항상 나에게 친절하게 인사를 건넸고 짧은 대화에 응했다.

그러나 시간이 지나감에 따라 짧은 대화는 복잡한 내용으로 발전되었고 한국에 근무한 두 번째 8월에 나는 충분히 한국어를 이해하게 되었으며, 그는 여름의 마지막 더위인 "말복"에 관해 설명했다. 그는 평범한 한국어로 날씨가 무덥고 습기가 있을 때 한국사람들은 삼계탕이나 오리탕 또는 다른 어떤 고기 같은 건강식을 먹고 원기를 북돋우어 더위를 이겨낸다고 설명했다. 내가 외국어로 말할 수 있는 한국인들의 단어를 배우게 된 것은 교묘했다. "말복 날"은 영어로 번역하면 "dog days (연중 가장 더운 날)"이다. 이것은 물론 사람의 가장 가까운 동물이 식단에 오른다는 말은 결코 아니다.

언어를 배우는 것은 자연히 그 언어가 나타내는 문화를 더 잘 이해하게 한다. 예를 들면 한국에서는 팁을 주는 일이 없다. 그 집은 서비스가 이미 훌륭하다면 고객이 더 돈을 줄 필요가 없다는 것이다. 생각해 보라.

내 의견으로는 이러한 관습이 없는 것은 고객이 훌륭한 음식과 서비스에 대한 감사로 돈을 주는 대신 고객이 또 오는 것을 뜻한다. 한국사람들은 이러한 열성형 손님에 대한 단어를 가지고 있으며 정기적으로 오는 손님을 "단골"이라고 부른다.

물론 완상과 나는 다른 식당에도 갔고 습관은 변했다. 게다가 완상은 약혼을 했고 나는 부산에 있는 멋있는 여자와 데이트하기 시작했다. 따라서 우리가 청기와집에 가는 횟수가 줄었다. 그러나 우리가 그곳에 가게 되면 유씨는 변함없이 우리를 친구처럼 대하며 웃음을 띠었다.

그러나 식당에 가는 횟수가 한 주일에서 한 달이 되었다. 점점 나는 그 식당에 마치 성실치 못했다는 느낌을 갖게 되었다. 그래서 대학 한국어 교재와 사전, 그리고 펜과 연필을 들고 많은 것이 시작되었던 그곳으로 겸손하게 되돌아갔다. 나는 여러 번 미안하다고 했다. 그러나 주인은 그럴 필요가 없다고 했다. 그는 내 친구였으며 나는 그가 무언가 큰 것이 오고 있다는 것을 알고 있다고 생각했다.

주말에 부산의 고아원을 방문한 수병들에 관한 글을 쓰고 있을 때 나는 한 여자를 만났다. 그녀의 이름은 최봄비였다. 한국어로는 봄에 내리는 비를 뜻한다.

우리가 만났을 때 그녀는 커뮤니케이션학과의 석사과정을 거의 끝내고 있었다. 그래서 우리는 가끔 이메일과 전화를 사용하여 서로 연락하였다. 그녀가 졸업한 후에 우리는 휴대전화로 더 많은 대화를 나누었다. 비용이 많이 들게 되자 우리는 문자 메시지를 사용하였다.

문자판은 통신의 새로운 세계를 열었다. 우리는 콜론과 괄호를 사용하여 기분이 좋을 때는 웃음 표시를, 기분이 나쁠 때는 찡그린 표시를 만들어 냈다. 문자 메시지는 발전하여 표시창에 만들어지는 다른 디지털 표시와 더불어 로맨틱한 것을 위해 하트 표시를 사용하게 되었다. 이것은 다른 사람들과 대화를 하는 데는 이상하지만 사랑에 빠진 두 사람에게는 적합했다. 내가 부산을 방문했을 때 우리는 서로 만나 커피를 마셨고 데이트 중에 그녀는 내가 보낸 모든 메시지를 부지런히 써놓은 노트를 보여주었다.

내가 유씨와 그의 부인에게 그 문자 메시지들을 보여주자 두 사람은 그녀가 멋있는 사람이라고 동의했다. 그래서 어느 날 그녀가 친구의 결혼식에 참석하기 위해 서울에 왔을 때 그녀를 청기와식당으로 데리고 갔다. 유씨와 부인을 만난 후에 그녀는 내가 왜 그곳에서 많은 시간을 보냈는지 이해한다고 말했다. 그녀는 우리의 결혼식에 그들을 초청하자고 말하기도 했다.

나는 그 초청이 멋있는 일이라고 생각했다. 그러나 유씨가 식당일이 너무 바쁘기 때문에 정중하게 거절할 것이라고 생각했다.

유씨는 진심으로 봄비에게 자신이 틴혈증세가 있고 어지럼 증세로 기차를 잘 타지 않는다고 말했다. 나는 그럴듯하게 초청을 피할 것이라고 생각했다. 또한 나는 자신이 그 식당에서 식사를 한다고 해서 잘 알지 못하는 사람을 자신의 결혼식에 초대한다는 것이 이상하다고 생각했다.

그러나 그는 오겠다고 했다. 그는 부인과 여행한 지 오래되었다고 했다. 그뿐만 아니라 그는 한국의 탄환열차인 KTX를 타보고 싶어 했다. 부인은 우리가 결혼하는 것을 보는 것은 낭만죽일 것이라고 덧붙였다. 그래서 유씨와 부인 그리고 완상과 그의 부인이 서울에서 부산으로 내려와 우리의 결혼식에 참석하여 우리를 기쁘게 했고 한국에서 나의 긴 모험이 완결되었음을 느끼게 되었다. End

An Eternal Experience

CPT Joseph S. Raterrmann
2ID, DISCOM

My experience in Korea began five years before I was born, and will endure long after my life has ended.

My experience in Korea began in 1958-59. My father was a U.S. Army Soldier stationed in Bupyeong, just west of Seoul. He had many happy memories of his Korean friends. My father shared his life in Korea with his friends and family. These experiences included stories and pictures of his compatriot, KATUSA Soon Whan Kim's marriage to the unit telephone operator, Ms. Song Yung Suk at the Sacred Heart of Mary Church. Additionally, his stories included the numerous people he met at and the time he spent helping the Holy Mother Orphanage in Bupyeong.

When my father, SPC John Joseph Ratermann, returned to the United States in 1959, he converted his photo negatives into slides and created several slide show projector presentations. He later met my mother. I was born, and then two or three times a year, over the next 18 years, we watched slide show presentations and listened to him speak with fond memories of his year in Korea. Many years later, I saw my father cry for the first and only time. When a flood destroyed most of our home, we cleaned the house with a quiet energy that accompanies a difficult, but necessary task. When he discovered that the flood destroyed his box of Korean pictures and carrousels that made up his slide show presentations, I observed the depth of my father's loss when he displayed his true feelings about his experience in Korea by the tears rolling down his cheeks.

A few years later, I left home and joined the U.S. Marine Corps. In 1982, I had my first personal Korean experience that was not lived or shared through my father. My experience was during a Marine Corps training operation in Gyeongsangbuk-do. The memory of one ten day training exercise will be forever embedded in my memory. We were inserted by helicopter onto the Korean land near the East Sea with only seven C-Rations (canned meals), for the ten day operation. Due to weather, fog, clouds and rain we were not re-supplied with food. We tried to live off of the land, and successfully complete our training mission. Our success was due, only to the incredible hospitality of the local villagers. Wherever we went, villagers provided us with our initial tastes of Korean food roast chickens, kimchi, and ramen noodles. Our new found Korean friends also provided us with fresh fruit from their orchards and showed us how to find sansam ginseng root which grew wild in the mountains. It was the villages' residents' generosity and hospitality that made our ten day trek a success; filled our stomachs; and, more importantly, warmed our hearts.

In 1983, I again experienced Korean life, but this time in the middle of the Sahara desert-in Niger, Africa. One night, I met a former Korean Marine Corps Captain. His name was CPT Hyong Koo Cho. He put his arm around me and stated: "You, you are an American Marine, you must learn Tae Kwon Do from me."The next morning at 6 a.m., he knocked on my door, woke me up and for the next year he not only taught me Tae Kwon Do, he taught me Korean history the Silla and Koryo dynasties and shared stories which always highlighted the fierce, independent spirit which is found in every Korean.

CPT Cho also taught me the Korean definition of friendship. In Niger, we had no doctors available, only a nurse. That summer, I was extremely sick for over a week and the nurse's care did not help me recover. Instead of knocking on my door and teaching me Tae Kwon Do, or the Korean culture, Captain Cho put my arm over his shoulder and carried me to his home. With seaweed soup, barley water, and herbs and spices that I cannot name, Captain Cho and his wife, over the next two days and nights, nursed me back to health.

I saw Captain Cho again in Seoul, Korea at the 1985 World Tae Kwon Do Championships. Even though he had pressing duties with the world event, he still found time for his American friend from our time in Africa. Captain Cho took me to the Kukkiwon world Tae Kwon Do headquarters and Gyeongbokgung palace. He also provided a tour of schools, back alley restaurants, stores, shops and homes of his friends. This is when I believe I came to fully understand the Korean people as probably the most industrious, polite, and hospitable race of people that I have ever met; and of course-the finest martial artists in the world.

Almost twenty years later, my life in Korea continues. As a Soldier in the U.S. Army, I have been stationed near Dongducheon and joined a Korean Orienteering Club "Polaris."(Orienteering is competitive land navigation) After hours of searching, first the internet, and then through the streets of Gung-dong, I finally located the competition start site and the Polaris club members. I met the club members and tried to figure out what was happening. Even though there was an extensive language barrier, the Polaris Club members first invited me to sit and eat with them before the competition began. Each of them had brought a dish; embarrassed, I had nothing to share. Even though we had just met, these Korean adventurers insisted that I sit and eat with them before we embarked on a competitive journey over the Korean land. We spoke little and communicated a lot. Since that first encounter, as a result of my limited Korean vocabulary, we still communicate as only friends can-with a few spoken words but I now bring a dish of food to share. At each event, the Korean Polaris Orienteering Club members greet me and my family and fellow Soldiers with smiles; share their food with grand hospitality; and then we compete with one another, running through the parks and forests surrounding Seoul with a competitive spirit and friendly camaraderie.

My experience in Korea has not ended here. My wife, Ivana, and our one year old daughter, Sophie, recently visited. Together, my family traveled through the streets of Seoul. I took my wife and daughter to the same places that my father talked about and the same locations that Captain Cho took me in the 1980's. Through Captain Cho's unseen guiding hand, we visited and shared the history of Gyeongbokgung palace, the national museum, traveled the back alleys and to restaurants and stores. Additionally, we attended a Polaris orienteering club event where my wife and little girl were embraced and treated as part of the Polaris Club family. My daughter, Sophie, participated in her first orienteering meet she successfully completed the first 50 meters of the course, but then stopped to take a little bit of Korea home with her - by eating some Korean soil. With friendship and hospitality, our Korean hosts and my family, together, shared home cooked meals and then navigated the rolling hills behind the Veteran's Hospital.

Our family also visited Insadong. My wife, Ivana, is an accomplished European painter. Ivana visited each and every artist gallery along the street. She was impressed and inspired by the Insadong gallery artists. Meanwhile, Sophie and I ventured up and down the street. Sophie was the most popular American girl in Seoul that day, smiling into every camera while numerous students stopped to take her picture. I also watched with great joy as Sophie joined an elderly street musician who was playing Korean folk songs. Sophie danced for the musician and the gathering crowd, before she helped the folk singer collect money.

During all of our family travels, we took the train or subway. I am deeply impressed by the Korean custom of providing train seats to their elders. Respect and hospitality are not only practiced, it is a deeply ingrained part of every day life. My wife and daughter enjoyed these train and subway rides. Numerous Koreans touched Sophie on the cheek, picked her up, and played with her. I believe that this extensive interaction has had a great impact on her life. I am convinced, however my wife is skeptical, that our daughter learned her first word on the subway. My story: "Sophie said 'Anyong' (for anyeong haseyo), while simultaneously nodding her head in respect to the gentlemen sitting across from us on the train."

I have had the great fortune of experiencing Korea through my father's pictures and stories from 1958-59; my own visits in the 1980's and today; and, recently sharing additional adventures with my wife and daughter. My little girl, Sophie, has now had her initial personal experience in Korea. Sophie has experienced Korea through her grandfather and father, and has now had her initial exposure to the land and its people. Long after her grandfather and I have gone, my daughter will embrace our family's rich, shared Korean experiences, share them with her children, and embark on new adventures throughout the land of the morning calm.

Served in the U.S. Marines 1981-89. Credit my Korean friend, CPT Cho's Tae Kwon Do (TKD) training for leading to tournament competition success, and completion of college and law school. Joined the U.S. Army in 1998 and later volunteered for a Korean assignment; arrived in June, 2004 and I am currently serving as a trial counsel and legal advisor in the 2ndInfantry Division.

영원한 추억

조셉 S. 래터맨 대위
미 제2사단 사단지원 사령부

한국에 대한 나의 경험은 내가 태어나기 5년 전에 시작되었으며 내가 세상을 떠난 후에도 오랫동안 지속될 것이다.

한국에 대한 나의 경험은 1958-59년에 시작되었다. 아버지는 서울의 바로 서쪽에 있는 부평에 주둔한 미 육근 병사였다. 아버지는 한국 친구들에 관해 많은 행복한 추억을 가지고 있다. 아버지는 친구들과 가족과 함께 한국에서 생활했다. 아버지의 경험 중에는 마리아 성심 교회의 전화 교환수였던 송영숙과 카투사 병사 김순환의 결혼과 같이 동료들에 관한 사진과 이야기들이 포함되어 있다. 이 외에도 부평의 성모 고아원에서 아버지가 만나 함께 시간을 보내며 봉사했던 사람들의 이야기들이 많다.

아버지 존 조셉 레터먼 특기병이 1959년에 미국으로 돌아왔을 때, 아버지는 네거티브 사진 필림들을 슬라이드로 전환하여 몇 차례의 슬라이드 쇼를 개최했다. 그 후에 아버지는 내 어머니를 만났고 내가 세상에 태어났다. 그 후 매년 두세 차례씩 18년간 우리는 슬라이드 쇼를 관람했고 아버지가 한국에서 보낸 아름다운 추억에 관한 이야기를 들었다. 몇 년 후에 나는 아버지가 단 한번 우는 모습을 보았다. 홍수가 우리집 대부분을 파괴했을 때 우리는 온 힘을 다해 집을 청소했다. 이것은 어려웠지만 필요한 일이었다. 아버

지가 한국의 사진 슬라이드와 회전식 슬라이드 꽂이가 든 상자가 홍수로 못
쓰게 된 것을 발견했을 때 우리는 아버지가 양 볼에 눈물을 흘리면서 한국에
대한 진정한 감정을 나타내는 것을 보면서 깊은 상실감에 젖어 있는 것을 알
수 있었다.

몇 년 후에 나는 집을 떠나 해병대에 입대했다. 1982년에 나는 처음으로
아버지와 살면서 함께 나눈 경험이 아니라 개인적으로 한국에 관한 경험을
갖게 되었다. 내 경험은 경상북도에서 행해진 해병대의 훈련이었다. 10일 간
의 연습 훈련에 대한 추억은 나의 기억 속에 영원히 자리 잡을 것이다. 10일
간의 훈련을 위해 우리는 캔으로 된 겨우 일곱 개의 C 레이션을 가지고 동해
부근의 육지에 헬리콥터로 투입되었다. 악천후와 안개, 구름 그리고 비 때문
에 우리는 식량을 보급 받지 못했다. 우리는 주민들과 멀리 떨어져서 성공적
으로 훈련임무를 완수하려고 노력했다. 그러나 우리는 지역 주민들의 믿을
수 없을 정도의 환대가 없었더라면 훈련에 성공할 수 없었을 것이다. 우리가
어느 곳으로 가든 주민들은 닭튀김이나 김치 또는 라면 같은 우리가 처음으
로 먹어보는 한국 음식을 제공했다. 새로운 친구들은 과수원에서 싱싱한 과
일들을 따서 우리에게 주었고 산에서 자라는 야생 산삼을 찾는 방법을 알려
주었다. 10일 간의 훈련이 성공할 수 있었던 것은 배를 채워 주었을 뿐만 아
니라 우리의 마음을 따뜻하게 해준 지역 주민들의 인심과 환대 때문이었다.

1983년에 나는 아프리카의 니제르에 있는 사하라 사막 한 가운데에서 한
국에 대해 다시 경험하게 되었다. 어느 날 밤, 나는 조형구라는 한국 해병대
예비역 대위를 만나게 되었다. 그는 내 어깨에 팔을 두르면서 "이봐, 미 해
병, 내가 태권도를 가르쳐 주지"라고 말했다. 다음 날 아침 6시에 그는 문을
두드려서 나를 깨웠다. 그 후 1년 간 그는 태권도뿐만 아니라 한국 역사에 관
해 가르쳐 주었다. 그는 신라와 고려 왕조 그리고 모든 한국인들에게서 느낄
수 있는 강한 독립정신을 항상 강조하면서 관련된 이야기들을 해 주었다.

조 대위는 나에게 한국인 특유의 우정에 관해 가르쳐 주었다. 니제르에는
의사가 없고 간호원만 있었다. 그해 여름에 나는 일주일 동안 심한 병에 걸

렸다. 간호원은 도움이 되지 않았다. 조 대위는 태권도와 한국 역사에 관해 가르치는 대신 내 팔을 자신의 어깨로 부축하여 나를 자기 집으로 데려 갔다. 미역국과 보리차와 내가 뭔지 모르는 약초로 조 대위와 그의 부인은 이틀 밤낮을 보살펴서 내가 건강을 되찾게 했다.

1985년 세계 태권도 대회가 서울에서 개최되었을 때 나는 조 대위를 다시 만났다. 세계 대회에서 할 일이 많은데도 불구하고 그는 아프리카에서 만난 미국 친구를 위해 기꺼이 시간을 내어 국기원 태권도 본부와 경복궁으로 나를 안내했다. 그는 또한 학교와 뒷골목 식당, 가게, 상점 그리고 자기 친구 집으로 나를 안내했다. 이때 나는 한국인들이 내가 만난 사람들 중에서 가장 훌륭한 무도인일 뿐만 아니라 가장 부지런하고 겸손하며 친절한 국민이라는 것을 충분히 인식할 수 있게 되었다.

거의 20년 후, 한국과 관련된 나의 경험은 계속되었다. 미 육군 장교로서 나는 동두천에 근무하면서 한국 오리엔티어링 클럽 "폴라리스"에 가입했다. (Orienteering은 지도를 참고하여 위치를 찾아 목표에 먼저 도달하는 경연 대회임). 먼저 몇 시간에 걸쳐 우선 인터넷을 뒤지고 궁동 길을 헤매어서 나는 마침내 경연대회 출발 지점을 확인하고 폴라리스 클럽 회원들을 만났다. 나는 회원들을 만나 무슨 일이 일어나고 있는지를 알아내려고 노력했다. 언어문제라는 큰 장벽에도 불구하고 회원들은 시합이 시작되기 전에 우선 앉아서 식사를 할 수 있도록 초대했다. 회원들은 각자 음식을 가져왔다. 나는 가지고 온 음식이 없어서 당황했다. 비록 처음으로 만났지만 한국의 모험가들은 한국 지역의 탐색 경연을 시작하기 전에 내가 그들과 함께 식사를 하자고 했다. 우리는 거의 말을 하지 않았지단 많은 의사소통을 했다. 첫 번째 만난 후로 나의 제한적인 한국어 어휘 때문에 우리는 아직도 친구들 사이에만 통하는 몇 개의 단어를 사용하는 방식으로 의사를 전달했다. 이제는 나도 함께 나눌 수 있는 음식을 가지고 간다. 만날 때마다 한국 폴라리스 오리엔티어링 클럽 회원들은 나와 내 가족 그리고 동료 군인들에게 웃으면서 인사를 하고 친절을 베풀면서 음식을 나누고 경쟁심과 우정을 가지고 서울 주변의 공원과 숲에서 달리면서 서로 경쟁을 한다.

한국에 관한 나의 경험은 여기에서 끝나는 것이 아니다. 나의 처 이바나와 한 살인 딸 소피가 최근에 한국으로 왔다. 우리는 함께 서울 거리를 구경했다. 나는 아버지가 이야기하던 곳과 조 대위가 1980년대에 나를 안내했던 곳으로 가족들을 데리고 갔다. 눈에 보이지 않는 조 대위의 손길을 따라 우리는 경복궁과 국립박물관을 방문하여 역사를 배우고 뒷골목과 가게와 식당에 갔다. 나아가, 우리 가족은 폴라리스 오리엔티어링 클럽 행사에 참가하였고 회원들은 내 가족을 폴라리스 클럽 가족으로 대했다. 한 살배기 소피는 첫 번째 대회에 참가하여 첫 50 미터의 완주에 성공했다. 그리고 넘어져서 흙을 삼켜 한국의 일부를 집으로 가져왔다. 우정과 친절로서 한국 회원들과 우리 가족은 함께 가지고 온 음식을 나누고 원호병원 뒤편의 구릉 지역에서 목표를 찾으면서 헤매었다.

우리 가족은 인사동도 방문했다. 내 처 이바나는 실력 있는 유럽의 화가다. 이바나는 골목길을 따라 모든 화랑을 관람했다. 처는 인사동 화가의 작품에 감명을 받았고 많은 것을 배웠다. 한편 나와 소피는 골목을 이리저리 찾아 다녔다. 그날 소피는 서울에서 가장 인기 있는 미국 아이였다. 수많은 학생들이 멈춰서 소피의 사진을 찍으면 소피는 카메라를 향해 활짝 웃었다. 유행가를 연주하는 나이든 길거리 악사와 함께한 소피를 나는 즐겁게 지켜보았다. 소피는 음악에 맞추어 악사와 관중들을 위해 춤을 추었고 악사가 돈을 거두는 것을 도왔다.

가족이 함께 다니는 동안 우리는 줄곧 기차나 지하철을 이용했다. 나는 기차에서 젊은이들이 노인에게 자리를 양보하는 것을 보고 깊게 감명을 받았다. 존경과 친절은 지켜질 뿐만 아니라 한국인의 일상생활 속에 깊이 자리 잡은 일부분이다. 처와 딸은 기차와 지하철 여행을 즐겼다. 수많은 한국인들이 소피의 볼을 만지고 안아주고 함께 놀았다. 나는 이러한 광범위의 교감이 딸의 인생에 큰 영향을 주고 있다고 믿고 있다. 처는 믿지 않지만 나는 내 딸이 첫 번째 말을 전철에서 배웠다고 확신한다. 내 생각으로는 "소피가 기차

맞은편의 신사에게 예절을 지켜 고가를 숙이면서 (안녕하세요의 의미로) '용' 이라고 말했다"고 확신한다.

아버지의 1958-59년 사진과 이야기. 1980년대와 현재 내 자신의 한국 체류, 최근의 내 가족과 함께한 모험을 프함한 나의 한국에 대한 경험은 크나큰 행운이다. 내 딸 소피는 이제 그녀 자신의 한국에 대한 경험을 처음으로 갖게 되었다. 소피는 할아버지와 아버지를 통해 그리고 자신이 직접 한국과 사람들에 대한 경험을 하게 되었다. 할아버지와 내가 세상을 떠난 후에도 내 딸은 우리 가문의 풍부한 공통적인 한국의 경험을 내면화하여 자신의 아이들과 함께 나누게 될 것이며 '조용한 아침의 나라' 에 대해 새로운 모험을 시작할 것이다. End

1981-89, 미 해병대 복무. 한국인 사범 조 대위의 태권도 훈련 덕분에 태권도 대회 참석. 법대 졸업. 1998년 미 육군 입대, 한국 근무 자원, 2004년 6월 한국 도착, 현재 미 2사단 법무 장교.

A Day in Korea

CW3(P) Rusel E. Hays
HHC, 2-52 AVN RGT

Fall mornings are magnificent - the air is crisp and a languid shroud of mist drifts over the rice fields adjacent to my apartment. The streets are a stir with the traffic of a new day as I step outside and begin the trek that will eventually wind up at my office. The sidewalks are an eclectic mix of old and new; underfoot sculpted red bricks interlock in patterns of geometric beauty while, overhead, marvelous old-growth trees spread forth a shelter of multi-hued leaves. I enjoy the walk, stepping lightly to avoid the powerful, gnarled roots that have displaced certain bricks and caused the path to heave and roll in random places. Children in school uniforms pass by and smile shyly. Eager to try my Korean I say "Anyahasaeyo to which they giggle and say "Hi!" Their English is much better than my Korean... Further down the way I meet an elderly lady who is bent at the waist and walks delicately with cane in hand. My heart reaches out for her and I wonder what her story is. I postulate that perhaps she is the victim of osteoporosis or that she has spent so much time working in the fields that she has ruined her back but I cannot say with certainty nor does it matter. She is always on her way somewhere and she has not capitulated in the face of daunting physical trials; she provides me with my morning dose of inspiration.

During my lunch hour I venture forth again in search of something to staunch the pangs of hunger. Now, fully awake, the town is alive with commerce and there is a dazzling array of culinary choices available. I have tried most of the traditional dishes at this point and my tastes are biased, sadly, towards the mundane. I suppose you could call me a Korean food "poser." Oh, I can talk a good story about ttokuk, yuk'oe, and umilgwa but when it comes right down to having a meal that I really enjoy I lean towards galbi, bulgogi, fried rice, spicy pork, yaki mandu, and hot vegetable bowls. In the course of my explorations, I studiously observe the various eateries. The selection is sensational, almost bewildering, but ultimately I settle on a humble but clean restaurant that appears to be ran by an elderly couple; it is the equivalent of a "mom and pop" diner back home minus the meat loaf. I have a choice of traditional or western style seating. I choose the western my knees are not up the traditional and peruse the menu. I can read Korean now but pictures are good. True to form I order the galbi which is prepared and served with astonishing alacrity as an added bonus my hostess has the rare and elusive steam mandu, the unfried version of yaki mandu. I prefer the steam mandu because it is so chewy. The food is great and I am amazed that I am the only one in the restaurant. Still, as I wrestle with my galbi, the matron of the establishment becomes impatient with my inept handling of the viands and demonstrates for me. She spears a slice of meat along with some other condiments and deftly piles them onto a lettuce leaf. Continuing, she rolls the provender into a ball of Homeric proportion and, with the confidence of a schoolmistress, stuffs it into my mouth. We both laugh and I feel content. I am still a "poser" but when it comes to galbi I can roll and stuff with the best of them.

Fortunately, my feet know the way home at the day's end. The pervading stillness of the evening and the sounds of the falling sun are enchantments that overwhelm the rest of my faculties. The street lights have just come on tiny points of light against the indigo skyline and the atmosphere is festive. There is a fantastic aroma of spice and warm cacophony of sound that hails from the street. Greenery is riotous; every spare plot of ground is dedicated to a garden. A tremendous squash, orange and round, hangs unsupported from the fence upon which the vine has grown. Peppers dangle red and long waiting to be picked and dried to infuse warmth into the spicy pork I love so much. Walking, I wonder about the lack of mosquitoes and then I notice the profusion of dragonflies, lords of the insect realm. Across the rice paddy I can see, perhaps, one hundred of them grouped together looking for all the world like a flying carpet, thick and dark, on some magical errand. Turning towards the market street, the scene changes with the fading hum of the dragonfly wings as I head into the heart of the downtown area in search of my favorite Ajima and her Ho-Tuck. Ho tuck is a traditional fried bread dough that is about six inches in diameter, filled with cinnamon, brown sugar, and nuts and then fried to a golden brown. Chewy on the outside and liquid in the center, I consider it my greatest culinary discovery, yet I am sure that is, in large part, due to my American sweet tooth. Fortunately I am not to be disappointed tonight Ajima is there, diminutive and happy. She nods when I walk up and we begin our usual negotiations as I try to say Ho-tuck. If I say Tuck with a "T" she says Ho Duck with a "D" and if I try to preempt her and say Ho Duck with a "D" she cocks her head to one side and asks, "Ho Tuck?" Inside, I am sure she is laughing. Chagrined but with pastry in hand, I continue home while all around me the shadows begin stretching in anticipation of the sun's demise. Yet, just when it seems the color of my street will disappear into perpetual shades of gray, the sun winks out of existence for another day and the shadows retreat before the renewed incandescence of the street-lamps and the twinkling of the nautical twilight.

Nighttime is my favorite because it is at night that I run. Slipping the confines of my apartment, I follow a tennis-shoe-worn path that leads me into the heart of the rice fields. I have traded the magic of the day for the luminescence of the moon and there is no regret. One-lane roads divide the paddies and wind past traditional burial mounds. A breeze stirs the un-harvested rice into a delicate whisper of mischief while a frog chorus speaks to the stars. Tiny-winged things of mirth abound in the night. They are hard to see but I know they are there because I have swallowed some on accident while running; in this respect, Korea has literally become a part of me. Tonight I am fortunate because my native running partner is out. We have not been formally introduced but we have at least two things in common a penchant for running at night, and a time-won respect for each other. As luck would have it, we always end up running in opposite directions around the paddies so that we pass each other every few minutes. We both prefer this arrangement because we would race if we ran in the same direction and neither of us really wants to know who is more fleet. Rather, we revel in the comfort of each other's company during the trials of pain and euphoria of exhaustion in a good cause. The language barrier is real but not felt for each time we pass we nod and give each other the thumbs up; no words are required. When my run is finished and my friend has vanished, I put the night on like a traveler's cloak and cool down while walking home alive in the cognizance of a day well spent.

Morning, afternoon, evening, and night - together they comprise one day and as the morning turns into night, as the days turn into weeks, and as the weeks turn into months I find that the end of my first year in Korea rapidly approaches. During this year, I have been north to Mt. Sorak and south to Cheju-do Island along with several points to the east and west. My time and travels have been satisfying on an inner level that really defies quantification. Perhaps it is the thousands of years of culture and the spiritual endowment of the country itself; perhaps it is the Korean people and their unending encouragement and willingness to play gracious host. I simply cannot say. There are days that are not so enchanting as the previous incarnation but, in saying that, I must also say that there are rare days that are even better, too. As each day passes I cannot wait to see what the next will bring.

I am a CH-47D maintenance pilot coming from Ft. Campbell and Afghanistan. I arrived in country in early January 04 and am command sponsored with my wife Lisa and our seven children. We live together in a four bedroom apartment in Anjeong-Ri just outside of the Camp Humphreys main gate. I have a B.S. in Pro.

한국에서의 하루

러셀 E. 헤이스 준위(CW3)
제2-52 항공연대

가을 아침은 멋있다. 공기는 상쾌하고 옷자락 같은 포근한 안개가 내가 사는 아파트 부근의 논 위로 천천히 움직인다. 하루가 시작되어 내가 집 밖으로 나서서 근무지로 향할 때 길거리는 고통이 복잡해진다. 보도 주변은 오래된 것과 새로운 것들이 섞여 있다. 장식 무늬가 있는 붉은 벽돌이 기하학적으로 아름답게 보도 바닥을 장식하고 있고, 위에는 오래된 보기 좋은 나무들이 아름다운 색깔의 자태로 그늘져 늘어서 있다. 나는 벽돌들 틈으로 튀어나온 마디진 뿌리들이 보도위에 제멋대로 굴곡진 위로 걷는 것을 좋아한다. 교복을 입은 아이들이 지나가면서 수줍은 웃음을 띤다. 한국말 실력을 과시하려고 내가 "안녕하세요"라고 인사를 건네면 아이들은 깔깔대며 "하이"라고 답한다. 아이들의 영어는 내 한국어보다 낫다. 조금 더 걸어가면 지팡이를 짚고 조심스럽게 걸어가는 허리가 굽은 할머니를 만난다. 할머니의 내력이 궁금해진다. 골다공증에 걸린 것일까 아니면 들판에서 오랫동안 일을 해서 허리가 굽은 것일까. 원인은 알 수 없지만 그건 상관없다. 할머니는 항상 어딘가를 가고 있고 힘든 걸음을 마다하지 않고 걷는다. 할머니는 아침에 내게 필요한 영감을 준다.

점심시간에 나는 허기를 달래기 위해 뭔가 먹으로 다시 길거리로 나간다.

도시는 활기를 띠고 상거래가 이뤄지며 놀랄 정도로 여러 가지의 음식점들이 기다리고 있다. 지금쯤 나는 대부분의 전통 한국음식을 먹어보았다. 내 입맛은 불행스럽게도 세속적인 취향으로 편향되어 있다. 여러분들은 나를 한국 음식에 "티를" 내는 사람으로 생각할 수도 있을 것이다. 떡국이나 육회나 유밀과와 다른 음식에 관해서도 할 말이 많이 있지만 내가 정말 좋아하는 것은 갈비, 불고기, 볶음밥, 제육볶음, 군만두 그리고 야채매운탕 같은 음식이다. 음식을 섭렵하면서 나는 여러 가지 먹을거리들을 주의 깊게 관찰했다. 음식을 고르는 것은 신나지만 혼란스럽다. 결국 나는 나이 많은 사람이 경영하는 검소하고 깨끗한 식당을 선택한다. 이러한 음식은 미국요리 중에서 다진 고기를 제외하면 바로 "집에서 먹는" 요리에 해당된다. 나는 한국 전통식이나 서양식 좌석을 선택할 수 있다. 그러나 무릎이 불편해서 서양식 좌석을 좋아한다. 그리고 메뉴를 읽어본다. 이제 한글을 읽을 수 있지만 사진이 있으면 더 좋다. 메뉴에 있는 그대로 갈비를 주문하면 놀랄 정도로 빨리 음식이 나온다. 아주머니는 군만두가 아닌 진짜로 맛있는 찐만두를 덤으로 대접한다. 나는 씹는 맛이 있는 찐만두를 더 좋아한다. 음식을 더할 나위 없이 맛있다. 내가 유일한 손님이라는 것이 놀랍다. 내가 갈비를 먹기 위해 안간힘을 쓰고 있을 때 아주머니가 참지 못하고 와서 먹는 방법을 가르쳐 준다. 아주머니는 고기 한 조각에 다른 반찬을 얹어 능숙하게 상추에 싸서준다. 계속해서 아주머니는 훌륭한 솜씨로 갈비를 상추에 싸서 노련한 여선생처럼 내 입에 넣어준다. 우리는 서로 웃으면서 만족한다. 나는 아직도 "능숙한 티"를 낸다. 그러나 갈비에 관한한 나는 최고로 솜씨 있게 먹을 수 있다.

　다행스럽게도 내 양다리는 하루 일과가 끝나면 집을 찾아간다. 저녁에 깔리는 정적과 지는 해의 음성은 남아 있는 내 의식을 압도한다. 가로등이 켜진다. 남색 하늘을 배경으로 조그마한 빛의 점들이 나타나면 축제의 분위기가 된다. 길거리에서는 향기롭고 맛있는 양념 냄새가 풍기며 여러 가지의 따뜻한 소리들이 들려온다. 나무 가지들이 풍성하다. 모든 자투리땅은 공원이다. 오렌지 빛깔의 둥글고 큼지막한 호박들이 울타리에 매달려 있다. 빨간

고추들이 오랫동안 수확되고 말려져서 내가 좋아하는 제육볶음에 온기를 더해주기를 기다리며 매달려 있다. 걸으면서 나는 모기가 없는 것이 궁금해진다. 금새 나는 곤충세계의 제왕인 잠자리 무리들을 발견한다. 나는 논 위에 수백 마리가 마치 마술을 부리듯이 날아다니는 두텁고 짙은 양탄자처럼 세상을 쳐다보면서 무리 짓는 모습을 지켜본다. 잠자리 나래 소리를 등지고 시장 쪽으로 발길을 돌리면 경치가 달라진다. 나는 내가 좋아하는 호떡 장수 아줌마를 찾으러 시내로 발길을 돌린다. 호떡은 직경이 6인치 정도의 밀가루 반죽에 계피와 흑설탕과 호두를 속에 넣고 황금빛이 나도록 지진 전통적인 음식이다. 겉은 씹는 맛이 있고 속은 끈적이는 호떡은 내가 발견한 최고의 음식으로 생각한다. 그러나 이것은 주로 미국인이 단것을 좋아하는 것 때문일 것이다. 다행히 오늘밤은 실망을 하지 않게 되었다. 자그마한 행복스러운 모습의 아줌마가 나와 있었다. 내가 다가가자 아줌마는 고개를 끄덕이며 맞이한다. 내가 "호턱"이라고 발음하면 아니라고 하면서 고쳐주기 시작한다. 내가 "턱"이라고 하면 아줌마는 "떡"이라고 말한다. 내가 선수를 쳐서 "호떡"이라고 하면 아주머니는 고개를 갸웃거리면서 "호턱?"이라고 한다. 속으로는 웃고 있는 것이 분명하다. 화를 내는 척하면서 호떡을 손에 들고 나는 집으로 향한다. 곧 해가 저물기를 기다리면서 내 주위로 긴 그림자가 생긴다. 그러나 길거리의 색깔이 변함없는 회색으로 지속될 것 같은데 이내 해가 윙크를 하면서 또 하루를 밝히기 시작하면 가로등의 형광 빛과 명멸하는 황혼이 다시 찾아 올 때까지 긴 그림자들은 사라진다.

　나는 밤에 달리기를 좋아하기 때문에 밤은 내가 제일 좋아하는 시간이다. 밀폐된 아파트의 공간에서 빠져나와 테니스 신발을 신고 잘 나 있는 길을 따라 나는 논 한가운데로 달려간다. 나는 낮의 마술을 벗어나 달밤의 세계에 잠기지만 후회는 없다. 외길은 꾸불대며 논을 가르면서 오래된 공동묘지를 지나간다. 미풍이 추수가 시작되지 않은 논 위로 장난스럽게 속삭이며 개구리가 하늘을 향해 합창을 한다. 날개 달린 조그만 곤충들이 행복하게 밤하늘을 채운다. 눈에는 보이지 않지만 뛰면서 몇 마리를 삼키게 되어 나는 이놈들이 있는 것을 안다. 말 그대로 한국은 나의 일부분이 된다. 오늘밤 운 좋게도 달리기 친구가 나와 있다. 우리는 공식적으로 서로 소개를 하지는 않았지만 적어도 두 가지 공통점이 있다. 그것은 밤에 달리기를 좋아하는 것과 서로 오랜 시간에 걸쳐 이루어진 존경심이다. 운 좋게도 우리는 서로 반대 방향에서 뛴다. 그래서 몇 분간 서로 마주친다. 우리는 서로가 이런 방식을 선호한다. 만일 우리가 같은 방향으로 달린다면 서로 경쟁을 하게 될 것이며 서로 누가 빠른지를 알고 싶지 않기 때문이다. 오히려 우리는 지치고 힘든 순간에 서로 위안을 삼으며 좋은 기분을 갖게 되는 것을 좋아한다. 언어 장벽이 분명히 있지만 마주칠 때마다 고개를 끄덕이며 엄지손가락으로 아는 체를 하며 지나간다. 말이 필요 없다. 내가 달리기를 끝내고 내 친구가 시야에서 사라지면 나는 방랑자의 옷자락처럼 밤에 묻혀 몸의 열기를 식히고 하루를 잘 보냈다고 느끼면서 활기차게 집으로 걸어온다.

　　아침, 점심, 저녁, 밤, 이것이 하루가 되고 아침이 저녁이 되고 하루가 한 주일이 되고 한 주일이 한 달이 되어 나의 한국 생활의 첫 해가 어느덧 끝난다. 금년에 나는 북으로 설악산 남으로 제주도 그리고 그 사이 동서로 여러 곳을 방문했다. 한국에서 보낸 시간과 여행은 숫자로 표시할 수 없지만　내면적으로 만족스러운 수준에 도달했다. 이렇게 된 것은 아마도 나를 손님으로 맞이해 준 한국사람들의 무한한 진심에서 우러난 격려 때문일 것이다. 이것은 단순하게 설명할 수 없다. 한국에 오기 전처럼 재미없는 날들도 있었지만 이렇게 말하면서 나는 이곳에서 훨씬 더 좋았던 소중한 날들이 있었음을 고백해야겠다. 하루가 지날 때마다 나는 다음날 어떤 일들이 일어나게 될까 기다려진다.

CH-47 정비 조종사, Ft Campbell 및 아프가니스탄 근무. 2004년 1월 초에 한국 근무. 부인 Lisa 및 7명의 자녀와 관사에 살고 있음. Camp Humphreys 정문 맞은편 안정리의 방 4개가 딸린 아파트에 거주. 항공학 학사 학위 소지.

Third Time is a Charm

CW4 Teddy C. Datuin
14th Signal Det.

Life in Korea could either be memorable or uneventful. The choice on which direction to take is usually an individual's choice. Several factors, however, affect somebody's choice. For most Americans stationed in Korea or visiting Korea, for the first time or even for the third time, they find a different environment that is dauntingly challenging and perplexing. Not understanding the language and culture, coupled with safety and security restrictions, discourage some Americans from venturing out into the local community, thus living an uneventful life or stay in Korea. You will fully enjoy your stay in Korea if you get out and explore, get involve and meet the people.

I never ventured out and tried to get involved and meet the people during my first two tours in Korea. The first time I was stationed here in 1981-1982, I spent most of my time within the perimeter of Camp Carroll in Waegwan. Except for a couple of Morale, Welfare, and Recreation (MWR)-sponsored tours to Pusan and a nearby historic site, my only trips outside of Camp Carroll were a few supply runs to the Taegu and Seoul US Army military facilities. Of course, I had a few beers in a few of the local clubs right outside of the gate. Did I enjoy this first tour? Not quite!

About nine years later in 1991-1992, I spent my second tour in Korea at Camp Casey in Tongduchon. I enjoyed my tour then, I thought, by occasionally going outside of the main gate and spent time looking for bargain shoes, clothing or blanket. Oh yes, I took the bus to Yongsan a few times and went bargain hunting in Itaewon. Also, I visited the demilitarized zone (DMZ) and the Joint Security Area (JSA) as part of our battalion officer professional development (OPD). And this time, I finally got involved meeting a few of the friendly Korean people, on a higher level. All the officers in our battalion visited and shook hands with all the officers of our sister battalion in the Republic of Korea (ROK) Army. They returned the favor the following week when they visited us at Camp Casey. And of course, I had a few beers in a few of the local clubs outside of the gate too during this second tour. Did I really enjoy this second tour? Maybe, a little!

Now, 2004, I'm back for my third tour in Korea, twelve years later. I'm in Seoul, one of the largest metropolitan centers in the world. If Korea is the assignment of choice and Area II is the assignment of choice in Korea, then I am in the assignment of choice in Area II, Yongsan. This means, this assignment of choice has already all what's needed for an eventful and memorable stay in Korea. Will my third tour be an enjoyable and exciting one then? I think it will be an event in my life to always remember by. This time, I am more involved with the military and local communities, trying to bridge the cultural and language differences between Americans and Koreans.

My community involvement all started when I enrolled in the Army Community Services (ACS)-sponsored free Korean language class last January 2004. The difficulty in learning the Korean language poses a great challenge to me that I promised myself, I won't give up and I will try all I could to face the challenge. To meet the challenge, I have to get out and get involve. Just reading about Korea and its people, culture, and history won't be as good as eating a "bulgogi" with a Korean friend.

Just admiring a pretty picture of a palace won't be as real as going inside the palace with a Korean friend.

So, now my eventful and memorable life in Korea begins. The ACS Korean language class instructor, who has a passion of bringing Americans and Koreans become good neighbors, became a good friend. He has been an ACS volunteer for 15 years and he also teaches Korean history at the Kookmin University in Seoul. Outside the scope of ACS support, he added to his Korean language class a regular Saturday tour to the different historic sites, parks, shopping districts, and other beautiful places, in and around Seoul. This was not going to be an ordinary Saturday tour. His plan was to involve local university students, so he put out the word to his two Kookmin University professor friends. And the word got out to the students and to some of the alumni.

And so, the free Saturday tours begin. All the participants have to pay are subway or bus tickets and for lunch, drinks, or snacks. The tours were initially geared to the Korean language class students and their families or friends. Others, however, who wanted to participate, were all welcomed. What makes these tours unique is not where the tour is going to be, but how many Korean university students, alumni, and staff will be participating and providing a personalized guided tour to the American participants. The group of American tour participants is a mix of military and civilians. The tour usually starts in the morning at 10 o'clock and ends at about 2 o'clock in the afternoon.

Initially, the average number of American participants in these tours was 8, while the average number of Korean participants was 15. The Saturday tour program was not well publicized then, and so with the Korean language class program. Now, the average total of tour participants is 50 and the Korean language class enrollment has increased. Both programs are now well publicized.

The Korean university students have really shown genuine interest in the Saturday tour program and more have been joining in, some are from other universities. The students enjoy meeting and talking to Americans, young and old alike. They want to expand their knowledge of English and American culture. Most of all, they want to help foster a better understanding and closer relationship between Koreans and Americans.

Now, what's my role in all of these significant activities? I play a very active role, both in participating in the programs and in promoting the programs. In doing so, I feel like I really have a vested interest in ensuring that the Saturday tour program continues and succeeds. And because of the role I play, the Korean participants look up to me as a good friend. They know me and my name. On the other hand, I'm embarrassed that there are those I keep forgetting their names.

These activities keep me busy and energized. The only breaks I had from the Saturday tours were a few Saturdays when military duty was the priority. Of the American tour participants, I am the only one who has been participating in the program regularly since its beginning. Three others are now regular participants since April 2004. And, just like with the regular Korean participants, these regular American participants are all my good friends now.

Being active and proactive in the program, unofficially, I became a staff member of the Saturday tour program. The main planners and coordinators, though, is the Korean staff comprised of the ACS Korean language instructor, his two Kookmin University professor friends, a Kookmin University alumnus, and 10 Kookmin University students. They are regular participants since the beginning of the program. Their dedication and the amount of hard work they put into this program are just utterly remarkable.

On my part, I started and continue to write articles about the Saturday tour program and activities associated with it. Some have been published in The Morning Calm Weekly, a Korea-wide free weekly newspaper for the American community. This publicity drew the attention of the Area II Public Information Officer that he participated in one of the tours and wrote an article about it. The publicity drew the ACS community program coordinator too, that she joined one of the tours and invited the Armed Forces Network (AFN)-Korea Radio-TV broadcast crew to report on the trip.

Aside from writing articles about the Saturday tour program, I get to address the new tour participants, both Americans and Koreans, before we go on the trip and talk to them how important and how good the program is. Sometimes, I visit the evening Korean language classes, especially the new classes, and I also talk about the significance of the Saturday tour program.

With the publicity and generated interest in both the Korean language class and the Saturday tour programs, the number of participants from both sides has significantly increased. New more exciting activities have been added also to the tours, from just visiting sites and having lunches together to Han River cruising, train rides, and bus rides to areas way outside of Seoul.

A new exciting initiative has also been added to the Korean language class, and I also get involved. It is a free monthly concert on a Tuesday or Thursday night, provided mostly by Kookmin University students who have mutual interests in playing musical instruments. The students are doing these concerts on their own time, hoping to generate American interests in classical and traditional Korean instruments and music. Currently, the concerts are geared primarily to the Korean language class students and their families and friends. Eventually, the event will be for all Area II residents.

So, what else is keeping me busy on my off-duty time and enjoying it, aside from regularly interfacing with good Korean and American friends on Saturdays? Well, one laudable program branched out of the Korean language and Saturday tour programs. And again, in this new significant program, I play a vital role. The program is about teaching Basic English to Korean adults and university students, some of which are the same students that participate in the Saturday tour and concert programs. I am one of the three volunteers teaching the class.

The Basic English program for adults is for Korean parents, but only mothers are attending, currently. There is an average of 12 mothers currently attending. Sometimes, there will be some university students attending also, about 6 of them. These mothers, before we started the Basic English class for them, normally just waited for their children in a different room while the children are in the children's Basic English class. The class is on Saturday afternoons from 3:00 to 5:00 PM after the Saturday tour and is held at the Korean Community Center in Yongsan.

The adult Basic English class program is not sponsored by ACS or any American entity or activity. It is an offshoot of the Basic English program for Korean children ages 8 to 12 years old that the ACS Korean language instructor and his university professor friend started on their own. The children's class is held on Saturday afternoons also from 3:00 to 5:00 PM at the same Korean Community Center in Yongsan. Volunteers also teach the children.

Meanwhile, on Sunday afternoons, from about 4:00 to 6:00 PM, I get together with the ACS Korean language instructor and four of the key Korean staff members and informally have conversational English sessions. These Korean friends are the key planners and movers of the Saturday tour and concert programs.

So, have I had a few beers in a few of the local clubs outside of the gate yet on this third tour? No and I don't have to. No, wait, I had a couple when I attended some official and social functions in a restaurant and hotel.   I think I already have enough activities to keep me busy. Do I speak and read Korean language now? A little bit and I still have a long way to go. Am I enjoying my stay in Korea this time? Absolutely! As the saying goes, "third time is a charm." But, you really have to go out, explore Korea, and engage with the people in order to have a memorable life or stay in Korea. ■

매력적인 세 번째 근무

테디 C. 다투인 준위
제14 통신파견대

　한국 생활은 추억에 남을 수도 있고 평범할 수도 있다. 어느 길을 갈 것인가는 통상 개인의 선택이다. 그러나 몇 가지의 요소들이 개인의 선택에 영향을 준다. 한국에 처음 근무하게 되거나 세 번째 근무하거나 주한 미군은 낯선 도전과 당혹스러운 상이한 환경에 접하게 된다. 안전 및 안보적인 제한사항 외에도 언어와 문화의 장벽으로 인해 일부 미군은 지역 사회를 접하지 못하고 무미건조한 생활이나 근무를 하게 된다. 여러분들이 과감히 밖으로 나가서 모험을 하고 한국인들을 접촉하고 만나게 된다면 여러분들은 한국 근무를 충분히 즐길 수 있다.

　나는 첫 번째와 두 번째 한국 근무 중에는 바깥으로 나가지도 않았고 한국인들과 어울리거나 만난 적이 없었다. 1981-82년에 한국에 처음 근무하는 동안 나는 왜관의 캠프 캐롤 주둔지역 내에서 대부분의 생활을 했다. 사기, 복지, 여가 계획(MWR)의 지원으로 몇 차례 부산이나 인근의 사적지 방문을 제외하면 부대 밖의 유일한 여행은 대구와 서울의 미군 부대에 대한 보급 운전에 불과하다. 물론 부대 밖의 맥주 집에서 몇 차례 맥주를 마신 적은 있다. 내가 첫 번째 한국 근무를 즐겼겠는가? 결코 그렇지 못했다.

　약 9년 후 1991-92년에 동두천의 캠프 케이시에서 나는 두 번째 한국에 근무했다. 이따금씩 부대 밖으로 나가 값싼 신발과 옷이나 담요를 사면서 시간을 보내며 나름대로 한국 근무를 즐겼다고 생각했다. 물론 나는 부대 버스를 타고 용산으로 가서 이태원에서 쇼핑을 몇 차례 했다. 그 외 여행대대 장교 전문성 개발계획의 일환으로 비무장지대와 공동경비구역을 방문했다. 이 때 나는 마침내 일부의 친절한 고위급 한국인들을 만나게 되었다. 우리 대대의 모든 장교들은 한국군 자매 대대의 므든 장교들을 만나 악수를 나누었다. 한국군 장교들은 답례로 그 다음 주에 우리 사단을 방문했다. 물론 두 번째 근무지 영외의 클럽에서 맥주를 몇 차례 마셨다. 내가 두 번째 한국 근무를 즐겼는가? 아마도 약간 그랬을 것이다.

이제 12년 후인 2004년에 나는 세 번째 근무를 위해 한국으로 돌아왔다. 나는 세계에서 가장 큰 도시 중의 하나인 서울에서 근무하게 되었다. 한국 근무가 선택이라면, 그리고 서울 지역이(Area II) 한국 근무의 선택이라면 나는 선택된 근무지역이 용산이다. 이 말은 이 선택 근무가 한국에서 멋있고 기억에 남을 만한 것이 되기 위해 필요한 모든 것을 갖추고 있다는 뜻이다. 그렇다면 나의 세 번째 한국 근무가 즐겁고 흥미 있는 것인가? 나는 이번 근무가 내 인생에서 항상 기억할 수 있는 근무가 될 것이라는 생각이 든다. 이번에는 나는 미국인과 한국인의 언어 및 문화 차이를 연결하려고 노력하면서 전보다 더 군과 지역사회에 관여하고 있다.

나의 지역사회 참여는 2004년 1월에 육군지역봉사(ACS) 단체가 지원하는 무료 한국어 강좌에 등록하면서 시작되었다. 한국어를 배우는 어려움은 나에게 큰 도전이어서 나는 결코 포기하지 않고 어려움을 이겨내기 위해 할 수 있는 모든 것을 다 하기로 결심했다. 어려움을 이겨내기 위해 나는 밖으로 나가 참여하기로 했다. 단지 한국과 한국인, 문화와 역사에 관하여 읽는 것은 한국 친구들과 불고기를 먹는 것처럼 쉽지는 않을 것이다. 단지 고궁의 아름다운 그림들을 칭찬하는 것은 한국인 친구들과 고궁 내부를 보는 것만큼 현실적이지 못하다.

그래서 이제 나의 풍부한 기억에 남을 만한 한국의 생활이 시작되었다. 한국인과 미국인이 좋은 친구가 되도록 열정을 지닌 ACS 한국어 강사는 좋은 친구가 되었다. 이 한국어 강사는 15년간 자원 봉사를 해 왔으며 서울의 국민대학교 역사 교수이다. 그는 ACS 지원 외에도 한국어 교실의 부차적 활동으로서 정기적으로 토요일에 서울의 사적지와 공원, 상가지역 및 다른 경치 좋은 곳으로 안내하였다. 이것은 일상적인 토요일 관광이 아니었다. 그의 계획은 대학생을 포함할 예정이어서 국민대학교의 두 친구 교수에게 부탁을 하였다. 이 소식은 학생들과 졸업생 일부에게 전해졌다.

그리하여 무료 토요일 방문행사가 시작되었다. 참가자들은 지하철과 버스, 점심, 음료수 및 간식 비용만 지불하면 되었다. 처음에는 이 여행 계획이 한국어 반 학생과 가족 및 친구들에 한정되었다. 그러나 이 계획에 참가하기를 원하는 다른 사람들도 참가할 수 있었다. 이러한 방문이 특이한 것은 이러한 행사가 어느 곳을 방문하는가에 있지 않고 얼마나 많은 대학생과 졸업생 그리고 직원들이 참여하여 미군 참가자들에게 개인적인 안내를 하는가에 있다. 미국인 참가자는 군인과 민간인이다. 방문 행사는 통상 오전 10시에 시작되어 오후 2시 경에 끝난다.

처음에 미국인 참가자가 8명 정도였고 한국인 참가자는 15명이었다. 당시에 토요일 방문 행사는 잘 알려지지 않았다. 한국어 교실도 잘 알려지지 않았다. 이제 행사 참가자 숫자는 평균 50명이며 한국어 교실의 등록자 숫자도 늘었다. 두 가지 모두 잘 알려졌다.

한국 대학생들은 토요일 행사에 진정으로 순수한 관심을 보였고 점점 더 많은 학생들이 참여했으며 일부의 다른 대학교 학생들도 참여했다. 학생들은 미국인들과 나이를 불문하고 만나 이야기하는 것을 즐겼다. 그들은 영어를 배우고 미국 문화에 관한 지식을 넓히기를 원했다. 무엇보다도 그들은 한미 간의 더 나은 이해와 관계증진을 원했다.

이제 이러한 중요한 활동 가운데 나의 역할은 무엇인가? 나는 이 계획의 참여와 활동 증진에 매우 중요한 역할을 담당한다. 행사에 참가하면서 나는 토요일 행사가 계속되고 성공할 수 있도록 하는 데 있어서 나의 특별한 이해

관계가 있음을 느낀다. 이러한 나의 역할로 인해 한국인 참여자들은 나를 좋은 친구로 대한다. 그들은 나를 알고 있으며 내 이름을 알고 있다. 반면에 나는 그들의 이름을 계속 알지 못해 당황한다.

이러한 활동으로 나는 분주하고 힘찬 날들을 보낸다. 토요일 활동의 중단이 있다면 그것은 군사 임무가 중요할 때뿐이다. 미국인 참가자들 중에서 나는 이 행사에 처음부터 정기적으로 참여하는 유일한 사람이다. 2004년 4월부터 다른 3명이 이 행사에 정기적으로 참여하고 있다. 정기적으로 참여하는 한국인들처럼 이 세 사람의 미국인들도 이제 나의 좋은 친구가 되었다.

이 계획에 활동적으로 그리고 선도적으로 참여한 덕분에 비공식적이지만 나는 토요일 활동 계획의 참모가 되었다. 그러나 계획과 협조에서 중요한 역할을 하는 것은 육군지역봉사(ACS) 단체의 한국어 강사와 그의 국민대학교 동료 교수 2명과 국민대 졸업생들과 10명의 국민대 학생들이다. 이들의 이 활동이 시작된 초기부터 정기적으로 참여한 사람들이다. 그들의 헌신과 이 행사에 대한 노력은 정말 대단하다.

내 자신의 역할로, 나는 토요일 방문행사 계획과 관련된 활동에 관해 글을 쓰기 시작했고 이것을 계속하고 있다. 그 일부는 미국인들을 위한 무료 주간 신문인 〈The Morning Calm Weekly〉에 게재되었다. 이 기사는 제2지역 (서울 지역) 공보장교의 관심을 끌게 되어 그 자신이 이 활동의 일부에 참여하여 이에 관한 기사를 쓰게 되었다. 이 기사는 ACS 계획 조정관의 관심을 끌었고 그녀가 이 행사의 일부에 참여했으며 주한 미군 TV 및 라디오 방송 (AFN-Korea Radio-TV) 요원들이 이 행사를 취재하게 하였다

토요일 방문 행사에 관한 글을 쓰는 것 외에도 나는 행사가 시작되기 전에 한국인 및 미국인의 새로운 참가자들에게 이 계획이 얼마나 중요하며 훌륭한지에 관해 설명했다. 이따금씩 나는 야간에 행해지는 한국어 강좌 교실을, 특히 새 강좌가 시작될 때, 방문하여 토요일 방문행사의 중요성에 관해 설명했다.

한국어 강좌와 토요일 방문행사에 관한 홍보와 이와 관련하여 형성된 관

심으로 인해 양측의 참여자 숫자가 상당히 증가되었다. 방문과 점심을 같이 하는 기존 계획에 새로운 활동이 추가되어 이제는 한강 유람선과 기차 여행 및 서울 외곽 지역의 버스 여행이 포함되었다.

한국어 강좌에도 새로운 흥미 있는 변화가 시도되어 나도 여기에 참여했다. 그것은 기악에 관심 있는 국민대 학생들이 중심이 되어 화요일 또는 목요일 밤에 무료 월간 연주회를 개최한 것이다. 학생들이 시간을 할애하여 이러한 연주회를 구상한 것은 한국의 전통적인 악기와 음악에 관한 미국인들의 관심을 불러일으키기 위한 것이다. 현재 이 연주회는 주로 한국어 강좌에 참석하는 학생들과 가족 및 친구들을 대상으로 하고 있다. 점차적으로 이 행사는 모든 서울 지역 미국인들을 대상으로 삼게 될 것이다.

그래서 내가 정기적으로 토요일에 훌륭한 한 미 친구들을 연결하는 일 외에 무슨 일로 여가 시간을 바쁘게 보내고 있는가? 이제 한국어 강좌와 토요일 방문 행사에서 더 훌륭한 행사가 파생되었다. 다시 한 번 이 새로운 행사에서 나는 중요한 역할을 수행하게 되었다. 이 행사는 한국의 성인들과 대학생들에게 기본 영어를 가르치는 것인데 이 행사의 일부에는 토요일 행사 및 연주회에 참여하는 학생들이 참여한다. 나는 영어 강좌 교실의 3명의 영어교사 지원자 중의 한 사람이다. 성인들을 위한 기본 영어 강좌에는 한국 학생들의 부모들이 대상인데 현재는 어머니들만 참여하고 있다. 현재는 평균 12명의 어머니들이 참여한다. 때때로 대학생들도 참석하는데 약 6명이다. 이 어머니들은 우리가 이들에 대한 기초 영어를 시작하기 전에는 자녀들이 영어를 배우는 동안에 다른 방에서 아이들의 교육이 끝나기를 기다리고 있었다. 수업은 토요일 행사가 끝난 후 오후 세 시에서 다섯 시까지 용산의 Korean Community Center에서 진행된다.

성인 기초 영어교실은 ACS나 미국인 단체 또는 공식 활동의 지원을 받는 활동이 아니다. 이것은 ACS 한국어 강좌 강사와 그의 대학 동료 교수들이 자발적으로 시작한 것으로서 8세에서 12세 사이의 한국 어린이들을 위한 기본 영어 교실에서 파생되었다. 어린이 교실은 마찬가지로 토요일 오후 3시

에서 5시까지 용산의 Korean Community Center에서 진행되며 지원자들
이 어린이들에게 영어를 가르친다.

　그래서 내가 이번의 세 번째 한국 근무에서도 영외의 몇몇 맥주집에서 맥
주를 몇 잔 기울이고 있는가? 물론 그렇지 않으며 그렇게 할 필요가 없다. 아
니 잠깐만, 내가 호텔이나 식당에서 일부 공식적이거나 사적인 행사시 몇 잔
을 기울인 적은 있다. 나는 이미 바쁘게 시간을 보내기 위한 활동을 충분히
하고 있다. 나는 지금 한국말을 구사하고 읽을 수 있는가? 약간 할 줄 알지만
아직도 멀었다. 나는 한국에서 보람 있게 근무하고 있는가? 물론이다. 흔히
말하듯이 "세 번째는 마력이 있다." 그러나 한국에서 기억에 남을 생활을 하
거나 근무를 하기 위해 여러분들은 밖으로 나가서 한국을 탐구하고 사람들
과 어울려야한다. End

The Rooster

SPC Bryce H. Guillot
275th Signal Co.

Cultures can vary greatly from country to country. I have experienced this first hand. My name is Bryce Henry Guillot. I was born in the United States of America. I lived in the great state of Louisiana for the first 20 years of my life. My travels were limited in those twenty years and I was sheltered from things I never knew existed. I joined the United States Army in 2000 and by 2001 I was ready to go off to a foreign land to serve my country. I had no idea where the Army was going to send me, but I was open to the idea of traveling to distant places and meeting new people. When my orders came to me I was so anxious I had trouble opening the envelope. My hands were shaking uncontrollable. Finally, I opened the envelope and began to read: "PVT Bryce H. Guillot, (PVT stands for Private, it is the rank that I was at the time) Soldier is to report to CP Coiner, Seoul South Korea by 26 April 2001." I thought to myself, "Wow! Korea, that is great! Wait, where is Korea?" I mentioned that I was sheltered and my 8th grade geography teacher was not the brightest. I remembered that Seoul was a large city but I did not know it was in Korea. Excitement began to build as I was about to embark on a new chapter of my life.

It was late April and the Captain came over the loud speaker and said, "The temperature in Seoul is 78 degrees and it is overcast. We will be arriving shortly." The plane ride took what seemed like a week so his words were greeted by a loud cheer deep in my mind. As I stepped off the plane I took a deep breath and thought to myself, "The air here is the same as back home." I had been told that the air in Korea smelled a bit, but it seemed fine to me. I was picked up by some military personnel and taken to my company. I was assigned a sponsor and was told that my sponsor would assist me in adjusting to the base. For the first week I stayed on base and I felt like I had never left the States, except for the fact that there were more Asian people walking around then normal. I felt like I was fitting in just fine.

After I had finished in processing at my new base, my commander told me that I would be moving to a remote base approximately two hours from Seoul. He told me that I would be leaving in two days so I should pack my things. I was really scared. I had just started to become familiar with my new base and now I was left wondering where I was going. "Camp Long", some guy said in a harsh voice, "Camp Long is where you are headed Private. It is small and out in the country. Have fun." "Camp Long", I said firmly, "sounds like a nice place to me". I really did not think so but I did not want to let this guy fell like he was affecting my spirit. Anyway, Camp Long is where I was headed and I was skeptical to say the least. After two days I was on my way.

I arrived at Camp Long on a Saturday. I had taken the bus from Seoul and the two hour ride seemed like five minutes. I had passed the time by looking out the window at all the weird looking vehicles and all the large rice patties. It was very different scenery than that of the United States. I was greeted there by two young looking men. One approached and said, "Hello, I am John, and I am your boss. This here is Tim and he will be your roommate." I was astonished to see how relaxed it was here. Most of the military formalities were not visible. I was beginning to feel welcomed already. I began working the following week and I was learning the ropes quite quickly. My job was to supply the soldiers on post with access to telephone and internet service as well as broadcast the radio and television signals. It was a technical job but offered great growth and opportunity once I departed from the military. I was also beginning to venture out on the local economy from time to time but always with my roommate Tim, because I did not know the area that well yet.

As the months passed I began to learn a few Korean words and I had become accustomed the small city that was close to my new base. Often times on the weekends Tim and I would go to the bar on base, it was called The Long Shot, weird name, but we would go there and drink together and talk about life and family. One night I noticed that the bartender was looking at me as if she wanted to talk to me. I approached her and asked her name. She was a very attractive Korean woman and I was nervous. She said her name was Mun Young. I thought that was a very Korean name, but of course she was Korean. That night we talked for a few hours and I completely forgot about Tim. He had left and returned to the room because he was bored, but I did not seem to care because my attention was completely taken by my new friend Mun Young. For the months to follow I would spend every night at the bar talking to her and she seemed to welcome the company because Camp Long was very small and business was usually slow. My attraction to Mun Young grew stronger and began to ask her out on occasion. She was defiant because she had been in a previous relationship with an American and it ended rather ugly. It only took three months for me to persuade her to open up a little and go with me on a date. My persistence finally paid off as she agreed to go to a theme park with me. We had a wonderful time and I realized that this was the start of something great.

As our relationship bloomed into a monotonous one we both became very serious. We would spend all of out time together. She took me shopping, I took her bowling, and we had loads of fun. My time in Korea was coming to an end however and I had a difficult decision to make. I had the option of extending my tour in Korea for another year, or I could leave and go to another base back in the States. The choice was fairly easy. I had grown to love Mun Young and I did not want to leave and then always wonder if Mun Young was the woman I was meant to marry. So, I decided to stay. My decision paid off. I had asked Mun Young if she would like to go on vacation with me back to the states and she said yes. We went to Louisiana to visit my family and to Florida to enjoy some fun in the sun. I had rented a very nice condominium on the beach. The last night we were at the condominium Mun Young decided she wanted to go for one last swim in the ocean. As I watched her drift down the shore on her inflatable tube I realized that she was the woman I was going to marry. I grabbed the engagement ring out of my bag and ran down to the beach. I sat there waiting for her to return. As she walked up to me I told her to sit next to me and watch the sun set. As we sat there on the beach watching the sun set, I asked her to be my wife. She was overwhelmed and frantically said yes. It was amazing.

When we returned to Korea we realized that we had a lot of planning to do. We decided that we would have a traditional Korean wedding and invite all of our family and friends. At first I was against the traditional wedding because I figured it would be dull and I wanted to have an exciting wedding. Eventually, Mun Young talked me into the traditional wedding. I loved her very much and I wanted her to be happy so it was done. I never expected that a traditional Korean wedding could be so completely strange. I was in for the time of my life.

We had invited everyone, all my friends from the base, all her friends, and our families. The day had arrived and I was nervous. We had all our plans finalized and we were on our way to the wedding hall. The previous day we had practiced what we were to do during the ceremony. My part consisted of a lot of bowing, drinking from a wooden cup, riding in a chair that four young Korean men carried, and throwing a rooster. Now one can understand why I might be nervous. Not only was I about to marry a woman with whom I would spend the rest of my life, but I was going to have to throw a rooster. I had never even touched a rooster let alone throw one. Anyway, as our guests began to arrive the tension built to the breaking point. I was the center of attention.

In a normal wedding, the groom wears a tuxedo and the bride wears a gown. Not the case in a traditional Korean wedding. I was wearing what is called a Hamm Bok. It is a very colorful three piece outfit. It looked very Asian. The pants resemble the type of baggy pants that the rapper M.C. Hammer used to wear. I looked ridiculous and all my friends did not hesitate do say so. As the wedding began I was carried in a chair, just like a king, to the beginning of the isle. I walked up the isle and approached a small room where Mun Young was sitting. I opened the door and there was my wife in all her Korean beauty. I had never seen such a beautiful woman. She was wearing the traditional marriage gown and had her hair up and makeup on. I was speechless. We proceeded to bow to our parents and drink from the wooden cups, Mun Young made an awful face, she did not like the taste of the mystery drink, and after all that was done, I got to throw my rooster. It was a real live rooster by the way. It had a string tied to its foot which I guess was used to catch it after I threw it. When I threw the rooster the string got wrapped around its wings somehow and he went up about ten feet and instead of flapping back down to the ground, he did a nose dive from about ten feet up. Somehow he survived. It was really funny after we realized he was not injured. As we walked down the isle toward the back of the wedding hall there was an area roped off with some firecrackers sitting on the ground. A member of the wedding hall who had put the wedding on was lighting them. I thought they were just going to be very little but all of a sudden sparks started flying straight up with a lot of power. It looked as if they were busting through the ceiling. Then another one went off, it was a roman candle, it was blasting away. As smoke filled the room I noticed that one of the firecrackers had tipped over and was shooting into the crowd. People were jumping frantically to get out of the way of these balls of fire. It was quite a site. After we realized that everyone was okay we headed off to the reception. It was quite the wedding. One experience I will never forget.

Mun Young and I are still happily married. I extended two more times here in Korea and I am still working at Camp Long. We rented a house off base since the military offered to pay for it. We will be moving back to the States next year, and without a doubt will miss Korea very much.

Korea not only offered a different outlook on life and a view into another culture I did not know existed, but Korea gave me my wife, the most wonderful and loving person in the world. I have been blessed in so many ways. If the chance to step beyond your normal boundaries into the unknown ever offers itself, do not be afraid. We never know what the world has in store for us. Hey, if I can throw a rooster during my wedding, who knows what else I can do. Korea helped me learn how to live life, and I am grateful. End

수탉

브라이스 H. 길로 특기병
제275 통신중대

나라마다 문화가 다를 수 있다. 나는 이것을 직접 경험했다. 내 이름은 브라이스 H. 길로다. 나는 미국에서 태어났다. 나는 내 인생의 첫 번째 20년을 위대한 루이지애나 주에서 살았다. 그 20년 동안 나의 여행은 제한적이었으며 바깥 세상에 존재하는 내가 모르는 것들로부터 차단되어 살았다. 나는 2000년에 미 육군에 입대하여 2001년에는 국가에 봉사하기 위해 외국으로 나갈 준비가 되어 있었다. 나는 육군이 나를 어느 곳으로 보낼지 알 수 없었다. 그러나 나는 먼 곳으로 가서 새로운 사람들을 만날 준비가 되어 있었다. 명령이 떨어졌을 때 너무 걱정이 된 나머지 봉투를 뜯을 수가 없었다. 내 손은 통제할 수 없을 정도로 떨렸다. 마침내 나는 봉투를 뜯고 읽기 시작했다. "PVC 브라이스 H. 길로(PVC는 Private의 약자이며 그 당시 내 계급이었다). 제군은 2001년 4월 26일까지 한국 서울의 캠프 코이너(CP Coiner)에 도착 보고하라." 나는 그때 다음과 같은 생각을 했다. "야! 한국이다. 멋있는데! 아니, 잠깐, 한국이 어디야?" 내가 외부 세계를 몰랐다는 말은 이미 했고 나의 중학교 2학년 지리 선생님은 실력 있는 분이 아니었다. 나는 서울이 대도시라는 것은 기억하지만 한국에 있는 도시라는 것은 몰랐다. 나는 이제 막 내 인생의 새로운 장을 펼치면서 흥분에 사로잡혔다.

4월 말, 대위가 스피커를 통해 말하기를 "서울의 온도는 화씨 78도이고 구름이 깔렸다. 이제 곧 도착할 것이다." 비행기 여행은 일주일이나 되는 것처럼 느껴져서 나는 마음속 깊은 곳에서 큰 환호를 지르며 대위의 말을 들었다. 비행기에서 내리면서 나는 깊이 숨을 들이키면서 생각했다, "이곳 공기는 고향의 공기와 다름이 없군." 서울의 공기는 냄새가 난다고 들었는데 나에게는 아무 문제가 없었다. 어떤 군인이 나를 안내하여 내 중대로 데려다 주었다. 내게 스폰서가 할당이 되었으며 내 스폰서가 기지 생활에 적응되도록 도와 줄 것이라는 말을 들었다. 첫 번째 주일에 나는 기지에서 시간을 보냈으며 보통 때보다 아시아 사람들이 주변에 더 많이 다닌다는 생각 외에 미국을 떠났다는 생각이 조금도 들지 않았다. 나는 내가 잘 적응하고 있다고 느꼈다.

내가 새 기지에서 전입 절차를 끝낸 후에 지휘관은 내가 서울에서 약 2시간 떨어진 먼 기지로 전출하게 될 것이라고 말했다. 지휘관은 내가 이틀 이내에 떠나게 될 것이며 사물을 챙기라고 말했다. 나는 정말 겁이 났다. 이제 막 새로운 기지에 적응하기 시작했는데 내가 가는 곳이 어떤 곳인지에 관해 걱정하게 되었다. 어떤 녀석이 거친 소리로 다음과 같이 말했다. "어이, 이병. 캠프 롱 기지, 그곳이 네가 갈 곳이야. 거긴 작은 곳이고 시골구석이야. 재미있길 바란다." 나는 "캠프 롱은 나에게 어울리는 곳으로 보이는데"라고 대답했다. 나는 정말 그런 의미로 그렇게 말한 것이 아니라 그 녀석이 내 기를 꺾는 것을 싫어했기 때문에 그렇게 달한 것이라고 본다. 어쨌든, 캠프 롱은 내가 가야할 곳이고 아무리 좋게 생각하려해도 회의적이었다. 이틀 후에 나는 길을 나섰다.

어느 토요일에 나는 캠프 롱에 도착했다. 서울에서 버스를 탔는데 두 시간이 5분 정도로 밖에 느껴지지 않았다. 나는 창밖의 이상하게 생긴 차량들과 큰 논들을 바라보면서 시간을 보냈다. 그것은 미국의 경치와는 사뭇 달랐다. 그곳에서 두 명의 젊게 보이는 사람들이 나를 맞이했다. 한 사람이 다가와서 "어이, 존 내가 네 상사야. 여기 이 친구는 팀이고 방을 같이 사용하게 될 거야.” 나는 그곳의 분위기가 부드러워 놀랐다. 군대의 공식적인 모습은 거의 느껴지지 않았다. 나는 이미 이곳에서 환영받고 있다는 것을 느꼈다. 나는 그 다음 주일부터 근무를 시작했고 아주 빨리 상황을 파악했다. 내 업무는 기지의 병사들에게 전화기 및 인터넷 관련 서비스를 제공하는 것과 라디오 및 텔레비전 신호를 전송하는 것이었다. 그것은 기술 분야의 업무였지만 군을 떠나게 되면 나를 크게 발전할 수 있게 하며 좋은 기회를 제공할 업무였다. 이따금 나는 지역 경제를 살펴보기 위해 바깥으로 나갔으며 그 지역을 잘 알지 못했으므로 항상 동료인 팀과 함께 다녔다.

몇 개월이 지나면서 나는 몇 마디 한국말을 배우기 시작했고 나의 새로운 부대 부근의 작은 도시에 익숙해졌다. 가끔 주말에 팀과 나는 기지의 바에 갔다. 그 바는 ‘The Long Shot’라고 불렸는데 괴상한 이름이었다. 그러나 우리는 함께 그곳에 가서 술을 마셨고 인생과 가족에 관해 이야기했다. 어느 날 밤, 그곳의 바텐더가 마치 나와 이야기를 나누고 싶어하는 듯이 나를 쳐다보는 것을 느꼈다. 나는 그녀에게 다가가서 이름을 물었다. 그녀는 매우 매력적인 여자였으며 나는 긴장이 되었다. 그녀의 이름은 문영이었다. 나는 그것이 매우 한국적인 이름이라고 생각했는데 물론 그녀는 한국사람이었다. 그날 밤 우리는 몇 시간동안 이야기를 나누었으며 팀에 관해서는 완전히 잊고 있었다. 그는 심심해서 혼자 방으로 돌아갔다. 나는 새로운 친구인 문영에게 완전히 사로잡혀서 팀에 관해 개의치 않았다. 다음 몇 달 동안 나는 매일 밤을 바에서 그녀와 이야기하면서 보냈고, 그리고 바가 매우 작고 영업은 부진한 편이어서 그녀는 나와 시간을 보내는 것을 좋아하는 것 같았다. 나는 문영에게 강하게 이끌려서 이따금씩 같이 데이트하자고 요청했다. 그러나 그녀는 전에 한 미군과 좋지 못한 기억이 있어서 내 요청에 응하지 않았다. 그녀의 마음을 조금이나마 열게 되어 데이트를 하게 된 것은 겨우 3개월 밖에 걸리지 않았다. 나의 끈질김이 마침내 보람이 있어서 그녀는 나와 함께 공원에 가는 데 동의했다. 우리는 아주 재미있게 시간을 보냈으며 나는 무엇인가 좋은 일이 일어나기 시작했다는 것을 알게 되었다.

우리의 관계가 변함없이 지속되어 가자 우리는 매우 심각하게 되었다. 우리는 거의 모든 시간을 함께 보내게 되었다. 그녀는 나를 쇼핑하는 데 데려갔고 나는 그녀를 볼링장에 데려갔으며 우리는 함께 상당히 재미있는 시간을 보냈다. 그러나 나의 한국 근무가 끝나게 되어 나는 어려운 결정을 내려야 했다. 나는 한국 근무를 1년 더 연장하거나 귀국하여 미국의 다른 부대에서 근무해야했다. 선택은 매우 간단했다. 나는 문영을 사랑하게 되었고 그녀를 떠나기 싫었으며 항상 문영이 내가 결혼해야하는 여자인지 궁금했다. 그래서 나는 한국에 머물기로 결심했다. 내 결정은 보람이 있었다. 나는 문영이 나와 함께 미국에서 휴가를 즐길 수 있는지 물었는데 그녀는 좋다고 대답했다. 우리는 내 가족을 만나기 위해 루이지애나로 갔으며 태양을 즐기기 위해 플로리다로 갔다. 나는 해변의 매우 근사한 콘도를 빌렸다. 콘도의 마지막 밤에 문영은 대양에서 마지막 수영을 즐기기로 결심했다. 튜브를 타고 바다 위에 떠 있는 문영을 바라보면서 나는 그녀가 내가 결혼하게 될 여자라는 것을 알았다. 나는 가방에서 결혼반지를 꺼내어 해변으로 갔다. 나는 그곳에 앉아 그녀가 돌아오기를 기다렸다. 그녀가 내게 걸어오자 나는 옆에 앉으라고 하여 같이 해가 지는 것을 지켜보았다. 해가 지는 것을 바라보면서 나는 결혼해 줄 것을 요청했다. 그녀는 감격하여 그러겠다고 대답했다. 그것은 멋있었다.

우리가 한국으로 돌아왔을 때 우리는 많은 계획을 해야 했다. 우리는 전통적인 한국 결혼식을 하기로 했으며 모든 가족과 친구들을 초청하기로 했다. 나는 흥미 있는 결혼식을 원했는데 전통식 결혼이 재미없을 것 같아서 처음에는 이에 반대했었다. 점차 문영은 내가 전통식 결혼식을 하도록 설득했다. 나는 문영을 사랑했고 그녀가 행복하기를 바랐기 때문에 그렇게 하기로 했다. 나는 전통식 결혼이 매우 이상하리라는 것을 예상하지 못했다. 나는 내 생애에서 가장 이상한 경험을 하게 되었다.

우리는 양가 친척과 부대 친구와 그녀의 친구 모두를 초청했다. 그날이 되자 나는 긴장이 되었다. 우리는 예정한대로 결혼식장으로 향했다. 전날 우리는 모든 연습을 했다. 내가 하는 절차에는 절을 많이 하는 것이 있었고 나무 잔으로 술을 마시고 네 명의 젊은 한국인이 메는 가마를 타야 했고 수탉을 던지는 것이 있었다. 이제 내가 왜 긴장했는지를 이해할 것이다. 이제 나는 여생을 함께 보내야 할 여자와 결혼하게 될 뿐만 아니라 수탉을 던져야 하는 것이다. 나는 수탉을 던져보기는커녕 만져본 적도 없었다. 어쨌든 하객들이 모이자 나는 참을 수 없을 정도로 긴장되었다. 나는 사람들의 시선의 초점이 되어 있었다.

일반적인 결혼식에서 신랑은 턱시도를 입고 신부는 드레스를 입는다. 한 국의 전통 혼례는 이와 다르다. 나는 소위 말하는 한복을 입었다. 그것은 색 상이 화려한 세 벌의 옷이었다. 나는 정말 아시아 사람처럼 보였다. 바지는 랩 가수 M. C. 햄머가 잘 입는 헐렁한 옷 같은 것이었다. 나는 우스꽝스럽게 보였고 친구들 모두가 그렇다고 말했다. 식이 시작되자 나는 왕처럼 가마를 타고 식장의 입구에 도착했다. 나는 복도를 따라 걸어가 문영이 앉아 있는 작은 방으로 들어갔다. 나는 문을 열었고 거기에는 나의 처가 한국의 가장 아름다운 모습으로 있었다. 그녀는 전통 혼례복을 입고 있었고 머리를 올리고 화장을 한 모습이었다. 나는 말문이 막혔다. 우리는 양가 부모들에게 절을 했고 나무잔으로 술을 마셨다. 문영은 얼굴을 찌푸렸다. 그녀는 그 이상한 술을 좋아하지 않았다.

모든 절차가 끝나자 나는 수탉을 던져야 했다. 그런데 그 닭은 진짜 살아 있는 닭이었다. 닭의 다리에는 끈이 달려있었는데 내가 던지고 난 후에 닭을 붙잡기 위한 것 같았다. 내가 수탉을 던졌을 때 어쩌다가 끈이 닭의 날개에 감겨버려서 닭은 3 미터 쯤 공중에서 날개 짓을 하면서 내려앉은 것이 아니라 그대로 머리부터 땅에 쳐 박혔다. 다행히 닭은 살아있었다. 닭이 다치지 않은 것은 정말 다행이었다. 식장의 뒤쪽으로 걸어 나가자 끈으로 둘러친 곳에 폭죽이 쌓여 있었다. 나는 조그만 규모의 행사인줄 알았는데 폭죽 한발이 갑자기 터지면서 굉장한 위력을 내며 수직으로 솟아올랐다. 마치 천장을 뚫고 솟아오르는 것 같았다. 그리고는 또 한발의 폭죽이 터지면서 공중으로 솟

ESSAY   우리는 좋은 이웃

아올랐는데 그것은 로만 캔들 형이었다. 폭죽 한발이 쓰러지면서 하객들 쪽으로 발사되어 연기가 솟았다. 사람들은 이 폭죽을 피하느라고 허둥대었다. 정말 굉장한 광경이었다. 아무도 다치지 않은 것을 알고는 모두 다 연회장으로 입장했다. 그것은 볼만한 결혼식이었다. 내가 결코 잊을 수 없는 결혼식이었다.

문영과 나는 지금도 행복한 결혼생활을 하고 있다. 나는 한국 근무를 두 번 더 연장했고 아직도 캠프 롱에 근무하고 있다. 군대가 지불하기 때문에 우리는 영외에서 전세를 얻었다. 우리는 내년에 미국으로 이사할 것이며 말할 것도 없이 우리는 한국생활을 그리워 할 것이다.

한국은 내가 알지 못했던 인생의 다른 면과 다른 문화를 보여주었을 뿐만 아니라 이 세상에서 내가 가장 사랑하는 훌륭한 아내를 주었다. 나는 여러 가지 면에서 축복을 받았다. 일상적인 삶의 경계를 넘어서 미지의 세계로 향할 수 있는 기회가 있다면 두려워하지 마라. 우리는 미지의 세계가 우리에게 어떤 것을 줄 지 알 수 없다.

여러분, 내 결혼식에서 수탉을 던질 수 있다면 내가 또 다른 무슨 일인들 못할 것인가. 한국은 내가 인생을 어떻게 살아야 할 것인가를 가르쳐 주었고 나는 이것을 고맙게 생각한다. End

A Spoonful of Korea Leads to More

Patricia G. Warden

Wife to Chaplain (Maj) Robert C. Warden / KORO, IMA

Arriving in Korea is a lot like being in a Mary Poppin's movie. You never know what exciting adventure will be around the corner as your day begins. Each sidewalk drawing led us to more paths of cultural adventures.   Our first experience began as we landed in the evening on December 22 at the Incheon Airport and loaded into the van . Baggage packed tightly in the back and we in our seat belts, depart into the sea of traffic. Automobiles, trucks and lights surrounded us . Our eyes tried to take it all in while at the same time full of wonder as we questioned why no one ever hit another vehicle while we stayed in the stream of traffic. That was just the beginning of the many colorful events our eyes would view in the days ahead.

The view of the Hahn River at night, fully lit by all the businesses and homes nestled closely by its' banks, spoke of the enormous population who reside together. We were like anxious children to meet them all. But that would come soon enough. The next day we sought out to explore the neighborhood and see the faces of the Koreans. We needed only to walk to our apartment elevator to be greeted warmly by our floor neighbors off to work. Their smile, their politeness and kind soft Korean words, assured us that this was going to feel like home quickly.

Down the hill toward the subway to see our first palace, the Changdok-kung Palace. It was breathtaking, especially since it was December and the cold blustery winds blew with great force. We gazed upon the unique architecture, which we had only viewed in books previously, and stood in awe at the style, the vivid colors and the organization of design. We knew it told a powerful story and in the warmth of our home ,we would investigate it more. Next was the Secret Garden, Piwon. Even in winter, it was spiritual in its design. And in the spring, we did return to view the flowering trees , shrubs and flowers. What a quiet place to think, to fall in love and to feel close to nature!

Our adventures continued to many other common places for tourists to visit. There was Dongdae-mun and Namdae-mun markets. Our blonde hair led people to notice that we were not the local shoppers! Yet when the merchants called out to us that we come and look at their products , we never felt the language barrier. There was so much to take in with our eyes and our minds. The clothing, the shoes, the purses, the fish, the zillions of socks, the flowers, the stationery stores, the pot and pan wagons, the herbs, the produce, the food venders with their unique cooking smells along the streets, the dogs dressed in fancy clothing and boots, complete with their portable carrying case on their owner, the electronics and gadgets, the plastic containers and the boards full of jewelry and all sold proudly by their owners. It was truly a merry-go-round of shopping which we would discover was a natural part of the colorful decor in Korea.

On Christmas Eve, our family attended the presentation of the Messiah in Korean at a local Presbyterian church. It was the most beautiful way for us to begin our Christmas celebration here. We met the pastor and joined him in his office for juice and conversation. It was then that we found the chairs to not be as high as those in the United States of America. (which for us being a short family, was a true delight to not have our legs dangle) This church experience led us to visit other local English speaking congregations. At one church, we met Canadians, English, Australians and the French. It really made our worship experience very global.

As the new year began, school for the children started and my new routine to be unemployed for the first time in many years was upon me. I signed up at ACS for the Korean Language class with Mr. Lee. It was so interesting to hear the spoken word and to learn the culture from a historical point of view. It also gave me the opportunity to ask the questions I had within my local situation in Bogwang-dong area where I live. It was there that I met others interested in taking in all we could during our time in Korea. However, Mr. Lee provided us many opportunities to interact with his Korean students from Kookmin University. Soon they were accompanying us on his weekly Saturday trips. We practiced our Korean and they practiced their English. Struggling together was fun. Then the doors of Kookmin University were open to us to come during the week and share in our language to a class of ROTC students. The young men and women in the class were so eager to learn not just the language, but our culture. The best question asked was, "why do you need a fork ?" From that question on, we were even more aware of the little things in which we differ. It was fun to hear their questions, teach them to set a table, talk about music and dance, and uncover the interests of Korean and American college students. The comparison and their honesty widen our perspective.

During the daily walks down the hill to catch the bus or subway, the more my neighbors and merchants knew I lived here. I shopped in their small stores and tried to speak to them. They are very kind and understanding in my attempts to speak Korean with my southern accent . But I was always assured of their friendliness by their smile and the great effort in which they tried to understand me.

I met one older gentleman, without any legs sitting on the one corner each morning. He spoke only one phrase of English, "God bless the Americans". And he always greeted me first and handed me hard candy for my bus ride. I soon learned to bring him homemade cookies some days. Now, he shakes my hand and I smile. The favorite produce merchant is a team of a husband and a wife with a two year old child. They speak no English, but with us pointing to the bilingual dictionary and laughing together we have become friends. She has taught me more nouns in Korean in order that I can shop. And she even sells candy which my girls truly like.

Some days, they will see me coming home on the bus and hand me an apple, some grapes, candy or an orange from Jeju-do. It has become a tradition that I bake cookies or cake for them once a month. When I carry the sweet treats to them, the other neighbors, all gather and happiness fills her face. Just recently, her grandmother died and the store was closed with a sign.

I was worried about her and when I paused to copy the note of the door, the next door merchant said, "grandmother died, she wanted you to know."

Relationships are easy in Korea and they are formed quickly. During Chusok, the Korean Thanksgiving, I had surgery on my foot and was not able to leave the house as much as previously. My neighbors in 101, saw us in the elevator the day I came home and on the celebration of Chusok they brought us two traditional meals. We had spoken before as I sat on the bench in park studying for my language class. They had been to the United States, some for the husband's business. They had a precious little dog which liked to play with me, however, their caring touched our whole family.

Then there is the one family who have two children who sing and take Tae-Kwon-Do in our area. When the class went together to Caribbean Bay Waterpark, we were invited to join them. We rode the bus with the children and parents, who could not communicate except with their smiles and laughter. Yet, we felt very welcomed and a part of the group the whole day.

One little child even told us we used chop sticks very well. I guess he was surprised since he is not around many Americans .

I am a part of an English Bible Study at Namdaemun Presbyterain Church on Sunday afternoons. It has a wide age range of people and occupations. Most have all been to the United States, some fought in the Korean War, some are lawyers, some are pharmacists, some homemakers, some bankers, some students in college, some in construction, some teachers and some retired. Korean is their first language and they seek to improve not only their speaking and comprehending of the English language, but to study the Bible in English for their faith. It is through this experience that I learn more about their traditions, their culture, their family lifestyle and their views of their government. It is good to be able to have access to English language papers like The Korea Times and The Korea Herald, but just like in American, I want to know what the people think. This is the place where I can probe some questions as I read their news.

This is my most enjoyable moment each week. The conversation with those who have a more different background in their own country causes me to think more globally.

Life is Korea is a constantly changing scene in my life. The more people I meet, the more opportunities I discover. Each day is unique in what it holds for our family. Whether I meet people on the subway, Mt Bukhansan, the market, language class, in our Korean chapel choir, PWOC or through the neighborhood, it is colorful and unpredictable.

My notebook of travels and people will tell the story best. It will be filled with drawings of the people I met, the places I visited, and the deep relationships that last a lifetime. There is a "supercalifragilisticexpialidocious" spirit in South Korea. I don't want to miss any of it!

- Wife to Chaplain (Maj) Robert C. Warden, KORO, IMA
- Mother to 5 children.
- Graduate of Southern Methodist University
- Born in Kansas City, Kansas

한국에서의 교훈

패트리샤 G. 워든 여사
시설관리국 한국지역사무소 군목 로버트 C. 워든 소령의 부인

한국에 도착하는 것은 마치 매리 포핀스 영화 속에 있는 것처럼 느껴진다. 여러분들은 한국 생활이 시작되면서 어떤 흥미 있는 일이 일어날지 알 수 없다. 각각의 (영화에서처럼) 그려진 길은 더 많은 문화적인 길로 인도한다. 12월 22일 밤 인천공항에 도착하여 밴에 짐을 실었을 때 우리의 첫 경험이 시작되었다. 뒤 칸에 짐을 가득 실고 시트 벨트를 매고 우리는 자동차의 바다 속으로 진입했다. 자동차와 트럭과 가로등 불빛이 우리를 에워쌌다. 차량들의 물결 속을 지나가면서 왜 차량들끼리 부딪치지 않는지 감탄하며 우리는 모든 것을 지켜보았다. 이것은 앞으로 우리가 마주치게 될 다양한 일들의 시작에 불과했다.

강둑 양편으로 늘어선 사무실과 주택의 불빛으로 휘황찬란한 한강의 야경은 거대한 인구를 나타낸다. 우리는 이 모든 사람들을 만나고 싶어 안달하는 아이들과 같았다. 이것은 곧 일어나게 될 것이다. 다음날 우리는 주변을 찾아 나서서 한국인들을 보았다. 우리는 아파트의 엘리베이터로 가기만 하면 되었다. 거기서 우리는 출근하는 같은 층 주민의 따뜻한 인사를 받았다. 그들의 웃음, 예절 그리고 친절하며 부드러운 한국어는 우리의 한국생활이 빠

른 시간 내에 순조롭게 될 것을 확인시켜 주었다.

　우리가 첫 번째 방문할 고궁인 창덕궁을 보기 위해 전철 정거장 쪽으로 내리막길을 내려갔다. 그것은 숨을 멈추기 하는 광경이었다. 특히 12월의 혹독한 바람이 매섭게 몰아치고 있었으므로 더욱 그랬다. 우리는 전에 책에서만 본 특이한 건물의 양식과 생생한 색채 그리고 디자인의 조화를 지켜보면서 감탄했다. 우리는 역사와 관련된 강인한 내용을 알고 있었고 나중에 집에 돌아와 따뜻한 분위기 속에서 더 자세한 내용을 알아보게 될 것이다. 다음은 창덕궁이었다. 겨울인데도 불구하고 창덕궁의 디자인은 영적인 것이었다. 다음해 봄에 다시 창덕궁을 찾아 우리는 나무와 꽃과 풀들을 음미했다. 생각에 잠길 수 있고 사랑을 할 수 있으며 자연을 가깝게 느낄 수 있는 얼마나 조용한 곳인가.
　우리들의 모험은 여행자들이 방문하는 일상적인 곳으로 이어졌다. 동대문과　남대문시장이 있다. 우리의 금발 때문에 사람들은 금방 우리가 외국인이라는 것을 안다. 그러나 상인들이 우리를 보고 와서 물건들을 구경하라고 외쳐도 우리는 언어장벽을 느끼지 않았다. 우리의 눈과 마음을 사로잡는 것이 매우 많았다. 의류, 신발, 지갑, 생선, 수 만 가지의 양말들, 꽃, 문구류, 주방용품 가게들, 약초, 야채, 길을 따라 늘어선 특이한 냄새를 풍기는 먹거리 행상들, 주인들이 휴대용 개집을 들고 있는 화려한 옷과 신발을 신은 강아지들, 플라스틱 용기(비닐 봉지), 보석들이 가득한 진열대, 그리고 모든 종류의 물건들을 가게 주인들은 자랑스럽게 판매한다. 그것은 회전목마와 같은 쇼핑 천국이며, 나중에 우리들이 알게 되었지만, 한국의 다양한 외관의 자연스러운 일부였다.

　성탄 전야에 우리 가족은 지역의 장로교회에서 한국어로 진행된 메시아 연주에 참석했다. 그것은 우리가 한국에서 크리스마스를 시작하는 데 있어서 가장 아름다운 방식이었다. 우리는 목사를 만나 그의 사무실에서 주스를 마시면서 대화를 나누었다. 그때 우리는 의자가 미국에서처럼 높지 않다는 것을 발견하였다. 우리 가족은 키가 작은 편인데 다리가 공중에 매달리지 않게 되어 정말 기뻤다. 이 교회의 경험 후에 우리는 이곳에 있는 영어권 교회를 방문했다. 한 교회에서 우리는 캐나다인과 영국인과 호주인 및 프랑스인들을 만났다. 그것은 정말 우리의 신앙적인 경험을 매우 세계적인 것으로 만들었다.

새해가 되어 아이들의 학교가 개학되자 몇 년 동안 처음으로 할 일이 없는 나의 새로운 일상생활이 되었다. 나는 육군지역단체가(ACS) 주관하는 이 선생의 한국어 교실에 등록했다. 구어체 한국어를 듣고 역사적인 관점에서 문화를 배우는 것은 매우 흥미 있었다. 이것은 또한 내가 살고 있는 보광동에 관하여 궁금한 것을 물어볼 수 있는 기회를 주었다. 이곳에서 나는 우리가 한국에 있는 동안 배울 수 있는 모든 것에 관심이 있는 다른 사람들을 만났다. 그러나 우리가 국민대학교 학생들과 교제할 수 있는 많은 기회를 제공한 것은 강사인 이 선생이었다. 곧이어 학생들은 토요일 방문 행사시 우리를 안내했다. 우리는 한국어를 배웠고 그들은 영어를 배웠다. 함께 노력하며 배우는 것은 재미있었다. 국민대학교는 학교를 개방하여 우리가 주중에 그곳에서 학군단 후보생들에게 우리의 언어를 배우게 했다. 젊은이들은 영어를 배우는 것뿐만 아니라 문화를 배우는 데 열성을 보였다. 학생들이 질문한 것 중에서 가장 재미있었던 것은 "왜 포크가 필요한가?"라는 것이었다. 이어서 양측이 서로 다른 작은 문제들을 더 많이 인식하게 되었다. 학생들의 질문과 식사 방식을 가르치는 것, 음악과 무용에 관해 이야기 하는 것, 그리고 한국과 미국 학생들의 관심사에 관해 이야기 하는 것은 흥미 있었다. 비교와 그들의 정직함은 우리의 관점을 넓혀 주었다.

버스나 지하철을 타기 위해 매일 언덕을 내려가면, 더 많은 이웃과 상인들이 우리가 한 동네에 산다는 것을 알고 있었다. 나는 작은 가게에서 물건을 샀고 그들에게 이야기를 하려고 노력했다. 내가 미국의 남부 사투리 어조로 한국말을 하면 그들은 친절로 대하며 내 말을 이해하려 했다. 그들의 웃음과 내 말을 이해하려고 애쓰는 것을 통해 나는 그들의 친절함을 확신했다.

나는 노인 한 사람을 만났는데 그는 다리가 없는 불구자였고 아침마다 길 모퉁이에 앉아 있었다. 그는 "하나님이 미국인을 축복하기를"이라는 영어 표현 하나만 알고 있었다. 그는 항상 먼저 인사를 했고 내가 버스 탈 동안 먹으라고 사탕을 건네주었다. 다음에 나는 집에서 만든 과자를 그에게 주게 되었다. 이제 그는 나와 악수를 하며 나는 웃음을 보낸다. 내가 잘 찾아가는 야채가게의 주인은 두 살 난 아이가 있는 부부이다. 그들은 영어를 모른다. 우리가 영한사전의 단어를 보여주면 함께 웃게 되어 우리는 친구가 되었다. 주인 여자는 내가 물건을 살 수 있도록 한국어 명사를 많이 가르쳐 주었다. 그 가게는 내 딸 아이가 정말 좋아하는 사탕을 팔았다. 어느 날 가게 주인은 내가 버스에서 돌아오는 것을 보고 사과나 포도, 사탕, 그리고 제주도 감귤을 주기도 했다. 한 달에 한 번씩 나는 과자나 케이크를 만들어 그들에게 주는 것이 습관이 되었다. 내가 그들에게 먹을 것을 가지고 가면 이웃들이 모여서 지켜보게 되고 가게 주인의 얼굴에는 행복이 가득 찬다. 최근에 여자 주인의 할머니가 돌아 가셔서 가게는 안내문을 붙이고 문을 닫았다. 내가 걱정이 되어 안내문을 베끼고 있을 때 이웃 가게 주인이 웃으면서 "그녀의 할머니가 돌아가셨으며 그녀가 나에게 이 사실을 알리려했다"는 것이다.

한국에서 사람들과 관계를 맺는 것은 쉽고 빠르다. 한국의 추수감사절인 추석에 나는 발 수술을 받아서 전처럼 움직일 수가 없었다. 101번지에 있는 나의 이웃들은 내가 퇴원해 집에 오는 날 엘리베이터에서 우리를 보았고 추석에 그들은 두 가지의 음식을 가지고 왔다. 전에 내가 한국어 교실 수업 준비를 하면서 공원 벤치에 앉아 있었을 때 그 이웃 부부와 이야기를 나눈 적이 있었다. 그 부부는 전에 남편의 사업 관계로 미국에 간 적이 있었다. 그들은 예쁜 조그만 개를 키우고 있었는데 그 개는 나와 노는 것을 좋아했다. 그러나 그들의 관심은 우리 가족 모두를 감동시켰다.

우리 이웃에는 두 아이를 가진 한 가족이 있었다. 아이들은 노래를 부르고 태권도를 배우고 있었다. 반 학생들이 카리비언 베이 물놀이 공원에 놀러 갔을 때 우리를 초대했다. 우리는 학생들과 부모들과 함께 버스를 탔다. 우리는 미소와 웃음 외에는 대화를 할 수 없었다. 그렇지만 우리는 환영을 받았고 하루 종일 한 그룹이 되었다. 한 꼬마가 우리더러 젓가락을 잘 쓴다고 말했다. 그 아이는 미국사람들을 보지 못해서 놀랐던 것으로 추측된다.

　일요일 오후에는 나는 남대문 장로교회의 영어 교실의 일원이 된다. 회원의 나이와 직업은 다양했다. 이들 대부분은 미국에 간 적이 있고, 일부는 한국전쟁 참전용사였고, 일부는 변호사이고, 일부는 약사이고, 가정주부들과 은행가, 대학생, 건설업자 그리고 교사와 퇴직자들도 있다. 한국어는 그들의 모국어이며 그들은 영어 말하기와 이해 능력을 향상시키기를 원할 뿐만 아니라 신앙을 위해 성경을 영어로 배우기를 원했다. 한국의 전통, 문화, 가족생활 그리고 정부에 대한 견해에 관해 알게 된 것은 이러한 경험을 통해서였다. 코리아 헤럴드나 코리아 타임스 같은 영자 신문을 구독할 수 있는 것이 도움이 되었지만 나는 미국에서와 마찬가지로 사람들이 무엇을 생각하고 있는지를 알고 싶었다. 그들에 관한 뉴스를 읽을 때 생기는 의문에 대한 답을 알아낼 수 있는 것은 이러한 장소에서였다. 매 주일마다 내가 가장 보람 있는 시간을 보내는 것은 이곳이었다. 그들의 나라에서 다른 경험들을 가진 사람들과 대화를 나누는 것은 내가 세계적인 시각에서 생각할 수 있게 만들었다.

　한국의 생활은 내 인생에서 항상 변화를 추구하게 한다. 더 많은 사람들을 만날수록 나는 더 많은 기회를 발견한다. 매일매일은 우리 가족에게 특별한 날이다. 전철에서, 북한산에서, 시장에서, 한국어 교실에서, 한국 교회 성가대에서, PWOC 또는 동네에서든 사람들을 만나면 그것은 다양하며 예측할 수 없다. 여행과 사람들에 관한 내 노트는 그 이야기들을 가장 잘 나타낸다. 내 노트는 내가 만났던 사람들과 방문한 장소와 일생동안 기억될 깊은 관계들에 관한 그림들로 가득 차게 될 것이다. 한국에는 "마력적인"(메리 포핀스 영화 속의 용어) 정신이 있다. 나는 이 모든 것들을 하나도 놓치기 싫다.

캔사스 주 캔사스 시티 출생
Southern Methodist University 졸업
5명의 자녀를 두고 있음.

Wonderful Experiences

CW5 Geraldine Bowers
HHC, 2nd AVN BDE

My primary experience with Korea is here in Uijeongbu. I have been stationed in Korea since July 27, 2003. Uijeongbu is part of Area 1 and Area 1 is considered a 'hardship' area specifically because it is an 'unaccompanied' tour, so no family. However, I soon learned that Korea is a country of many wonders and experiences. As a matter of fact, one of the reasons I decided to stay in Korea an extra year is because of the wonderful experiences and people I have met.

. Being in a foreign country and away from family can be difficult but due to the warmth of the Korean people and the many sites and history it has been a most wonderful experience.

There are so many experiences to tell you about but let me start with the one that stands out. PEOPLE - People and the sense of family - I love the way the Korean people treat each other like family. They are all interested in each other's triumphs and tragedy. The Korean people all come together to share good times and be there for others in the tough times. Korea has the feel of a 'small' town, where everyone cares for their neighbors.

I love the way the Korean people like to laugh. What a sense of humor. I volunteer once a week to teach English in a small town here.

My students range in ages from 27- 65 years old. I look forward to my teaching days, as this is one of the grandest experiences in Korea. Every class I am 'taught' a little more about Koreans and their sense of pride by my students. I find it an honor to be able to share my language with my students. They all study hard but they also know how to enjoy each other's company. We all work together and help each other. An experience or rather lesson that Korea has taught me is how to appreciate the little things. How to appreciate the mountains, the flowers, history and especially the food.

The food has been quite an exciting and repeatable event!!!! I love the presentation of the meal and the awesome dishes. So tasty with many nutrients!!! I have experienced many different flavors, textures and colors when it comes to eating !!! One of my favorites is cucumber kimchi!! I believe to really experience a country one must experience not only their culture but also their food!!

Speaking of culture, I have enjoyed customs of this wonderful country. The experience of the outdoor market in Uijeongbu is always fun and a great shopping trip. You can do to the outdoor market and see just about every kind of food or pottery or clothing. There are many stands set up that serve local popular dishes and everyone is happy to help you try one of their specialties. OUTSTANDING. I have invited family and friends from the United States to come and visit me and the first place I take them is to the city of Uijeongbu and their outdoor market. What fun and an adventurous experience for anyone!! I have walked for hours around the market many times and still have not seen it all, (yet)!!!

Another experience I would like to share is the beautiful mountains. Everywhere you look you see mountains!! I guess that is why it seems everyone in Korea loves to hike. Well, I had to experience this very popular pastime!! Everyone must experience and explore Dobongsan!! What unique rock formations the shapes are very different !!!

Everyone ascending the mountain is loaded up with colorful hiking backpacks, hats and shirts. I had the feeling I was watching colorful dragon moving up and down the mountain. Although directions are in Korean you have no problem finding your way up, just follow everyone else-straight up!!! It is quite an experience for the new climber or a seasoned pro! Koreans are always smiling and waving up and down the mountain. You can find many sitting and sharing a meal. I made it up and was invited by Koreans to sit and share their meal. Their English was limited and my Hangul was extremely limited, but we laughed and enjoyed the beautiful view together. Some things like beautiful sites are somehow universal. An extra benefit of hiking in Korean is not only a great way to see some of the beautiful sites but also a great form of exercise!!!

Moving onto another experience is the Korean history. My father was right here (in what is now known as Camp Stanley) during the Korean War as helicopter crew chief. He spoke of his flying experiences and the people he met. I am very proud of my father and his contribution to the Korean War effort. So when I had the opportunity to bring my father here to Korea after over a 50-year absence, it is an experience I will always cherish as one of my favorites. My dad and I explored the cities of Uijeongbu and Seoul. Everywhere we went, everyone, Koreans especially wanted to know if my dad had been here during the Korean War. When they found out he was, I was taken back by the honest respect my father was given by old and young Korean.

So this gave me a chance to experience Korea and its history in a new light and to share this experience with my father (who is my hero). We had the chance to visit the War Memorial in Korea. The displays were spectacular and moving. The museum was made that much more interesting as I got to experience the Korean view of the Korean War with my father. My dad and I both felt a kinship with the other visitors to the museum, especially the Koreans visiting. This was truly a moving experience and one that is difficult to put into words. The War Memorial Museum had hundreds of artifacts of the Korean Wars and its survival over thousands of years. For all the pain and suffering Korea has endured, I had the feeling and could experience through the War Memorial that Koreans have not only survived the wars and invasions but also have done so with dignity.

I wanted to learn more about this country and people. Being here in Korea has allowed me to experience first hand the rich culture that dates back thousands of years. I learned of the Joseon Dynasty (Korea's last Dynasty). Most especially the invention of the Korean alphabet during this time. I was able to first hand experience the palaces and gates from this time especially the Gyeongbokgung Palace. I understand that this was the main palace of the Joseon Dynasty by King Taejo!!

I guess I have to say that my stay in Korea so far has been favored with many different experiences. It is very difficult to describe just one experience as Korea IS the experience!! I look forward to my remaining time in this beautiful country and the new adventures and stories I can tell my friends and family.

훌륭한 경험

제랄딘 보워스 일등 준위(CW5)
제2항공여단 본부중대

나는 의정부에서 한국에 대한 주요한 경험을 했다. 나는 2003년 7월 27일부터 한국에서 근무했다. 의정부는 주한 미군 근무 지역 중 Area I에 속하며 Area I은 가족을 동반할 수 없는 지역이므로 "기피" 지역이어서 가족이 없다. 그러나 나는 이내 한국이 수많은 경이로움과 경험을 할 수 있는 지역임을 알게 되었다. 사실 내가 1년 더 한국에 근무하기로 한 것은 훌륭한 경험과 내가 만난 사람들 때문이다.

외국에서 가족과 떨어져 사는 것은 어려울 수 있다. 그러나 한국인들의 따뜻함과 많은 가볼 곳과 역사 때문에 한국 근무는 매우 훌륭한 경험이었다.

여러분들에게 전하고 싶은 많은 이야기들이 있지만 그 중에서 대표적인 것 하나만 이야기하겠다. 한국인 – 한국인과 가족관 – 나는 한국인들이 서로를 가족과 같이 대하는 것을 좋아한다. 한국인들은 서로의 좋은 것과 슬픈 것에 관심을 가진다. 한국인들은 좋은 일을 함께 나누고 어려운 때에 함께 견뎌낸다. 한국인들은 서로가 이웃인 "작은 마을"에 사는 감각을 가지고 있다.

나는 한국인들이 웃기를 좋아하는 점을 사랑한다. 얼마나 유머 감각이 있

는가. 나는 이곳의 작은 동네에서 1주일에 한번 씩 영어를 가르친다. 내 반에
는 27세에서 65세까지의 학생들이 있다. 영어를 가르치는 것이 한국에 관한
경험 중에서 가장 큰 것이므로 나는 수업이 있는 날을 기다린다. 매 시간 마
다 학생들로부터 나는 조금 더 한국인과 그들의 자부심에 관해 배운다. 나는
내 반 학생들과 영어를 함께 할 수 있는 것을 영광으로 생각한다. 학생들은
모두 열심히 공부하며 서로 함께 즐기는 것을 알고 있다. 우리는 함께 노력
하며 서로 돕는다. 한국이 나에게 가르쳐 준 한 가지 경험은, 경험이라기보
다는 가르침이라고 생각 되는데, 작은 것에 대한 이해심이다. 한국인들은 산
과 꽃과 역사와 특히 음식을 즐긴다. 식사는 매우 멋있고 반복되는 행사이
다. 나는 음식과 훌륭한 요리들의 차림새를 사랑한다. 영양이 풍부한 대단히
맛있는 음식이다. 음식에 관하여 나는 각가지 다른 맛과 감촉과 색깔을 경험
했다. 내가 가장 좋아하는 음식은 오이김치다. 한 나라를 이해하려면 그 나
라의 문화뿐만 아니라 음식을 경험해야 한다고 생각한다.

문화와 관련하여 나는 이 경이로운 나라의 풍습에 빠져있다. 의정부의 야
외 시장에 가면 항상 흥미 있고 훌륭한 쇼핑을 경험하게 된다. 야외 시장에
는 각가지의 음식과, 그릇과 옷들을 볼 수 있다. 여러 가지 가게들이 지역에
서 유명한 음식을 제공하며 주변 사람들은 기꺼이 여러분들이 그곳의 특징
적인 음식을 즐기도록 도와준다. 정말 멋있다. 나는 미국에 있는 가족과 친
구들을 초청했다. 의정부에서 내가 그들을 제일 먼저 데리고 간 곳은 다름
아닌 야외 시장이었다. 모두들 얼마나 그곳에서 즐기고 훌륭한 경험을 했는
지! 나는 몇 시간 동안 시장을 둘러보았지만 아직도 다 보지 못했다.

여러분들과 나누고 싶은 또 한 가지의 경험은 아름다운 산이다. 아무 곳이
나 눈을 돌리면 산이 있다. 바로 이런 이유로 한국인들이 하이킹을 사랑한다
고 생각된다. 나도 이 인기 있는 여가 생활을 경험하기로 했다. 누구나 도봉
산을 가 봐야 한다. 얼마나 특이한 바위산인가. 그 모습들은 매우 다르다.

산을 오르는 사람들은 각각 다양한 색깔의 배낭과 모자 그리고 옷들을 입
고 있다. 나는 여러 가지 색깔을 띤 용이 산을 오르내리고 있는 것을 보는 것

처럼 느꼈다. 방향 표시가 한국어로 도어 있지만 올라가는 길을 찾는 데 문제가 없다. 그냥 사람들을 따라 곧장 올라가면 된다. 초보자뿐만 아니라 전문 등산인에게도 매우 특이한 경험이 된다. 산을 오르내리면서 한국인들은 항상 웃음을 보내고 손짓을 한다. 많은 사람들이 앉아서 음식을 나누는 모습을 볼 수 있다. 나는 그들의 손짓에 답하여 손을 흔들었고 한국인들은 나를 초대하여 우리는 함께 앉아 음식을 나눈다. 그들의 영어는 서툴렀고 내 한국어는 더 형편없었지만 우리는 함께 웃그 아름다운 경치를 감상했다. 아름다운 경치는 어디에도 있다. 한국에서 등산을 하면서 부차적으로 얻게 되는 것은 아름다운 경치를 즐기는 것뿐만 아니라 매우 훌륭한 형태의 운동이 된다는 것이다.

한국에서 또 하나의 경험에 눈을 돌린다면 한국 역사를 들 수 있다. 내 아버지는 한국전 당시 헬리콥터 승무원 조장으로 당시에 캠프 스탠리로 알려졌던 바로 이곳에서 근무했다. 아버지는 비행 경험과 아버지가 만났던 한국사람들에 관해 이야기했다. 나는 아버지와 아버지가 한국전에 공헌했던 것을 자랑스럽게 생각한다. 50년이 지난 후어 내가 아버지를 한국으로 초청한 것은 내가 가장 아끼고 소중하게 여기는 경험이다. 아버지와 나는 의정부와 서울을 돌아다녔다. 우리가 어느 곳을 가든 한국사람들은 아버지가 한국전 당시 참전했는지 알고 싶어했다. 아버지가 참전 용사라는 것을 알게 된 후 노소를 불문하고 한국사람들이 아버지에 보인 진정한 존경심에 나는 감동했다.

그리하여 나는 한국인과 한국의 역사에 관해 새로운 관점에서 경험하고 이것을 (나의 영웅인) 아버지와 함께 느낄 수 있는 기회를 갖게 되었다. 우리는 전쟁기념관을 방문할 기회가 있었다. 전시물은 볼 만하며 감동적이었다. 기념관은 내가 아버지와 함께 한국전에 대한 한국사람들의 관점을 느낄 수 있어서 더욱 더 흥미가 있었다. 아버지와 나는 기념관을 방문하는 사람들 특히 한국 관람객들과 유대감을 느꼈다. 이것은 정말 말로서 표현하기 어려운 감동적인 경험이었다. 전쟁기념관에는 한국전과 수 천 년의 생존과 관련된 수백점의 유물들이 전시되어 있다. 한국인들이 겪어온 많은 고통에 대하여 나는 한국인들이 수많은 전쟁과 침략으로부터 생존해왔을 뿐만 아니라 긍지를 가지고 이를 극복해 왔다는 것을 전쟁기념관에서 경험하고 느낄 수 있었다.

나는 한국과 한국인에 관해 더 많은 것을 배우기를 원했다. 한국에 근무하는 것은 수 천 년에 걸친 풍부한 문화를 직접 경험할 수 있게 한다. 나는 마지막 왕조인 조선에 관해 배웠다. 특히 이 기간 중에 한글의 창제는 인상적이다. 나는 이 기간에 특히 경복궁을 포함하여 궁궐과 (동서남) 대문을 직접 볼 수 있었다. 나는 경복궁이 조선의 시조인 태조의 궁궐이었음을 알고 있다.

나는 지금까지의 한국 근무가 다양한 경험을 할 수 있었던 좋은 기회였다고 생각한다. 한국에 관해 한국은 이렇다라고 한 가지 경험만을 이야기하는 것은 매우 어렵다. 나는 이 아름다운 나라에서 남아 있는 근무 기간을 기대하며 친구 및 가족들에게 이야기할 새로운 경험과 이야기거리들을 기대하고 있다.

 우리는 좋은 이웃

Namsan Tower

CW4 John J. Corkhill
409th MI Co, 115th MI Group

I served six tours in South Korea before I went to North Korea. In many ways the duty in South Korea prepared me well for the unexpected difficulties I would face in North Korea. We have all seen the footage on television that depicts North Korea as a starkly barren and poor nation. When you see it with your own eyes and experience it first hand it actually much worse than the television can possibly show. There is none of the vitality and hope that I first saw when I arrived in Seoul at night in January 1978 after completing infantry basic training at Fort Benning, Georgia.

The most impressive thing I saw the first night in Korea was Namsan Tower. It is truly magnificent tower that overlooks most of Seoul. In many ways, the only thing that the industrious South Koreans have not changed in Korean in last 25 years is the Namsan Tower. It is a monument that is an enduring sign of Korea's modernization and stability. It is a source of pride to Koreans and gives me a feeling of security when I see it. Even now, every time I come to Seoul I try to stay within sight of the Namsan Tower. To me it represents everything good about Korea, a modern, fast-changing and yet very traditional society. From this day I started to develop affection for Korea which would lead me back to Korea for many more tours of duty.

Seoul has its magnificent Namsan Tower, Pyongyang has its Chuche Tower, and Washington has its Washington Monument. When I visited Pyongyang, the North Korean guide told me that the Chuche Tower is one meter taller than the Washington Monument. It is definitely impressive just like the rest of the monuments in Pyongyang. All of these monuments in Pyongyang symbolize the strength of the Korean people but who knows what will happen to the monuments in Pyongyang after reunification. In North Korea there is no vitality, no hope, and only despair so these monuments might not continue to exist after unification.

The Korean-American soldiers I met during my first tour taught me a great deal about Korea and looked after me like I was their own brother. Moreover, these fine Korean-American soldiers introduced me to the marvelous Korean culture. I learned a great deal about Korea off-duty in the bustling city of Tongduchon. During this first tour in Korea, I took the opportunity to start learning Korean and took two Korean language courses through the University of Maryland.

After completing the first tour in Korean I went to Fort Ord and continued to work in infantry brigade and battalion headquarters. I missed Korea and I was considering reenlisting for another tour in Korea but I could not make a decision. During a long field deployment to the National Training Center (NTC) at Fort Irwin, the brigade reenlistment NCO convinced me to reenlist to learn a language. When I returned from NTC, I reenlisted to learn Korean. After a year and half of training, I went back to Korea to Camp Humphries.

After the second tour, I went back to Fort Lewis and then to intermediate Korean language training. In 1985, I received my third assignment to Korea at Camp Hovey. This was the best assignment I had in Korea because in was the most difficult. We went to the field constantly to remote locations and I served as a squad leader for 8 personnel and half of them were South Korean soldiers. Naturally, I learned more about Korea from the South Korean soldiers and we had a great time together especially in the field. We often ate rice and kimchi instead of our meals ready to eat (MRE). I participated in two TEAM SPIRIT exercises traveling all over the central part of Korea.

I completed another tour at Fort Ord and went to Warrant Officer Candidate School at Fort Rucker. After becoming a Warrant Officer One, I received my fourth assignment to Korea at the Combined Field Army (CFA) at Camp Red Cloud. I joined the Commanding General's Mess and enjoyed many great meals there with the South Korean officers who served on the CFA staff. I thoroughly enjoyed attending the Seoul Olympics in 1988 and saw the Ben Johnson win the 100 meter dash and then get stripped of the medal for drug use. I also watched Steffi Graf win the first Olympic gold medal for women's tennis. Since I was stationed in Uijongbu, I had the opportunity to travel to Seoul by subway and I started to get to know the neighborhoods in Seoul well.

I did not return to Korea until January 1994 for a fifth tour during a critical time because of the first nuclear crisis. During this tour, I helped setup the first major Army all-source fusion center in outside of 8th Army Headquarters in Yongsan. On weekends, I traveled extensively in Chung Chong Nam Do and Kang Won Do. I was really impressed by the natural beauty of Korea while hiking in Soraksan and Kyeryongsan. I enjoyed the beaches in An Myong Do as well as Taean and Sokcho. I departed Korea in June of 1995 and left many friends behind.

I returned to Korea in November 1997 for a sixth tour as a CW3 assigned and served as an operations officer again at Camp Humphries. During this tour, I went to Seoul often and explored all the palaces and important historic cultural areas of Seoul. I often climbed to the top of Namsan for exercise during the trips and stayed at inns at the foot of

Namsan. I met many well-educated Koreans in Seoul and enjoyed their comradeship.

Since I studied Korean and served in many positions tied to the defense of Korea during my Army career, I missed many major US campaigns. However, I did have an opportunity in 1999 to participate in one of several US government-sponsored trips to North Korea. I went to North Korea as a translator and during a visit in 1999. I observed the cold and distant side of the North Koreans. I witnessed and felt the backwardness of North Korea that many leading Korean experts have reported on for years. I saw the poverty and total isolation of the people. Pyongyang is deserted most of the time and we saw even fewer people in the countryside. There are no stores outside of the hotels and no lights at night. It is even bleaker outside of Pyongyang. The farms do not operate normally and every factory we saw did not operate. We know many North Koreans serve in the military near the DMZ area but I wondered how many people actually starved to death in North Korean during the famine in the mid-1990s because I saw so few people. After my trip, I truly believe more than 10 percent of the North Korean starved to death in 1990s; perhaps the true number is about 30 percent of the total North Korean population. North Koreans are first and foremost Korean, but they have suffered much more than South Korean for the last several generations. As a result of the hardships they have endured and their poor living conditions they have become bitter. In contrast, South Korean people I know are friendly and maintain their self-esteem because they have hope for the future.

I was not part of any campaign, unless you consider the US military presence in South Korea for over fifty years as a campaign or occupation. I believe that service in Korea is equivalent to a campaign and we who have served here should receive more recognition for the hardships we have endured. I arrived in Korea three decades ago and I have witnessed the remarkable economic and democratic transformation of South Korea. Despite the tremendous transformation of Korea, the people remain unchanged, forever friendly and fascinating, and unyielding in their desire to achieve a better life. The South Koreans demonstrate all these qualities and the enduring Namsan Tower is a symbol of their determination and of their national character. I can see Namsan Tower every day and it reminds me of my deep kinship for Korea people and represents all the progress South Korea has made since the end of the Korean War. End

Enlisted in 1977 as 11B
Served six tours in Korea
Became W01 in 1988
B.S. State Univ of NY, 1985
Graduated Defence Language Institute, korean 1982

남산타워

존 J. 코크힐 준위
제115군사정보단 예하 제 409군사정보중대

북한에 다녀오기 전까지 나는 한국에 여섯 번이나 근무했다.

북한에 가서 뜻밖의 상황과 맞부딪히게 되었을 때는 남한에서 근무했던 경험이 여러가지로 내게 대응책을 마련해 주었다. 평소에 북한이 황량한 불모지에 가깝고 가난한 나라라는 것은 텔레비전에서 익히 보아 알고는 있었지만, 막상 그곳에 가서 직접 내 눈으로 목격하고 나니 실제 상황은 텔레비전에서 보던 것보다도 훨씬 더 나쁜 모습이었다. 조지아주 포트 메닝에서 보병 기초군사훈련을 마치고 1978년 1월 어느날 밤 내가 난생 처음 서울에 내렸을 때 느꼈던 활기와 희망을 북한에서는 전혀 찾아볼 수 없었다.

한국에서의 첫날밤 내가 가장 인상 깊었던 것은 남산타워였다. 서울 시내 전경을 굽어 보고 있는 이 탑이야말로 웅장하다고 할 수 있다. 지난 25년 동안 다방면에서 근면하기로 소문난 남한 사람들이 자기네 땅에서 바꾸지 않은 것이 있다면 그것은 바로 남산타워이다. 그것은 대한민국이 영구히 이어갈 현대화와 안정성의 상징이 되는 기념비적 존재이다. 그것은 한국인이 자긍심을 느끼게 하는 근원이기도 하고, 나도 이 타워를 바라볼 때면 어딘가 모르게 든든한 마음을 느끼게 된다. 지금도 나는 서울에만 오면 언제든 남산타워가 내 시야에 들어오는 곳에 머물려 애쓴다.

나에게 남산타워는 한국에 관한 무엇이든 좋은 것만을 나타내 준다. 최신 식이고 급속히 변해가지만 여전히 전통을 지킬 줄 아는 사회로서의 한국을 뜻한다. 한국에 도착한 첫날부터 한국에 대한 애정을 키우기 시작했고, 이 애정으로 결국은 그 후 여러 차례 한국근무를 다시 지원하기에 이르렀다.

서울에는 그 웅장한 남산타워가 있는가 하면 평양에는 주체사상탑이 있고 워싱턴에는 조지 워싱턴 기념탑이 있다. 내가 평양을 갔을 때 북한 안내원은 자기네 주체사상탑이 워싱턴기념탑보다 1미터가 더 높다고 했다. 평양시내 도처에 널려있는 다른 기념 조형물도 가찬가지지만 주체사상탑이 깊은 인상을 주는 것은 틀림없다. 평양 시내의 모든 기념탑들이 그들의 강한 면을 상징할 수는 있겠지만 통일이 되고 나면 이 조형물들이 어떻게 될 것인지는 아무도 모른다. 북한에는 활력도, 희망도 없고 오직 절망뿐이니 이들 기념탑들이 통일 후에는 계속 존재할 수 없을 것이다.

첫 번째 한국근무기간 중 내가 만났던 한국계 미국 군인들이 몇 명 있었는데 이들은 한결같이 내게 한국에 관한 많은 것을 가르쳐주고 나를 마치 자신들의 친형제처럼 대해 주었다. 게다가 이처럼 훌륭했던 이들 한국계 미군들은 나에게 신기하기만 한 한국의 문화를 소개해 주었다. 일과가 끝나면 북적거리는 동두천 시내를 활보하며 한국에 대한 많은 것을 배웠다. 이 첫 번째 한국 근무기간 중 한국어 공부를 시작하게 된 계기를 갖게 되어 메릴랜드 대학의 한국어 과정을 두 차례나 이수하였다.

이렇게 첫 번째 한국근무를 마친 나는 포트 오드라는 곳으로 귀국하게 되고 본국에서 보병여단과 보병대대 본부근무를 계속하면서 한국을 잊지 못하여 한국파견을 재지원해 볼 궁리도 했지만 결단을 내리지 못하고 있었다. 포트 어윈의 국립훈련소에 장기간 야전배치 중이었는데 하루는 연대 인사과 선임하사가 날 찾아와서 어학연수과정에 입소하지 않겠냐고 권하는 것이었다. 야외훈련이 끝나고 본 기지로 복귀하자마자 한국어 과정을 등록했다. 1년 반의 한국어 과정을 마치게 되면서 나는 다시 한국에 오게 되었고 평택의 캠프 험프리에 배치되었다.

평택에서 두 번째 한국근무를 마치고 포트 루이스로 귀국하자 곧 한국어 중급과정을 등록하였다. 1985년에는 세 번째 한국 배치를 발령 받고 캠프 하비에서 근무하게 되었다. 이번에야말로 한국에서 내가 수행했던 임무 가운데 제일 좋은 임무였지만 그 임무는 제일 힘든 일이기도 했다. 우리는 항상 원거리 야외훈련을 나가게 되었고 나는 8명을 지휘하는 분대장으로서 임무를 수행하였는데 이들 분대원 중 절반이 한국군 병사들이었다. 자연스럽게 나는 이들 한국군 병사들에게서 더 많은 한국을 배우게 되고 특히 야전에서 이들과 함께 어울리면서 신나게 재미있는 시간을 보냈다. 야전용 간이즉석식식량 대신 쌀밥에 김치를 먹은 날도 많았다. 팀스피리트 야외기동훈련에도 두 차례나 참가해서 대한민국의 중부지역을 누비고 다녔다.

이번엔 다시 포트 오드로 귀국해서 포트 러커에 있는 준위간부후보생 학교에 입교하였다. 거기서 준위1호봉으로 임관하여 네 번째 한국 발령을 받아 의정부의 캠프 레드 클라우드에 있는 한미연합야전사령부에서 근무를 하게 되었다. 여기서 나는 사령관 식당근무로 보직을 받아 한미야전사 참모직에 근무 중인 한국군 장교들과 푸짐한 식사를 함께 하며 즐거운 시간을 보내게 되었다. 때마침 1988년 서울에서 올림픽대회가 개최되어 나는 완벽하게 대회를 즐길 수 있었고 캐나다의 벤 존슨이 100m 단거리에서 우승을 하고도 약물복용으로 메달을 박탈당하는 수모를 목격하였다. 독일의 슈테피 그라프가 여자테니스에서 그녀의 첫번째 올림픽 금메달을 목에 거는 모습도 구경하였다.

소속부대가 의정부에 소재하고 있어 전철로 자주 서울에 나들이를 다녀서 서울 인근의 이웃들과도 알게 되어 친해지기 시작했다.

이후 한참을 한국엔 다시 못 가다 1994년 1월 처음 닥친 핵 위기 때 나의 다섯번째 한국근무가 시작되었다. 다섯 번째 근무기간 중 나는 8군사령부가 소재한 용산 지역 외곽에 설치된 육군 주요 정보합동처리반 창설요원으로 한 몫을 담당하였다. 이때 나는 주말마다 충청남도와 강원도 지역을 두루 살피며 여행을 즐겼다. 설악산, 계룡산 등지를 돌아보며 인상적인 한국의 자연미에 완전히 압도되었다. 태안반도, 속초는 물론이고 안면도 등지의 해안가 피서여행도 즐겼다. 이렇게 다섯 번째 근무를 마치고 1995년 6월 수많은 친구들을 뒤에 남겨 둔 채 한국을 떠나 귀국하였다.

1997년 11월 준위 3호봉으로 여섯 번째로 한국에 다시 오게 되었고 이번에는 평택의 캠프 험프리에 재배치되어 작전장교 보직을 받았다. 이 기간에는 서울에 자주 올라가 인근의 고궁과 중요한 사적과 문화재 등 역사적인 유적지를 모두 찾아 보았다. 서울 나들이를 할 때면 남산 기슭의 여관에 자리를 잡고 운동 삼아 남산 꼭대기까지 올라가곤 하였다. 서울 지역의 고학력 출신 한국사람들도 많이 만나 보았고 그런 사람들과 우의를 쌓기도 하였다.

내가 미 육군에서 복무하는 동안 한국방어임무에 관련된 수많은 직무를 수행하면서 한국어도 배우다 보니 미국이 타 지역에서 개입한 주요전투작전에 여러 차례 참전경력을 놓치고 말았지만, 대신 1999년 미국 정부가 주선한 북한 방문길에 참여할 기회가 있었다. 이때 나는 통역관으로 북한에 가게 되었고, 거기서 북한 사람들의 싸늘하고 냉담한 면을 보게 되었다. 내노라하는 한국 전문가들의 보도를 통해서 오랜 세월 익히 들어오던 그대로 북한은 너무도 뒤떨어졌고, 그 후진성을 두 눈으로 직접 목격하고 몸과 마음으로 느낄 수 있었다. 사람들은 빈곤에 찌들고 완전히 고립된 상태였다. 평양의 거리는 온종일 인적이 끊긴 것처럼 황량했고 시골로 나갔을 땐 그나마도 더 사람들을 찾아볼 수 없었다. 호텔 밖으로 나가보면 가게도 없었고 밤에 불빛조차 비치질 않았다. 평양의 교외를 나가보니 이건 더욱 황량하기 그지없었다. 농장들은 정상적인 운영이 안되고 있었고 우리가 볼 수 있었던 공장들도 하나같이 가동이 멈춰 있었다. 우리가 알기로 북한 사람들의 다수가 비무장지대에서 군복무를 한다고 들었지만, 도시건 시골이건 사람들을 별로 만날 수 없는 걸 봐서 1990년대 중반에 밀어닥친 기근에 실제로 얼마나 많은 사람들이 굶어 죽었는지 궁금했다. 북한을 다녀와보니 1990년대에 북한 사람들의 10% 이상이 굶어 죽었다는 말에 정말로 수긍이 갔다. 어쩌면 북한 전체 인구의 약 30%가 죽었다는 것이 맞는 숫자인지도 모른다. 북한 사람들도 같은 한국사람이지만 여러 세대를 거치는 동안 그들은 남한 사람들보다 심한 고통과 고생을 더 겪어왔다. 오랫동안 그들이 인고해 온 고난 때문에 북한 사람들의 빈곤한 생계조건은 더욱 열악해지고 있다. 이와는 대조적으로 내가 아는 남한 사람들은 친절하고 미래에 대한 희망을 갖고 있어 그들의 자존심을 지켜 나가고 있다.

미군이 대한민국에 50년 이상 주둔하고 있다는 사실을 전쟁이나 패전국 점령상태로 간주하지 않는 한 나의 한국근무가 전투경력이 될 수 없지만, 내 생각에 우리가 한국 땅에서 그 동안 겪어 왔던 애로와 난관을 돌이켜볼 때 한국근무도 전투에 버금가는 근무로 평가되고 이곳에서 근무한 우리도 좀더 폭 넓은 응분의 인식과 인정을 받아야 한다고 본다.

나는 30년 전에 처음 한국에 도착해서 그동안 대한민국의 괄목할 만한 경제성장과 민주적 발전으로 그 모습을 탈바꿈해 온 과정을 줄곧 목격해 왔다. 한국은 엄청난 변화를 겪어 왔지만 한국사람들은 변함없이 영원한 우정을 보임으로써 남의 마음을 사로잡고 더 좋은 삶을 쟁취하려는 그들의 야망을 끊임없이 발산하고 있다. 한국사람들은 이토록 우수한 그들의 자질을 유감없이 발휘하고 있으며 오랜 세월을 버티고 우뚝 솟아 있는 남산타워는 이들 한국인들의 마음 속 결의와 국민성을 대표하는 상징물이 되고 있다. 아침마다 남산타워를 바라보면 나는 한국사람에 대해 친가족처럼 깊은 애정을 느끼게 되는데 이는 아마도 이 남산타워가 한국전쟁 이후 남한이 이룩한 모든 발전을 웅변해주고 있기 때문일 것이다.

If You Really Want to Understand a Man

CPT Marilyn V. Keene
52nd Medical Evacuation Battalion

When I first learned that I had been assigned to Korea, I had few, if any expectations.

I had been stationed in Saudi Arabia, traveled to Vietnam and Laos, and spent a great deal of my childhood growing-up in an Asian community. There are also many Korean families in my hometown; I thought I knew their culture fairly well. Having spoken with other soldiers who had been stationed in Korea, I learned that it was a busy city, not unlike an American one. Overall, that is, I assumed this would just be another assignment in my military career.

I had a conversation with my neighbor, who lived in Seoul for six years and spoke the language. I asked her for advice or even help learning Korean in the attempt to understand the culture and manage myself better. She explained that one-year is not enough to learn the language. In fact, she told me that, "If you really want to understand Koreans, you must eat their food." Frankly, I thought this was a ridiculous notion and dismissed it at first. Slowly, however, I began to ponder my neighbor's advice. Up until then, I felt I was living among Koreans and therefore understood them or rather I falsely assumed that I understood them. I did not realize how much I was still living in my American world. At work the environment is very much American. In my off time, I was on post or with American colleagues. I knew, in order to better understand this country, I had to take my neighbor's advice. So, instead of dining on post every night, I began foraging my way through Korean restaurants and talking to Koreans about their attitudes toward food.

I soon learned that food is very much a part of every day life in Korea. Of course, food is important to any culture. But, I am confident when I content that it plays an extremely vital role in Korea. For example, "Have you eaten a meal today?" is a typical greeting in Korea just like "how are you" is in the states. When meeting a Korean, he almost always asks if you enjoy Korean food and especially if you appreciate Kim chi. Korean meals are meant to be shared. A typical Korean meal consists of one main dish and many smaller side dishes. The whole family, or group of friends, sit around the table and eat from the same dishes. Koreans emphasize that this is important for the unity of the family. As an American, of course, I am accustomed to having my plate of food in front of me. Koreans argue that this represents American individualism and that in order to really be close to another person, you must eat from the same dish. I found this to be an intriguing concept. I thought of the time when my husband and I were dating. We would meet in the park and share an ice cream cone or hot dog. My sisters and I always "taste" each other's dishes when dining out. The whole family would taste my mother's soup while still cooking on stove. I realized then that in America, food is only shared with already close family and friends. Koreans, however, share with already close friends and family, but also be become closer to others. When friendships are first formed, an important ritual is to have a meal together. In short, I began to understand and appreciate this practice.

Korean food is also very spicy. I had dinner with a Korean neighbor who suggested that, "We eat spicy food until we are almost unconscious."

This suggestion was surprising even ludicrous at first, yet it lent great insight into the Korean character. Koreans are always pushing themselves to their limits. They have the longest work week in the world. They sleep only a few hours a night and all maintain some area of study throughout their lives. It is not surprising to see middle school children as late as eleven or even midnight on their way home from academic institutes. Korean businessmen enroll in English classes they attend at 6 o'clock in the morning. Koreans also exercise vigorously I have seem them joking in the park at 2 am, doing Tai Chi in freezing cold mornings and older women doing aerobics on the side of the street while trying to sell their vegetables. Eating spicy foods, then, is simply an extension of their attitudes. They believe that challenging themselves is of utmost importance. They work, study, and improve themselves until they are "almost unconscious".

Certain foods are also enjoyed on certain days. On a rainy day, for example, a flour soup is eaten. Any restaurant serving this dish is filled with eager patrons by lunchtime. Surprisingly, Koreans wait because they feel they must have this particular soup on this particular rainy day. When I suggested to my Korean friends to simply "have something else." They looked at me in utter shock. "No they explained, 'we eat this today'". On the hottest day in August, the whole country gathers in chicken restaurants to eat Ginseng Chicken. Coming from the west, I always associated chicken soup with winter. Koreans, however, believe that eating hot foods in summer is best. They claim that the hot temperature of the soup, cleanses the mind and the body. Every single patron in these restaurants are doused with sweat, yet seem to sincerely enjoy this tradition. Like Americans have turkey on Thanksgiving, Koreans have dozens of occasions where everyone enjoys the same dishes. The entire country eats the same foods on certain days. This, clearly, is a reflection of the emphasis of unity in Korean society. When I asked about this, they explained that it gave them a "good feeling" or what in Korean is referred to as "keebun" to know that their fellow Koreans were somewhere else on the peninsula enjoying the same experience. They also emphasize that this had been done this way for thousands of years and will continue to be a tradition carried on by their grandchildren.

It seemed to me that eating in Korea is as intense an experience as the history of the country. When I began reading about Korean history and Korean people, I began to understand. Koreans are very proud of their 5000-year history. Koreans have never attacked another nation yet have been brutalized by colonization and decades of war. During colonization, the Japanese forced Koreans to adopt Japanese names, speak only in Japanese and, overall, reject their Korean heritage. Thousands of Koreans lost their lives or were tortured by them. Many were sent to work in labor camps in Japan never to return to Korea. Yet somehow, after 40 years of horrible occupation, Koreans emerged triumphantly. In the history of industrial nations, Korea has enjoyed that fastest growth in its GNP. Just 50 years ago, Seoul was a small city somewhere in East Asia. It is now become a major Asian capital. The strength and perseverance of the Koreans is astounding. Together, as a nation, they worked to built their country into a major player in world economics. It is no surprise, then, that people are always in a rush; they have to be in a rush to keep up with the constant economic growth.

Koreans have had to work hard to survive for thousands of years. The Korean terrain is very rough. There are hundreds of mountains and hundreds of islands around Korea making agriculture were difficult. The climate in Korea is unlike any that I have ever experienced. There are four distinct seasons. The summers in Korea are very hot, almost tropical ending in the rainy season. I have never seen so much rain! The winters, on the other hand, are freezing cold. Spring and fall are distinct as well. I learned that Koreans have only ten days to seed their farms and only one week to harvest because of the seasonal changes. Each season has it's own traditions; many of these traditions are associated with food and family. In the fall, for example, Korean families gather to make "Kim jang"; they make Kim Chi together to be stored and enjoyed during the winter months. This practice first began hundreds of years ago to preserve vegetables. However, it has turned into a very important ritual among Koreans. High rise apartments, luxury cars, and designer clothes have not changed Koreans' love for Kim chi. Clay Kim Chi pots have simply been replaced by high-tech Kim Chi refrigerators. No matter how fancy, how European, how modern a restaurant, Kim chi is always available. Koreans have an almost unreal affinity toward Korean foods and especially toward Kim chi.: it is not simply food to them, it defines them. It represents who they are and what they value.I realized that my neighbor's suggestion was the best way for me to explore and understand Korean culture. I am amazed by Koreans' strength of character to persevere by their constant, unrelenting move toward self-challenge, and self-devolvement. I am in awe of their emphasis on family and unity. I learned that I do have something to learn from Koreans. When I visit a small local Korean restaurant in my neighborhood, I always get bright smiles and welcoming gestures, "come in and sit down". Koreans are very pleased to see foreigners' appreciation for their food. I have to come respect this culture and its people. And with Korea's progress so far, I will surely return in a few years to see how much more they have grown.

I was born in Paksee, Laos. My famiy and I arrived in America in early 80's. I have lived in Wichita, Kansas ever since. I joined the Army in 1990, where my military career began as an enlisted soldier. After 8 years in the Reserve as an Adminstrative Specialist, I decided to pursue a commission through ROTC program.

당신이 진실로
어느 한 사람을 이해하고자 한다면

마릴린 V. 킨 대위
52의무 후송대대

처음 한국으로 보직 받았다는 사실을 알았을 때 난 아무런 기대 같은 것도 없었다.

나는 어린시절의 대부분을 아시아 지역에서 보냈고, 성인이 되어서는 사우디아라비아에 머문 적도 있고 월남과 라오스를 여행하였다. 미국의 내가 사는 고장에는 한국인 가정들도 많았기 때문에 내 나름대로 그들의 문화를 꽤나 잘 안다고 생각했다. 또 한국에서 근무를 하고 귀국한 다른 군인들과도 얘기를 나누어보고서 그곳도 미국 도시나 다름없이 꽤나 바쁜 도시겠구나 정도로 여겼다. 대체로 이번 나의 한국발령도 예나 다름없는 나의 경력상 겪게 되는 또 하나의 보직이 되겠거니 짐작했다.

한번은 한국에서 6년을 살았고 한국말도 할 줄 아는 이웃집 사람을 만나 대화를 나누게 되었다. 그 여자에게 한국에서 좀 더 잘 지내고 그 나라의 문화를 배우면서, 기왕이면 한국말까지 배우려면 어떻게 하는 게 좋을지 조언을 구했더니, 그 이웃집 여자의 설명이 일년 가지고는 그 나라 말을 배우기에는 충분치 않다는 것이었다. 그러면서 그녀가 사실대로 털어놓은 얘기는 "당신이 진정으로 한국사람들을 이해하려면 한국인들이 먹는 음식을 직접 먹어보아야 한다"는 것이었다. 솔직히 이 말을 처음 들었을 땐 웃기는 생각이라고 일축해버렸다. 하지만 나는 차츰 그녀의 조언을 재고하기 시작했다. 그때까지만 해도 내가 미국에서 한국인들이 많이 사는 곳에 살고 있었기 때문에 그들을 이해하는 것처럼 느꼈지만, 실상은 그들을 알지도 못하면서 아는 것처럼 착각을 하고 있었던 것이다.

한국에 와 살면서도 내가 아직도 얼마나 미국 세상에만 묻혀 살고 있는지 미처 깨닫지 못했다. 일과시간의 생활환경은 거의 모두가 완전히 미국식 일변도이다. 일과 후에도 여전히 영내에 머물러 있거나 영외로 나가더라도 미국 친구들하고만 어울려 다녔다. 그러다가 이 나라를 제대로 잘 이해하려면 그 이웃집 여인의 조언을 받아들여야만 된다는 것을 깨달았다. 그래서 매일 밤 부대 영내에서 식사하는 대신, 밖으로 나가 내 맘대로 한국의 식당을 찾아다니며 한국사람들에게 음식에 대한 그들의 뜻과 의견을 묻고 이야기를 나누기 시작했다. 얼마 안되어 나는 한국인들의 일상생활에서 음식이 아주 중요하며 큰 몫을 차지한다는 것을 알게 되었다. 물론 어느 나라 문화에서든 음식이 중요하긴 하다. 그러나 내가 누구에게든 자신 있게 말할 수 있는 것은 특별히 한국에서 음식은 극히 중대한 역할을 하고 있다는 것이다. 예를 들어 "오늘 조반은 드셨습니까?" 또는 "식사하셨습니까?"라는 한국에서의 인사말은 미국사람들이 "How are you?" 하는 인사말처럼 아주 전형적이고 대표적인 인사말이다. 한국사람들을 만나면 한국 음식을 좋아하는지, 특히 김치의 맛을 좋아하는지 질문을 받게 된다. 한국의 음식은 원래 나누어 먹는 데 그 뜻이 있다. 한국의 대표적인 주식은 큰 그릇에 담는 밥과 작은 그릇에 조금씩 담아 밥과 함께 먹는 몇 가지 반찬이 곁들여진다. 온 가족이, 아니면 친구들이 무리를 지어 식탁에 빙 둘러앉고 같은 그릇에 담긴 반찬을 여러 사람이 집어 먹는다. 한국사람들은 이런 습관을 가족의 단합을 위해 매우 중요하게 생각한다.

물론 나는 미국인의 한 사람으로 내 앞에 음식 접시를 따로 놓고 먹는 관습을 따르고 있다. 한국사람들은 주장하기를 이 같은 미국인의 식사습관도 미국의 개인주의를 나타내고 있으며, 다른 사람과 정말로 가까워지려면 같은 접시나 그릇에서 음식을 떠다 먹어야 된다고 말한다. 나에게는 이런 주장이 호기심을 끄는 아주 재미있는 발상으로 보인다. 그러고 보니 내가 내 남편과 예전에 함께 데이트하던 때가 생각났다. 우리는 공원에서 만나곤 했는데 아이스크림 콘이나 핫도그를 사서는 함께 나누어 먹었다. 내 누이들도 나랑 함께 밖에 나가 외식을 할 때면 으레 상대방의 음식을 서로 맛을 보며 먹었다. 아직도 부엌에서 음식을 만들면 우리집에선 온 식구가 어머니가 끓여주시는 국을 번갈아가며 맛을 보며 즐겨 먹는다. 그때 나는 생각하기를 미국에서는 음식을 아주 가까운 집안 식구나 친구들끼리 함께 어울려 나누어 먹는 것으로 알았다. 한국사람들은 그러나 가까운 가족이나 친구들끼리 뿐만 아니라 모르는 남들과도 음식을 함께 나누어 먹음으로써 더 가까워지게 된다. 처음으로 친구가 되어 가까워지면 함께 식사를 하며 음식을 나누어 먹는 것이 중요한 의례처럼 되어 있다. 요컨대 나는 이제 한국인들의 이런 관습을 적잖이 알게 되었고 높이 평가하게 되었다.

또한 한국음식은 양념 맛이 아주 강하고 맵다. 한번은 이웃의 어느 한국인과 식사를 함께 한 일이 있는데 그 사람이 넌지시 하는 말이 "우리 한국사람들은 정신을 못 차릴 정도로 매운 음식을 먹거든요"라고 하였다. 처음에는 이런 이야기가 어처구니 없다 싶게 놀랍게 들렸는데, 그래도 그 말은 한국의 국민성에 대한 정확한 면을 보여주는 셈이다. 한국인들은 항상 스스로를 자신의 막다른 한계에까지 밀어붙인다. 그들은 세계에서 주당 근로시간이 가장 길다. 그들은 밤에 잠을 몇 시간밖에 안 자고 모두가 평생토록 어느 분야에서든 공부를 계속한다. 중학생들이 밤 11시, 또는 자정이 되도록 학원에서 공부하다가 한밤중에서야 집으로 가는 모습은 놀라운 일이 아니다. 한국의 직장인이나 사업을 하는 사람들은 새벽 6시에 시작하는 영어교실에 등록해서 아침공부를 하고 출근한다. 한국사람들은 체력단련 운동도 열심히 한다. 언젠가는 사람들이 오전 두 시인데 공원에서 익살을 부려가며 얼어붙을 듯한 추운 새벽에 타이치(Tai Chi-태극권과 비슷한 중국 무술 동작)를 하는 것도 목격했고, 야채 파는 나이든 아낙네들도 길거리에서 에어로빅을 하는 걸 보았다. 이쯤 되면 매운 음식을 먹는다는 것도 단순히 이들 한국민의 평소 몸가짐이나 마음가짐에서 비롯된 연장선이라는 것을 알 수 있다. 그들은 자기 자신에게 도전하는 것을 가장 중요하게 생각한다. 그들은 거의 지쳐 쓰러질 때까지 일하고 공부해서 스스로를 향상시켜 나간다.

어떤 음식들은 어떤 특별한 날에 때를 맞추어 즐겨 먹기도 한다. 예를 들자면 비오는 날에는 수제비를 끓여 먹는다. 수제비를 파는 식당마다 점심 때면 먹고 싶어하는 단골 손님들이 줄을 이어 꽉 들어찬다. 놀랍게도 한국인들은 비가 오는 이 특별한 날에는 이 특별한 수제비를 꼭 먹어야 된다는 느낌을 갖고 있기 때문에 참고 기다린다. 너가 그날 한국 친구들에게 아무 생각 없이 간단히 "무엇이든 다른 걸 먹자"고 했더니 모두들 매우 놀란 눈초리로 나를 쳐다보며 "안돼" 했다. "우리는 오늘 이걸 먹어야 해"라고 자기들 입장을 고수했다. 8월 중 제일 더운 복날이면 온 나라 사람들이 식당으로 몰려가 삼계탕을 먹는다. 서양에서 온 나는 닭국물은 언제나 겨울에만 먹는 음식으로 생각했다. 하지만 한국사람들은 뜨거운 음식도 더운 여름에 먹어야 그 효능이 제일 좋다고 믿고 있는 것이다. 그들은 삼계탕의 뜨거운 온도가 몸과 마음을 정화시킨다고 주장한다. 삼계탕 식당에서 먹고 있는 손님들은 모두 땀을 비오듯 흘리면서도 그들은 이런 음식습관을 진지하게 즐기고 있는 듯하다. 미국인들이 추수감사절에 칠면조고기를 먹듯이 한국사람들도 특정한 날 모두가 같은 음식을 즐기는 경우가 수없이 많다. 그런 특정한 날이 되면 온 나라 사람들이 전국적으로 똑같은 음식을 먹는다. 이거야말로 명백히 한국사람들이 공동체의 단합을 강조하는 그들의 특성을 반영하는 것이다. 내가 이 점에 대해 물었더니 그들은 설명하기를 명절이면 같은 음식을 먹는 이 관습이 자기네들에게는 기분 좋은 감정을 갖게 한다는 것이다. 그리고 이것이 한국사람들이 흔히 '기분'이라고 표현하는 말로써 한반도의 어디인가 다른 곳에서도 자기네와 똑 같은 걸 먹고 체험을 즐기고 있을 것이 틀림없다는 데서 나오는 감정일 것이다. 이는 수 천년 동안 지켜 내려오는 관습이기 때문에 자자손손 후대들도 이 전통을 계속 지켜나갈 것이라고 강조하고 있다.

한국에서 음식을 먹는다는 것은 이 나라의 역사를 경험하는 것으로도 보여진다. 한국의 역사책을 읽고 한국사람들에 관한 글을 읽으면서 이 모든 것을 이해하기 시작했다. 한국인들은 그들의 5,000년 역사에 대하여 매우 자랑스러워하고 있다. 한국인들은 남의 나라를 침략한 적이 전혀 없는데도 남의 나라 식민지배하의 학정에 시달리고 수십 년 간의 전쟁으로 고통을 받았다. 식민통치 시절 일본인들은 한국사람들의 이름을 빼앗고 일본이름을 쓰게 했고, 일본 말만 말하게 하였으며, 무엇보다도 일체의 한국적인 전통과 유산을 배척하며 못 쓰게 했다. 수없이 많은 한국사람들이 일본인들에게 고문을 당하고 목숨을 빼앗겼다. 수없이 많은 사람들이 일본에 끌려가 노동자 수용소에 수감되어 중노동에 시달리고 영영 고국으로 돌아오지 못했다. 40여 년의 포학한 피지배 강점하에서도 한국인들은 이를 끝까지 이겨내고 다시 살아났다.

이 지구 역사상 공업국가 가운데서도 한국은 가장 빠른 국민총생산의 성장을 기록했다. 불과 50년 전만해도 서울은 동아시아의 어느 구석에 자리잡은 소도시에 불과했다. 지금은 아시아에서 굴지의 수도로 발전했다. 한국인들의 불굴의 정신력과 그 힘은 놀라울 뿐이다. 다 같은 한 나라의 국민으로 단합하여 그들은 힘을 모아 노력한 끝에 조국을 세계경제의 주역으로 일으켜 세웠다. 그렇다면 한국인들이 항상 바삐 서두르고 성급한 것도 놀라운 일이 아니다. 중단 없는 경제성장을 이룩하고 세계경제에 발맞추어 따라가자면 그들은 항시 바삐 서둘러야 되는 것이다. 한국사람들은 죽지 않고 살아남기 위해서 수천 년을 열심히 일해야만 했다. 한국의 토지는 매우 척박하고 험준하다. 한국에는 산과 섬이 수백, 수천 개가 도처에 깔려 있어 농사 짓기에 아주 힘들다. 이곳의 기후는 내가 지금까지 겪어본 기후와는 전혀 다르다. 4계절이 너무도 뚜렷하다. 한국의 여름은 말도 못하게 더워 거의 열대지방 수준이고 장마철 우기로 끝난다. 그처럼 억수같이 퍼붓는 비는 내 생전 처음 보았다. 그런가 하면 겨울에는 모든 것이 얼어붙을 정도로 몹시 춥다. 봄과 가을도 마찬가지로 아주 뚜렷하다. 계절의 변화가 너무도 뚜렷하게 바뀌어 농부들이 파종하는 데 열흘 밖에 시간이 없고, 추수를 하는 데는 단 일주일밖에 시간이 없다는 것을 알게 되었다.

　계절마다 이들이 지켜오는 독특한 전통이 다 따로 있다. 수없이 많은 이들 전통들이 대부분 음식과 가족에 관련되어 있다. 이를테면 가을이 되면 한국사람들은 집집마다 온 식구들이 모여들어 김장을 한다. 모두 함께 김치를 만들어 저장하고 겨우내 즐겨 먹는다. 원래 이 김장 담그는 전통은 수백 년 전부터 야채를 보존하려는 데서 시작되었다. 그러던 것이 점차 한국사람들 사이에 아주 중요한 행사로 바뀌어간 것이다. 고층 아파트, 호화스러운 승용차, 유명 디자이너가 만든 값비싼 옷들도 한국인들의 김치 사랑은 바꾸지 못했다. 흙으로 빚은 김치 항아리를 고도의 과학기술로 연구개발한 김치냉장고로 대체했을 뿐이다. 아무리 환상적으로 우아한 분위기에 서구식이고 현대적인 식당일지라도 한국에서는 어느 식당이든 찾아가면 거기에는 김치가 있기 마련이다. 한국인들은 한국음식, 특히 김치를 아주 선호해서 그들에게 이는 단순한 음식이 아니라 그들을 한국인으로 규정짓는 잣대가 된다. 한국음식과 김치가 그들이 누구이고, 그들은 무엇을 소중히 여기는가를 나타낸다. 이제서야 한국에 오기 전 미국에서 들었던 그 이웃집 사람의 제안이, 내가 한국의 문화를 탐방하고 이해하는 최선의 길이라는 것을 깨닫게 되었다.

　한국사람들의 끝없는 자기 도전과 자기 발전을 위해 끊임없이 노력하며 인고하는 그 강인한 국민성이야말로 나를 놀라게 한다. 그들이 가족과의 단합에 역점을 두고 강조하는 것을 보면 경외감을 금치 못한다. 그래서 나는 한국인들로부터 무언가 꼭 배워야 할 것이 있다는 것을 깨달았다.

　가까운 이웃동네에 조그만 한국식당이 있어 가끔 찾아가면 으레 환한 웃음으로 나를 반갑게 맞이하면서 "어서오세요, 앉으세요"하고 말을 건넨다. 한국사람들은 외국손님이 자기네 한국음식을 즐겨 먹는 것을 보면 매우 기뻐한다. 나는 이 나라의 문화, 그리고 그 국민들을 존경하기에 이르렀다.

　지금까지 발전된 한국을 그려보면서 몇 해가 지나면 그 동안 한국사람들이 얼마나 더 발전했는지 알아보기 위해 나는 꼭 한국에 다시 돌아올 것이다. End

Reunion

SFC Scott A. Heise
HHC, 542nd Medical Company

Life in Korea has been an amazing experience for me that has spanned nearly two decades. To be accurate, it has actually only included 26 months in Korea, but if not for the 15-year separation in my tours, I do not think my experiences would have been nearly as rewarding.

As a young service member receiving orders for PCS, I remember the dread I felt knowing that I was bound for Korea. I had heard the horror stories from guys who had just returned and I thought I was going to lose it when my First Sergeant counseled me and had me sign my levy brief. My family, a nine-month old son and my wife, had just arrived on Fort Riley six months earlier. I almost felt tears form as the 1SG counseled me that I was on levy (as only a 1SG can) that I was going to go to Korea.

Getting on the plane was more emotional than I expected; I was about to embark on my first trip outside of the U.S. and I was doing it alone. That was 1987...

More dramatic than the plane ride was the bus ride from Seoul to Camp Casey. It was almost as if "Men from Mars" was playing before my eyes I saw old women and men riding bicycles uphill with at least ten feet of cardboard stacked on the back - I even saw one guy pedaling a refrigerator up the street (not a common occurrence in the U.S.). I did not dare blink on that bus ride for the things that I would miss.

I remember arriving at Camp Casey, "The Turtle Farm," so named because In and Out processing were only three feet (one sidewalk width) apart and it took a year to get from one building to the other. The bus pulled into the fenced compound and as we disembarked to form up, the cadre welcomed us (smirk) to Korea. The hard part was done - getting on the plane was hard, but once it landed, there was nothing to do but make the best of the situation.

As things go, I spent one of the most rewarding years of my life in Korea; considering that we did not have many of the modern quality of life items we have now (personal computers, cell phones, internet, cable television, Single Soldier Quality of Life Initiative, etc.).

During my tour, I was fortunate enough to attend several memorable events; the '88 Olympics, Republic of Korea Ranger Course, a 4-day trip to Puson, and many national monuments, parks and sites. While attending the '88 Olympics I watched the U.S kick butt in swimming; saw them get their butts handed to them in gymnastics; and hold their own in bicycling in the Velodrome. I learned about Korean culture and the generosity and genuine character of the Korean people.

Of all the things I experienced in Korea, however, none holds its place in my heart stronger than the friendship I formed with a KATUSA in my unit.

This friendship is really the genus of my essay. For nine months, I considered my best friend in Korea to be CPL... then SGT Park, SukMoon. SukMoon and I spent countless hours together, sharing ideas on music, politics, culture and life (as we knew it) in general. The weekend before I left Korea, I was invited by SukMoon to visit the home of his aunt and uncle in Pusan. I was honored and excited to accept the invitation and experience Korean culture first hand. We traveled by train and bus through Seoul to Pusan, where we spent two days enjoying the hospitality of his family and seeing the many unique sights of the area. He and his family showed me the fishing trade and the ports that were basic to the local economy, as well as the beaches and other places to relax.

That trip to Pusan was the most memorable event in my short Army career. A short time later I DEROS'ed back to the States and was surprised a by a Christmas card from my friend SukMoon. That Christmas card has traveled the world with me and constantly reminds me of personal aspects of Army assignments.

In the back of my mind, I knew that I would eventually end up back in Korea - it is the Army way. In September of '02, my number was up and off I went again to Korea. Of course, on this trip I had the advantage of rank and the experience of an earlier tour.

Newsflash: on the surface Korea is a very different country than what I remembered. Instead of bicycles, there are motorcycles and many more cars. Everyone has a cell phone and the news says that Korea is the most "connected" country in the world with the highest percentage of people with broadband internet access. Korea is most likely the only country in the world that has a computer game (Starcraft) as the most popular pastime. However, over the past 14 months, I reaffirmed that the people are the same. Our hosts are among the most polite, honest and generous people I have known.

Back to the Christmas card. I have had that card with me for over 15 years as a constant reminder of my friendship with SukMoon. I always wondered what had happened to him and what would happen if I were stationed in Korea again. When I found out that I was coming back to Korea, finding SukMoon was the "bright side" to my assignment. I could not wait to see him again and catch up on the past 15 years.

I arrived in Korea on a Wednesday evening. After a brief stop at replacement, I was sent to the Dragon Hotel for the night. Since there is no in-processing on Thursday, I had the opportunity to use that time to try to find SukMoon. I enlisted the help of the gentleman at Guest Service to help me track down a phone number for my friend. Well, after more than 2 hours of trying, the gentleman informed me that my friend no longer lived at the address on the card and that there was no way to track him with the limited information I had available. I was very disappointed, but figured I had a year to explore other possibilities.

About two months after I arrived at Camp Page, I was talking to a young KATUSA, PFC Kim, about my friend. He asked to see the card and asked if he could copy the information from the card. Of course, I let him have all the information, but I was not very optimistic of his ability to get results from the card. After a month, I still had not heard any news from PFC Kim and I had actually forgotten that he had taken the information. Then one evening I was talking to him and he asked me if I could take a three-day pass and go to Jeonju and look for my friend. I told him that it would not be a problem to get the pass and I was actually excited to go look for SukMoon. I did not have a clue how we were going to find him, but the prospect was exciting nonetheless.

Friday morning arrived and we I boarded a bus from Chuncheon to Jeonju. It took about 3½ hours to arrive at Jeonju. I had never been to Jeonju so I was amazed by what I saw as we arrived in the city. Jeonju had been a host city for World Cup Soccer so the first thing I noticed was the huge World Cup Stadium that was built on the North side of the city so it was the first thing visible when arriving from Seoul. I also noticed countless stone sculptures that seemed to defy gravity. We caught a taxi and a short time later we arrived at what seemed like a walled fortress inside the city. It was not actually a fortress but a walled complex of buildings named Gyeongkijeon Shrine that had been used over 600 years ago as a meeting place for honored visitors to the kingdom. I had no idea why we had stopped where we did so I asked

PFC Kim if we were close to the address on the envelope. He told me that we were not, but that he wanted to show me this place because it is very important to the history of Jeonju. I was up for new sights and it only appeared to take up about one city block, so I figured we would look around then be on our way.

We went inside the walls and started exploring the pathways that led to the many different sizes and styles of old buildings. All of the buildings had been painted with intricate designs in deeply pigmented greens, reds, blues and yellows that gave me a sincere appreciation for the artisans that had constructed the structures. We walked around the pavilion 2 times, each time taking a different path, but always ending up at the front gate. I was actually starting to get a little frustrated with PFC Kim. I wanted to start looking for SukMoon, and all he wanted to do was walk around and around the pavilion. I asked him if he was ready to leave yet, and he told me that we should go around one more time. I was getting a little suspicious of his motives, but I agreed to one more trip around. As we came back to the main entrance, I was hardly surprised to see my friend SukMoon standing there looking right at us.

I could not have anticipated my reaction when we met again. I was so overwhelmed with emotion that I could not speak; and I was not alone - neither could SukMoon. We stood looking at each other for at least 30 seconds before we moved close enough to give each other a hug and pats on the back. I imagine that our reaction was similar in its magnitude to the reunion of brothers who had been separated for many years and then reunited, made more dramatic by the extreme unlikelihood that the reunion would ever occur. It was a long moment before we composed ourselves enough to speak. Laughably, once we started speaking we did not stop for at least the next eight hours.

That day in February 2003, almost fifteen years after we had last seen each other, was symbolic of the friendships we never believe will develop. Beginning that day I have had so many opportunities to experience Korea that I would not have had otherwise. I have been the guest of his family five times during this tour; invited as a member of his family into the home of his parents, siblings and friends.

I have had the privilege of spending a great deal of time in Jeonju experiencing many of the things first hand that makes Jeonju famous throughout Korea. The first was dolsot beebeembop - a vegetable and rice meal that is served in a scalding hot stone bowl - so delicious that I now have this meal every chance I get. I have made several trips through the historical district, where all new construction must conform to traditional construction techniques, which has many traditional craft shops. I was at Tuk Jin Gongwon, the biggest Lotus plant growth in Korea, at sun up to experience the peacefulness and serenity. We took a day and drove to the Dam Yang - the largest bamboo growth in Korea - also known as the Bamboo Forest. On another day, SukMoon took me to see the underground aquarium in the COEX building in Seoul. Each event was significant in itself for the time we had to spend together.

I spent 2 days on Wedo Island with SukMoon, his family and eight of his high school friends and their families. Wedo is a small island about 2/3rd of the way down the western coast that is accessible only by ferry. The few towns on the island are centered on the fishing trade, with fishing nets line all the winding roads laid out to dry in the sun. Our trip to Wedo was as close to basic Korean life as I will ever experience. Nothing was fancy, there was no pretense; this was eight families getting together to reminisce and have fun. I ate raw fish for the first time in my life (something I had arduously avoided until then), learned about 100 year wine, drank my share of Soju, and had a very relaxing time. At first, I was very anxious about the idea of spending 2½ days in the country with so many people that I did not know but I was very relieved when I was immediately accepted by the group. They made it easy for me to enjoy everything that was happening around me.

The time I spent with SukMoon and his family will not overshadow the new friends that I have made during this tour. My friend SGT Baek, JaeSun is one of the most forthright men I have met. Although he is young, he has an informed, worldly perspective that is refreshing. He speaks with an openness and honesty that is not that common among KATUSA soldiers. JaeSun has taught me more about the spiritual aspect of Korean life than I could have ever leaned on my own. He showed me Mt. Manisa - Horse Ear Mountain - and he filled in many of the blanks that existed in my understanding of Korean life.

In the end, it seems that all of the things I have done in Korea are available to nearly every soldier stationed here. The odd thing is; very few soldiers seem to take advantage of the opportunity. I encourage all soldiers to develop friendships while they are here and nurture them when they DEROS. I have had the chance to renew a friendship that has since grown into a more fulfilling relationship. To have spent the time that I have in the company of SukMoon, his wife and children, his friends, and his parents is a privilege beyond expression. I know that my memories of Korea will always be in the best light.

I am the Flight Platoon Sergeant for the 542nd Medical Company (AA), Camp Page, Korea. I have been marride for over 19 years and have two teenage sons. Although I grew up in Idaho and Utah, I consider Kankas home. I have been ststioned in Korea twice (87-88 and 02-03), Germany once (92-95), Fort Lewis(95-99) and Fort Riley(the rest of my time).
I have been MEDEVAC (MOS 91W4F) most of my career and participated in Operation Desert Storm with 82nd Medical Detachment.

재회

스코트 A. 헤이즈 일등중사
제542의무중대 항공소대

한국에서의 삶은 나에게 거의 20여 년에 걸쳐 펼쳐진 놀랄 만한 체험이었다. 정확히 말해서 나의 한국 체류기간은 26개월 뿐이지만 두 차례 나의 한국 근무 사이에 15년의 간격이 없었더라면 내 체험은 여기에 소개할 만큼 보람이 없었을 것이다.

군대생활 초년병으로 첫 부대 배치명령을 받았을 때 내가 한국을 가야 된다는 사실을 알고서는 얼마나 두렵고 겁에 질렸었는지 지금도 잊을 수 없다. 한국에서 금방 귀국했다는 녀석들의 얘기는 하나같이 공포에 질리도록 겁주는 소리뿐이었고, 이제 겨우 태어난 지 9개월밖에 안되는 아들과 아내는 포트 라일리로 배치 받은 나를 따라온 지 6개월밖에 안된 때였다. 인사주임 상사와 보직상담을 하는 자리에서 나는 강제징발보직이기 때문에 명령대로 한국에 가야만 된다는 말을 듣고서 가기 싫은 마음에 눈물을 글썽였다.

비행기에 올라타고 보니 이 또한 생각보다 더욱 감상적인 모습이었다. 미국을 벗어나서 해외여행이라곤 생전 처음인데 그것도 달랑 나 혼자서 떠나게 되었으니, 그게 바로 1987년이었다.

서울에 도착해서 동두천의 캠프 케이시로 향하는 버스길 또한 비행기를 타고 올 때만큼이나 극적인 장면의 연속이었다. 그건 마치 "화성에서 온 인간들"이 내 눈 앞에서 연출을 시도하고 있는 것이 아닌가 싶을 정도였다.

내 눈에 보이는 것은 중, 노년의 여자들과 남자들이 못 돼도 10척은 돼보이는 무거운 짐 더미를 자전거 뒤에 겹겹이 쌓아 올리고 가파른 언덕을 페달을 밟으며 올라가고 있는 것이 아닌가. 어떤 사람은 심지어 냉장고까지 얹어 세워서는 페달을 밟아 길거리를 달리고 있지 않은가. (미국에서는 여간해서 있을 수 없는 일이 벌어지고 있었다.) 그 버스를 타고 가는 동안 하나라도 놓치고 못 보는 일이 있을까 싶어 눈 한번 깜박이지 않으려고 두 눈 부릅뜨고 창밖을 내다보았다.

동두천의 캠프 케이시에 도착했던 장면도 잊을 수 없다. 그곳에 "거북이 농장"이라고 별칭이 붙은 곳엘 도착했는데, 왜 그와 같은 별명이 붙었는가 하면, 전입신고소와 전출신고소가 불과 3피트(사람이 걸어 다니는 인도의 폭만큼밖에 안되는 거리)밖에 떨어져 있지 않아 전입신고소에 처음 도착한 신병이 귀국을 위해 3피트밖에 떨어지지 않은 전출신고소에 다시 오는 데 무려 1년씩이나 걸린다고 그렇게 부르는 것이다. 철조망으로 둘러친 기지 내로 버스가 들어서고 우리가 모두 버스에서 내려 대열을 갖추자 부대 지휘관급 간부가 나와 빙긋이 웃음을 띠고 한국에 온 것을 환영한다고 말했다. 힘든 고비를 넘긴 셈이었다. 비행기에 올라타서 여기까지 오는 것이 힘들었지 일단 착륙한 다음엔 현지 실정에 최선을 다하여 적응하는 수밖에는 달리 할 도리가 없었다.

세상일이 흔히 그렇듯이 내 인생에 가장 보람 있었던 시절의 한 해를 한국에서 지내게 되었다. 그 당시는 삶의 질을 높여주는 물품들이 그리 많지 않았다는 점을 생각해보면, 지금은 개인용 전산기, 이동전화기, 인터넷, 유선 텔레비전, 독신자 생활수준 향상대책 등 편의시설이 너무도 많고 좋다.

나의 첫번째 한국근무 기간 중에 몇 가지 주목할 만한 행사에 참여할 수 있었던 것은 참으로 큰 행운이었다. 예를 들어 88올림픽, 한국군 유격훈련 과정, 4일간의 부산여행, 그리고 수많은 국립기념관, 공원 및 유적지 등 여러 군데를 찾아보았다. 88올림픽대회를 관람 갔을 때는 미국이 수영종목에서 메달을 휩쓸다시피하더니 체조에서는 평균수준 정도, 그리고 사이클경기에서는 열세를 면치 못했다. 나는 이때 한국의 문화도 배우고 한국사람들의 너그러움과 순수한 마음도 알게 되었다.

하지만 한국에서 체험한 그 모든 것들 중에서도 내 맘 속에 가장 깊게 자리잡고 있는 것은 우리 부대에 같이 있던 어느 카투사 병사와 맺은 우정이었다. 바로 이 우정이야말로 내가 지금 쓰고 있는 이 수기의 주제라고 말할 수 있다.

아홉 달 동안 한국에서 내게 제일 친한 친구는 그 당시 계급으로 박석문 병장이었다(후에 하사로 진급함). 석문과 나는 헤아릴 수 없는 시간을 함께 보내면서 음악, 정치, 문화, 인생 등 모든 분야에서 우리가 알고 있는 서로의 생각을 주고받으며 이야기를 나누었다. 한국을 떠나 미국으로 귀국하기 바로 전 주에는 석문이가 나에게 부산에 계신 그의 아주머니, 아저씨 댁을 방문해 달라고 초청하였다. 나는 이 초청을 정중히 받아들이고 우선 한국의 문화를 체험해 보자고 마음을 먹으니 적잖이 흥분되었다. 우리는 함께 기차와 버스를 번갈아 타고 서울을 경유 부산에 내려가 이틀을 보내면서 석문이 가족의 융숭한 대접을 받아가며 그곳의 명승지를 비롯해서 여러 곳을 구경하였다. 석문과 그의 친척 분들은 나를 안내하여 부산지역경제의 바탕이 되는 수산시장과 항만 등을 구경시켜주고 바닷가 유원지 등에도 놀러 갔다. 내 짧은 군대생활에서 그때 석문이와 함께 갔던 부산여행은 가장 잊지 못할 추억이었다.

며칠 후 바로 나는 미국으로 돌아갔다. 미국에 온 지 얼마 지나지 않아 생각지도 않은 석문의 크리스마스 카드가 나를 놀라게 했다. 그 크리스마스 카드는 지구를 한바퀴 돌아 나를 찾아와서는 한국에서 군 임무수행 중이었던 그때 그 시절 나의 모습을 회상시켜 주었다. 저 깊숙한 내 마음 속 한 구석에는 내가 결국은 한국에 다시 가리라는 다짐이 자리하고 있다는 것을 알고 있었으니 바로 이런 것이 군대생활인가보다. 2002년 9월 육군은 또 나를 지명했고 그래서 다시 한국에 가게 되었다. 물론 이번에는 내 계급도 올랐고 한국근무를 해본 경험도 이미 갖고 있었다.

여기서 잠깐 – 겉으로 보기에 한국은 내가 기억하고 있는 옛날의 한국과는 아주 달라진 모습이다. 옛날의 자전거가 이제는 오토바이로 바뀌었고 수많은 자동차로 붐비고 있다. 누구든지 이동전화를 한 대씩 휴대하고 있고, 언론보도는 한국이 세계에서 전자통신망이 가장 잘 연결되어 있어 초고속인터넷 보급률이 가장 높다고 한다. 스타크래프트 같은 컴퓨터게임이 가장 인기 있는 오락으로 각광을 받고 있는 나라는 아마 세계에서 한국뿐일 것이라고 한다. 그러나 지난 14개월에 걸쳐 내가 재확인한 바로는 그래도 사람들은 예나 지금이나 똑같다는 것이다. 주한미군이 주재하고 있는 이 나라 국민들은 내가 지금까지 알고 있는 한 가장 예의 바르고, 정직하고, 너그러운 사람들에 속한다는 것이다.

앞에서 말한 그 성탄카드를 펼쳐보면 언제든지 석문이와 함께 나누었던 잊지 못할 옛 우정이 생각 나 15년 이상 그 카드를 고이 간직하고 있었다. 석문이는 그 동안 어떻게 되었을까, 그리고 내가 만일 다시 한국에 나가게 된다면 무슨 일이 생길지 항상 여러 가지로 궁금했다. 드디어 다시 한국에 가게 됐다는 사실을 알게 되자 나는 석문이를 찾아 나설 수 있다는 기대에 한껏 부풀었다. 그를 다시 만날 수 있다는 생각에 조바심이 나 한시도 참을 수 없었고, 지난 15년을 따라잡을 마음에 더욱 조급해졌다.

한국에 다시 도착한 것은 어느 수요일 저녁이었다. 보충대에 잠깐 머물렀다가 곧 용산의 드래곤 힐 임시숙소에서 그날 밤을 보내게 되었다. 다음날 목요일은 전입신고 업무가 없는 날이라서 당장 석문이를 찾아 수소문을 했다. 우선 고객안내실의 어느 점잖은 사람의 도움을 받아 내 친구의 전화번호를 추적해나갔다. 두 시간 남짓 추적한 끝에 그 사람은 내 친구 석문이가 성탄카드에 적혀 있는 주소에 더 이상 살고 있지 않으며, 내가 갖고 있는 제한된 정보만 가지고는 그를 추적할 방법이 없다고 했다. 그 순간 나는 크게 실망했지만, 그래도 앞으로 1년간 다른 방법으로 찾아보리라 마음먹었다.

캠프 페이지(춘천)에 배치받아 온 지 두 달쯤 지나 하루는 김 일병이라는 카투사 병사에게 내 친구 석문이에 관한 얘기를 하게 되었다. 김 일병은 그 성탄카드를 좀 보자고 하더니 거기 적힌 주소를 베껴가도 되느냐고 물었다. 카드에 적힌 내용을 몽땅 베껴가라고는 했지만, 나는 김 일병이 카드에 적힌 내용을 가지고 무슨 뾰족한 수가 있겠나 싶어 별로 기대하지도 않았다. 그런 지 한 달쯤 지나서도 김 일병한테서는 아무 소식이 없었고, 그가 카드의 주소를 적어갔다는 사실조차 잊고 있었다. 그런데 어느날 저녁 김 일병이 이런 저런 얘기 끝에 나에게 한 사흘쯤 휴가를 받아 내 친구 석문이를 찾으러 전주에 가지 않겠느냐고 묻는 것이었다. 석문이를 찾아간다는 소리에 나는 절로 흥분이 되어 휴가를 받는 것은 문제없다고 했다. 어떻게 석문이를 찾을지 아무런 실마리도 없었지만 그래도 일말의 기대를 품고 있자니 가슴이 설레며 적잖이 기다려졌다.

기다리던 주말 금요일이 다가오자 우리는 춘천에서 버스를 타고 전주에 갔다. 전주까지는 약 3시간 반쯤 걸렸다. 지금까지 전주는 한번도 가 본 적이 없어서 도착하면서부터 눈에 띄는 광경이 놀라웠다. 전주에서는 월드컵축구경기가 있었던 도시인지라 거대한 월드컵축구경기장이 금방 눈에 띄었다. 시의 북쪽에 세워졌기 때문에 서울쪽에서 내려오다 보면 제일 먼저 눈에 띄는 것이 바로 이 축구경기장이다. 또한 무게가 꽤 나갈 것 같은 돌조각물들이 헤아릴 수 없이 널려 있었다.

택시를 타고 시내로 잠시 달리니 성벽으로 둘러싸인 듯한 곳에 이르렀다. 사실 이곳은 성채 같은 곳이 아니라 경기전이라는 대형전시관 같은 곳으로 여러 채의 건물이 모여있고, 사방에 담을 쌓은 단지 형태로 과거 600여년 전 왕조의 고관 대신들이 내왕할 때마다 회동 장소로 사용되었다고 한다. 나는 우리가 왜 이런 곳에 와 있는지 알 수 없어, 김 일병에게 우리가 지금 그 성탄카드에 적혀 있는 석문이의 집주소 가까이 온 것이냐고 물었다. 그는 아니라고 대답했다. 하지만 이곳이 전주시 역사상 매우 중요한 곳이라서 나에게 이곳을 먼저 보여주고 싶었다고 했다.

높은 곳으로 올라가 새로운 볼거리라도 있는가 살펴보니 그저 도심지의 한 구역을 차지해 보이는 조그만 곳이라서 이곳을 잠시 둘러본 후 친구를 찾아가도 되겠다 싶었다. 우리는 담장 안으로 들어가 크기와 모양이 다양한 옛날 건물 여러 채가 몰려 있는 곳으로 오솔길을 따라 여기저기 찾아 다니기 시작했다. 건축물들은 모두가 복잡하기 이를 데 없는 다양한 무늬와 모양으로 채색되어 있는데 아주 진한 초록, 빨강 및 노란색의 안료로 단청이 되어 있어, 그 옛날 이들 고건축물들을 지어올린 장인들의 기막힌 솜씨를 음미하고 감상할 수 있었다. 우리는 이 유적지의 경내를 길을 바꿔가며 두 번이나 돌았고 두 번 모두 다 돌고 나서는 정문 쪽으로 나왔다.

솔직히 말해서 이때쯤 나는 김 일병에게 짜증이 나기 시작했다. 나는 한시라도 빨리 석문이를 찾아보고 싶은데 이 친구는 경기전 경내만을 마냥 돌고 있는 게 아닌가. 나는 김 일병에게 이제 그만 보고 가자고 조르는데도 그는 아직 한 바퀴 더 돌아야 한다고 우겼다. 김 일병의 속내가 미심쩍었으나 하는 수 없이 한 바퀴 더 돌아볼 수밖에 없었다. 세 바퀴째를 다 돌고 정문 쪽에 나와보니 거기에 바로 나의 친구 석문이가 우리를 바라보고 있는 것이었다.

우리가 다시 만날 때 내가 어떻게 반응을 하게 될지 미리 생각해 본 일은 없었다. 너무 감격에 겨운 나머지 얼른 말이 나오지 않았다. 이건 나 뿐만이 아니었다. 석문이도 얼른 말을 꺼내지 못했다. 적어도 30초는 서로 바라만 보고 서있다가 조금씩 가까이 다가가 드디어 서로를 껴안고 등을 두드렸다. 몇 년씩 못 보고 헤어져 있던 형제들이 재회를 했다면 이때 나타나는 그들 형제의 반응이 우리에 못지 않으리라 생각한다. 이런 재회의 감정이 더욱 복바쳐 오르는 것은 그들이 생전에 언제 다시 만날 날이 있으리라고는 전혀 생각지도 못하다가 뜻밖에 만나게 되어 아주 극적인 장면이 연출되었기 때문이다. 한참을 지나서야 우리는 마음을 어느 정도 진정시키고 말을 꺼낼 수 있었다. 우습게도 한번 말을 꺼내게 되자 우리는 그 다음 8시간을 쉬지 않고 말을 이어 나갔다.

2003년 2월의 그날, 우리가 헤어진 지 어언 15년이 되던 그날은 서로 그렇게까지 그리워하며 키워가리라고는 예상치 못했던 우리 둘만의 우정을 상

징하는 날이었다. 우리 둘이 다시 만나지 못했다면 엄두도 못 냈을 한국체험
의 기회가 그날의 재회를 시작으로 나에게 물밀듯이 찾아오기 시작했다. 이
번 근무기간 중 석문이네 가족들의 초청으로 다섯번이나 그의 집에 놀러 갔
었다. 아예 석문이네 집안식구처럼 그의 부모님 댁, 그의 형제, 그리고 그의
친구들 집에까지도 초대받아 오고갔다.

전주에 자주 가게 되니 한국에서 전주하면 누구든지 알아주는 그 지방 특
유의 명물을 남달리 여러 번 체험할 수 있었고, 이것은 나에게 큰 행운이었
다. 그 중에서도 으뜸가는 것은 돌솥비빔밥인데, 돌로 만든 그릇을 뜨겁게
달구어 쌀밥에 야채를 섞어 비벼 먹는 음식으로 어찌나 맛있는지 요즘엔 기
회만 있으면 이걸 먹는다.

전주에서 이름난 사적지를 여러 군데 다녀봤는데 모두 전통 고건축술을
복원시켜 새로 공사를 해 조성되었고, 가는 곳마다 전통 공예품들을 파는 기
념품 가게들이 즐비하였다. 덕진공원에는 한국에서 제일 큰 연꽃식물원이
있어, 이곳에서는 해가 중천에 뜬 대낮에도 평화로운 정적을 맛볼 수 있다.

우리는 하루 시간을 내어 차를 몰고 대나무 숲이 울창한 담양죽림을 찾기
도 했다. 어느날 또 석문이가 나를 데리고 서울에 가더니 그곳 무역전시관의
고층건물에 있는 지하수족관까지 구경시켜주었다. 어딜 가든지 석문이와 함
께 지낼 수 있다는 그 자체만으로도 뜻 있고 보람 있는 일이었다.

언젠가 석문이네 가족과 그의 고교동창 여덟 명에, 그 가족들까지 어울려
위도에 놀러 가 이틀을 보낸 적이 있었다. 위도는 조그만 섬인데 서해안까지
육로로 차를 타고 간 다음, 차를 타고 온 육로 거리의 2/3 정도를 다시 배를
타고 바다를 건너야만 되는 곳이다. 섬의 몇 안 되는 마을은 모두 어업에 종
사하고 있어 섬 안의 꼬불꼬불한 시골길에는 온통 햇빛에 말리려고 내다 놓
은 어망이 깔려 있었다. 위도에 며칠 묶었던 그 짧은 여행에서 한국의 진솔
한 모습과 한국적인 기초적 삶의 양식을 가장 가깝게 체험할 수 있었다. 환
상적인 것이라곤 아무 것도 없었고 일체의 가식도 없었다. 그냥 여덟 가족이
한데 어울려 지나간 옛 추억을 나누고 함께 즐거운 시간을 보내는 것이었다.

그 동안 날 것은 죽어도 안 먹겠다고 발버둥치며 피해왔는데 그때 생전 처음 생선회를 먹어봤다. 100년 묵었다는 포도주를 맛보고 소주를 마시며 아주 느긋하게 즐겼다.

처음엔 내가 알지도 못하는 그 많은 사람들과 시골 촌구석에서 이틀하고도 반나절을 어떻게 함께 보낼 수 있을지 걱정이 태산 같았는데, 모든 사람들이 금방 날 스스럼없이 받아주어 내 맘이 아주 편안해졌다. 모두가 날 편하게 대해주니 주변에서 벌어지는 모든 일을 기쁜 마음으로 즐길 수 있었다.

석문이네 가족들과 많은 시간을 함께 보낸다고 해서 근래에 새로 사귄 다른 친구들을 소홀히 할 수는 없었다. 백재선 병장은 최근에 알게 된 친구 가운데 가장 솔직한 사람 중 한 명이다. 나이는 어린 편이지만 그는 아는 게 많고 세상물정을 옳게 바라볼 줄 알았다. 카투사 병사들에게 흔치 않은 일이지만 그는 마음을 열고 솔직하게 얘기한다. 재선이는 한국사람들의 삶 가운데 정신적인 측면에 관하여 내 스스로 알려고 애썼던 것보다 더 많은 것을 가르쳐 주었다. 그는 마이산(馬耳山)을 내게 보여주었고 내가 한국사람에 대하여 알고 있는 지식 가운데 미흡한 점을 많이 보완해 주었다.

내가 한국에서 체험할 수 있었던 모든 것들은 결국 주한 미군들 누구에게나 가능한 일이라고 본다. 이상한 것은 정말 극소수의 병사들만이 그 기회를 살려 활용할 뿐이라는 것이다. 주한미군 병사들 모두가 한국에 있는 동안 한국인들과의 우정을 쌓고, 귀국 후에도 계속 그 우정을 돈독히 발전시켜 달라고 권하고 싶다. 나는 한 친구와의 우정을 새로 시작할 기회를 잡았고, 그 우정은 계속 돈독해져 더욱 만족스러운 관계로까지 발전하였다. 내가 석문이와 그의 부인, 아이들, 그의 친구들, 그리고 그의 부모님들과 함께 시간을 보내며 사귈 수 있었던 것은 말로 다 형언할 수 없는 특별한 은혜였다. 한국에 대한 나의 추억은 앞으로도 항상 밝고 즐거운 회상이 될 것임을 믿어 의심치 않는다. 🔲

Our Friends In War and Peace

PV2 Msriaester Basulto
HHT, 6th Cav BDE

Life has been full everywhere, and when I look back its no wonder.

Since I joined the military, my life went from the same day to day mundane routine to a high speed adventure. I joined the United States Army as an 18 year old Private. What some higher ups may call an 'E-nothing.' The military has opened my eyes and more importantly my mind. At only 19 years of age I have had the opportunity to visit places I never imagined. I left Los Angeles, California as a civilian and from there the Army made me into a soldier and am now serving my country. My present mission is in South Korea, the land of the morning calm.

From the time I departed LAX it has been a journey I will never forget. In other words, it seems my life has not stopped being interesting. The 14 hour flight was awesome. Flying over foreign countries like Japan, seas, and various terrains was a great experience. In high school we would read about the Mediterranean Sea and the Red Sea but I never thought I would actually have the opportunity to see these beautiful places.

Upon my arrival in Korea I was a little apprehensive not only because it was my first time away frcm home but in a foreign country, as well. Luckily, Korean people were extremely helpful. Clearing customs and immigration is the first step upon entry to Korea. From there I reported to USO and was greeted by A ROK soldier, which informed me that my next destination would be 1st Replacement Company located on South Post in Yongsan, Seoul. Right off the bat, I noticed this Korean soldier spoke English as if he was one of my peers. We joked around for a minute until I asked him what a ROK soldier was. He replied by stating that in Korea men are forced by law to serve their country by serving two years in the military. I was astonished at the fact they did not have a choice. At this point, I didn't know what to expect since I had become accustomed to a certain way of life.

It was around 22:00 when we arrived Incheon. It is impossible to put in words how I felt that night. The combination of beautiful florescent lights flashing Korean phrases, the congested roads, and the smell of the air made the whole city come to life there simply isn't enough room. That night as I walked through the strip I noticed that Korean people weren't that much different from us. Korean teenagers wear Western style clothes. In fact, buying clothes is one of the principal evening past times for teenagers and soldiers alike. That is, when they're not studying or completing other military related tasks. As a result, in almost any town, there will be numerous people dedicated to clothing shops and shopping. Shopping malls and department stores are also popular. I was shocked by the variety of name brand clothes and appliances Korea has. For some reason I thought their clothes would be boring and old fashioned but I was wrong. Most teens wear comfortable, slightly loose fitting clothes including skirts, shirts, and slacks. In addition, the majority of people wear black slip on shoes or sandals. Baseball caps, even some worn backwards, are common. Shorts, earrings (even on boys), and sunglasses are popular. I went through a complete culture shock. I was under the impression that people in Korea were limited to child bearing and basically deprived the right to express themselves.

In spite of the intense studying and military responsibilities as a U.S soldier in Korea I do find time to have fun. Often a group of friends and I meet at clubs, the PX for lunch, or the CAC, if we feel like a quick swim, or just want to play pool. One of my favorite past times is the Camp Humphreys theater. I like to catch the 1930 show right after the gym every night to relax and clear my head. Usually these gatherings occur on base on afternoon. Although after a rigorous day my favorite hobby has become sleeping, although listening to music, swimming, soccer, baseball, tennis, and billiards are great past times as well. As for the best places to meet, fast-food restaurants, libraries, karaoke parlors seem to do the job for my friends and me.

I have been in Korea for approximately two months now. In my short time I have been to Lotte World, the Seoul Tower, and more importantly met with two Puerto Rican retired soldiers who taught me a lot about Korea during Hispanic Heritage month at Camp Humphreys. Retired Lieutenant Colonel Angel Escribano and Retired Sergeant German Bravo taught me a lot about Korea and its 5,000 year history. These two men gave a whole new insight on Hispanics fighting along the whole Korean frontline. These men lived through a horrible time when Korea and its people were stripped and destroyed. These retired soldier's stories and their adventures on Korea back then during the Korean War to know makes me proud to be here in Korea serving my country. In other words, if you compared between Korea back then and present life in Korea, things are better in every aspect. The economy is rising; technology is increasing day to day. The teenagers of South Korea in the early 21st century may be the happiest and most prosperous in Korean history. As one of the most isolated peoples on earth. "They are perhaps the first generation ever to demonstrate pride for their roots and comfortably coexist with people traditionally known as their invaders and enemies," said Retired Colonel Angel Escribano of the 65th Infantry Regiment.

Nevertheless, Koreans sing rock music and dance at department stores. They love their food and culture, but also eat hamburgers and pizza and welcome western beliefs. They live in constricted space, but have learned to deal with responsibility and live with a large number of people. Korea isn't a strange place; it is just a new one. After all, what I had always wanted was to see new places. I am learning a lot of new things about Korean language, people, culture, beliefs, and more importantly myself. I will conclude my essay with a quote from Paulo Coelho, "I realized: if I can learn to understand this language without words, I can learn to understand the world,"

I graduated from pioneer High School in 2002 and joined the United states Army as a private. I came into the military hoping for a change of life and a fun adventure. My expectations have been fulfilled since day one. I've bee in for almost eight months and every day has been different and exciting. Being assigned to Korea as my first duty station has been a blessing because it is truly one of the world's best-kept secrets.

 우리는 좋은 이웃

전시나 평시나 우리는 친구

마리아에스터 바술토 이등병
제6포병여단

어디를 가나 내 삶은 활기에 가득 차 있었다. 돌이켜보면 이상할 것도 없다.

내 생활은 평범하고 틀에 박힌 듯한 똑같은 나날이었는데 군에 입대하자 매우 빠른 속도로 진기한 경험이 연속되고 있다. 18살짜리 이등병으로 나는 군문에 들어섰다. 군대에서 높은 사람들이 속칭 "E빵"이라고 부르는 계급이다. 군대는 나를 세상 물정에 눈을 뜨게 하고, 더욱 중요한 것은 내 마음을 열어 주었다. 불과 열아홉의 나이에 상상도 못했던 곳들을 방문할 수 있는 기회가 왔다. 캘리포니아주 로스앤젤레스에서 민간인 신분으로 떠난 나를 미 육군은 한 사람의 군인으로 변화시켰고, 이제는 조국을 위해 봉사하는 전사가 되었다.

현재 나의 근무지는 조용한 아침의 나라 대한민국이다. LA국제공항을 떠나는 시간부터 잊을 수 없는 신기한 여행의 연속이었다. 내 삶의 즐거움은 멈추지 않고 있다. 14시간의 비행은 그야말로 최고로 멋진 여행이었다. 일본을 비롯해 여러 외국의 영공을 통과하고 끝없는 바다와 다양한 지세 위로 높이 나는 비행기야말로 신나는 구경거리였다. 고교시절 지중해, 홍해 등에 대하여 책에서 읽고 배웠지만 실제로 이처럼 아름다운 것을 구경하니 꿈만 같고, 이런 기회가 내게 오리라고는 예전에 미처 몰랐던 일이다.

한국에 도착하면서 조금 걱정스러운 마음은 집을 떠나 멀리 나온 것이 처음인데다가 그것도 외국 땅이니 더욱 불안하였다. 다행히도 한국사람들이 도움을 아주 많이 주었다. 입국절차의 첫 관문인 세관검사대와 출입국사무소인데 무사히 통과되었다. 거기에서 USO로 도착신고를 하니 어느 한국 병사가 나를 맞이하면서, 내가 다음에 가야 할 목적지는 서울 용산의 싸우스 포스트에 위치한 제1보충중대라고 알려주었다. 그 자리에서 나는 이 한국병사가 마치 내 친구처럼 영어를 잘 한다는 것을 알았다. 우리는 잠시 농담을 주고받다가 내가 불쑥 한국군 사병이 된다면 어떻겠느냐고 물었다. 그는 대답하기를 한국의 남성은 국가에서 제정한 병역법에 따라 누구나 의무적으로 군에서 2년간 복무를 해야 된다고 말했다. 개인 자신의 선택에 의해서 군대에 가는 것이 아니라는 사실에 깜짝 놀랐다. 나는 이미 어떤 틀에 잡힌 생활방식에 익숙해 있어서 이런 때 어떻게 해야 할지 몰랐다.

우리가 인천에 도착했을 때는 밤 10시쯤이었다. 그날 밤 느낌은 무어라 말로 표현할 수 없었다. 한글로 쓴 글씨가 번쩍번쩍 비치는 형광색의 네온불빛이 아름답게 조화를 이루었고, 붐비는 거리, 산들거리는 바람냄새 등이 뒤섞여 온 인천 시내를 빈틈이라고는 전혀 없는 생동감으로 넘쳐 흐르게 했다.

그날 밤 내가 다녀본 곳의 인상으로는 한국사람들도 우리와 크게 다를 것이 없다는 것을 느꼈다. 한국의 10대들도 서양풍의 옷을 입고 있었다. 실제로 10대의 청소년들이나 군인들이나 똑같이 옷을 사러 다니는 것이 저녁 소일거리 중 꽤 큰 비중을 차지하였다. 낮에 공부를 마친 10대들이나 군 업무를 마친 군인들에게 해당되는 말이다.

그렇기 때문에 어느 도심을 가던 수많은 사람들이 옷 가게로 몰리고 쇼핑을 한다. 보행자 전용상가나 백화점도 사람들로 붐빈다. 한국에서 생산되는 이름있는 상표의 의류나 가전제품이 그처럼 많고 다양한 데 놀라지 않을 수 없었다. 왠지 모르게 한국의 옷들은 구형이라서 금방 싫증이 날 것이라고 지레짐작했는데, 그건 완전한 나의 오산이었다. 10대들은 대부분이 스커트, 셔츠, 바지 등을 비롯해서 약간 헐렁한 옷을 편안하게 입고 다녔다. 게다가 많은 사람들이 신발이나 샌들에 검은 대님을 착용하고 다녔다. 야구모자를 쓰고 다니는 사람도 흔하고, 어떤 친구들은 모자를 옆으로 돌려쓰기도 했다. 반바지, 귀걸이(사내 아이들도)와 선글라스도 인기가 높았다. 나는 완전히 문화적인 충격을 겪었다. 한국에서는 사람들이 아이들을 키우는 데만 매달리고 자기 생각이나 의견을 맘 놓고 표현할 권리도 빼앗기고 살고 있다는 인상을 받았다.

주한미군의 한 사람으로 열심히 공부하고 군 임무를 다하면서도 재미있게 즐길 수 있는 시간도 있다. 어떤 때는 수영을 즐기러 가기도 하고, 당구를 치고 싶으면 가끔 친구들과 클럽에 가고, 피엑스에 점심도 먹으러 가고 휴게실에도 자주 간다. 평택에 있는 나의 부대인 캠프 험프리에서 내가 가장 좋아하는 취미 중의 하나는 극장에 가는 것이다. 매일 저녁 운동을 마치면 곧바로 7시 반부터 상영되는 영화를 보러 가고 극장에 앉아서 긴장을 풀고 머리를 식힌다. 통상 이런 모임은 오후에 영내에서 갖는다. 고된 하루를 끝내고 나면 음악감상, 수영, 축구, 야구, 테니스, 당구 등을 즐길 수 있고 잠을 청하는 것도 좋아하는 취미가 된다. 친구들과 어울리는 데는 간이음식점, 도서관, 노래방 등이 안성맞춤이다.

한국에 온 지 이제 두 달쯤 되어 간다. 짧은 시간이었지만 롯데월드, 서울타워 같은 곳에도 가보았고, 그 사이에 가장 중요한 일은 푸에르토리코 출신 퇴역군인 두 사람을 알게 되었고, 이들이 캠프 험프리 내에서 열린 스페인계 후손들의 친목모임에서 나에게 한국에 관한 많은 것을 가르쳐준 것이다. 퇴역 중령 앙헬 에스크리바노와 퇴역 병장 헤르만 브라보 두 사람이 바로 그들인데 나에게 한국의 5000년 역사에 관해 많은 것을 가르쳐주었다. 이들 두 사람은 또 한국전쟁 때 한반도 전 전선에서 라틴아메리카 사람들이 참전하였다는 사실을 새로이 알게 해 주었다. 이 두 사람은 대한민국과 그 국민들이 헐벗고 파괴당했던 끔찍한 그 시절을 함께 겪은 사람들이다. 이들 퇴역 군인들의 한국전쟁 당시 모험담을 듣고 나니 내가 한국에 와서 조국을 위해 봉사하고 있다는 것이 아주 자랑스러워졌다. 새삼스러운 말은 아니지만, 한국전 당시의 한국과 지금의 한국의 생활수준을 비교하면 모든 면에서 월등히 나아졌다는 것을 알 수 있다. 경제는 계속 성장하고 있으며 기술력도 나날이 발전하고 있다. 21세기에 남한의 10대들은 대한민국의 역사상 전례 없는 가장 행복하고 번영하는 세대가 될 수도 있다.

과거 제65보병연대 소속이었던 퇴역 중령 앙헬 에스크리바노는 다음과 같이 말하고 있다. "그들은 아마도 역사상 최초로 자신들의 조상에 대하여 무한한 자긍심을 과시하며, 과거 그들의 침략자이자 적이었던 사람들과도 평화롭게 공존할 수 있는 세대가 될 것이다.".

백화점에서 만나는 어떤 한국인들은 록 음악을 부르며 춤을 추기도 한다. 그들은 한국의 고유음식과 전통문화를 사랑한다. 그러면서도 한편으로는 햄버거와 피자를 먹고 서양문물을 기꺼이 받아들인다. 그들은 비좁은 땅에서 살지만 의무를 이행할 줄 알고, 수많은 이웃과 더불어 사는 방법을 터득하고 있다. 한국은 전혀 이상한 나라가 아니고 다만 나에게 처음 다가온 새로운 나라일 뿐이다.

이제 와서 생각하니 내가 언제나 원했던 것은 새로운 곳을 가보는 것이었다. 한국의 언어, 문화, 사상을 배우고, 그리고 더 중요한 것은 나 자신에 대하여 새로운 것을 많이 배우고 있다는 것이다. 파울로 코엘로가 한 말을 인용하면서 내 글을 끝내고자 한다. "나는 깨달았다. 한마디 말을 안하고도 이 나라 언어를 배울 수 있다면 나는 이 세상 모두를 이해할 수 있을 것이라는 것을." End

> 2002년 파이오니어 고교 졸업 직후 입대. 생활의 변화와 즐거운 모허을 기대하고 입대. 첫 근무지가 한국으로 그 기대를 충족시켰고 한국 근무는 축복이었음.

My Life as a Korean American Soldier in a Foreign Country

SSG Robert Kim Purvis
HHC, 1st BDE, 2ID

I am a Korean American, most of all a career Soldier in the United States Army.

I am very proud of my uniform and serving in a foreign country. This foreign country happens to be my birthplace, a birthplace I thought I would never see again or even thought much about when I was young.

On January 1996, I was fortunate in receiving a chance and was assigned to Korea. I was very excited to come to Korea. I didn't know what to expect and I was on my way to a country I haven't been to in 21 years. I felt more excited than scared and I think considered it more comparable to a new adventure. When I was coming to America, I was too young to be scared of going to a new place and meeting my new family.

Arriving to Korea in 1996, I saw snow. I was excited, as I love snow. I saw lot of smog in the air as I was landing and my first experience when I got off the plane was a burning sensation in my eyes. As it was getting late, I finally got on the bus and we were on our way. My first experience on the bus was a wild ride. To U. S. standards, the driver must have broken a dozen or more road regulations. The trip was a sight to see, lots of neon lights, and buildings varying from old to mostly modern. I noticed the land in Korea was scarce and there were many modern tall apartment buildings, built close together. We were entering Warrior Country, Camp Casey and I was getting excited to get off the bus and see the post. My first haircut in Korea was something new. I enjoyed the massage and neck crack.

When I got to 2nd Engineer Bn, the post was small and unique compared to the units in the States. I saw the first group of KATUSA's in the unit and they were looking at me like I was somehow different to them. Later as I became friends with the KATUSA's in the unit they welcomed me into their group. They have accepted me and acknowledged me as one of their own. We spent time in the day room with newspapers spread out on the dayroom floor. The KATUSA's often got together sharing dried squid, rice wine, and beer. Later, they told me that they thought I was the new senior ROK NCO. I was 25 years old then, older than all the KATUSA's.

While I was in Korea the first time, I really didn't learn much of the language, but there were some words I never forgot. I love Korean food and the spiciness. One day when I went down to the second market, I smelled something I remembered from my childhood. I sniffed it out and found it. It was the little seashell they boiled and you suck the meat out of the shell. Back in the old days, they shaped the newspaper in a cone shape and put the shell in it, now they have cups. Back then we had to get the meat out with a pin. The other thing was the larva of a bug they cooked. I remember most of the food by taste and smell. There are times when I eat Korean food that I remember the taste and it really excites me.

I had the unique experience with one of the KATUSA's. His name is Lee, Joon Hee and he is one of the KATUSA solders in the squad. He invited me to his family's home for Chusuk, Korea's number one holiday. I spent the week with his family and prepared for the special day. Lee and I took a bag of rice to the market where they made dough from the rice. I learned how to make the traditional dduk a Korean desert. Chusuk is a day of mourning and honoring their past ancestors. They spend the day honoring and praying and displaying bountiful display of food. Since the burial site was too far away, we honored their ancestors at their home with the ceremony and had a place set on the table for their ancestors.

We talked about things I used to do when I was living in the orphanage. Games I used to play like ddockchee, paper folded in a square and slaps it on top of your opponent's ddockchee if you flip it you get to keep it, and Paengie, Korean top that you spin with a rope. These are some of the old Korean traditional games. Kids no longer play these games these days. Chusuk was one of my best experiences while I was in Korea. I learned a lot that week.

One of my greatest adventures I experienced while in Korea was finding the orphanage where I had lived. It was Easter Sunday and I was in Yongsan for a month working at the battle simulation center. We had the Sunday off so I decided to take the subway to Inchon to find the orphanage by myself. Being on the subway was an adventure of its own. I just listened to the English voice on the speakers and somehow found my way to Inchon station where I got off, looked around, and got on the blue bus like the blue buses in Dongduchon. I went as far as the bus could take me. Even though I couldn't understand what the bus driver was saying, I got the hint that it was the end of the bus route. I was the last passenger to get off. I walked around for about 5 minutes thinking I may recognize the area a bit. I had no clue and was lost. I didn't recognize anything. Within about 5 to 10 minutes of wandering I saw a man who looked like an American. I stopped to talk to the man; he was a Russian University student living in Korea. He spoke enough English for us to understand each other. He had a little Korean boy with him and he spoke very good English, better than the Russian student did. I asked the Korean boy if there was an orphanage near by and he said there was one right around the corner.

The two of them escorted me to the orphanage and there it was 'STAR OF THE SEA' the name of the orphanage written on the gate. Eureka! I found it. I was so surprised. The two were nice enough to come in with me translate for me. I looked around to see if I could recognize any part of what I knew when I was a young boy. I did not recognize anything. We went in and talked with the catholic nuns who were in charge of the orphanage. I remember it was the nuns who took care of me when I was here 25 years ago. We talked about everything I remembered when I was there. I remembered that the orphanage was much larger, maybe 20 to 30 acres of land, with apple orchards, cornfields, a large hospital, and a large gate with a statue of the Virgin Mary in a cave at the entrance of a large driveway. The nun said that all of that was there, but the Government bought off most of the land. Now the orphanage was on land no larger than half acre surrounded by tall buildings. The part that made my day was when one of the nuns came in with a pile of scrapbooks pictures of kids who were adopted and their American parents sent a picture back to the orphanage to see how well their kids were doing. It must have been the second scrapbook I picked up and it said 1975 and looked though several pages and there it was a photo of me and my American brother along with my Korean adopted sister with my other American sister. It was the picture my family had hung up in the family room. My parents never told me that they sent the picture to the orphanage.

It was a complete surprise. The nuns smiled and so happy that I returned. That really made my day and was the proof I was looking for. I found the right orphanage. On my way back home, the nuns gave me an Easter basket with candy. They gave me directions back to the subway that would take me back to Yongsan. Before I went back I was hungry, I stopped at a restaurant. No one spoke any English so I had hard time ordering or even knowing what kind of restaurant it was. While I was standing there lost again, I heard a voice and a gentleman said, 'what do you want in perfect English'. He was eating lunch inside. I asked what kind of food they serve here. He told me it was a chicken restaurant. So we started talking and he said he was from San Francisco and went to the university there. I was so surprised, a man from back home. I told him I was from Novato, in Marin County and he knew exactly where it was. That Easter Sunday was one of the greatest days in my life as everything went great for me. I'm thinking if that day was meant for me. I was lost, but someone led me to the right path. Thank you, God.

I thought I would never come back to Korea again, but I have returned for my second tour to Korea. I have regretted that I didn't get to do all the things I wanted to do when I was here on my first tour. I promised myself that I wouldn't leave Korea until I accomplish everything I wanted to do on my first tour. To be able to do all the things I wanted to do, I had to extend another year in Korea and I plan to extend again as long as I can until I have accomplished my goals. This year I have been more involved in unit and community activities. I am now our company's USO tours and moral NOCIC and the donation and fundraiser for the orphanage our unit sponsors. I have put together a company DMZ tour and donated all the clothes and shoes I have outgrown and asked the unit for their clothes that they have no use for or outgrown.

My second time around I have a KATUSA who is from Inchon. He invited me for the weekend to visit with his family. We went back to the orphanage again but this time it was little disappointing. None of the nuns that I new in 1996 was there and they could not find the photo album with my picture in it and I found out that the orphanage now is not where it was when I was an orphan. They looked through all the names of the orphans who were adopted since the late sixties and they could not locate my name. That day was a disappointing day.

On my second tour to Korea, I saw a lot of changes, from cell phones to new barracks, and the big change to Camp Castle. I was happy to see the same storeowners and they were happy to see me. I used to buy my suites and leather jackets from them. Mr. Kim, who made my suites, still had my measurements from 1996. I still buy my suite and leather jacket from the same storeowners.

My biggest adventure and goal now is to learn the Korean language, to find my real parents and perhaps find a future Korean wife.

Born : 1971 is my given year by my American parents: They didn't know how old I was ehen I arrived at the orphange.
Birthplace : Inchon, Seoul Korea
I was adopted at the age of 4 and raised in Novate, Califonia, 30 minutes North of San Francisco. I graduated High School in 1989 and joined the Army at age 18 on January 1990.

한국계 미군이 겪은 한국생활체험

로버트 김 퍼비스 상사
한국 캠프 캐슬 (미 제2사단 제2여단)

나는 한국계 미국인이고 미 육군에 복무중인 직업군인이다.

나는 미 육군의 제복을 입고 외국에서 근무하고 있는 것을 크나큰 자랑으로 여기고 있다. 공교롭게도 내가 근무하고 있는 외국이 바로 내가 태어난 출생지이고, 언젠가는 그 출생지를 내가 다시 보리라고는 생각지도 못했거니와 어렸을 때는 별로 생각조차 해보지 않았다.

1996년 1월 나에게도 기회가 와서 한국으로 배치를 받은 것은 다행스러운 일이었다. 한국에 간다는 사실은 나를 들뜨게 만들었다. 무슨 일이 어떻게 될지 전혀 알지 못한 채 21년 동안 한번도 가본 적이 없는 나라로 나는 발길을 향했다. 나는 겁을 먹었다기보다는 몹시 흥분되었고 무슨 신기한 모험이라도 떠나는 듯했다. 내가 처음 미국에 올 때는 너무 어린 나이라서 낯설은 곳을 찾아가 새 가족을 만나야 된다는 것에 대한 두려움도 없었다.

1996년 한국에 도착하자마자 나는 하얀 눈을 보았다. 눈을 무척 좋아하기 때문에 나는 신이 났다. 공항에 착륙할 때 살펴보니 공중에는 스모그가 짙게 깔려있었고, 비행기에서 내리니 두 눈이 타는 듯 했다. 날이 저물어 곧장 버스로 목적지를 향해 달렸다. 버스가 난폭운행을 하는 것도 생전 처음 겪는 일이었다. 미국의 기준으로 따진다면 그 버스 운전자는 도로운전법규를 분명 열두 번도 더 위반했다. 그래도 버스로 가는 길은 요란한 네온불빛, 낡고 오래된 집에서 초현대식의 다양한 건물과 빌딩에 이르기까지 볼 만한 풍경이었다. 눈여겨보니 한국은 땅이 비좁아서 수없이 많은 현대식 고층아파트를 단지별로 빽빽하게 지어 놓았다.

우리는 동두천 미2사단 사령부에 도착, 버스에서 내려 신기한 눈으로 영내를 돌아보았다. 한국에 도착해서 첫 이발을 했는데 이 또한 신기했다. 목뼈에서 우두둑 소리가 나도록 안마를 해주는데 기분이 참 좋았다. 사령부에서 제2공병대대로 재배치되어 찾아가보니 부대 주둔지는 미국에 있는 부대에 비해서 작지만 그래도 특이한 데가 있었다. 여기서 나는 처음 카투사 병사들을 만났는데 내가 아무래도 그들과 달라 보였는지 날 물끄러미 바라보고 있었다. 나중에 부대 카투사들과 친하게 되니 그들도 나를 자기네들 모임에 기꺼이 넣어주었다. 그들은 나를 친구로 받아주고 자기네들과 똑같은 동료의 한 사람으로 인정해 주었다. 우리는 휴게실에서 바닥에 신문을 펼쳐놓고 이것저것 읽어보면서 함께 시간을 보내기도 했다. 카투사 병사들은 자주 모여 마른 오징어를 안주 삼아 쌀로 빚은 술과 맥주 등을 나누어 마시곤 했다. 나중에 그들이 나에게 들려준 애기로는 날 처음 봤을 때 그들은 내가 새로 부임해 온 한국군 선임하사관으로 착각했었다는 것이다. 나는 그때 25살로 카투사 병사들보다 나이가 좀 많았다. 내가 처음 한국에 와서는 한국어를 거의 배우지 못했지만 그래도 몇 마디 내가 잊지 못하는 말들은 있다. 나는 특히 한국 음식의 매운 맛을 즐기는데 하루는 근처 동네의 시장에 가보았더니 무언가 어렸을 적에 냄새를 자주 맡아서인지 머리 속에 어렴풋이 기억 나는 냄새가 나를 자극했다. 나는 코를 킁킁대다가 그 냄새를 찾아냈다. 그것은 작은 고동인데 이걸 물에 끓여 익힌 다음 껍질에서 살을 입으로 빨아 빼먹는 것이다. 그 옛날 어릴 적엔 신문지를 뾰족하게 말아 만든 봉투에 이 고동을 담아 팔았는데 지금은 컵에다 담아 팔고 있었다. 그때 그 옛날엔 핀으로 고동껍질에서 살을 빼먹곤 했다. 또 다른 한 가지는 한국사람들이 삶아먹는 곤충의 애벌레(번데기)였다. 맛을 보고 냄새를 맡아보면 내가 먹었던 옛날 음식이 생각났다. 한국 음식을 먹어보면 이렇게 옛날 맛이 되살아 나곤 하는 것이 기가 막히게 신기하고 재미있어 호기심을 일깨운다.

카투사 병사 한 명과 아주 각별한 사이로 친했던 경험도 있다. 그의 이름은 이준희인데 같은 분대 카투사들 중 한 사람이었다. 그는 한국의 최고 명절인 추석 때 나를 그의 집으로 초청했다. 한 주일을 그의 가족들과 함께 보내면서 추석명절을 준비했다. 준희와 나는 쌀 한 자루를 메고 시장에 가서 떡을 만들어 왔다. 그리고 한국에서 후식으로 잘 먹는 전통 떡 만드는 법을 배웠다. 추석은 돌아가신 조상을 기리고 섬기는 날이기도 하다. 한국사람들은 그날이 되면 차례상에 갖은 음식을 푸짐하게 차려놓고 선조들께 경의를 표하고 안녕을 기원한다. 묘소가 있는 곳이 너무 멀어 우리는 이준희 집에서 조상님들을 위한 음식을 차려놓고 차례를 지냈다. 나는 준희네 식구들과 내가 고아원에서 자랄 때 어떻게 지냈는지 얘기를 나누었다. 내가 즐기던 딱지치기는 네모나게 접은 종이딱지를 상대편의 딱지 위에 세게 내려쳐서 상대편의 딱지가 뒤집어지면 그걸 내가 따먹는 놀이였다. 또 팽이치기는 끈으로 팽이를 쳐서 땅 위에서 뱅뱅 돌려가며 즐기는 놀이였다. 두 가지는 각각 한국의 오래된 전통놀이 중 하나이다. 그런데 요즘 아이들은 이런 놀이를 더 이상 즐기지 않는 것 같다. 한국 근무 중에 겪어보았던 체험 중에 추석이야말로 가장 멋진 체험이었다. 준희네에서 보냈던 한 주간은 느끼고 배운 게 아주 많았다.

한국에 있는 동안 제일 큰 모험 중의 하나는 옛날 내가 자랐던 고아원을 찾는 일이었다. 용산기지에서 한 달간 모의전투 실험소에 파견근무를 나가 있던 중 부활절이 찾아왔다. 부활절 주말휴무를 이용해서 전철을 타고 인천에 가서 내가 있던 그 고아원을 직접 찾아보겠다고 큰 맘 먹고 나섰다. 전철을 타고 가는 것 그 자체도 훌륭한 모험이었다. 전철 안에서 흘러나오는 영어안내 방송에만 귀를 기울이면서 아무튼 인천역까지 도착, 역을 빠져나와 이리저리 두리번거리다가 내 근무지역 동두천에서 익히 보던 버스와 비슷한 파란색 버스에 올라탔다. 버스가 가는 끝까지 타고 갔다. 운전기사가 뭐라고 하는지 잘 알아들을 수 없었지만 버스종점에 다 왔다는 것은 알아차렸다. 그러고 보니 내가 버스에서 내리는 제일 마지막 손님이었다. 한 5분쯤 근처를 왔다갔다 돌아보니 처음엔 어딘가 좀 낯익은 동네처럼 보인다는 생각이 들었다. 하지만 실마리가 잡히지 않아 결국 길을 잃고 말았다. 어디가 어딘지 전혀 알 수 없었다. 이후 다시 5분에서 10분쯤 방황을 하다가 미국인처럼 보이는 한 사람이 눈에 띄었다. 그 사람을 불러 세워 말을 걸었더니 그는 한국에 유학 중인 러시아 대학생이었다. 둘이 서로 알아들을 만큼은 그도 영어를 곧잘 했다. 그는 조그만 한국 아이와 함께 있었는데 그 한국 아이가 러시아 학생보다 영어를 훨씬 더 잘했다. 그 한국 아이에게 근처에 고아원이 있는지 물었더니 바로 모퉁이를 돌아가면 고아원이 한 곳 있다고 했다. 둘이서 날 데리고 고아원에 찾아가보니 바로 그곳 정문에 해성고아원이라고 고아원 이름이 적혀 있었다. 우와! 찾았다! 정말 놀라운 일이었다. 그 둘은 친절하게도 나와 함께 고아원에 들어가 통역까지 해주니 참으로 멋있는 친구들이었다. 나는 혹시 내가 어렸을 때 있었던 일들이 기억날까 해서 고아원을 이리저리 살펴보았다. 그러나 알아볼 수 있는 것은 아무 것도 없었다. 우리는 좀 더 안으로 들어가 고아원을 책임지고 있는 천주교 수녀님들에게 얘기를 했다. 25년 전 내가 있었을 때도 날 돌봐준 사람은 수녀님들이었던 기억이 났다. 수녀님들에게 내가 이 고아원에 있었을 당시의 모든 걸 기억 나는 대로 이야기해 주었다. 내 생각에는 고아원의 땅만 한 20~30 에이커 정도 되고 지금보다 훨씬 더 컸던 걸로 기억 나고, 사과밭, 옥수수밭, 큰 병원도 있었고, 넓은 차도 입구에는 움푹 들어간 동굴 같은 곳에 성모 마리아 상이 서 있어 정문이 아주 컸던 기억도 났다. 수녀님 이야기는 그 모든 것이 사실인데 훗날 정부가 땅을 대부분 팔았다고 한다. 지금은 고아원 땅이 반 에이커 정도밖에 안되고 주변에는 높은 고층 빌딩들이 둘러싸고 있었다.

그날 내게 제일 신났던 일은 한 수녀님이 사진첩을 한아름 안고 와서 펼치니, 거기엔 입양아들의 입양 당시 사진과 미국의 양부모들이 자기네들이 키우고 있는 입양아들이 얼마나 잘 자라고 있는지를 보여주기 위해 나중에 고아원에 보내준 사진들이 가득 차 있었다. 내가 두 번째 펼쳐 든 스크랩북에는 1975년이라고 적혀있었고, 몇 장을 넘겨가며 훑어보다가 내 사진을 발견했다. 사진에는 내가 내 미국의 형과 한국에서 입양된 내 누이, 그리고 또 다른 미국 누나가 나란히 있는 모습이었다. 그것은 우리집 안방에 항상 걸려있는 가족사진이었다. 내 미국 부모들은 그 사진을 이 고아원에까지 보냈다는 얘기를 내게 한번도 한 적이 없었다. 이것은 전혀 뜻밖의 놀라운 일이었다.

수녀님들은 얼굴에 웃음을 가득 담고 내가 고아원을 찾아 준 것을 모두 기뻐했다. 오늘은 모든 것이 나에겐 신나는 날이었고 내가 그 동안 찾아 헤맨 내 신분의 증거를 발견해 낸 날이다. 내가 있었던 고아원을 제대로 찾은 것이다. 부대로 돌아가려니 수녀님들은 나에게 부활절 바구니에 사탕을 담아 주었다. 용산까지 되돌아가려면 전철을 어떻게 타고 가야 하는지도 가르쳐 주었다. 부대에 되돌아 오면서 배가 고파서 어느 식당에 들렀다. 무슨 음식을 하는 식당인지도 모르고 들어섰고 영어를 하는 사람도 없어 주문을 못하고 쩔쩔매며 어찌할 바를 모르고 서있는데 어떤 신사의 목소리가 들려왔다. "무얼 드시겠습니까?" 완전한 영어였다. 그는 안쪽에서 한창 점심식사를 들고 있는 중이었다. 나는 무슨 음식을 하느냐고 물었다. 그는 닭고기 음식을 전문으로 하는 식당이라고 했다. 이렇게 그 사람과 나는 이야기를 시작하게 되었고, 그는 샌프란시스코에서 공부를 하고 온 사람이라고 했다. 이런 곳에서 내 고향을 다녀온 사람을 만나다니 놀랍기만 하다. 나는 마틴 카운티의 노바토시에서 왔다고 했더니 그는 내가 말한 우리 고장도 정확히 알고 있었다. 그날 부활절 주일은 모든 것이 나에게 멋지게 돌아갔고 내 생에 최고로 신나는 하루가 되었다. 그날은 나를 위한 날이 아니었는가 싶다. 내가 갈 길을 잃고 어찌할 바를 모를 때면 꼭 누군가가 나를 올바른 길로 인도했다. 하나님, 감사합니다.

그 후 나는 한국에 다시는 오지 못 할거라고 생각했다. 그런데 다시 한국 발령을 받고 두 번째 근무를 위해 돌아왔다. 첫번째 한국근무 때는 내가 꼭 하고 싶었던 것을 다하지 못해 아쉬움이 컸었다. 그래서 이번에는 첫번째 근무 때 못한 것들을 하나라도 또 못하게 된다면 한국을 떠나지 않겠다고 내 스스로 다짐했다. 원하는 걸 다 하려니 할 수 없이 한국근무를 1년 더 연장을

WE ARE GOOD NEIGHBORS **261** ESSAY

했고, 나의 목표가 달성될 때까지 앞으로도 내 임기를 필요한 만큼 더 연장할 계획이다. 금년에는 부대 일을 더 충실히 하였고 부대활동에도 더 열심히 참여하였다. 현재 나는 우리 중대 내에서 USO가 주관하는 각종 관광 및 견학업무를 담당하고 있고, 부대사기진작도 맡고 있으며, 우리 부대가 후원하는 고아원을 위하여 기부금과 모금업무도 관장하고 있다.

나는 한 중대 병력의 비무장지대 견학 계획도 모두 작성했었고, 내가 너무 커서 못 입게 된 옷과 신발을 불우이웃에게 기증한 적도 있고, 부대원들에게 쓰지 못 하거나 작아서 안 입는 옷들을 달라고 요청해 기증하기도 했다.

이번에는 인천 출신 카투사 병사 한 명을 알게 되었다. 그가 한번은 주말에 자기 집에 가자고 초청했다. 둘이서 내가 있었던 그 고아원을 다시 찾았으나 이번에는 약간 실망스러웠다. 1996년에 만났던 수녀님들은 한 분도 없었고, 내가 없었던 사이에 새로 온 수녀님들은 사진첩에 내 사진이 없다고 찾지도 못하고, 고아원도 자리를 옮겨 내가 고아로 있었을 때의 그 장소에 있지도 않았다. 그들은 60년대 이후 지금까지 입양되어 간 고아명단을 모두 뒤져보았으나 끝내 내 이름을 찾지 못했다. 그날은 실망스러운 날이었다.

두 번째 한국 근무를 나와보니 많은 것이 바뀌어 있었다. 이동전화기를 비롯해서 새로운 막사 등 캠프 캐슬 영내에도 큰 변화가 눈에 띄었다. 그래도 주변 가게 주인들은 그대로 같은 사람들이어서 날 보더니 반가워했다. 예전에 그 사람들한테서 내가 사복 정장이나 가죽잠바 같은 것을 자주 사 입었기 때문에 잘 아는 사이였다. 특히 내 옷을 도맡아 만들어주던 김씨 아저씨는 아직도 1996년에 잰 나의 옷 치수를 그대로 간직하고 있었다. 그래서 나도 여전히 그 가게에서 사복 정장이나 가죽옷을 계속 사 입고 있다.

이제 나의 가장 큰 모험과 목표는 한국어 배우기, 나의 친부모 찾기, 그리고 미래의 내 한국 신부감을 찾는 일이다.

대한민국 인천에서 출생하여 4살때 미국으로 입양 / 샌프란시스코 북방 30분 거리의 캘리포니아주 노바트에서 성장 / 1989년 고등학교 졸업 / 1990년 18세의 나이로 미 육군 입대

Manjokhamnida
(Contentment · Satisfaction)

MAJ Charles N. Fluekiger
HHC, 8th MP BDE

It is with mixed emotions as I write this essay toward the end of my service in South Korea and the United States Army. I have felt the scale of emotions from disappointment, frustration, and sadness to belonging, excitement, happiness and pride while serving almost five years (during three separate assignments) in the Republic of Korea. Regardless of the myriad of emotions felt at any given time, I can sum up my experiences in South Korea in the Hangul word · phrase- Monjokhomnida or Contentment · Satisfaction.

This past Sunday I helped my brother-in-law re-wallpaper and re-floor his entire home. We moved the majority of his family's relatively few belongings outside before the 'professional installers' arrived (I know my limitations in life - and in order to get the job done right - I hired Korean experts to do the job). Their two young daughters headed off to Sunday school as the installers arrived. As the work progressed in the house (supervised by my sister-in-law) throughout the day, my wife and I (along with my brother-in-law and a friendly neighbor) worked in the garden wrapping reeds around the cabbage leaves in order to promote the growth of larger cabbages. Around lunchtime, we cooked some Tadgegogie (Pork strips) for the entire crew of workers, family, and friends. In the afternoon, I picked up my nieces and took them for an unexpected treat at 'McDonalds'. After dropping them back off at Sunday school, I returned to offer help wherever needed. I walked around the house to look at the work my brother-in-law had done patching the holes · seams between the new roof and the house structure. He, I, and a few friendly neighbors had installed the new roof a couple months earlier. It was early evening and the light was fading fast as the work crew packed up their tools. We paid the wallpaper · flooring shop owner for a job well done. As the sky quickly darkened, we hurriedly moved the belongings back into the house. In the moment before going to the truck to head back to Yongsan was when my feeling of Monjokhomnida hit me like a ton of bricks. I literally recognized the moment for what it was - I felt extremely blessed to be in a position to help and do for others. It was the moment when my brother-in-law simply said "Thank You" as we shook hands. I simply replied, "Your welcome - you would have liked how it turned out". For my brother-in-law will never be able to see the wallpaper that his wife had picked out for the walls of the home he had built himself (along with the help of caring neighbors), nor the new floor that had been laid on the floor of his home - you see, my brother-in-law is blind. He lost his sight about two years ago - and has been told he will never see again.

I tell you this story because it is one of many experiences · memories of the time I have spent here. It shows the resilient spirit of a person · people that have faced the ravages of an unfortunate accident · destructive war with a determination and spirit to be lauded. I have made experiencing "Life in Korea" a mission.

That mission includes trips to Sorak Mountain, the beaches · surf of Sokcho, the historical region of Kwang-Ju, the hiking paths in Tae-jon and the beautiful island of Cheju-do. Day trips to Lotte World, Seoul Children's Park, Seoul Grand Park · Zoo, the (Horse) Race Track,

Olympic Park, Caribbean Bay, Everland, Seoul Tower, the KLI-63 building, and the Aquarium at the COEX Mall are just some of my many adventures.

I must say that I am not one of those types of people to vacation · travel to a location just to say 'I have been there'. I have gone on these excursions because it allows me to "EXPERIENCE" the excitement of Korea - to be able to see for myself the people and the accomplishments and the culture of a people that I have I serve (through my service to the United States of America). I have seen the smile on a young Korean kindergartener as he was headed to school with his friends. They were all dressed alike, in colorful school uniforms, as they walked along a path by the rice paddies (circa 1987-88 during Team Spirit). I have tasted everything that was offered to me, from Song-nok-ji (fresh-moving fried squid) to Kimschi (seasoned cabbage) to Chop-Sol-do (Sweet Bean paste in rice dough), and liked most of it. I have helped our Korean National hosts push out a stuck vehicle and had frank discussions (my personal opinions only and not in any official capacity) on a myriad of topics. It is through some of the experiences listed above that I can unequivocally say that the time spent in various positions in South Korea is the most professionally rewarding time in my career.

The sense of a "Real World" mission and the "Capability to Fight Tonight" contributes to a period of service in South Korea in a career that spans over twenty years. From standing at a gate at Fort Belvoir, VA as a Private in the early eighties to being a staff Officer at a United States Forces Korea level position, my service in the Republic of Korea gave me the chance to see what I was working for. I see a country that is experiencing the rewards of a free democratic society - as well as the growing pains that come along with that same free society. My frustration at misperceptions and misunderstandings is real - but fleeting. Anti-U.S. sentiment spread by a few, and in the free press, only peaks my frustration of them not understanding our role, intent, and genuine good will that we have while serving in South Korea. What I see as self - confidence appears to be perceived as arrogance by some. I quickly shed this frustration, as I realize that it was our presence in the democratic South Korea during the Korean War that spawned the freedoms of this prosperous nation. I hold no ill will when this sentiment is manifested in legal venues and actually view the expression of opinion as a natural right in a democratic society. It is only when illegal or violent demonstrations occur when disappointment is felt as some of the demonstrators harm others or break their nation's laws in there attempt to express their view. I am disappointed in the fact that the offenders have forsaken their responsibility to themselves, their fellow Korean citizens, and their nation.

But the vocal few are drowned out by the simple smile and handshake as a passer-by on the street stops you and says in broken English "America - Thank You". A thumbs up as you drive by in a tactical vehicle in a rural community brings a smile to both faces. The offer of food from an obviously poor family brings warmth to all involved. A sense of belonging - of making a difference - is the real legacy of our Kapshi-Kapshida (We go forward together) relationship.

So let me end this essay where I started. I have been blessed to be in a position where I can help another. This help can be monetary or it can be in the expenditure of time and effort in planting · tending a garden; replacing a roof; pushing a stuck vehicle; moving some furniture; or enjoying a good meal with friends. So to, are both of our nations - we are all blessed - so I smile as I say Manjokhamnida.

만족합니다

찰스 N. 플루키거 소령
주한 미8군 헌병여단

얼마 후면 이곳 한국근무는 물론이고 미 육군에서의 군복무도 모두 끝내야 될 시점에서 이 글을 쓰자니 마음이 착잡해진다.

한국에는 세 차례로 나누어 왔었기 때문에 근 5년 가까이 한국에서 복무하는 동안 실망, 짜증, 슬픔에서 친밀, 흥분, 행복, 그리고 자랑스러움으로 내 감정의 전이가 있었다. 수시로 만감이 교차했던 순간을 떠나 나의 한국 체험에 대한 소감을 한국말로 표현하자면 "만족합니다"로 간단히 요약할 수 있다.

지난 일요일에는 내 손위 처남이 자기집의 도배와 장판을 새로 하는데 가서 도와주었다. 우리는 전문 도배장이들이 도착하기 전에 얼마 안 되는 처남 집 살림살이를 밖으로 내놓았다(일상생활에서의 내 한계를 알고 있고, 일을 제대로 끝내기 위해 그 일을 해 줄 한국인 전문가들을 고용했다). 처남의 두 어린 딸들은 도배장이들이 올 무렵 일요학교로 보냈다. 처남댁이 지켜보는 가운데 그날 하루 종일 도배를 했고, 그 사이에 내 처와 나는 처남과 한 이웃 친구와 함께 텃밭에서 배춧잎을 짚으로 묶는 작업을 했다. 이렇게 하면 배추가 더 크게 자란다고 한다. 점심 때는 돼지고기로 반찬을 만들어 일꾼들, 집안 식구들과 이웃 친구들 모두 함께 식사를 했다. 오후에는 처남 집 딸들을 데리고 '맥도날드'에 가서 햄버거를 사주었더니 아이들은 뜻밖의 횡재인양 좋아했다.

두 꼬마를 일요학교에 다시 내려주고 돌아와 무엇이든 손이 필요한 곳을 찾아 도와주었다. 집안을 죽 둘러보고 새 지붕과 집 구조물 사이에 구멍이나 틈새가 벌어진 곳을 처남이 공들여 땜질하는 모습을 지켜보았다. 두어 달 전에 처남하고 내가 몇몇 이웃 친구들을 불러 새 지붕을 얹었던 적이 있다. 초저녁인데도 해는 일찍 저물어 일꾼이 가려고 연장들을 챙겼다. 우리는 그날 일을 잘 끝내준 도배 및 장판전문점 주인에게 일당을 지불하였다. 날이 빨리 어두워져서 우리는 밖에 있던 가재도구를 서둘러 집안으로 들여놓았다. 용산으로 돌아가려고 우리 트럭이 있는 주차장으로 향하면서 순간 만족스럽다는 느낌이 내 가슴을 채웠다. 그때 나는 그것이 무엇인지 알 수 있었다 – 바로 남을 도와줄 수 있는 위치에 있다는 것은 아주 큰 축복을 받은 것이라는 것을. 바로 그때 내 처남이 악수를 청하며 아주 고맙다고 하길래 나도 간단히 "천만에요. 오늘 도배는 아주 잘 되었습니다"라고 대답했다. 왜냐하면 내 처남이 앞을 못 보는 맹인이라서 자기 부인이 고른 벽지나 바닥에 깐 새 장판이 어떻게 생겼는지 볼 수 없기 때문이다. 사실 그 집은 이웃 사람들의 도움을 받아가며 내 처남이 손수 지은 집이다. 처남은 2년 전쯤 실명을 했고, 시력 회복이 불가능하다고 들었다. 이 이야기는 내가 한국에서 보냈던 시절의 수많은 체험과 잊을 수 없는 이야기들 중 하나이기에 여러분들에게 들려주는 것이다. 그것은 불행한 사고나 모든 것을 파괴하는 전쟁의 참화 속에서도 그 역경을 곧 이겨내는 사람들의 정신력을 보여주는 것으로 칭찬 받아 마땅한 투혼이 깃들어 있는 이야기이다. 나는 한국에서의 생활체험을 일종의 직무로 받아들이고 이를 이행했다.

이러한 사명감으로 여기저기 찾아 다닌 곳이 설악산, 파도가 출렁이는 속초의 바닷가, 광주 사적지, 대전의 도보여행, 제주도의 아름다운 섬 등이었다. 롯데월드, 서울어린이대공원, 서울대공원의 동물원, 경마장, 올림픽공원, 케리비언 베이, 에버랜드, 서울타워, 대한생명의 63빌딩, 무역회관의 수족관 등은 당일치기로 돌아다닌 몇 군데에 불과하다. 나는 절대 '아, 나 거기 가봤었지' 라는 말 한 마디 해보려고 여기저기 휴가나 여행을 다니는 그런 유형의 사람이 아니라는 걸 분명히 밝혀두고자 한다. 내가 이곳저곳 열심히 답사를 다닌 것은 한국의 흥미진진한 곳을 두루 체험해 보려는 것이었다. 비록 미 합중국을 위한 임무수행을 통해서 간접적이긴 하지만, 내가 지켜주어야 할 사람들이 한국인이므로 이들을 내 스스로 직접 만나보고 그들의 업적과 문화를 손수 알아보고자 열심히 찾아 다녔다. 유치원에 다니는 한국의 한 꼬마가 또래 친구들과 어울려 유치원에 가면서 환하게 웃는 모습에서 아름다운 미소를 읽었다. 유치원 꼬마들은 밝은 색깔의 교복을 똑같이 차려 입고 논둑 길을 따라 걸어가고 있었는데, 그때가 대략 1987~1988년도 팀스피리트 기동훈련 때였을 것이다.

나는 무엇이든 주는대로 먹고 맛을 보았는데 꿈틀거리는 산 낙지에서 김치, 찹쌀떡 등 안 좋아하는 게 거의 없었다. 길을 지나가다가 한국사람들을 도와 꿈쩍도 않는 차를 함께 밀어주기도 했고, (공식적인 입장이 아닌 나의 개인적인 의견에 불과했지만) 숱한 화제를 가지고 마음 놓고 대화를 나눈 적도 여러 번 있었다. 군복무기간 중에 직업군인으로서 가장 보람 있었던 시기가 남한에서 여러 보직을 거치며 근무했던 때였다고 분명하게 말할 수 있는 것도 앞에서 언급한 체험을 겪은 덕분이라고 할 수 있다.

20년이 넘는 나의 군 복무경력 가운데 한국근무 기간에 가상이 아닌 실제상의 현실 업무를 수행했고, 오늘밤에라도 당장 싸울 수 있는 즉각 출동태세를 갖추었던 마음의 자세는 큰 도움이 되었다. 80년대 초 이등병으로 입대하여 버지니아 주 소재 포트 벨보아 군사기지 정문 위병근무를 시작으로 주한미군의 고위직 참모장교로 보직 받을 때까지 대한민국에서 근무할 수 있었음은 내가 무엇을 위해서 군 복무를 하고 있는가를 깨닫게 하는 기회가 되었다. 나는 한 나라가 자유민주사회로 성장하여 그 보상을 몸소 누리고 있음은 물론 자유사회에 뒤따르는 고통도 겪고 있는 모습을 보았다. 착각과 오해에 대해서는 나도 짜증스러운 것이 사실이지만 이는 일순간 지나가 버려 덧없는 것이었다.

소수의 사람들이 언론의 자유를 빙자하여 퍼뜨리고 있는 반미감정을 생각하면 미군이 한국에서 근무하면서 이바지하고 있는 미군의 역할, 미군의 의도, 진심에서 우러난 미군의 선의를 이해해 주지 않는 그들에 대한 실망이 극

WE ARE GOOD NEIGHBORS   269
ESSAY

에 달할 뿐이다. 나에게는 자신감으로 보이는 것이 어떤 이들에게는 오만함으로 인식되는 것 같다. 이와 같은 실망스러운 감정도 내가 즉각 털어 버릴 수 있는 것은 이 나라가 이처럼 잘 살고 자유를 누리고 있는 것도 6.25동란 때 민주 한국을 위하여 미군이 찾아와서 도와준 역사적 사실에서 비롯된 결과라는 것을 알았기 때문이다. 이러한 반미감정이 법의 테두리 안에서 표현되면 이를 나쁘게 보지도 않거니와 사실상 이는 민주사회의 당연한 권리로 자기 의견을 표출한 것으로 간주할 수 있는 것이다. 시위대들이 남을 해치고 국가의 법을 어겨가면서 자기들의 주장을 펼치려고 시도함으로써 불법적이고 폭력적인 데모를 일으킬 때만큼은 실망감을 금할 길이 없다. 나는 법을 어기는 그 사람들이 그들 자신에 대해서는 물론이고 그들과 똑같은 한국 국민들, 그리고 조국에 대한 의무를 저버린 처사에 더욱 실망스럽다. 그래도 길거리에 지나가던 행인이 빙그레 웃으며 악수를 청하고 서툰 영어로 "미국, 고마워요"라고 한 마디라도 해주면 시끄럽게 구는 소수파들의 생각은 슬그머니 물에 잠기듯 사라진다. 시골로 작전차량을 몰고 지나갈 때 누가 엄지손가락이라도 치켜 올려주면 양쪽이 모두 얼굴에 환한 미소가 떠 오른다. 집안이 넉넉치 못한 가정이 분명한데도 음식을 내놓고 대접하는 모습을 보면 이를 아는 사람이면 누구든지 따뜻한 정을 느끼게 된다. 무언가 달라지게 하는 소속감이야말로 '같이 갑시다' 정신으로 굳게 다져진 한미동맹 관계의 진정한 유산인 것이다.

  이 수기의 서두로 다시 돌아가 이 글을 끝맺을까 한다. 나는 누구든 다른 사람을 도와줄 수 있는 자리에 있으면서 은총을 받아왔다. 이러한 도움은 돈으로 줄 수도 있었고 혹은 식단을 할애해서, 그리고 노력봉사를 제공한 것으로 가능하였다. 예를 들면 정원에 나무를 심고 가꾸는 것, 지붕 갈아주기, 바퀴가 빠져 꼼짝 않는 차 밀어주기, 가구 날라주기, 친구들과 즐거운 음식 나누어 먹기 등이다. 우리 한미 두 나라도 서로 마찬가지다. 우리는 모두 은총과 축복을 받았다. 이런 생각에 미소 지으며 '만족합니다.' 라고 말해 본다.

1980. 8 헌병대 입대 / 1986. 5 미 육사 졸업 / 주한 미2사단 소대장(동두천) / 3군단 제410 헌병중대(텍사스) / 헌병 중대장(독일) / ROTC 교관(애리ㄴ나 주립대) / 작전장교(용산) / 헌병대 선임감독관(애리조나)

Wasu-ri

PFC William L. McLaurin
HHOC 102d Military Intelligence Battalion (ACE)

My eyes stared at the dusty taximeter on the dashboard as the numbers read 3500 then jumped to 3600. My mother was hiding behind her smile as she spied from the front seat on her two sons aweing over what they thought was the cost in dollars. This was my first time in a foreign country. We came to Korea because my father, a Command Sergeant Major, was stationed here. My mother is Korean and she was happy to be back home. As we cruised across the lower part of a two-layered bridge, my view of the sun reflecting off the water was abruptly interrupted by streaks of colors as the other cars passed us by. As we arrived in Seoul, I could see towers of cement and glass that were like trees casting shade over a concrete rainforest. The city was much more colorful back then and the people were like a kaleidoscope of hues. It was kind of like looking at all of the planets in space, really close together, but without the black background.

Not soon after we settled down in our new home, my mother rounded up my brother and I to go see our grandparents. They lived in this small town very far north of Seoul called Wasu-Ri, a small mountain village in the Chorwon Valley. My next eight summer vacations were spent out in the village with my brother and cousins, as we mischievously ventured into the uncharted lands, which overwhelmed the village as if it was hugging it close.

It was a life of no worries flustered with choco-cakes, chocolate-coated pepiro sticks, potato chips, and sodas. Subogi, Seguni, and I used to swim in the river next to our grandparents'house, splashing about with each other until we were literally beached whales on the rocks that bared their tops just above the water. Subogi, the older of the two, and Seguni always had a smile on their faces. I can remember their smiles distinctly; especially Subogi's because he was missing his two front teeth.

Subogi was about eight-years-old at the time and his extremely skinny frame made his head look oversized in proportion to the rest of his body. He was one of those extremely shy kids; polite, but did not really try to make eye contact with any of the adults. There was this sloppiness about his style that I admired about him. Seguni was the average sized six-year-old. He was neither really chubby nor skinny, but just average. He was not as shy as Subogi, but rather nonchalant. He had this natural ability to make people prone to like him, regardless of who they were. His eyes always scrunched into a sharp squint and he exposed all of his teeth when he smiled. Sometimes Migyongi, my aunt, used to chaperone us whenever her high school was on vacation.

Towards the end of the summer the corn stalks behind my grandparents'house were at about full height. We used to run around the maze that they created for hours playing hide and seek. The sharp leaves on the stalks always left scratches on my arms and legs when they rubbed up against them. After we were too exhausted to run around the corn stalks, we relaxed in the shade cast by the shadow of the rusty shack next to the field. By the time night fell, we would be in the house playing the Korean version of "paper-rock-scissors". Without fail, all of my aunts and uncles would start playing cards well into the night. I would fall asleep in a smoke-filled room on my mother's lap while she played cards. I miss the sound of them playing cards, all of the talking mixed with the smacking of the hard plastic cards in contrast to the quiet country silence whispering in from the window somehow soothed me.

I enjoyed Wasu-Ri more than I enjoyed anywhere else I have been my entire life. Maybe it was my family, maybe it was the country scenery, or maybe it was because it was my home, my sanctuary from the civilization. It was like Wasu-Ri was my utopia, an epitome of happiness, something I quickly lost when we moved back to the United States.

My brown eyes stared at the dashboard in the cab as I traveled across the bustling street of the town. I stared at the numbers as they rose, only this time alone, this time older. After graduating high school, I attended one year of college at Florida State University. After my second semester I decided to join the United States Army. I am currently a Private First Class stationed at Camp Red Cloud in Uijongbu. It has been almost seven years since I left, and so much has changed in Wasu-Ri. The once dirt roads have been paved, and the once farmers market town has transformed into an expos of modern Korean technology. DVD and computer stores have been erected across the street from restaurants and Internet cafes.

When I first arrived to my grandparents' house I walked around for about an hour just comparing the differences between then and now. My investigation revealed that nothing in the house has changed except the pictures on the wall. The family has grown. The old pictures of my cousins and I were replaced by the younger ones of the family. Our pictures have grown to images of our present selves.

Subogi is now approaching his senior year in high school. He is still skinny with a big head, but at least he has all of his teeth. He is not shy anymore and speaks English very well. I visit him whenever he comes home from school to his apartment in Incheon.

Seguni is now approaching his tenth-grade year into high school, and spends most of his time looking after his little brother. No longer the average sized kid, he stands about six feet high. He is skinny now, but his smile has not changed one bit. His eyes still squint and he exposes all of his teeth when he smiles. He lives in Pyongtaek now, and he is the typical country boy. To have grown up so close to Subogi, their personalities are nothing alike.

Migyungi lives in Pyongtaek with her husband and kids. Her son is about the age that I was when I first arrived to Korea, and his little sister is still a baby. Her son reminds me of how I was when I was little: carefree. It is a warm feeling to watch your younger cousins and be able to recognize yourself.

I spent my mid-tour leave in Wasu-Ri last summer. I chaperoned my little cousins down to the river and watched them swim about the water. They were the whales this time and I watched as they beached themselves on top of the rocks. I sat under the umbrella of shade the bridge above me provided. I sat there and watched as they played and yelled. The sounds of them brought about the same comfort the sounds of my mother playing cards brought about. Their yelling and smashing were like guitar chords over the quiet baseline of summer country winds. The melody was a new song, but yet it seemed familiar. I saw myself playing with my cousins seven years ago, in the same river, in the same town, going home to the same house, in Wasu-Ri.

I was born in Fort Sill, Lawton, Oklahoma on August 16, 1979. My father was a Drill Sergeant when I was born and soon there after he made the rank of Master Sergeant. He was selected for Sergeant Major and we moved to Seoul, Korea when he PCS' d. My mother was a native Korean at the time of my birth and obtained her United States citizenship shortly there after. I joined the army after completing one year of college at Florida State University. I have been in the Army for approximately one and a half years. This is my second time in Korea, but my first time as an active duty soldier.

와수리

윌리엄 L 맥클러린 일병
제102군사정보대대 본부운영중대

내 눈은 먼지가 뽀얗게 뒤덮인 택시 미터기의 숫자가 3,500에서 3,600으로 뛰어오르는 광경을 유심히 지켜보고 있었다. 앞자리에 앉은 엄마는 우리 두 아들을 훔쳐보며 터져 나오려는 웃음을 억지로 참고 계셨는데, 두 녀석들은 택시미터기에 나타나는 숫자가 미화 달러인줄 알고 잔뜩 겁먹은 표정을 하고 있었기 때문이다. 이곳은 우리 형제가 처음 밟아보는 외국 땅이었다. 우리 아빠가 주임원사로 이곳 한국에 근무하고 계셨기 때문에 우리도 이곳에 오게 된 것이다. 엄마는 원래 한국출신이시니까 고국 땅에 돌아오게 된 것을 기뻐하셨다. 2층 교량의 아래층으로 강을 건너고 있는데 다른 차들이 우리 곁을 통과하는 순간 강물에 반사된 햇빛이 갑자기 형형색색의 천연색 빛줄기로 바뀌어 눈을 부시게 하였다. 서울에 도착해보니 마치 열대우림지대 숲이 그늘을 드리우듯 온통 시멘트와 유리로 지어놓은 콘크리트 고층건물이 즐비하였다. 도심은 색채가 아주 다채롭고, 사람들은 외양이 온통 울긋불긋한 것이 마치 주마등처럼 보였다. 그것은 우주공간에 유성들이 떠있는 모습을 아주 가까이에서 들여다보는 것 같았으나, 칠흑 같이 깜깜한 배경이 없는 우주공간이었다.

이사 온 새집에 살림살이가 대충 자리 잡게 되자 엄마는 동생과 나를 앞세워 할아버지, 할머니를 찾아뵈어야 한다고 길을 나섰다. 조부모께서는 서울에서 북쪽으로 꽤 멀리 떨어진 '와수리'라고 불리는 철원계곡 산골짜기 조그만 시골마을에서 살고 계셨다. 이후 나는 8년 동안 여덟 번의 여름방학을 동생과 사촌들과 어울려 이 조그마한 산골에서 보내게 되었고, 으레 장난기 어린 모험을 즐기며 산골이 온 누리를 품고 있는 밟아보지도 못했던 미지의 땅을 누비며 돌아다녔다. 그때는 정말 근심걱정 없이 초코파이, 빼빼로, 감자튀김, 각종 음료수를 진탕 먹는 떠들썩하고 신나는 나날이었다. 수복이, 세군이는 나와 함께 할아버지 댁 바로 옆 냇가에서 헤엄치며 자주 어울렸다. 서로 물장구를 치며 시간 가는 줄 모르고 웃옷을 벗어던진 채 벌거숭이로 바위 위에 뒹구는 모습은 영락없이 물에 떠밀려 올라온 고래 새끼들이었다. 두 형제의 맏이였던 수복이, 함께 어울렸던 세군이, 이 두 녀석들은 언제 봐도 웃음이 가득한 얼굴이었다. 그들의 함박웃음은 지금도 눈에 선하고 특히 수복이가 웃을 때는 앞니 두 개가 빠진 것이 훤히 드러나 보였다.

수복이는 당시 여덟 살이었는데 깡마른 체구에 머리통은 아주 커서 전체적인 균형이 맞지 않았다. 녀석은 어찌나 수줍음을 많이 타는지 어른들과는 눈길조차 제대로 마주치지 못했다. 내가 녀석을 좋아한 것은 나약한 듯 했던 바로 그 독특한 모습이었다. 세군이는 그때 여섯 살이었는데 뚱보도 말라깽이도 아닌 그저 또래들 정도의 고만고만한 체격이었다. 수복이처럼 수줍은 편도 아니고 누구한테도 아랑곳하지 않고 무관심한 편이었다. 녀석의 이런 성격은 누구든지 녀석을 좋아하게 만드는 그 무엇이 있었다. 녀석은 언제나 두 눈동자를 심하게 굴려 곁눈질을 잘 했고, 웃을 때는 이를 통째로 드러내 놓고 웃었다. 고등학생이었던 미경 이모가 방학 때가 되면 가끔 우리를 돌봐 줄 겸 어울려 주기도 하였다.

여름이 다 지나갈 무렵 할아버지 댁 뒤에 자리 잡은 옥수수 밭의 옥수숫대는 사람 키만큼 크게 자랐었다. 옥수수 밭 속에서 이리저리 꼬불꼬불한 미로를 뛰어다니며 숨바꼭질 놀이도 하였다. 옥수숫대에 달려있는 옥수수 잎사귀들은 칼날같이 날카로워 스쳐 지날 때마다 팔다리에 생채기가 났다. 옥수숫대 숲속을 정신없이 뛰어놀다 지쳐버리면 바로 옆 허름한 오두막집 그늘 밑에서 땀을 식히며 지친 몸을 쉬었다. 저녁때가 되어 어두워지면 집에서 가

위바위보를 해가며 놀이를 즐겼다. 밤이 좀더 깊어지면 동네 아줌마, 아저씨
들은 한데 모여 어김없이 화투치기를 했다. 담배 연기가 자욱한 방안에서 나
는 화투치는 엄마 무릎에서 골아 떨어져 깊은 잠에 빠지기 일쑤였다.

창문으로 스며드는 조용한 시골의 적막감은 나를 어루만지듯 마음을 가라
앉혀 주는데, 한쪽에선 화투짝을 내리치며 시끌벅적 떠들던 고함소리와 함
께 어른들의 화투치시던 모습이 눈에 선하며 그 추억이 그립기까지 하다. 내
평생 이곳저곳 여러 곳을 다녀봤지만 와수리처럼 즐거웠던 곳은 그 어디서
도 찾아볼 수 없다. 아마 거기에는 내 가족이 있었고 시골풍경이 서리어 있
었고, 그곳이 내 고향이나 마찬가지였으며, 삭막한 문명을 탈출해 온 은신처
였기 때문이었을 것이리라. 와수리는 마치 나의 이상향 같았고 나의 행복을
한데 모아놓은 압축판 같은 그 어떤 것이었는데 우리가 다시 미국으로 돌아
가자 이 모든 것을 금방 잃어버리고 말았다.

내 갈색 눈은 택시를 타고 도심의 번화가를 지나면서 또다시 계기판을 응시
하고 있었다. 택시미터기의 숫자가 올라가고 있는 것을 보고 있었지만, 이번은
예전보다 나이가 더 들어 혼자서 이곳을 찾아왔다. 고등학교 졸업 후 1년 동안
플로리다 주립대학을 다녔다. 대학 1년을 다니고서 미 육군에 입대하기로 결
심했다. 현재 육군 일병으로 의정부 소재 미2사단 사령부에서 복무중이다.

떠난 지 7년이 다 된 와수리는 참 많이도 변해 있었다. 그때 흙길이었던
도로가 완전히 포장되어 있었고, 농부들의 장터였던 시골마을이 이제는 현
대식 첨단기술제품이 널려있는 전시장으로 탈바꿈했다. DVD와 컴퓨터 상
점들이 식당들과 인터넷카페 길 건너어 줄지어 있었다. 오랜만에 할아버지
댁에 오자마자 옛날 그 모습이 지금 얼마나 변했을지 궁금해하며 약 한 시간
동안 주변을 돌아봤다. 찬찬히 살펴보니 집안에서는 벽에 걸린 사진 말고는
아무것도 변한 것이 없었다. 가족이 늘어있었다. 사촌들과 나의 어린시절 사
진은 없어지고 대신 그 자리에 일가 꼬마들의 사진이 걸려있었다. 우리들 사
진은 이제 성인이 된 모습이었다. 수복이는 이제 고등학교 3학년이 되어 가
고, 여전히 깡마르고 짱구머리였지만, 이가 다 나은 모습은 옛날과 달랐다.

이제는 옛날처럼 수줍음도 안 타고, 영어도 아주 잘 했다. 수복이가 학교를 파하고 집에 올 때면 나는 인천에 있는 그의 아파트로 찾아간다.

세군이는 이제 고등학교 1학년으로 남동생을 돌보느라 많은 시간을 뺏기고 있었다. 체격이 보통이었던 어릴 때와는 달리 지금은 키가 6척이나 되고 많이 호리호리해졌지만, 그의 웃음은 조금도 변하지 않았다. 눈을 가늘게 뜨고 곁눈질하는 버릇은 여전하고 이를 모두 드러내며 웃는다. 그는 평택에 살고 있고 전형적인 시골사람이다. 수복이 못지않게 다 자랐지만, 두 녀석들의 개성은 비슷한 곳이 하나도 없다.

미경 이모는 평택으로 시집가서 남편과 아이들과 함께 잘 살고 있다. 미경 이모의 아들은 내가 처음 한국에 왔을 때의 내 나이 정도고, 그 밑에 갓난쟁이 딸을 두고 있다. 그 아들 녀석을 보노라면 꼭 내가 고만했을 때 얼마나 천방지축이었을지 알 것 같다. 요 꼬마 사촌들을 바라보며 내 스스로를 되돌아볼 때면 마음이 따뜻해지는 것을 느낀다.

지난여름 한국 근무기간 중 허락받은 휴가를 와수리에서 보냈다. 꼬마 사촌들을 강가에 데리고 가 녀석들이 헤엄치며 노는 것을 구경하며 돌봐주었다. 이번에는 내가 그 녀석들이 고래가 되어 바위 위에 누워 있는 모습들을 구경하고 있었다. 머리 위의 다리가 그늘을 드리워 나는 그 그늘 아래에 앉아 꼬마들이 떠들며 노는 것을 바라보고 있었다. 그들의 떠들썩한 소리도 엄마가 옛날 화투칠 때의 떠들썩했던 소리처럼 푸근한 정겨움을 던져주었다. 녀석들이 시끌벅적 외쳐대는 소리와 텀벙대는 물소리가 어울려 여름철 시골 바람결을 타고 들려오는 기타소리 같았다. 그 가락은 처음 들어보는 노래 같으면서도 귀에 익은 듯 친근감을 느끼게 했다. 7년 전 와수리 외할아버지 댁을 찾아가 같은 마을, 같은 강물에서 내 또래의 사촌들과 함께 어울려 뛰놀던 내 모습을 떠올렸다.

한국인 어머니와 미 육군상사였던 아버지사이에서 태어나서 플로리다 주립대학 1학년 수료 후 미 육군에 자원입대, 지금까지 1년 반 동안 군 복무 중에 있음. 한국생활은 이번이 두 번째지만, 현역 군인신분으로는 처음임.

I am Korean in Sprit

MSG Robert E. Lucero
HHC, 2X G-5, CMO 2ID

My life in Korea begins physically five years ago when I first arrived in The Land of the Morning Calm, but my real life in Korea began in 1950 when the Korean War began. I had three uncles who came here before me. The spirit of one of my uncles remains here as he had given the ultimate sacrifice in the defense of this country and my other two uncles returned to home. My Uncle Fred spoke many times about this country and what he experienced when he was here. He died several years ago. My other uncle is still alive and when I write to him to tell him how it is here now, he tells me how it was then. Although the country may have changed from the way he remembers it and from the way I see it now, one thing has not changed, "the Spirit of the Korean People".

I had always wanted to come to Asia. I had always wanted to be in South Korea. When the opportunity came to choose a new assignment, I chose Korea without hesitation. When I stepped on Korean soil for the first time, it felt as if I had returned home. My ancestry is Native American Indian and much of the beliefs and customs that Koreans have are very closely intertwined with the same beliefs and customs of the Native American Indian.

Even when I arrived and felt the familiarity of this country, and the warmth of the Korean people, I was even mistaken for being a Korean person from my physical appearance. It was good to be home. I think my uncle who died here would have been proud of the way this country has progressed and that his sacrifice was not in vain.

I have had many opportunities to participate in various activities with the Korean people but the one that I value most of all is when I am able to help teach their children about different countries and to help them learn the English language. I have the privilege of being entrusted with the most valuable resource of Korea, their children. Each Saturday I am given two hours of their lives. I volunteer to teach English to the Korean children at a local elementary school. That has been a great experience for me. I get to know them and they get to know me. It is so wonderful to see these children grow up and eager to learn. They volunteer to come to the classes. So, for two hours each Saturday, we live in each other's worlds. I learn more about my adopted home and they learn about places where their brother has been. I am a soldier but to them I am their teacher. I have met their parents and the parents have expressed their gratitude to me for taking time to teach their child but I am the one who is honored to be their teacher.

The bond that I have developed for this land is in their children. I have been many things in my life and have experienced many things in many places but being here in this country and being part of their culture has been the most rewarding. My five years of living here has been but a short time. The time has passed by so quickly and yet there are so many more things that I need and want to do here. I continue to teach the children. I see new children each year and sometimes I happen to see those children that I had taught a few years prior. They are growing and becoming fine young men and women in every sense of the word. I am very grateful to have known them and I think of them often. We did many things together. They taught me how to order food at restaurants. They taught me how to sing Korean songs at the Norae bang. We played football together. We went to Lotte World and rode all the rides together. I taught them English and they taught me how to live. We laughed many times together about many things, both about them and about me. They learned English but I learned more about myself. When I watch them graduate from their school I am very proud of them. It is such a good feeling to watch them grow up. It also reminds me that time is always moving forward and it does not stop. I will always be grateful to have been a part of their lives. I hope that they will always remember that there will always be one person that thinks fondly of them each and every day.

When I take a trip someplace here in South Korea I always feel safe. I have been in places where I did not know anyone but that did not make me feel afraid or cautious. Speaking a few words of the Hangul language opens many doors that may seem closed. I have learned many languages before, but Hangul is a language designed for anyone to learn because it was meant to allow everyone to communicate with each other. When King Sejong, from the Chosun dynasty developed the Hangul language, he was looking into the future of his people and developed the means for them to be as one people. A language that is simple and direct.

Of course not everything has been so pleasant here in Korea. From the North we are always in the shadow of a country that seeks to take away what the South Koreans have made for them selves. But even with such a shadow, the sun always shines on this country.

Each morning when I am running in the mountains, long before the sun rises over the mountains, I feel the calm of this county. The Land of the Morning Calm is such an appropriate title for this country. I run by the rice fields, shrouded in the morning fog. I see the farmers working the fields like the ghosts of their ancestors. I can feel the warmth of the sun slowly embrace the land as she rises over the tall majestic mountains that protect this country. The fog slowly disappears and the sharp clear colors of the landscape dazzle your eyes with the majesty of such a scenic view. It is never the same view each day. It is a constant change within itself.

I am honored that I am here in this country. I am honored that I know so many Korean people. I am honored and proud that my family was here before me and now the circle is complete.

Destiny has brought me here and it has been my choice to accept that destiny. Not many people have been fortunate to be able to make such a choice.

My life in Korea began many years ago. My life in Korea will not end when I leave here. My family has been here before during the needs of this country and they gave unselfishly. Now I am here and I continue in the tradition that they began. When I see the growth and the warmth of the Korean people, I can tell my uncle who died here that his sacrifice was not in vain and I know he is pleased.

"Na Eui Mom Eun Han Kook Ini Ani Ji Man Ma Eum Eun Han Kook Inida"

(Although I am not Korean in body, I am Korean in Spirit.)

나의 마음은 한국인

로버트 이 루쎄로 상사
미2사단 인사처

실제로 내가 조용한 아침의 나라에 도착해서 한국생활을 한 것은 5년뿐이지만, 마음에서의 나의 한국생활은 이미 1950년 한국동란이 발발했을 때부터 시작된 것이나 다름없다. 나보다 훨씬 앞서 한국에 왔던 분들이 우리 집안에만 세 분의 아저씨들이 계셨다. 그 중 한 아저씨의 영혼은 이곳 한국 땅을 떠나지 못하고 계신데, 그분은 이 나라를 수호하다가 끝내 귀한 목숨을 희생당했기 때문이다. 다른 두 아저씨들은 다행히 본국으로 생환하셨다. 프레드 아저씨는 여러 차례 한국에 관한 얘기를 들려주면서 자신이 전쟁 중 한국에서 겪었던 경험담을 들려주셨다. 그 프레드 아저씨는 몇 년 전 돌아가셨다. 또 다른 아저씨 한 분은 아직 생존해 계신데 내가 그 아저씨께 지금 한국의 실정이 어떤지를 편지로 써드리건 아저씨는 내게 옛날 아저씨가 계셨을 때의 한국이 어떠했는지를 알려주신다. 아저씨가 기억하고 있는 옛날의 한국이 내가 지금 바라보고 있는 한국의 모습과는 너무나 많이 변해 있겠지만 그래도 여전히 변함없는 한 가지가 있으니, 그것은 바로 "한국 국민의 정신"이다.

나는 항상 아시아지역에 와보고 싶었다. 그리고 언제든 한국을 찾아가서 살아보고 싶었다. 그래서 새로운 근무지를 선택해야 될 기회가 왔을 때 나는 서슴지 않고 한국을 택했다. 난생 처음 한국 땅에 발을 딛고 보니 마치 고향에 돌아온 듯한 느낌이었다. 나의 조상이 미국의 원주민인 인디언인데다 알고 보니 한국사람들이 갖고 있는 신앙과 관습은 우리 미국 원주민인 인디언들의 믿음, 관습과 같은 점이 많아서 두 민족이 매우 밀접하게 얽혀있는 것 같았다. 내가 이 나라에 와서 친근함을 느끼고 한국사람들에게서 따뜻한 정을 느끼고 보니, 내 외모에서까지 한국사람이 아닌지 착각할 정도로 비슷한 점이 많았다. 마치 집에서처럼 푸근하고 좋았다. 한국에서 전사한 그 아저씨도 이 나라가 이렇게까지 발전한 모습을 매우 자랑스럽게 여기고 자기가 목숨을 바쳐가며 이 나라를 지켜낸 희생이 헛되지 않았음에 큰 자부심을 가질 것으로 생각한다.

한국사람들하고 여러 가지 다양한 활동에 참여할 수 있는 기회가 많았는데 그 중에서도 가장 보람 있었던 일은 아이들에게 외국문화와 영어를 가르쳐주었던 일이다. 한국의 가장 소중한 자산으로 여길 수 있는 아이들을 맡아서 가르칠 수 있었던 것은 나에게 주어진 특권이었다. 매주 토요일마다 두 시간씩 아이들과 함께 생활하였다. 지방의 한 초등학교에서 아이들에게 영어를 가르치며 자원봉사를 한 것은 나에게는 아주 훌륭한 경험이 되었다. 내가 아이들을 알게 되고 아이들도 나를 알게 되었다. 이 초등학생들이 커가면서 영어를 열심히 배우는 것을 지켜보는 것은 놀라운 일이었다. 아이들은 누가 시키지 않았는데도 자진해서 수업에 나왔다. 이렇게 해서 매주 토요일 오후 두 시간씩 우리는 서로 상대방의 세상에 몰입하여 함께 살았다. 나는 내가 좋아 선택한 고향과 다름없는 이 나라에 대해 더 많은 것을 알게 되고, 아이들은 자신들의 형 같은 내가 자라온 미국의 이곳저곳을 배우게 되었다. 내가 비록 군인신분이지만 그들에게는 선생님이었다.

나는 아이들의 부모님도 만났는데, 부모님들은 내가 시간을 내서 아이들을 가르쳐주어 고맙다는 감사의 뜻을 표했지만, 나야말로 아이들의 선생님이 될 수 있었다는 것이 아주 명예롭고 영광스럽기까지 했다. 한국의 어린이들이야말로 내가 이 나라와의 연분을 만들어가는 접착제요 고리 역할을 해주고 있다. 지금까지 살아온 내 평생에 변화도 많았고, 이런 곳 저런 곳 여러 군데를 다니면서 많은 것을 경험했지만, 그 중에서도 이 나라에 와서 그들 문화의 일부가 될 수 있었던 것은 가장 보람 있는 일이었다.

시간은 이렇게 빨리 지나가는데 내가 여기서 하고 싶은 일은 아직도 산더미 같이 많이 밀려있다. 아이들을 가르치는 일은 계속하고 있다. 해마다 새로 들어오는 아이들이 있는가 하면, 어떤 때는 몇 년 전에 이미 나에게 배워본 적이 있는 아이들이 다시 오는 경우도 있다. 다시 찾아온 아이들은 성장기에 접어들어 여러 모로 훌륭한 젊은이, 신사숙녀가 되어 가고 있었다. 그들을 알게 된 것은 매우 고마운 일이기에 자주 그들을 생각하게 된다. 우리는 많은 것을 함께 했다. 음식점에 가면 그들은 내게 음식을 어떻게 주문해야 하는지 가르쳐 주었다. 노래방에서 한국 가요를 부르며 내게도 가르쳐 주었다. 함께 축구시합도 했다. 롯데월드에 가서 갖가지 놀이기구를 함께 타기도 했다. 내가 그들에게 영어를 가르쳐주는 대신 그들은 내게 삶의 방법을 터득하게 해주었다. 우리는 아이들 때문에 혹은 나 때문에 일어나는 많은 일들로 웃어가며 숱하게 어울려 다녔다.

아이들은 영어를 배웠지만 나는 내 스스로에 관하여 더 많은 것을 배우게 되었다. 아이들이 소정의 교육과정을 마치고 학교를 졸업하는 모습을 볼 때면 나는 그들이 무척 자랑스러워진다. 그들의 성장과정을 지켜보는 것이 그렇게 흐뭇하고 기분 좋을 수가 없다. 그들의 성장은 나에게 언제나 세월은 흐르고 멈추지 않는다는 진리를 일깨워준다. 그들의 삶에 내가 한 부분을 참여했던 것은 언제나 고마운 일로 추억될 것이다. 다정했던 그들을 하루도 빠짐없이 마음에 그리며 그리워하고 있는 사람이 있다는 사실을 아이들이 알아주었으면 하는 것이 나의 영원한 바람이다.

이곳 한국 땅은 어디를 돌아다녀도 언제나 안전하다. 아는 사람이라곤 전혀 없는 낯선 곳을 마구 찾아다녀도 두렵다거나 지나치게 주의해야 할 일은 거의 없다. 거기다가 한국말을 몇 마디만 비치면 사람들이 닫혔다 싶은 마음의 문을 활짝 열어준다. 나도 외국어를 몇 개 배워봤지만 한국어야말로 상호

의사소통하기에 아주 편리하게 되어 있어 누구든 배우기 쉬운 언어임을 금방 알 수 있다. 일찍이 조선왕조의 세종대왕이란 임금이 한글을 연구, 발전시켜 반포한 것은 대왕께서 백성의 앞날을 내다보고 그들이 하나 된 민족으로 소통할 수 있는 길을 열어준 것이다. 아주 쉽고 바로바로 통할 수 있는 언어가 한글이다.

물론 이곳 한국에서도 매사가 한결같이 즐겁기만 한 것은 아니었다. 한반도의 북녘 땅에는 남한 사람들이 이룩해 놓은 것을 자기 것으로 가져가려하는 나라가 있어 우리도 그 그늘 속에서 움직이고 있지만, 그래도 그런 응달 속에서도 태양은 이 나라에 언제나 따뜻한 햇볕을 비춰주고 있다.

매일 이른 아침 해가 저 산 위로 솟아오르기 전에 산 속을 달리면서 이 나라의 평온함을 맘껏 느껴본다. 누가 "조용한 아침의 나라"라고 불렀는지 참으로 이 나라에 어울리는 호칭이라는 생각이 든다. 아침 안개가 자욱한 논둑길을 달려간다. 들에는 농부들이 조상의 혼을 닮아 열심히 일하고 있는 모습이 보인다. 마침내, 이 나라를 지키면서 에워싸고 있는 저 높고 거대한 산맥 너머에서 해가 떠오르면 태양은 천천히 온 누리를 따뜻이 감싸주는 것을 느낄 수 있다. 서서히 안개가 걷히고 나면 땅 위의 풍광이 선명한 색채를 드러내면서 장엄한 경관으로 눈앞을 현란하게 한다. 그 멋진 경치와 조망은 항상 같은 모습이 아니고 하루하루가 다르다. 풍경 자체가 스스로 쉴 새 없이 바뀌는 것 같다. 나는 이 땅에 와 있는 것이 영광스럽다. 그리고 수많은 한국사람들을 사귀게 된 것을 명예롭게 생각한다. 내가 이 나라에 오기에 앞서 나의 친척들이 한국에 왔었고, 이제는 나까지 와서 그 순환이 일단락된 것을 가문의 영광인 동시에 자랑으로 생각한다. 운명은 나를 이곳까지 오도록 만들었고, 그 운명을 받아들인 것은 내가 택한 일이다. 다른 사람들은 대부분 그런 선택을 누릴 수 있는 행운을 갖지 못했다.

한국에서의 나의 삶은 벌써 여러 해 전에 시작되었고, 내가 여길 떠난다 해도 나의 한국생활이 끝나는 것은 절대 아니다. 나보다 먼저 나의 친척 어른들이 이 나라가 위기에 처해 그들을 필요로 했을 때 달려와서 아낌없이 그들의 목숨과 모든 것을 내주었다. 지금은 내가 이곳을 다시 찾아 그들의 뒤를 이어받아 유업을 계속하게 되었다. 한국사람들의 발전과 그들의 온정을 접할 때면 이곳에서 전사한 나의 아저씨에게 아저씨가 몸 바쳐 희생하신 그 보람이 결코 헛되지 않았다고 말씀드릴 수 있고, 아저씨도 기뻐하실 것으로 굳게 믿는다. "나의 몸은 한국인이 아니지만 나의 마음은 한국인이다." End

유타주 루즈벨트라는 소도시 출신으로 그의 친척 중 삼촌뻘 되는 세 사람의 아저씨들이 한국전에 참전하였다. 한 아저씨는 미2사단 소속으로 한국전 때 전사하였고, 다른 두 아저씨는 미 제187 공수연대 소속으로 한국전에 참전하였다.

Life in Korea,
A Wonderful Experience!

SFC Catherine V. Otts
HHC 2X, PAC

Returning to Korea after 10 years was the most exciting thing I ever did. The army was trying to send me to Germany for a second time, and I won the fight to come to Korea instead. Thinking about all the good things happened to me back in 1992, I was almost certain to step right into the bandwagon and continue my adventure in Korea where I left off.

One best thing I like about Korea is its people. The friendly smile and the greetings always touched my heart. Upon landing in Korea, asides from being assigned to 2d Infantry Division, my first real life mission was to find my long lost friend from 1992. She is a Korean national, worked with me back in 1992. I got the first hand experience of Korean people's hospitality through her. I learned the kindness and helpfulness of Korean people from my friend. I used to go to her house almost every day, chitchat with her mom even though she did not speak any English. We do a lot of smiling and sign language. Eating a variety of wonderful Korean food at her house has become one of my hobbies. After I left Korea, we kept in touch for about three years and we both lost contact of each other.

So here I am ten years later, in 2002, trying to locate my friend. I called her old work place and gave them my friend's name. They told me she doesn't work there anymore. I asked them if I could speak with a Korean person who works there the longest. I found a person who was there for about six years. I asked her about my friend, and she told me that she knew my friend, and gave me her new phone number. Now I am all excited for getting closer to finding my friend. I called her up and found out she is on leave for another week. That was the longest week I ever had to deal with. The following week, I called my friend, and I asked her if she recognizes me, she knew me right away from my voice. Her voice was also unchanged over the last ten years. It was so wonderful to talk to her after the long absence. We set up a time to meet. The following weekend, I took a train to her hometown and visited with her, her family and her friends. Some of her friends were also my friends back in 1992. It was a fun weekend for me. The sad thing was yet about to come. I found out she is moving to the States in about 3 weeks. One of the weekends before her departure, she took me with her to say good-bye to her uncle down south in the country. It is also her grandparent's home. It was very fun to travel with her and her mom. The train ride took about three hours. We ate in the train. Watching all the farmland and rice patties was fun to do. We had good time at their uncle's house. We visited the grandparent's gravesite at the mountainside and paid respect to them too.

Then it was time for her to go to America. Before she left, she made arrangements with her English professors family to have my children stay with them for a week. So the next month, I brought my children to Korea for a month. They stayed with the English professor's family for one week. Their children are the same age as my children. The children had so much fun sharing experience from both culture. Before my children left, they made sure that the Korean parents agreed to sending their children to America next summer to stay with our family.

Before my friend left for America, I also got more acquainted with one of our mutual friends. Now I visit her often. She will take me to her parent's house and show me around more of Korea. I still visit my other friend's mom. Every time I visit her, she cooks me lots of wonderful Korean food. I go to the field with her to pick beans, peanuts and sweet potatoes. Once we bring all of it home, she gives me a lot of it to take home with me. She treats me just as I am her other daughter. I feel warm in this country, to be taken care of by wonderful people and culture. Every time I go visit my Korean friends, their mom's will pack me lots of goodies to take back with me. It is so much fun to be part of their lives. I am glad that I am in a country so rich in family values.

KATUSA soldiers are another great experience I am having in Korea. Never can ask for a better co-worker than a KATUSA soldier. They are hardworking and very knowledgeable. You can count on them to be honest and mission focused. They are also very helpful weather it is on duty or off duty. This is my chance to have first hand experience with the Korean people even at work.

Korean Thanksgiving Day was another one of the best experiences I had a chance to observe. My friends invited me to come over to their home. Little that I know, I did not have a train reservation. Here I am all excited, got off work about 6pm, took subway to Seoul train station. The train station was filled with people of all ages. I got to the ticket counter. It seems like all the ticket counters are stalled. Everyone is just scrambling to get a ticket out of Seoul. No matter which direction they are going, it seems like no ticket left. I got my turn at the counter, and soon I found out there is no ticket for me either. I stood there wondering what to do. I had no idea; I couldn't come up with an answer for about 10 minutes. I guess the ticket agent felt my dilemma, next thing I know, he printed out a round trip ticket for me. I was so glad and even though I didn't have a seat, I sat comfortably on the steps of the train. I got to visit my friends, and I got to help them prepare the food for the big holiday. On Thanksgiving Day, the men ate first. After they finish, the women sat together and ate. There were so much food and it was so much fun.

I still have seven months left in Korea, and I am afraid, my time is going little too fast. I wanted it to slow down a little bit, so I can see and enjoy more of the Korean peninsula. There is so much more to see and learn. Whenever I am off, I just like to wander around in the market place. It is fun to watch the food market. All variety of fish and vegetables at the market makes me more curious about learning the recipe. I am glad my kids had the first hand experience in Korea. They loved the shopping aspect and the new friends they had made. Now I am sure about one thing, when I retire from the military, Korea will be one of my sure vacation spots. I found a home away from home forever! End

멋진 체험, 한국생활

캐서린 브이 오츠 1등 중사
미 2사단

10년 만에 한국에 다시 돌아온 것은 내가 생각해도 정말 신나는 일이었다. 미 육군은 나의 두 번째 해외파병으로 독일로 보내려 했지만, 나는 싸움 끝에 독일 대신 한국으로 오는 데 성공하였다. 지난 1992년에 있었던 그 모든 좋은 일들을 떠올리면서, 떠났던 한국을 다시 찾아 남보다 앞장서 나의 진기한 체험을 계속하겠다고 마음먹은 것은 당연한 일이었다. 한국에서 내가 가장 좋아하는 것은 무엇보다도 한국사람들이다. 그들의 친근한 미소와 사람을 반기는 인사성은 언제나 나를 감동시켰다.

한국 땅에 내려 미2사단에 배치되자마자 나의 진정한 임무 가운데 제일 먼저 해야 될 일은 1992년 이후 오랫동안 소식이 끊겼던 친구를 찾는 것이었다. 그녀는 한국인으로 지난 1992년 나와 함께 근무를 했었다. 내 생전 처음으로 한국사람의 환대를 경험한 것은 그녀에게서였다. 한국사람들의 친절과 남을 돕고자 하는 마음을 배우게 된 것도 내 친구가 되어준 그녀에게서였다. 거의 매일 나는 그녀의 집에 찾아가 영어도 모르는 그녀 엄마에게까지 이런저런 잡담을 늘어놓곤 했다. 우리는 서로 웃어가며 몸짓으로 많은 대화를 나누었다. 그때는 그녀의 집에서 여러 가지 맛있는 한국음식을 얻어 먹는 것이 아예 내 취미가 되어있었다. 내가 한국을 떠난 후 한 3년간은 그녀와 편지를 주고받았는데, 그 후 둘 다 연락이 끊기고 말았다. 이제 10년 뒤인 2002년 이곳에 다시 왔으니 내가 그녀를 애써 찾으려하는 것은 당연한 일이다.

그녀가 다녔던 옛 직장을 찾아가 그녀의 이름을 대고 찾았지만 그들은 그녀가 그곳을 그만두었다고 했다. 나는 거기서 제일 오래 근무한 사람이 누군지 물었고, 그곳에서 6년 동안 근무했다는 사람에게 나의 친구를 아는지 물었다. 그녀는 내 친구를 잘 안다고 하면서 내 친구의 전화번호를 알려주었다. 이제 드디어 잃었던 친구를 다시 찾게 되었다는 생각에 몹시 설레었다. 당장 전화를 걸었지만 그녀는 일주일간 휴가라고 했다. 그녀가 휴가를 다녀올 때까지 기다리는 일주일이 그렇게 지루할 수 없었다. 그 다음 주에 다시 전화를 걸어 그녀에게 내가 누군지 알겠냐고 물었더니, 그녀는 내 목소리를 당장 알아듣고 반가워했다. 그녀의 목소리도 10년이 지났는데도 하나도 변하지 않고 그대로였다. 오랫동안 서로 소식을 모르고 지내다가 그녀와 통화를 하게 되니 그렇게 반가울 수가 없었고 참 신기하였다. 우리는 당장 만나자고 시간을 정했다.

다음 주말 나는 기차를 타고 그녀가 살고 있는 고향마을을 찾아가 그녀를 만났고, 그녀의 가족과 친지들도 만났다. 그녀의 친구들 가운데 몇몇은 이미 1992년도에 만나서 잘 아는 친구들이었다. 나에게는 정말 즐거운 주말이었다. 하지만 슬픈 일은 곧 다가오고 있었다. 그녀가 3주 후에 미국으로 이민을 가게 된다는 사실을 알게 되었다. 출국하기 전 어느 주말에 그녀는 나를 데리고 남쪽 지방의 시골마을로 내려가 그녀의 큰댁에 작별인사를 드렸다. 그곳은 그녀의 조부모가 계신 곳이기도 했다. 그녀와 그녀의 어머니와 함께 가는 시골여행길은 아주 재미있었다. 세 시간여의 기차여행이었다. 기차 안에서 식사도 했다. 시골농촌과 논밭을 구경하는 것도 참 재미있었고, 그녀의 큰댁에서도 즐거운 시간을 보냈다. 우리는 그녀의 조부모를 모신 산소를 찾아가 성묘를 하고 큰절을 드리기도 했다.

드디어 그녀가 미국으로 떠날 때가 왔다. 떠나면서도 그녀는 자기가 잘 아는 영어교수님께 말씀드려 우리 아이들이 교수님 댁에서 교수님 가족들과 일주일간 함께 보낼 수 있도록 주선을 해주었다. 그 덕에 다음달 우리 애들을 한국에 한 달간 데려올 수 있었다. 애들은 그 교수님 댁에서 교수님 가족들과 일주일을 지냈다. 교수님의 자제들이 우리 아이들과 같은 또래여서 서로 재미있게 놀며 서로의 다른 문화를 함께 체험할 수 있었다. 우리 아이들이 교수님 댁에 머무는 동안 자연스럽게 이야기가 되어 교수님 아이들도 이듬해 여름에는 미국에 보내서 미국의 우리집에서 우리 가족과 함께 지내게 하겠다고 약속했다.

내 한국친구가 미국으로 떠나기 전에 나는 그녀의 친구 한명을 소개받아 친하게 되었다. 이제는 그때 소개받은 그녀를 자주 찾아간다. 그녀 또한 나를 자기 부모 집에 데려가 한국에 관하여 많은 것을 보여주곤 한다. 나는 그녀의 엄마도 가끔 찾아간다. 그녀의 엄마는 내가 찾아갈 때마다 여러 가지 맛있는 한국음식을 차려준다. 그녀의 엄마랑 밭에 가서 콩, 땅콩, 고구마 등을 캐고, 이걸 모두 집에 가져오면 그녀의 엄마는 나에게 그것들을 잔뜩 꾸려주며 우리집에 가져가라고 한다. 그녀의 엄마는 나를 꼭 자기 딸처럼 대한다. 나는 이 나라에 와서 감탄을 금치 못할 사람들의 보살핌을 받고, 훌륭한 문화를 체험하며 한없는 따뜻함을 느낀다. 내가 한국 친구들의 집을 방문할 때면 번번이 그녀들의 엄마는 내게 이것저것 한아름 꾸려서는 가져가라고 한다. 그들과 삶을 함께 하는 것이 그렇게 즐거울 수 없다. 가족간의 관계를 그렇게 높이 평가하고 존중하는 이런 나라에 와 있게 된 것을 기쁘게 생각한다.

한국에서 또 다른 훌륭한 체험은 증원요원으로 미 육군부대에 파견된 한국군인들(카투사)이다. 그들은 모두 열심히 근무하고 지식수준이 높다. 그들은 정직하고 임무에 충실하여 정말 믿음이 간다. 근무중일 때나 혹은 업무를 떠난 과외시간에도 그들은 언제나 큰 도움을 준다. 카투사들이야말로 내가 근무중일 때도 직접 체험할 수 있었던 한국사람들이었다.

한국의 명절인 추석은 내가 눈여겨 관찰했던 또 다른 최고의 체험이었다. 내 친구들이 추석 때 나를 자기네 집에 놀러오라고 초청했다. 아무것도 모르고 기차 예약도 못했다. 온통 설레는 마음뿐, 오후 6시에 일과를 마치고 전철을 타고 서울역에 갔다. 서울역은 남녀노소 할 것 없이 온통 사람들로 들 끓었다. 매표창구로 달려갔다. 모든 매표창구에 사람들이 밀려서 움직이지 못하는 듯 했다. 모두가 앞을 다투어 서울을 빠져나가기 위해 표를 구하려고 야단법석이었다. 어느 곳을 찾아가도 표는 매진되고 없는 것 같았다. 매표구에 줄을 서서 내 차례가 되어 물어보니 역시 나한테도 기차표는 없었다. 어찌할 바를 몰라 그냥 서있기만 했다. 아무런 묘책도 떠오르지 않았고, 한 10분간 머리를 굴려보았으나 해답이 없었다. 나중에 나의 난감함을 눈치 챈 매표원이 내게 왕복기차표를 끊어주었다. 지정좌석이 없는 입석권이었지만, 그것도 감지덕지하여 기쁜 마음으로 기차의 계단에 편안히 걸터앉았다.

친구 집에 가서 명절 음식을 장만하고 상을 차리는데 나도 그들을 도와주었다. 추석날 음식은 남자들이 먼저 먹었다. 남자들이 먹고 나면 여자들이 둘러앉아 함께 음식을 먹었다. 음식은 지천으로 많았고 분위기는 한없이 즐거웠다.

한국에서 임기가 이제 7개월 남았는데 시간이 어찌나 빨리 가는지 아쉽고 두렵기도 하다. 시간이 좀 천천히 가야 내가 한반도 구경을 좀 더 즐길 수 있을 텐데. 보고 배울 게 아직도 너무나 많이 남아있다. 언제든 근무지에서 비번이면 나는 시장 같은 곳을 즐겨 다녔다. 음식과 식품을 파는 장터는 흥겨운 구경거리다. 장터의 갖가지 생선과 채소를 보면 저런 걸 모두 어떻게 조리해서 먹는지 더욱 궁금증이 치솟는다. 우리 아이들도 한국을 직접 체험할 수 있었다는 것이 나에겐 큰 기쁨이었다. 아이들은 장보기를 즐겼고 한국에서 사귄 새 친구들을 좋아했다. 이제 나에게 한 가지 확실해 진 것이 있는데 그것은 내가 군에서 전역하면, 휴가철에는 반드시 한국을 찾아올 것이라는 것이다. 나에게는 고국을 떠나서도 영원한 제2의 고향이 또 하나 생겼기 때문이다. ▨

My Korean
English Class of 2002

MAJ. Richard Lei
702MSB, 2ID

When Pearl S. Buck said in her historical novel on Korea, The Living Reed, in 1963 - "Korea is a gem of a country inhabited by a noble people," I could not agree more as I experienced Korea myself almost fifty years later. My yearlong tour at the Land of Morning Calm has come to an end, but my understanding of Korea and its people has just begun. These twelve months in Korea have enriched my life. Like any one who has lived overseas, to experience a culture other than your own heightens one's appreciation of his culture and that of others. I am grateful of this opportunity that US Army has brought to me. It would be an injustice if I do not share some of what I experienced with others.

Of all the things I did while I am in Korea, the one that is most memorable and most positive has been my experience as a volunteer English teacher at a school outside of Camp Casey in the city of Tongduchon. It is from this class that I got to know Korea better. It is from this class that I was able to explore the various Korean restaurants in Tongduchon. It is from this class that I learned the likes and dislikes of an average Korean citizen. I have discovered a meaningful way to use my spare time by learning from Korean people and sharing my American heritage at the same time.

I had the great fortune of being a volunteer English teacher early on when I first arrived at the city of Tongduchon where Camp Casey is located. It was in November, the beginning of the winter season, when I arrived. Any one who has been to Korea knows about the Korean winters. I can remember clearly those cold winter days. Although it was the holiday season, there was no holiday spirit. Anyone who has spent holidays in a foreign place without family knows exactly what I mean. You can have the most delicious turkey and all the Christmas decorations in the world, but you feel different. The Christmas carols were nice but they just didn't feel same.

It was right after the holiday season that I started volunteering teaching English. As a result I got to know a group of Korean adults who not only eager to learn English but also want to know more about America. It was through this group of Korean students that enlightened me of the Korean people and their culture. Through them, I got to know Korea first hand and personal. Through the generous sharing of their likes and dislikes in their daily lives, I feel privileged to experience Korea as the Koreans experience it.

Mr. Hong was one of my first students. He first introduced himself as the King of Blues. He does this introduction to all new teachers he meets because he loves American blues and plays guitar himself. At one time he was a member of a local band. He invited me to his house and showed me his huge speakers, a sophisticated amplifier and a guitar from the States. He is currently doing military service as an administrative assistant at a local government office. It was from him I learned that not all Korean young men have to serve as a ROK Army soldier. Some are assigned administrative duties due to health reasons.

Mr. Yang wanted me to call him David when I first met him. He told me in our first encounter that he had just come back from a six-month visit to the States. His aunt lives in Denver. He spent half a year in a language school near Denver and, after he returned from States, he spent another six-month schooling to further his English communication skills. It was from him that I learned it's common among university students to take one or two years off, usually between their junior and senior years, while they are still in college. I was told that it's better to take time off before they graduate, because they have to start working right away once they get their degree. Many university students choose to study English abroad and travel as much as possible. David had traveled from east coast to the west by living in youth hostels while he was in the states. He likes America and also loves his own country.

Nancy is another study abroad example. She attends a famous Korean university in Seoul but decided to take a year off to improve her English. She was not able to get visa to go to States but was able to enroll in an English program in Canada. Hence, she lived with host families in Vancouver while she was attending an English language school there. She feels her improved English skills will provide her with better job prospects.

Ms Kim never had an English name and prefers me and other teachers to call her Ms Kim. She often remains quiet but always answers back if you ask her questions. She was among the few that would always show up for class. She has a regular day job at one of the shops in a nearby Army post, and attends English classes at night 4 nights a week. I was told that it usually takes her 45 minutes to travel back to her house. Her determination to improve her English is quite respectable. This reflects how determined some of the Korean adults are about learning English.

Jim is another good example of the Korean diligence on learning English. Although his interest in learning is genuine, he was offered possible promotion if he can further improve his English communication skills. He works on post during the day and rarely misses any classes at night. He has two young daughters and a full time housekeeper wife.

He is the oldest among the students at the class, but he is the most diligent of them. Among the English teachers, we always wondered about when he spends time with his family. He says his wife is fully supportive of his use of his time, and he devotes his weekend time for his family. He loves his job working for the US Army, because he only has to work five days a week. This provides him time to spend with family. Most Korean people have to work on Saturdays. His wife also plays piano at a church his family attends on Sundays.

Judy is another interesting student that always raises challenging questions to her male classmates and sometimes to the teachers. She does not hesitate to argue with any one in class who tries to stereotype Korean females as entirely home bound. From her, I learned that women's role in Korea is changing and there is a so-called "feminist" movement that is gaining momentum in Korea. Although Judy made clear to everyone that she is not a "feminist," she is not shy about giving her opinions on various issues. Judy's job is an institute teacher. She teaches English to elementary school aged students. In Korea, there are many institutes that offer many kinds of classes and training in addition to regular schools and universities. She wants to further advance her English communication skills by attending English class at night.

The above students are just few of many who have attended the English class in these past months. These Korean students have offered to take me and other English teachers out for coffee, tea, deserts or simple meals after classes. One student even prepared a traditional Korean banquet at her house to host all of the teachers and students. For those of us who attended it we all agreed that was the best meal we have ever had in Korea. Many students offered to be our tour guides if we need them. They have offered and took some of us to Seoul and nearby cities. They know the fact that we do not get paid and respond by showing us their appreciation and generosity. I am also impressed by the young people's desire to take care of their parents. It is still a tradition in Korea for the eldest son to live with his parents.

I have to say that my English class had made my year long tour in Korea a more pleasant and memorable one. It is ironic that I was being called a "teacher" when I actually learned far more than what I taught. I feel I had benefited more than I ever gave. I have recruited and met other volunteer teachers and we all seem to share similar experiences. I have had a wonderful time as a volunteer English teacher and I strongly recommend it to anyone.

2002년
나의 한국 영어교실

리차드 레이 소령
미 제2사단 702의무지원대대

펄벅 여사가 한국에 관하여 쓴 그녀의 1963년판 역사소설 〈살아있는 갈대〉에서 "한국은 고귀한 사람들이 살고 있는 보석 같은 나라"라고 밝힌 바 있지만, 그로부터 50여년이 지난 오늘 내 자신이 한국에 와 살면서 직접 체험하고 보니 그 이상 공감이 가는 말이 있을 수 없다는 생각이 든다. 조용한 아침의 나라, 한국에서의 1년 근무가 다 끝난 이제야 이 나라와 국민들에 대한 이해와 깨달음이 시작되는 느낌이다.

한국에서 보낸 열두 달은 나의 삶을 풍요롭게 해주었다. 누구든 해외에서 살아본 경험이 있는 사람이면 알 수 있듯, 자기 모국과 다른 문화를 체험하게 되면 그 외국문화는 물론이거니와 이질적인 타국문화의 체험을 통해 자기 나라의 문화까지도 새삼 그 진가를 더 절실히 느끼게 된다. 미국이 나에게 이런 기회를 가져다 준 것을 매우 고맙게 생각한다. 이처럼 내가 남의 나라에서 체험했던 부분을 남들에게 털어놓고 그들과 함께 나의 체험담을 나누어 갖지 않는다면 마땅한 처사라 할 수 없을 것이다.

한국에 체류중 체험해봤던 모든 것 가운데 가장 건설적이고 추억에 남는 일은 부대 밖 동두천 시내의 한 학교에서 영어선생으로 자원봉사를 했던 일이다. 내가 한국을 좀 더 자세히 알게 된 것은 바로 이 영어교실에서였다. 동두천의 수많은 한국음식점들을 오가며 갖가지 음식을 맛 볼 수 있었던 것도 이 영어학습 때문이었다. 한국의 보통 사람들이 무엇을 좋아하고 싫어하는지도 이 영어교실에 나가면서 터득하게 되었다. 한국사람들한테서 이것저것 배우기도 하고 동시에 내가 물려받은 미국문화유산을 그들과 함께 나누면서 나의 여가시간을 뜻있게 보내는 방법도 터득했다.

미2사단 지역인 동두천의 캠프 케이시(Camp Casey)에 처음 전입오자마자 일찌감치 자원봉사 영어선생이 된 것은 나에게 커다란 행운이었다. 내가 이곳에 처음 왔을 때는 겨울철이 시작되려는 11월이었다. 한국에 와 본 사람이면 누구든 한국의 겨울이 어떤지를 잘 안다. 그때 그 추운 겨울날들이 잊혀지지 않고 또렷하게 기억난다. 때마침 추수감사절이었는데도 휴일 기분이 전혀 나지 않았다. 가족과 멀리 떨어져 외국 땅에서 홀로 명절을 지내본 사람이면 누구든 내 말이 무슨 뜻인지 잘 알 것이다. 세상에서 가장 맛있는 칠면조 고기가 있고 크리스마스 장식을 아무리 멋있게 해 놓아도 제 기분이 나질 않는다. 크리스마스 캐럴이 아무리 흥겨워도 별로 신이 나지 않는다.

추수감사절이 지나간 바로 직후에 나는 자원해서 영어를 가르치기 시작했다. 그 결과 몇몇 한국의 나이 든 학생들을 알게 되었는데, 이들은 영어를 배우고 싶어할 뿐만 아니라 미국에 대해서도 뭔가 더 많은 것을 알고자 하였다. 이 어른 학생들이 나에게 한국사람과 그 문화에 관하여 많은 것을 깨우쳐 주었다. 이 사람들을 통해서 나는 한국을 몸소 가까이 접하게 되었다. 그들이 매일매일 자기네들끼리 좋은 것, 싫은 것을 함께 나누며 착하게 살아가는 모습을 지켜보면서 나는 한국사람들과 똑같이 그들의 한국을 체험하는 어떤 특전을 받은 듯한 느낌이었다.

내 영어교실에서 배우고 있는 학생 가운데 홍씨라는 사람이 있었다. 처음 그는 스스로를 블루스 왕이라고 소개했다. 그가 새로 오는 영어선생들에게 모두 이렇게 자신을 소개하는 이유는 자기가 미국의 블루스 춤을 너무 좋아하고 기타를 칠 줄 알기 때문이다. 한때 그는 그 지방에서 활동 중인 어느 악단의 연주자이기도 했다. 한번은 나를 자기 집에 초청해서 커다랗고 복잡하

게 생긴 미제 확성기와 악기들을 보여주었다. 그는 그 지방 관공서에서 공익
근무요원으로 군복무를 하고 있었다. 그를 보고서 한국에서는 모든 젊은 남
자들이 군복무를 해야 한다는 것을 알았다. 그 중에 건강상의 문제로 일부가
공익근무로 배치되는 것이다.

성이 양씨인 학생은 처음 나와 인사를 나누고 자기를 데이비드(David)라
고 불러달라고 했다. 우리가 처음 만났을 때 그는 미국에 6개월간 머물다가
얼마 전 귀국했다고 한다. 자기 이모가 덴버(Denver)에 살고 있다고 했다.
덴버에 있으면서 반년을 영어학원을 다니다가 귀국했는데, 한국에서도 앞으
로 6개월간 영어회화를 익히고자 학원엘 다닐 계획이라고 한다. 그를 보고
서 한국의 대학생들은 대개 3, 4학년 때 1~2년 정도 휴학을 하는 것이 보통
이라는 걸 알게 되었다. 대부분이 얘기하기를 대학에서 학위를 따면 바로 직
장에 다녀야하기 때문에 졸업 전에 휴학을 해서 자유로운 시간을 내는 것이
더 좋다고 한다. 이때 많은 학생들이 되도록 해외로 나가 영어를 익히고 여
행도 즐기게 된다. 데이비드란 학생은 미국에 가 있는 동안 미국의 동부에서
서부까지 유스호스텔에 묵어가며 대륙횡단여행을 했다고 한다. 그는 미국을
좋아했고, 물론 자기 조국 한국도 사랑하는 학생이었다.

낸시(Nancy)도 또 다른 해외 연수파의 본보기로 꼽을 수 있다. 그녀도 한
국에서 알아주는 서울의 모 대학에 재학 중 영어실력을 키워야겠다고 맘먹
고 1년을 휴학하고서 해외로 나갔다. 그녀는 미국 비자를 받지 못하게 되자
캐나다의 영어연수프로그램에 등록을 하게 되었고, 캐나다에서 영어연수학
교에 다니는 동안 밴쿠버 시의 한 가정집에 입주하여 캐나다 주인 식구들과
함께 살았다. 그녀는 캐나다에서 익힌 영어실력으로 좋은 직장에 취직이 될
거라고 생각하고 있었다.

영어이름을 가져 본 적이 없는 미스 김은 나와 다른 학생들이 자기를 그저
미스 김으로 불러주기를 더 바랬다. 그녀는 보통 얌전하게 있었지만 누가 그
녀에게 질문이라도 하면 항상 응답을 하주는 아가씨다. 영어교실에 하루도
빠짐없이 출석하는 열성파 몇 명이 있었는데 미스 김도 그 몇 명 중 한 명이

었다. 군부대 가까이 있는 가게에서 점원으로 매일 정상근무를 하면서도 그녀는 일주일에 나흘을 야간 영어교실에 꼬박꼬박 출석했다. 그녀가 영어공부를 마치고 집까지 가는데 45분씩이나 걸린다고 들었다. 영어를 배우겠다는 그녀의 굳은 결심은 정말 대단했다. 이런 모습이야말로 일부 한국사람들의 영어학습에 대한 의욕적인 결의가 얼마나 확고한가를 보여주는 것이다.

한국사람들이 영어를 부지런히 배우려 노력하는 또 다른 예는 짐(Jim)이라는 친구한테서 엿볼 수 있다. 원래 무엇이든 배우겠다는 순수한 그의 흥미와 영어소통능력만 월등히 향상되면 진급을 시켜주겠다는 직장에서의 약속이 그를 더욱 열성파로 만들었다. 그는 낮에 부대 영내에서 근무를 하는데 밤이면 영어학습반에 거의 빠짐없이 출석했다. 두 딸과 전업주부인 아내를 둔 그가 우리 영어교실에서 제일 나이가 많은 것은 당연한 것이었지만, 나이가 제일 많아도 모든 학생 가운데 영어공부에 제일 열심이었다. 그의 아내는 그가 언제 무엇을 하던 적극 협조해주기 때문에 대신 그는 주말만큼은 가족을 위해서 시간을 보낸다고 했다. 그는 미군부대 근무가 매주 5일만 출근하면 되는 것이어서 좋다고 했다. 다른 한국인들은 대부분 토요일에도 직장에 나가 일을 하는데 그는 주말에 이틀을 식구들과 함께 보낼 수 있기 때문이다.

우리 영어교실에서 아주 재미있는 또 다른 학생은 주디(Judy)라는 여학생인데, 그녀는 오며가며 종종 남학생들이나 때로는 선생들에게까지 도전적인 질문을 던지곤 했다. 누구든 영어수업시간에 한국 여성들은 전적으로 가사에만 매달려야 된다는 식으로 주장을 펼치면 그녀는 주저하지 않고 달려들어 논쟁을 벌인다. 그녀에게서 나는 한국 여성의 역할에 변화가 일어나고 있고, 한국에서 소위 여성운동이 무게를 더해가고 있다는 것을 알게 되었다. 주디는 누구에게든 자기는 여성운동가가 아니라는 점을 분명히 하지만, 다양한 시사문제에 자기 의견을 거리낌 없이 밝히곤 한다. 주디의 직업은 초등학생들에게 영어를 가르치는 학원강사였다. 한국에서는 정규과정의 학교나 대학 말고도 수많은 학원이 있는데 이들 학원은 학교에서 받는 정상수업 이

외에도 많은 과목의 과외수업을 가르치고 있다. 주디는 영어회화기법을 더 익히려고 야간에 영어학원엘 다녔다.

앞에 예를 든 학생들은 최근 몇 달 동안 우리 영어학습반에 나온 수많은 학생들 중 불과 몇 명밖에 안되는 소수의 인원이다. 이들 한국 학생들은 나뿐만 아니라 다른 선생들까지 수업이 끝나면 밖으로 불러내 커피, 차, 과일 또는 간단한 식사를 함께 했다. 한 학상은 선생과 학생들 모두를 그녀 집에 초대해서 한국의 전통음식으로 큰 잔치를 베풀었던 일까지 있었다. 그 잔치에 갔었던 우리들 모두는 이구동성으로 한국에서 살던 중 최고로 좋은 음식을 먹었다고 했다.

학생들은 우리가 필요로 할 때면 언제든지 관광안내도 서슴지 않고 도와주었다. 어떤 때는 서울이나 인근 도시로 우리를 데려가 주었다. 우리가 영어선생 노릇을 무보수로 하고 있다는 사실을 안 그들은 이 같은 방법으로 감사의 뜻과 아량을 베풀어 화답해주었다. 또 한 가지 인상 깊은 것은 부모를 열심히 공경하려는 젊은이들의 마음가짐이었다. 아직도 한국에서는 장남이 부모를 모시고 사는 것이 전통이었다.

한국에서의 나의 1년 군복무가 더할 나위 없이 즐거웠고, 잊지 못할 추억으로 남게 된 것은 나의 영어학습반 덕분이었다. 그 교실에서 내가 가르치겠다고 하고서는 오히려 내가 배운 것이 더 많고 보니 날더러 "선생님"이라고 부르는 것이 만부당한 역설같이 들린다. 준 것보다 내가 얻은 것이 더 컸다는 느낌이다. 함께 가르쳤던 다른 자원봉사 선생들도 비슷한 체험을 했을 것으로 생각한다. 내 스스로가 영어선생을 자원해서 무료봉사하면서도 신나고 멋진 시간을 가졌으며, 다른 사람에게도 이 같은 체험을 적극 권장하고 싶다.

Growing with Korea
A Country and A Man

CW3. David A. Boshans
HHD, 36th Signal Battalion

My journey with Korea began in February 1986 as a young sergeant. As I stepped off the airplane into the chilly winter air that engulfed Osan airbase, I was filled with wonder and anticipation of what awaited me in the land of the morning calm. My father had served here back in the late 1960's, but his stories did little to prepare me for the events that would change my life. As my years in Korea increased, I lived at many locations throughout the country. I saw many different things. I grew and matured along with my host country of Korea. The parallels in our growth are evident and continuing to this day.

My first assignment to Korea was as the Battalion Maintenance Non-Commissioned Officer (NCO) with HHD, 41stSignal Battalion, Camp Coiner, Korea. As a new Sergeant (E-5) I had much to learn. My position often required travel between the Demilitarized Zone (DMZ) and Yongsan garrison. I have fond memories of being at many mountain top communication sites throughout Area I and II. The first time I was at Camp Dodge on the DMZ listening to the words and music coming from North Korea and looking at the massive flags displayed by both sides was really a moment that will remain with me forever.

Driving around northern Korea I saw how wonderfully rich and diverse this country is. From the mountains up north to the sprawling city of Seoul, the people and the language intrigued me. I enrolled in Korean language classes with the University of Maryland and tried to learn hangul. I also studied my military tasks and requirements for the position I held.

I had a friend working at Camp Red Cloud in Uijongbu that I would visit often during my free time. It was through his fiance that I would be introduced to Son Kyong Seong. We would date over the next 18 months and ultimately marry in August of 1987. Son Kyong not only helped me to grow emotionally, but also helped me to understand the moods and methods of the Korean people. Through her I came to understand many things about Korea that most westerners never learn.

Korea was also learning and growing during this period. Chun Doo-Hwan was the current president and the Korean people were less than pleased with him. He was not democratically elected and the university students wanted many freedoms. I saw their demonstration throughout Seoul. Many came very close to Yongsan. We use to watch them over the fence line. At first I did not understand what the students and protesters desired to accomplish through such violent methods. Now looking back it is so apparent. Korea was maturing as a country, longing for democracy, and I was privileged enough to witness it first hand.

President Roh Tae-Woo took office peacefully from Chun Doo-Hwan in early 1988. As Korea had a transfer of power, I found myself transferring to become site chief of Namsan site. This site is located about 200 meters from beautiful Seoul tower on Namsan mountain in the middle of Seoul. The view of the capital city from my place of work was spectacular. I could see many historical sites from my perch on the mountain. I often would climb my tower and follow the students' demonstrations throughout the city. My presence at Namsan would afford me many opportunities to learn more about Korea. In preparation for the Olympics in Seoul, in 1988, the National Broadcast Company (NBC) put a control center and many microwave communication systems on my site to enhance their coverage of the Olympics. Cameras were placed up on my tower to provide scenic pictures used during the television broadcasts. Members of the today show cast would even visit the site during the months prior to the Olympics. I was very lucky to be in Korea during this time. My wife, my friends and I experienced many Olympic events and competitions. The Korean people were generous and pleasant at all times.

I know how proud Korea was during this period. Hosting the Olympics brought the world to Korea's doorstep and Korea welcomed them with open arms. Korea built many new buildings, bridges and roads to facilitate the Olympics. The country that I had come to know and understand over two years was now being discovered by people throughout the world. The Olympics were very successful and earned Korea the respect and envy of many nations. Korea was continuing to grow both nationally and internationally.

In 1989 I left Namsan for an assignment at Camp Coiner. I was continuing my growth in Korea by moving to the next step in my professional military career. My unit, the 275th Signal Company, had platoons located in Seoul, Wonju, Chunchon and Suwon. All who come to Korea must see the beautiful country that is located around Chunchon. In October of 1989, I was promoted to Staff Sergeant (SSG). My growth in Korea was continuing and I consider myself blessed to be in Korea when I was promoted.

My wife and I went down to Cheju-do Island, a great vacation area for Koreans and Americans. The squid was very fresh and the scenery was pleasing to the eye. The seafood was cooked just right and my wife consumed quite a lot of it! Walking up to the Buddhist temple was very hard for my wife, but it was a nice day, with nice weather and we made it without falling once. It was an experience that we will never forget.

My daughter was born on January 11th 1990 at 121 Hospital in Yongsan, Seoul. This single event forced me into another period of growth. I could no longer concentrate on just my wife and me. I was a father with a daughter living in Seoul Korea. You would think that raising a child in Korea would present problems, but that was not the case. We had no problems. Linda was and is a blessing.

The war in the Persian Gulf made for some tense and trying times for the US military in Korea. I was locked down with many others as the Army implemented stop loss for all Korea. Little did I know that by May 1992 I would be in Saudi Arabia in support of the southern "no-fly" zone.

In January 1992 I left Korea. My wife, our 2-year-old daughter and I boarded the plane not knowing what was waiting for us. Our feelings at this time were immense. My wife was leaving the country of her birth for the first time. She was leaving family and friends to go with me. This one act alone would cause me to never question her devotion to me. I was, however, filled with conflicting feelings. While I was happy to be going home, I felt as though I was leaving my second home. Korea had changed me dramatically. While it was not my home of birth, I considered it my home of heart. Leaving Korea was hard on my family. My wife cried as the plane took off and I wondered if I would ever see the land of the morning calm again.

However, Korea was not finished with me yet. After tours of duty in Saudi Arabia, Fort Monmouth, Fort Knox and attending Warrant Officer schools at Fort Rucker and Fort Gordon, I returned to Korea as a Warrant Officer 2 (CW2). This time I would have to go it alone. I was assigned to 229th Signal Company (TACSAT) at Camp Humphreys on an all others tour without my family. Pyongteak Korea was a lovely location to spend my first assignment to Korea as a signal officer. While I missed my family very much, I was very busy with work. The exercises and training would take most of my time. My unit supported missions from the DMZ down to Chinhae.

After spending a year at Pyongtaek, I transferred down to the 36th Signal Battalion in Daegu. This would allow me to bring my family back to this great country for another two years. My family had grown by one. My son was born on 5 December 1994 at Fort Knox, Kentucky. Matthew was a beautiful bouncing boy weighing 9.6 pounds. My son learned Korean early and attended pre-school in downtown Daegu. He could speak Korean before English.

I would spend two years as officer in charge of the Maintenance Support Team (MST) and one year as the Battalion Maintenance Officer (BMO). The tasks that I was required to perform during this time period would increase my military knowledge greatly. As a staff officer in a Signal Battalion I had many responsibilities. Our battalion is dispersed throughout 34,000 square kilometers of Korea. To accomplish our vast mission we have many Korean national employees and I became great friends with many of them. They were always willing to discuss Korea and tell of past events in Korea's history. They are smart and friendly people and proud to help support the joint US/ROK mission of defending Korea.

President Kim Dae-Jung took office from then President Kim Young-Sam in February of 1998. President Kim would see Korea through many tense and joyous times. Korea experienced some economic difficulties and the won rate would plunge against the dollar. For example, the won rate fell from around 880 won to a dollar to close to 2000 won to the dollar almost overnight, but Korea would grow through this and remain a strong country.

My family and I left Korea again in May of 1999. This time we did not go far, only to Hawaii. After three years in Hawaii my intent was to return the continental United States to serve my last year in the military and retire, this was not to be. I found myself coming back to Korea again. Not only returning to Korea, but back to the exact position that I had left three years ago. I was three years older and had been promoted again to Chief Warrant Officer Three (CW3).

Once again my family had grown while outside of Korea. This time it was not a birth, but my mother-in-law had become an official dependent of mine. She has always visited us for extended periods and I have wanted her to live with us for a long time. Korea has strong family ties and values. I know what my responsibilities are towards my mother-in-law and I am happy to help care for her and to welcome her into our home.

We arrived just in time to witness the remarkable events during the world cup. Korea once again played host to the world and not only succeeded as host, but also made the semifinals. On top of that, just recently the Asian games have finished to again, great reviews.

I have been back in my second home for five months now. I still have 18 months left in my tour and I may be staying longer than that. Korea has held so much for me. I was promoted here, I learned my profession here, I met my wife here, I had children here and I grew tremendously here. I have served in Korea for almost 11 years.

Korea grew right along with me. I watched Korea turn from a great country, that not many people knew, to the greater country that is known throughout the world. The land of the morning calm has hosted the Olympics, the World Cup and the Asian games. I know that I do not intend to stop growing and I know that my host country of Korea will never stop growing and changing. I look forward to many more years growing with, and in, Korea. *End*

1983   Basic Training, Fort Jackson, South Carolina
1989   Basic Non-Commissioned Officers Course,
       Fort Gordon, Georgia
1993   Basic Warrant Officers Course, Fort Rucker, Alabama.
1993   Signal Warrant Officer basic Course (9183), Fort Gordon, Georgia.
2000   Warrant Officer Advance Course, Redstone Arsenal, and Fort Gordon, Georgia.

한국과 더불어 성장하다

데이비드 보산스 준위
제36 통신대대 본부

젊은 나이에 육군 병장으로 한국 땅을 밟은 것이 내 한국여정의 시초가 되었는데, 그때가 1986년 2월이었다. 비행기를 내려서자 오산 공군기지에 몰아치고 있는 한겨울의 냉기가 내 몸을 휘감았고, 그 순간 나는 이 고요한 아침의 나라에 무엇이 나를 기다리고 있을지 신비로움과 기대로 가득 차 있었다. 아버지가 1960년대에 이곳 한국에서 근무했었다고는 하지만 아버지의 한국 체험담이 내 인생살이를 바꾸어 가면서까지 벌어지게 될 사건들을 미리 대비하도록 해주지는 못했다. 한국에서 여러 해를 지내면서 나는 전국 각지로 여러 곳을 돌아가며 살게 되었다. 갖가지 풍물들을 많이 구경도 했다. 나를 따뜻이 맞이해준 주인의 나라 한국과 더불어 나는 함께 자라고 성숙하였다. 한국과 내가 나란히 함께 성장한 것은 아주 분명한 일이고, 오늘날까지도 더불어 자라나는 그 모습은 계속되고 있다.

한국에서 내가 최초로 보직을 받은 곳은 용산지역 캠프 코이너에 있는 제41통신대대 본부대 정비하사관 자리였다. 신참 병장에게는 익혀야 될 것이 한 둘이 아니었다. 내 직책상 가끔 용산기지에서 비무장지대로 출동을 해야 될 일이 있었다. 그러다보니 전방지역과 용산지역에 군데군데 흩어져 있는 높은 산꼭대기의 통신기지를 오르락내리락했던 즐거운 추억거리들이 있다.

내 평생 영원히 정말 잊지 못할 순간은 생전 처음 비무장지대란 곳을 찾아가서 캠프 닷지(Camp Dodge)라는 곳에 들러 북한 쪽에서 남쪽을 향하여 선전하는 말과 북의 음악이 들려오고 남북 양쪽에서 대형 태극기와 인공기를 경쟁하듯 크게 걸어놓고 서로 과시하는 모습을 보았던 때였다.

대한민국의 북부지역을 차량으로 돌아다녀 보니 이 나라가 참으로 다양하고 놀랍도록 풍요로운 곳이라는 걸 새삼 느꼈다. 북녘의 높은 산에서 시작해서 남으로 내려오면 팽창해 가는 서울의 도심에 이르기까지 만나는 사람들마다 그들의 언어와 함께 모든 것이 나의 호기심을 자극하기에 충분했다. 나는 즉시 메릴랜드 주립대학의 용산분교를 찾아가 한국어과정을 등록하고 한글을 배우기 시작했다. 물론 나의 직책을 수행하는 데 필요한 군사업무도 열심히 익혔다. 의정부에 위치한 캠프 레드클라우드(Camp Red Claud) 기지에는 내 친구가 한 명 근무하고 있었는데, 일과가 끝나고 쉴 때에는 가끔 그 친구를 찾아가 만나곤 했다. 그 친구의 약혼녀를 통해 성선경이란 아가씨를 알게 되었고, 그녀와 나는 18개월 이상 연애를 하다가 결국 1987년 8월 결혼을 하게 되었다. 선경은 정서적인 면에서 나의 성장에 도움을 주었을 뿐만 아니라 한국사람들의 감정과 그들의 생활방식을 이해하는 데 큰 도움이 되어 주었다. 한국에 관하여 서양 사람들이 잘 알지 못하는 부분까지 나는 그녀를 통해 많은 것을 이해하게 되었다.

한국도 그 시기에 많은 것을 배우면서 발전해 나가고 있었다. 당시 대통령은 전두환 씨였는데, 그는 한국사람들이 별로 좋아하지 않는 사람이었다. 그는 민주적인 절차로 대통령에 당선되지 않았고, 대학생들은 완전한 자유를 원했다. 서울 시내에서는 학생 데모가 끊이질 않았다. 많은 학생들이 용산기지의 부대 울타리에 몰려와 데모를 했다. 처음에는 무얼 어쩌자고 학생들과 시민들이 저렇게까지 폭력적으로 항의시위를 계속하는지 이해할 수가 없었다. 이제 와서 되돌아보니 그건 아주 명백한 일이었다. 대한민국도 일개 국가로서 민주주의를 갈망하며 성숙되고 있었으며, 내가 그 과정을 현장에서 직접 목격하고 체험할 수 있었던 것은 나에게만 주어졌던 특전이었다.

1988년 초, 노태우 대통령은 전두환 씨로부터 평화적으로 정권이양을 받았다. 한국 사회에서 정권이양이 이루어지고 있었던 그 무렵 나는 전속명령을 받아 남산 통신기지 대장이 되었다. 이 통신기지는 서울 시내 한복판에 아름답게 자리 잡은 남산 타워에서 불과 200미터 떨어진 곳에 위치하고 있었다. 그러다보니 내 근무처에서 바라보는 서울 경치는 그야말로 장관이었다. 남산 위 내 근무처의 지척에서 수많은 사적지를 구경할 수 있었다. 가끔 나는 통신기지 내 타워에 올라가서 시내 곳곳에서 벌어지고 있는 학생 시위 현장을 지켜보곤 했다. 근무지가 남산에 자리 잡고 있는 덕에 한국을 배울 수 있는 기회를 더 많이 가질 수 있었다. 1988년 서울올림픽 준비가 한창일 때 미국의 NBC 방송사는 내가 최선임대장으로 근무하고 있는 이곳 남산 통신기지에 방송통제소와 중계시설을 설치하고 올림픽 중계방송을 하였다. 멋진 배경화면과 사진전송을 위해 우리 통신타워에 여러 대의 카메라를 설치하고 텔레비전 중계방송을 실시하였다. 오늘날에도 인기 프로그램으로 손꼽히고 있는 유명한 쇼의 배역진들이 올림픽이 열리기 전 몇 달 동안 이곳 통신기지를 다녀갔다. 그 시기에 내가 한국에 있었던 것은 행운이었다. 나의 아내, 친구들과 더불어 나는 수많은 올림픽 행사와 올림픽 경기를 구경했다. 한국사람들은 언제나 인심이 푸근하고 낙천적이었다.

올림픽을 개최했던 대회기간 내내 한국 국민이 얼마나 큰 자부심으로 가득했었는지 잘 알고 있다. 올림픽 개최로 한국은 세계를 안방으로 불러들였고 그들을 쌍수를 들어 따뜻이 맞이하였다. 올림픽을 성공적으로 치루기 위해 요소요소에 무수히 많은 건물, 교량, 도로 등을 신축하거나 개설하였다. 지난 2년 동안 내가 찾아와서 알고 깨닫게 된 이 나라가 이제는 세계 방방곡곡 모든 사람에게 새삼 그 존재를 깨닫게 해주고 있었다. 올림픽은 매우 성공적으로 개최되었고 한국은 세계 여러 나라들로부터 존경과 부러움을 샀다. 한국은 국내에서 뿐만 아니라 국제적으로 계속 뻗어나가며 성장을 거듭하고 있었다.

1989년 남산의 부대를 떠나야 했다. 한국에 있는 동안 직업군인으로서의

  우리는 좋은 이웃

군사경력을 쌓으려면 다음 단계의 보직을 찾아 내 개인의 발전과 성장을 계속 해야만 했다. 나의 부대인 제275 통신 중대는 서울, 원주, 춘천, 수원 등지에 각 소대를 분산배치하고 있었다. 한국에 오는 외국인은 모두 춘천의 아름다운 주변 시골경치를 꼭 찾아봐야 한다고 생각한다. 1989년 10월 나는 병장에서 하사로 진급하였다. 이렇게 한국에서의 나의 성장은 계속 되었고, 나의 진급시기에 내가 한국에 있었던 것은 참으로 축복받은 행운이었다고 여기고 있다.

아내와 나는 한국사람들뿐만 아니라 미국사람들과도 휴양지로 이름난 제주도를 찾았다. 오징어가 아주 싱싱했고, 경치도 아름다워 참으로 볼만했다. 해물요리를 바로 그 자리에서 조리해 주는데 아내는 싱싱한 해물음식을 엄청 먹었다. 가까이 있는 절을 구경하러 갔는데 아내는 걷는 것을 무척 힘들어했지만, 그래도 날씨가 매우 좋아 즐거운 하루를 보내면서 중간에 포기하지 않고 끝까지 올라갔다. 평생 잊지 못할 신나는 경험이었다.

서울 용산기지의 제121 후송병원에서 내 첫딸이 태어난 것은 1990년 1월 11일이었다. 내 딸의 탄생 하나만해도 또 다른 나의 성장기를 보태어 주는데 모자람이 없었다. 이제부터 나는 내 아내와 나 자신만을 위해서 인생을 살아갈 수 없게 되었다. 나는 대한민국 서울에서 내 딸의 아빠가 되어 새 삶의 장을 열어가게 되었다. 혹자는 한국에서 아를 키우는데 무슨 문제라도 있을까 불안해하겠지만 그건 전혀 그렇지 않다. 우리는 아이를 키우는데 전혀 불편이 없었고, 내 딸 린다는 그때나 지금이나 우리 내외의 축복이다.

페르시아만 전쟁은 주한미군에게도 다소의 긴장과 시련을 안겨 주었다. 여러 동료들과 나는 미 육군이 전 주한미군에 대한 전출입을 중지시키는 바람에 꼼짝없이 발이 묶이게 되었다. 그때 내가 사우디아라비아 남부의 비행금지구역 작전지원을 위해 1992년 5월까지 사우디 전속이 내정되어 있었다는 사실을 거의 모르고 있었다. 1992년 1월 나는 한국을 떠나야했다. 내 아내와 두 살 배기 딸을 데리고 우리에게 무슨 일이 벌어질지 전혀 모른 채 비행기에 올라탔다. 이때 우리 심정은 헤아릴 수 없이 막막했다. 내 아내는 자기가 태어난 나라를 생전 처음 떠나게 된 것이다. 그녀는 가족, 친지들과 이별하고 나만 믿고 가지 않을 수 없었다. 이 사실 한 가지만 보더라도 그녀가 나를 얼마나 헌신적으로 사랑하고 따르는지를 절실히 깨달을 수 있었다. 나는 여러 가지 착잡한 마음으로 가득했다. 나는 고향에 돌아가면서도 한편으로는 제2의 고향을 떠나야 되는구나하는 서운한 생각도 들었다. 한국은 나를 정말 극적으로 변화시켰다. 한국이 비록 내가 태어난 고향은 아니지만, 나는 한국을 내 마음의 고향으로 여기고 있다. 그런 만큼 한국을 떠나는 것이 우리 가족에겐 여간 힘든 일이 아닐 수 없었다. 비행기가 하늘로 이륙하자 내 아내는 울음을 터뜨렸다. 나도 고요한 아침의 나라, 이 땅을 언제 다시 볼 수 있을지 의구심이 들었다.

그러나 나에게 이 질긴 한국과의 인연이 끝난 것은 아니었다. 사우디아라비아, 포트 맘모스 그리고 포트 녹스 등지의 근무를 마치고 포트 러커와 포트 고든에 있는 준장교 학교에서 소정의 교육을 이수한 후 나는 준위2급(CW2)으로 임관하여 다시 한국을 찾았다. 이번에는 한국에 나 혼자서 와야 했다. 가족들을 본국에 남겨 놓고 나 홀로 첫 근무하게 된 이번에는 캠프 험프리에 있는 통신중대로 보직을 받았다. 평택은 내가 장교로서 최초의 보직을 받아 근무를 하게 된 첫 번째 한국 땅으로 아주 아름다운 곳이었다. 가족이 보고 싶고 몹시 그리웠지만, 혼자서 열심히 일하며 근무에 전념하였다. 대부분의 시간을 기동연습과 군사훈련으로 보냈다. 우리 통신부대는 비무장지대에서 저 남쪽 진해에 이르기까지 광범위한 지역의 작전임무를 지원하고 있었다.

평택에서 1년을 보낸 후 나는 다시 대구에 있는 제36통신대대로 전속을 갔다. 대구로 전속을 가면서 향후 2년 계획으로 내 가족을 다시 이 위대한 나라 한국으로 데려오게 되었다. 이때쯤 나의 가족은 식구가 하나 더 늘었다. 켄터키 주 포트 녹스에서 1994년 12월 5일 내 아들이 태어났던 것이다. 아들 매튜는 체중 9.6 파운드의 귀엽고도 기운찬 녀석이었다. 이 녀석은 갓 태어나서부터 한국말을 익혔고 대구 시내의 유치원에 다녔다. 녀석은 영어보다 한국말을 먼저 배웠다.

나는 처음 2년간 정비지원팀 책임장교로, 그 후 1년은 대대정비장교로 일하게 되어 있었다. 이 기간에 내가 수행해야 할 임무만 제대로 한다면 내 군사지식은 엄청나게 늘어나게 되었다. 통신대대 참모장교로서 나의 책임은 여러 가지가 있었다. 우리 대대는 한반도 전역 약 34,000 평방 킬로에 걸쳐 분산 배치되어 있었다. 이처럼 광범위한 우리의 임무를 완수하기 위해서 우리는 한국사람들을 직원으로 많이 고용했고, 나는 이들 가운데 많은 사람들과 친구가 되었다. 이들 한국 고용인들은 항상 한국에 대한 토론에 기꺼이 응하고 한국의 과거 역사에 대한 이야기를 즐겁게 얘기해 주었다. 그들은 재치 있고 정다운 사람들이었고, 한반도를 지키기 위한 한미연합작전 지원임무를 자랑스럽게 도와주는 사람들이었다.

1998년 2월 김대중 대통령이 김영삼 대통령으로부터 정권을 인수받았다. 김 대통령에게는 한국의 어렵고 긴장된 시절도 있었고, 즐겁고 괜찮은 시절도 있었다. 당시 한국은 경제불황으로 미화에 대한 원화가치가 급락하고 있었다. 예를 들자면 하룻밤 사이에 미화 1불당 원화가치가 2,000원대로 뚝 떨어졌다. 그런데도 한국은 이 난관을 극복 발전을 거듭했고, 오늘날과 같은 경제 강국으로 자리 잡고 있다. 1999년 나는 가족과 더불어 다시 한국을 떠나야 했다. 이번에는 그리 멀지 않은 하와이로 전속되었다. 원래 내 계획은 하와이에서 3년 근무가 끝나면 미 본토로 건너가 마지막 1년 남은 군 복무기간을 마치고 전역을 하는 것이었는데, 이것이 여의치 않게 되었다. 다시 한국에 오게 됐는데, 그것도 3년 전 내가 떠났던 바로 그 자리로 다시 오게 된 것이다. 나이는 그 사이 세 살을 더 먹었고, 계급도 주임준위(CW3)로 승진하였다.

한국을 떠나있는 동안 우리 가족은 식구가 또 늘었다. 이번에는 새 아기가 태어난 것이 아니고 나의 장모가 합법적인 나의 부양가족으로 정식등록된 것이다. 장모님은 항상 우리를 찾아와 오랫동안 머물다 가곤 하셨는데, 나는 아예 장모님께 우리와 함께 평생을 같이 살자고 했다. 한국은 가족간의 유대가 깊고 식구들끼리의 가치관을 높이 존중하는 나라이기 때문이다. 장모님에 대한 나의 책임이 무엇인지 알고 있으며, 그녀를 기꺼이 내가 돌봐드리고 우리집에 편히 모시기로 했다.

우리는 한국에서 개최되는 월드컵축구대회에 맞추어 한국에 도착해 놀랄 만한 여러 가지 행사를 구경할 수 있는 행운을 누렸다. 한국은 다시 한번 세계를 상대로 큰 축제의 주인 역할을 하였고, 개최국으로서 성공했을 뿐만 아니라 경기에서도 4강에 들어가는 쾌거를 이룩하였다. 월드컵에 이어 부산에서는 아시안게임도 성공적으로 끝냈으니 대단한 실력의 재현이다.

이제 제2의 고향 한국에 다시 온 지 5개월이 지났다. 이번 한국근무는 아직도 18개월이나 남았지만 어쩌면 그보다 더 오래 있게 될지도 모르는 일이다. 나에게 한국은 너무도 큰 무엇인가를 지니고 있기 때문이다. 나는 여기서 승진도 하였고, 이곳에서 직업군인으로서 전문성을 익혔고, 여기서 내 아내를 만나 아이들을 키웠으니, 나는 한국에 와서 어른으로서 엄청나게 큰 발전과 성장을 거듭한 셈이다. 한국에서 내가 군복무를 한 기간이 햇수로 거의 11년이나 된다.

한국도 내가 있는 동안 나의 성장과 더불어 큰 발전을 거듭하였다. 한국이 옛날부터 훌륭한 나라라는 것을 아는 사람들이 많지 않았지만, 나는 원래 위대했던 그 한국이 이제는 전 세계적으로 널리 알려진, 예전보다 훨씬 더 훌륭하고 더욱 위대한 나라로 변모되는 과정을 현장에서 목격하였다. 조용한 아침의 나라가 올림픽을 개최하였고, 월드컵대회와 아시안게임을 주관하였다. 나도 내 스스로의 성장을 멈추겠다는 생각은 추호도 없듯이 나를 맞이해 준 주인 나라 한국도 쉬지 않고 발전과 변화를 거듭할 것이다. 앞으로도 장구한 세월, 여러 해를 두고두고 한국과 더불어, 한국 땅에서 계속 성장, 발전해 나갈 것을 기대한다.

1983: 사우스캐롤라이나 주에서 준위임관
1986-1992: 한국 서울에서 근무(1차)
1992-1995: 뉴저지, 앨라배마, 켄터키 주에서 근무
1995-1996: 한국 평택에서 근무(2차)

1996-1999: 한국 대구에서 근무(3차)
1999-2002: 하와이에서 근무
2002 : 한국 대구에서 근무(4차)

  우리는 좋은 이웃

Water Then Worship

SGT. Richard Graham
229th Sig Co 307th Sig Bn

"Water then worship."

I remember getting a kick out of that comment. "Water then worship," Anderson said. I laughed, partly giddy from exhaustion, partly because the night was becoming more surreal with every step. He was being somewhat sarcastic, and partially ironic, because neither of us is a Buddhist, he being Catholic and I having been at least raised as such. Yet we somehow found ourselves on this sacred ground, and I was beginning to feel a sense of supreme piety. Were I a tourist in Mecca or Rome I think I would have had the same out-of-place feeling, as if maybe I should be on my knees, at least of out of respect. For a moment, as we stood at the peak, I could only stand remember the climb.

We had arrived late at the bottom of the hill, having spent the day exploring Dongwasa, the site where the Great Medicine Buddha statue had been built. Our plan was to later climb the mountain to see Gatbawi, an old Buddha statue. Gatbawi means stone hat, and it is named so because the statue has a large flat stone rock resting on his head. We had walked lazily around the gorgeous temple grounds nearly till nightfall when we realized we had better hurry to beat nightfall up the hill. Anderson, who had been there before, warned me that it was more of a climb than I realized, but he could not have said enough to prepare me.

By the time we reached the base, the sun had already set, but luckily the mountain path was lit by electric lamps. We didn't waste time and started the climb, anxious to reach the top. We set a good pace from the beginning, not running, but walking fast enough to overcome others on the path. The climb began as a dirt path so steep that I often lost my footing and had to hold myself up with my hands. Not only is the climb steep, but seemingly endless. Though when the path does end, at a small temple on the side of the mountain, I wished it hadn't, because where the path ends, the climb begins. Stairs - rocks, really - wind up into the mountain, becoming lost in the trees. The information booth at the base says the path is three kilometers long, two of them steps. I remember arriving at the base of the steps, looking at Anderson, and sighing. He just chuckled and we moved on. Quite some time past the temple and up the stairs, to give myself something to concentrate on, I started counting steps in my head. At 536 I gave up, and we paused to rest.

During our break my legs wanted to keep moving. I paced in anticipation, wanting to get to the top. "We're about halfway," Anderson explained.

"Halfway? Dear Lord, only half way?"

By now I was drenched in sweat. I remember thinking how dreadful the climb would be if it were to rain, slickening the rocks. I looked at Anderson. We both nodded in unspoken agreement and resumed climbing.

My body grew numb and began to tingle. My mind reeled, and a mental voice expressed caution, but my ego would not allow me to stop. Step after grueling step we forced ourselves up the hill step, shocked when meeting an old woman climbing alone. Seeing her struggle steeled my nerves. It was now dark, and an elderly woman was on the side of this mountain, climbing - for what? I wondered how many times she had made this climb, for it obviously was not her first time. What was she seeking? What did this mountain hold for her? I was considering all of this when the rain began, just a drizzle, but enough to make me eat my previous words. I smiled at the irony of it, but kept walking, I had come too far now; I was too dedicated to reach the top to turn back because of a drizzle. I looked back at the old woman who seemed not to notice the weather.

Rounding a rock, I lost sight of the woman. Once again, it was just the steps and us. Continuing the climb, I realized that I had forgotten whatever machismo had been driving me, and now all I knew how to do was to climb. The steps themselves were just large rocks laid in a somewhat orderly fashion and I wondered who had placed them.

"What the hell am I doing here?" I wondered. Twelve thousand miles from home, in a culture vastly different than mine, climbing a mountain pass, and to what end?

With every step I felt as if I were coming closer to something extraordinary, and then the music echoing down the hill reached my ears Chanting. "Anderson, this is becoming more surreal with every step!"

I looked back and he didn't say anything or acknowledge I had spoken. A moment later the fog settled in.

"Have your ears popped yet?" Anderson shouted, yelling over his own loss of hearing. I was too tired to respond aside from a nod as I stopped to dry my glasses of sweat.

"It's up here, maybe another hundred feet," he said.

I turned back up the hill. "I'm dying of thirst," I said.

"Yeah," he replied as we came upon a small store near the peak, "Water then worship."

I looked back down the hill, my legs now numb and shaking, my head dizzy from the climb. It was only an hour drive from Taegu, yet to get any further from that fast, modernized city one would need a time machine. I was looking down the hill, but most of the climb was hidden beneath the fog that had kicked up about 300 meters below.

"Water then worship," was about the exact moment that things went beyond surreal, and I felt as if I had stepped out of time and into A dream world, somewhere between Hollywood and Moses on mount Sinai. I was Charlton Heston on Gatbawi. Recalling that night, I am surprised I didn't come off the mountain with gray hair, a long flowing beard, and the thousand-mile stare you can imagine one would have after looking into the face of a god.

I had never been so exhausted - so physically drained. Nothing I had ever done, none of the ridiculously long marches I had finished in the Army with fifty or more pounds of gear on my back had prepared me for that climb, yet I cannot remember ever feeling so wonderful. It may have been because I was somewhat out of my mind after the climb, with the chants echoing in my ears, and breathing the sweet smell of incense. All the trappings of holiness combined with the exhaustion of climbing thousands of steps combined to create a significant emotional event with all the trappings of holiness. These thoughts were lodged in my head as we bought the water.

Tipping back the bottle, I was concerned least with understanding the exact reason why I had made this climb. Working to avoid complete dehydration, I felt like someone else. No longer was I Sgt. Graham from Pittsburgh; I had become a nameless soul beyond my mortality, searching for an answer but not quite sure of the question. It felt like something amazing was beginning to happen, and I was trying to tweak all my senses to ensure I didn't miss it. As I drank from the bottle, the rain now pouring down, I looked over to Anderson, and it seemed as if he were in the same place I was.

"More surreal?" he reminded me of my comment, and on cue, it was then that the thunder first struck like a hammer and the wind began to howl. I watched as the dust kicked up and soared down the path into the fog. I looked back to Anderson, and his eyes were glowing; he knew what I was thinking. I remember hoping then that it was just beginning, having never imagined it could have turned into something so amazing.

Standing at the top, the dust stinging my eyes, it seemed an eternity since that 536th step. The wind was now blowing so hard I had to cling to a large rock to keep from getting blown over. The rain turned to a deluge, and the deafening thunder rocked the mountaintop with every crack. "It's around this rock," Anderson shouted to me.

Walking around the rocks, being pelted by wind and rain, I wondered what had happened to that old woman.

Coming up on Gatbawi, the anticipation mounted. I surely would not have been surprised had I been struck by lightning as I rounded the top, or if a troop of elves had magically popped out of thin air and started performing a circus.

It was a rain experienced rarely in life, with winds I had never known. I walked with my hands grasping the rock to keep from getting taken by the wind; I shivered from the cold, becoming lightheaded and close to passing out. We finally rounded the rocks to a small plateau and at the far end, Gatbawi. Between him and us the area was filled with people on their knees, bowing, praying, worshipping. We moved to a railing at the edge opposite Gatbawi, looked over the edge and saw the trail of light eerily winding through the fog, down to the bottom of the hill. I held tightly to the railing, overcome by the onset of vertigo. We stood in silence, taking it in. The lightning flashed violently behind the Buddha. I looked into his face, and saw that amid the chaos of the storm he radiated peace and tranquility, seeming to say, "Do not worry; this too shall pass." His form seemed the embodiment of the peace and love that seems to be the dream of every man.

It began to hail!

The monks were pulling people down from the rocks fearing for their safety. Soon, they convinced everyone to get off the top of the mountain, until it was just Anderson and I standing in silence in the middle of this horrific storm atop a mountain at the base of a Buddha statue. I no longer felt my body or cared about the weather. I felt like I was looking on at my situation as a third person, free from my own physical concerns. I felt that if I had turned to the Buddha and said, "Those two guys are nuts," he would have replied with a laugh and agreement.

I noticed that we weren't alone. There was a woman, bowing repeatedly - almost violently. "She's either tremendously devout, or has done something terribly bad to pray like that," I said. The monks came and dragged her to her feet; she began screaming at them, and jumping to the ground, resumed her bowing. Again, they pulled her to her feet and pleaded with her to follow. One of the monks ran over to us, and insisted that we leave also. We followed him down around the rocks and he led us to a small temple that was built into the side of the mountain. We kicked off our shoes and moved to the back of the temple. I learned it was the source of the chanting. The room was filled with people praying and singing. As reality overcame me, I became sad to let go of the fantasy. I didn't want to relinquish the dreamlike quality of the situation; it would be emotionally painful to let it end. As I returned to reality and allowed the pain, exhaustion and cold to settle in, I noticed I had never felt so good. I could have slept that night in that spot. Being among those people during the storm was comforting. The chanting had a dreamlike quality, and as the thunder struck and the temple rocked, no one seemed to notice.

억수 같은 물벼락과 예불

리처드 그레이험 병장
미8군 제307 통신대대

"억수 같은 물벼락 끝에 예불을 드리다" 그 한 마디 촌평에 실소를 금치 못했던 생각이 난다. "억수 같은 물벼락 끝에 예불이라"고 말한 것은 앤더슨이었다. 나는 크게 웃었다. 그것은 육신이 지친 나머지 어질어질 현기증이 도는 상태에서 나온 웃음이기도 하고, 한 발짝 한 발짝 내디딜 때마다 그날 밤이 더욱 꿈속으로 빠져드는 듯 싶어 튀겨나온 웃음이리라. 앤더슨이 다소 풍자적이고 반어적인 모습으로 되어가고 있었던 것은 우리 둘 다 불교신자가 아니라, 그가 가톨릭신자이고 나도 최소한 그렇게 자라온 처지였기 때문이다. 어쨌든 우리는 이 불교성지에 도착해서 무상의 경건한 마음을 느끼기 시작했다. 내가 메카나 로마를 찾은 관광객이라면, 설령 존경심이 우러나지는 않더라도 최소한 무릎은 꿇고 있듯이 낯선 자리에서 어색한 느낌은 똑같이 갖게 마련이란 생각이 든다. 잠시 산꼭대기에 서 있자니 오직 산을 올라오던 생각만 되살아난다.

우리가 산기슭에 도착한 것은 거대한 약사여래래불상이 세워져 있는 동화사를 종일 탐사하고 난 뒤인 그날 오후 늦은 시간이었다. 우리 계획은 늦더라도 산을 걸어 올라가 오래된 옛날 불상 '갓바위'를 보려는 것이었다. 갓바위란 돌로 만든 모자를 뜻하는 말로 그 불상의 머리 위에 평평하고 넙적한 바윗돌이 얹혀 있다고 해서 그런 이름을 갖게 되었다고 한다. 우리가 광대한 사찰 주변을 천천히 둘러보다 보니 시간이 많이 늦어졌고, 서둘러 산을 오르지 않으면 밤이 너무 늦어질 것 같았다. 앤더슨은 전에 이곳에 와 본적이 있기 때문에 상상할 수 없을 정도로 힘든 등산이 될 거라고 나에게 주의를 주었지만, 내가 거기에 충분한 대비를 하기에는 그런 경고의 말도 모자랄 지경이었다.

산 밑에 다다랐을 때는 이미 해가 서산너머로 기울어졌지만 다행히 등산로에는 전기불이 환하게 밝혀져 있었다. 우리는 반드시 산 정상에 오르겠다는 욕심으로 지체 않고 바로 산을 오르기 시작했다. 우리는 시작부터 보조를 잘 맞추어 뛰지 않고도 다른 사람들을 따라잡을 만큼 충분히 빠른 속도로 걸어갔다. 오르막길은 아주 가파른 흙길이어서 나는 걸핏하면 발을 헛디뎌 손으로 땅을 짚고 몸을 일으켜야 했다. 오르막길이 가파를 뿐만 아니라 끝도 없이 멀어보였다. 산중턱의 조그마한 절간에 도착해서도 산길은 끝이 안 보이는데, 차라리 안 보이는 것이 좋은 것이 산길이 끝나는 듯싶은 데서 오르막이 시작되기 때문이다. 산속으로 구불구불한 돌계단길이 나 있는데 그 돌계단길이 저쪽 나무숲 어딘가로 사라져 들어갔다.

산 밑의 입구 안내소에서는 산길이 장장 3킬로미터인데 그 중 2킬로미터가 계단이라고 했다. 오르막 계단길이 시작되는 맨 아래 바닥에서 앤더슨을 쳐다보며 내가 한숨을 지었던 생각이 난다. 그 친구는 싱긋 웃기만 했고 우리는 계속 걷기 시작했다. 조그만 중간 절을 지나 계단을 한참 오르던 중 무언가에 정신을 집중시켜야겠다는 생각이 들어 내 앞에 보이는 계단을 하나둘 세기 시작했다. 536개의 계단까지 세고는 포기하고 우리는 잠시 멈추어 쉬었다. 쉬는 사이에도 나는 다리를 계속 움직이고 싶었고 산꼭대기까지 오르고 싶은 기대감에 이리저리 움직였다. "한 절반쯤 왔을 거야." 앤더슨이 말했다. "절반을 왔다고? 맙소사…. 여태 절반밖에 못 왔다고?" 이때 이미 나는 온 몸이 땀으로 흠뻑 젖어있었다. 만일 비라도 와서 돌이 미끄러워지면 돌계단을 오르기가 얼마나 힘들고 무서운 일일까 갑자기 겁이 났다. 앤더슨을 돌아보았다. 우리는 서로 말없이 고개만 끄덕이고 다시 산을 오르기 시작했다.

내 몸은 전신이 마비되듯 점점 감각을 잃어가고 여기저기 욱신거리기 시작했다. 내 마음은 흔들렸고 맘속에서는 정신차리라고 소리쳤지만, 그래도 나의 아집은 내가 멈추는 것을 용서하지 않았다. 녹초가 되어서 억지로 내 자신을 북돋우며 오르막 계단을 한 걸음 한 걸음 올라가던 중 어떤 나이 많은 아주머니가 홀로 등산길을 오르는 것을 보고 우리는 충격을 받았다. 그 아주머니가 안간힘을 다해 산을 오르는 것을 보고 나는 온 신경을 곤두세워 마음을 다져먹었다. 어두운 야밤에 나이든 아주머니가 이 산 중턱을 혼자 올라가고 있다니 도대체 무엇 때문인가? 보아하니 분명 그 아주머니는 오늘 저녁 처음으로 산을 오르는 것은 아닌 것 같고, 그렇다면 아주머니는 몇 번이나 이 산을 올랐을까? 그녀는 무얼 찾아 나서는 것일까? 이 산이 그 아주머니에게 무슨 뜻을 지니고 있단 말인가? 온통 이런 생각만 가득 차 있는데 가랑비가 부슬부슬 내리기 시작하여 앞서 말했던 것은 모두 잊어버리고 말았다.

뜻밖의 사태변화에 그저 미소를 머금고 걷기를 계속하다 이제는 너무 멀리 지나쳐 와버렸다. 산꼭대기까지 오르느라 너무 지친데다 부슬비까지 내리니 되돌아갈 수 없었다. 날씨에는 전혀 관심도 없는 듯 눈길도 주지 않던 그 나이든 아주머니를 되돌아보았다. 바위 하나를 빙 돌아 나오니 아주머니가 보이질 않았다. 다시 한번 둘러보니 있는 것이라곤 돌계단과 우리 둘 뿐이었다. 계속 산을 올라가면서 나를 이렇게 몰아부치는 것은 바로 그 알량한 남자로서의 내 자존심 때문이라는 생각이 들었고, 이제 내가 할 수 있는 것이라고는 산을 오르는 것뿐이었다. 계단이라는 것이 다소 모양을 갖춰 깔아 놓은 돌층계였는데 도대체 누가 그 많은 돌들을 이렇게 산길에 깔아 놓았는지 알다가도 모를 일이었다.

"대체 내가 뭘 하고 있지?" 내 스스로도 의아스러웠다. 고향 멀리 1만 2천 마일이나 떨어진 이곳, 내 나라와는 문화가 판이하게 다른 곳에 와서 험한 산길을 오르느라고 헐떡이고 있으니, 이게 무슨 짓인가? 한 발 한 발 걸음을 옮길 때마다 마치 내가 무슨 괴상한 것에라도 점점 더 가까이 다가가는 것 같은 느낌이 들다가, 다음 순간 언덕을 타고 내려오는 음악이 산울림으로 메아리쳐 내 귀에 들려오고 그 음악에 맞춰 노래를 부른다. "앤더슨, 어째 발걸음마다 점점 더 꿈을 꾸듯 현실과 동떨어진 초현실 같아 보여." 앤더슨을 돌아보았지만 그는 아무 말도 없이 내 말은 들은 체도 하지 안했다. 얼마쯤 지나니까 안개가 끼어들었다. "이제 귀가 좀 틔었나?" 앤더슨은 자기 귀가 안 들리는지 크게 소리를 질렀다. 땀이 찬 안경을 닦느라 멈춰 서서, 너무 지치고 힘들어 고개만 끄덕여주었다. "바로 저 위야. 아마 100피트도 안 될 거야." 앤더슨이 말했다. 나는 다시 언덕 위로 발길을 돌리며 말했다. "목이 타서 죽겠어""나도" 그가 맞장구를 칠 때 우리는 정상 가까이에 있는 조그만 가게에 도착했다. "물 속에 흠뻑 빠진 끝에 예불을 드리는 셈이군." 그가 말했다. 산 아래 언덕길을 내려다보고 있노라니, 다리는 마비된 듯 뻣뻣한 채 후들후들 떨렸고, 산을 타고 오르는 것이 어찌나 힘들었던지 머리가 어지러울 정도였다.

모든 것이 빨리 움직이고 현대화된 대구에서 자동차로 한 시간 거리에 불과한 근거리에 나와 있는 셈이지만, 거기서 조금만 더 벗어나려 해도 과거나 미래를 여행하는 공상의 기계를 타야 될 정도이다. 언덕길을 내려다보아도 300미터쯤 아래쪽에 피어오르는 안개에 가려 우리가 올라왔던 등산로는 보이지도 않았다. "물속에서 헤매고 예불을 드리는 것"은 사물이 초현실적인 것 이상으로 변했던 바로 그 찰나였다. 그리고는 내가 마치 시공을 벗어나 꿈속의 세상으로 들어가 헐리우드나 시나이 산속 모지스라는 곳 중간 어디쯤에 있는 듯한 착각을 느꼈다. 거기서 나는 갓바위에 올라 선 영화배우 찰턴 헤스턴이 되었다. 내가 백발이 되어 긴 턱수염을 휘날리고 천리안을 갖고 나오지 못한 것이 놀라 그날 밤을 회상해보니, 누구든 신령의 얼굴을 들여다보면 다들 그렇게 된다는데, 나는 왜 산속에서 백발이 되어 긴 수염을 휘날리며 미리 꿰뚫어보는 천리안을 갖고 나오지 못했는지 모르겠다.

내가 지금껏 이렇게 몸에 진이 다 빠지도록 탈진했던 적이 없었다. 육군에서 50파운드가 넘는 육중한 장비를 등에 메고서 끝없이 긴 장거리 행군을 하는 등 각종 훈련으로 단련이 됐는데 오늘 이 산행은 정말 당해낼 도리가 없을 정도였다. 그래도 그 상쾌한 기분은 어느 때보다도 좋았다. 산을 다 오르고 나서 내가 다소 마음의 안정을 잃고 귀에는 이상한 노랫소리 같은 것이 윙윙 메아리치고 절에서 퍼져 나오는 달콤한 향내를 들이마셔 그리 된 것 같다.

수 천 개의 돌계단을 올라오느라 기진맥진한 의식상태와 사찰 내 신성한 각종 불교의식 장신구가 한데 어울려 아주 심오하고도 감성적인 결과를 자아내었다. 우리가 생수를 사 마시는 동안 내 머리는 이런 생각들로 들어찼다. 생수병을 기울여 마시면서 내가 왜 오늘 이 산을 오르게 된 것인지 그 정확한 이유를 따져보느라 신경이 쓰였다. 완전 탈수상태가 안 되려고 안간힘을 쓰는 것이 꼭 내가 누군가 다른 사람이 된 기분이었다. 내가 더 이상 피츠버그 출신의 그레이험 병장이 아닌 듯했다. 나는 죽음을 초월한 무명의 영혼이 되어 무슨 문제인지도 잘 모르는 애매한 질문의 해답을 찾아 헤매고 있었다.

무언가 놀라운 일이 벌어지기 시작하고 있다는 느낌이 들어 그걸 놓치지 않으려고 온몸의 촉각을 곤두세웠다. 물병의 물을 마시는데 억수 같은 비가 쏟아져 앤더슨을 바라보니 그도 나와 같은 처지에 있는 듯 보였다. "점점 더 꿈같은 일만…." 그는 내가 한 말을 되뇌이고 있었는데 그의 말을 신호로 삼은 듯 바로 그때부터 천둥번개가 쇠망치로 내려치듯 내리쳤고, 모진 바람이 울부짖듯 세차게 불어대기 시작했다. 흙먼지가 바람에 날려 공중으로 올라갔다가 저 아래 산길을 따라 안개 속으로 날아갔다. 앤더슨을 다시 쳐다보니 그의 두 눈이 반짝이고 있는 폼이 내가 무슨 생각을 하고 있는지 그도 알고 있는 듯했다. 세상이 이렇게 깜짝 놀랍도록 변할 수 있으리라고는 상상도 못 했고, 그저 조금 시작하려다 말기를 바라고 있었다.

산꼭대기에 서서 먼지가 눈에 들어와 따가운데 536번째 계단부터는 길이 끝이 없는 듯 까마득하게 보였다. 바람이 점점 얼마나 세게 불어대는지 몸이 날아갈까 봐 나는 커다란 바위에 꼭 매달려 있었다. 쏟아지는 빗줄기에 홍수처럼 물이 불어났고 귀가 먹을 정도로 요란한 천둥번개가 내리칠 때마다 온 산을 흔들었다. "이 바위를 돌아 이쪽으로 와!" 앤더슨이 날보고 소리쳤다. 바위를 돌아가는 동안 비바람을 맞고 부대끼면서도 나는 아까 그 나이든 아주머니는 어찌 되었을까 궁금했다. 갓바위에 올라서면서 궁금증은 더 커져만 갔다. 산꼭대기를 휘돌다가 벼락을 맞거나 꼬마요정들이 요술처럼 공중에 튀어나와 곡예를 부린다 해도 절대로 놀라지 않았을 것이다. 일찍이 내가 본 적이 없는 강풍과 함께 쏟아진 억수 같은 그 비는 일생에 한번 있을까 말까한 아주 드문 경험이었다. 바람에 날려가지 않으려고 양손으로 바위를 꼭 잡으면서 걸어야했다. 감기 기운으로 몸이 부들부들 떨리면서 머리가 어질어질한 것이 거의 정신을 잃을 지경이었다.

드디어 바위더미를 돌아 조그만 평지 같은 곳에 다다르니 저 끝에 갓바위가 보였다. 우리가 서 있는 곳에서 갓바위까지 무릎을 꿇고 절을 하며 예불을 드리는 사람들로 가득했다. 갓바위가 있는 정반대쪽 끝의 난간이 있는 가장자리로 내려가 보았더니 언덕 아래 저 밑으로 길게 줄지어 늘어선 불빛이 안개 속으로 구불구불 으스름하게 움직이는 것이 보였다. 갑자기 현기증이 엄습해와 난간을 꽉 잡았다. 우리는 말없이 조용히 서서 모든 걸 순순히 받아들였다.

불상 뒤로 요란스럽게 번갯불이 번쩍번쩍 내리쳤다. 불상을 들여다보니 혼란스러운 폭풍우가 몰아치는 속에서도 부처님의 아주 평화롭고 차분하며 잔잔한 모습은 마치 우리에게 "걱정 말지어다. 이 또한 지나가고 말 것이니라"고 말씀하시는 듯했다. 부처님의 자태는 인간 모두의 꿈이요, 이상으로 생각되는 평화와 자비의 화신처럼 보였다. 이젠 우박이 쏟아지기 시작했다. 스님들은 사람들이 다칠까봐 바위 위에 올라가 있는 이들을 끌어내렸다. 곧이어 스님들은 모두들 산꼭대기에서 내려오라고 설득했고, 마침내 앤더슨과 나에게도 스님들이 내려가라고 사정을 했는데, 그도 그럴만한 것이 우리는 그때까지도 산꼭대기 불상 밑에 말없이 서서 그 억센 비바람을 몽땅 맞고 있었기 때문이다.

내 몸은 아무런 감각이 없었고 날씨 따위에 아랑곳 하지도 않았다. 나의 육체적인 관심을 완전히 벗어나서 내가 마치 내가 아닌 제3자의 딴 사람이 나의 처지를 물끄러미 보고 있다는 느낌이었다. 만일 내가 부처님을 향하여 "저 두 녀석들은 미치광이입니다" 라고 말씀드리면 부처님은 크게 웃으시며 옳은 얘기라고 응답해 주셨을 것 같았다. 살펴보니 우리 둘만이 아니었다. 한 아주머니가 거의 신들린 듯 계속 반복해서 절을 하고 있었다. "저 아주머니는 엄청 불심이 깊은 분이거나 아니면 저렇게 기도를 드려야만 할 만큼 아주 나쁜 일을 저지른 게 틀림없어." 내가 말했다. 스님들이 와서 그 아주머니를 잡아끌어 일으켰지만, 아주머니는 스님들을 향하여 비명을 지르며 땅에서 펄쩍펄쩍 뛰더니 다시 절을 계속했다. 스님들은 그녀를 다시 잡아당겨 일으키고는 제발 따라오라고 아주머니에게 사정사정했다.

한 스님은 우리를 보고 뛰어와서는 우리도 제발 내려가라고 완강하게 소리쳤다. 우리가 바위더미들을 돌아 스님을 따라 내려갔더니 스님은 산기슭의 움푹 들어간 쪽에 지어놓은 조그만 절간으로 우리를 안내해 주었다. 우리는 신발을 벗어 들고서 사찰 뒤쪽으로 돌아갔다. 바로 이곳이 노랫소리의 진원지라는 것을 알았다. 방안을 가득 메운 사람들이 연신 기도를 하며 찬불가를 부르고 있었다. 제 정신이 들었는지 나는 갑자기 환상이 깨져 나가는 듯해서 슬펐다. 마치 꿈속에서나 볼 수 있을 것 같은 오늘의 이 상황을 포기하고 싶지 않았다.

오늘밤의 이변이 이대로 끝난다면 나 마음이 아플 것 같았다. 결국은 제 정신이 들어 현실로 돌아와 통증, 기진먹진, 추위가 한꺼번에 몰려들자 이처럼 기분 좋았던 일이 없었다는 걸 느꼈다. 나는 그날 밤 거기서 잠을 잤다. 폭풍우가 몰아치는 속에서 그 사람들과 함께 있는 것이 아주 편안했다. 찬불가 소리는 꿈결에 들려오는 것 같았고, 천둥벼락이 내려치며 온 사찰이 요동을 쳐도 아무도 아랑곳 하지 않았다.

Interesting and Educational Life in Korea

PFC Joshua Curtis Ray
B Co 44th EN BN

Among the many various reasons people join the United States Army, traveling all over the world ranks among the top. I am one of those people who has always wanted to travel, so traveling factored greatly into my decision to join. Fort Lewis, Washington became my first duty station upon completion of Basic Training and AIT, which gave me the opportunity to travel to California, Idaho, Oregon, Canada, and of course Washington. Nothing however, could prepare me for the experiences I have already had in two months of being in Korea. My life in Korea has been an event like none other I have been through.

The people in Korea I have had the privilege of speaking with have proven to be very friendly and hardworking. The humbleness they have shown around me has amazed me. There has never been an instance in which a Korean has shown any disrespect towards me. The shops, the factories, and the businesses around me give me the impression that Korea is filled with people who work hard and often.

Solidifying my opinion of both points is "mom" from Mom's, a restaurant right outside my camp. She is there when I am ready to eat in the morning. After work, I clean up and head out to relax, and she is there. At midnight, wh en I am ready to call it a night, she is still there. She takes my order, smiles, and always has time to talk. Not being used to that kind of dedication to work has made this example amazing to me. My life here in Korea has been a more motivated one because of it.

My main source of insight into Korean life and culture are the KATUSAs (Korean Augmentation To The United States Army). These Korean soldiers serve right alongside me. Just as I provide them with knowledge of the American culture, the English language, and our personalities, the KATUSAs provide me with knowledge of the Korean culture, history, Hangul, and they very often help me to find my way from point A to point B. Once recently, three KATUSA friends of mine asked me to go with them to th e beautiful city of Seoul. I had such a wonderful experience. The showed me the COEX Mall, took me on the subway system and into the cabs, brought me to the older part of the city with native foods and clothing, and let me enjoy the food at a local restau r ant. I enjoyed it all so much. After having the unique pleasure of eating Kimchi (my friend Hwang tricked me into thinking it was pasta), we went to the batting cages and to a Karaoke club. Besides being hardworking and friendly, the Korean people seem to know how to have fun as well. KATUSAs have made this unique experience a more enjoyable one, and also a smooth transition from American life.

One event that has helped to from my fond opinion of the Korean people has been the September 11 attacks on the Pentagon and he World Trade Center. Throughout it all, every Korean citizen that I have talked to has expressed sympathy as well as support for me. I have been asked if I knew anyone in the attacks, and been told that I along with my country are bein g prayed for. They do not realize how much better that makes me feel that not only do I have the support as a soldier of my country, but of a completely different country too. Though my life in Korea has been filled with its downs in conjunction with its u ps, the people have made it more comforting.

The climate, wildlife, and nature in general have certainly interested me in my stay here. I have been in some thunderstorms in my life , but the storms tend to happen in a one or two day time frame, with su n shine immediately after. Here in Korea, they have a Monsoon Season. I have been unprepared for that. I often joke with friends and family in the US that here during monsoon season I have either been soaked because of the rain, or drenched with sweat for m the heat and humidity. Different weather in my life has given me something to talk about, from the blazing humid sun to the torrential downpours from the sky.

I have never seen such tiny little squirrels. The ones that I have spotted here that are not tiny, are black. Its funny how the smallest things like that can be so bizarre to people. I've heard that there are no poisonous frogs or spiders here (or very few) from a Korean friend I met. Also I was expecting to see many snakes due to the type of vegetation I have encountered here. That has not been the case, though. Being from my Missouri myself, I find that to be the hardest to understand as we have many in my area. Squirrels... one funny little tidbit that makes my life in Korea even more interesting.

Transportation here has been interesting, to say the least. The subway and bus systems are very new to me. I have in no way encountered such small roads, which is even more amazing since the automobile industry appears to be booming here. It ne ver ceases to stun me that all of those cars fit on these roads. Dodging cars on small roads in Korea has added an adventure aspect to my life in Korea.

Even though Korea is behind in the roadway department, it has invented ways around that. Aside fr om the subway and bus services, Korea is way ahead of the times in communication. High speed internet connection and the mobile cellular phone services show that Korea is pressing forward in technology. Ask anyone from the United States who visits here to name something they found impressive about Korea, and many would state something about the Korean technology or electronics in particular. Whether its Samsung, Kia, Hyundai, or Daewoo, the many brand names that I have come to recognize more in Korea have proven that technology can help my life in Korea be more enjoyable when I have the free time I love to get.

In conclusion, life in Korea for me is very interesting and educational. My desires to travel the world to learn of different places has been refueled by visiting the "Land Of The Morning Calm". Whether it be nature itself, the technology, culture and customs, people, the language, or even the food, all the experiences and memories that form my life in Korea are immensely fulfilling. I look forward to my next ten months.

Joshua Ray has been in the Army since his graduation from high school in 1999. He graduated from Lebanon High School in Lebanon, Missouri.

신기한 한국 생활

죠슈아 커티스 레이 일병
미육군 2사단 44공병대대

미 육군에 들어오는 사람들의 여러 가지 입대 동기 가운데 으뜸가는 이유는 전 세계를 무대로 널리 여행할 수 있다는 것이다. 나 역시 항상 여행을 다니고 싶어 못 견디는 부류의 한 사람으로서 여행이 입대를 결심하는 데 큰 작용을 하였다. 군에 입대해서 기초 군사훈련과 각개전투훈련을 수료한 후 나의 최초 근무지는 워싱턴 주의 포트 루이스였는데, 여기서 워싱턴 주는 물론이거니와 인근의 캘리포니아, 아이다호, 오레곤 주와 국경 너머 캐나다까지 맘껏 여행을 즐길 수 있는 기회를 놓치지 않았다.

하지만 벌써 두 달이 지나가 버린 한국에서의 갖가지 체험은 내가 전혀 예상치 못했던 준비되지 않은 일이었다. 한국에서의 나의 생활은 지금까지 내가 겪어 온 일들과는 판이하게 다른 사건이었다. 내가 특별히 대화를 나누었던 한국인들은 매우 친절하고 근면한 사람들이었다. 그들의 소박함과 겸손함에 나는 놀라고 말았다.

한국사람들이 나에게 무례하게 대한 적은 단 한번도 없었다. 상점과 공장들, 어느 사업장엘 다녀 봐도 한국에는 온통 열심히 일하는 사람들로 가득하다는 인상을 주었다. 이와 같은 나의 두 가지 견해를 더욱 굳혀 주는 것은 '엄마' 라는 이름이 붙은 부대 막사 바로 바깥에 자리 잡은 음식점의 아주머니이다. 아침 식사하러 내가 찾아가면 아주머니는 항상 거기 있었다. 일과 후 정리를 마치고 쉬러 나가면 아주머니는 또 거기 있었다. 자정이 돼서 오늘은 그만 해야지 하고 나가보면 아주머니는 그때까지도 거기 있었다. 아주머니는 주문을 받으면서도 미소를 잃지 않고 항상 대화를 나누는 여유를 가졌다. 이렇게 일에만 몰두하는 습관에 익숙지 않은 나에게 아주머니는 늘 나를 놀라게 할 뿐이었다. 이런 것 때문에 나의 한국생활은 더욱 더 흥미 있는 것이 되었다.

내가 한국에서의 생활과 문화를 통찰하게 된 주요 원천은 카투사라고 할 수 있다. 이들 한국 병사들이 나와 함께 나란히 군 목부를 수행하고 있다. 내가 한국 병사들에게 미국 문화, 영어 및 미국인들의 개성에 관한 지식을 알려주면, 마찬가지로 카투사 병사들은 나에게 한국문화, 역사, 한글 등에 관한 지식을 가르쳐주고, 때로는 내가 자주 다니는 곳들을 길을 잃지 않고 찾아가도록 도와주곤 한다.

요 얼마 전에 카투사 친구 셋이 날 데리고 아름다운 서울 나들이를 다녀온 적이 있다. 그것은 정말 신나는 구경이었다. 우리는 대한무역박람회 전시장을 둘러보고, 지하철을 타보고, 택시를 타고 민속촌을 찾아가 전통음식과 의상 등을 구경하고, 시내 음식점에서 현지 음식을 즐겼다. 이 모든 것이 그렇게 즐거울 수 없었다. 카투사 친구 황이 밀가루 반죽으로 만든 음식이라고 속이는 바람에 먹어 보게 된 김치의 독특한 맛을 즐기고, 이어서 우리는 타격 연습을 즐기는 야구 오락실과 노래방을 가 보았다. 한국인들은 근면하고 친근할 뿐만 아니라 놀이를 즐기는 방법도 잘 알고 있는 것 같았다. 카투사 병사들 덕분에 특별한 이 체험이 더욱 유쾌하였고, 미국 생활 방식에서 무리 없이 순조롭게 한국 생활로 적응해가는 과도기를 갖게 되었다.

내가 한국사람들에게 호감을 갖게 된 또 한 가지 사건은 미 국방성 펜타곤 건물과 뉴욕의 세계 무역센터에 대한 2001년 9월 11일의 공격이었다. 그 테러 사건이 있은 후 나와 대화를 나누었던 한국사람들은 한결같이 나에게 위로의 뜻을 표하고 미국의 대응을 지지했다. 그들은 내게 그 테러 공격사건에서 누구 주위 사람이라도 피해를 입지는 않았는지 물어보면서, 나와 내 조국 미국을 위해 기도하고 있다는 말도 해주었다. 그런 관심이 나를 얼마나 기분 좋게 해주는지 그 사람들은 모르겠지만, 일개 군인으로서 내 조국의 지원을 받고 있을 뿐만 아니라 완전히 다른 타국에서도 성원을 받고 있다는 사실에 기분이 매우 좋다. 한국에서의 생활이 오르막이 있으면 내리막도 있게 마련이지만, 사람들이 내 삶을 더욱 푸근하게 격려해 주었다.

내가 이 나라에서 흥미를 갖게 된 것은 기후, 야생동물, 그리고 전반적인 자연이었다. 지금까지 살면서 천둥, 번개가 치는 폭풍우도 여러 번 겪어 봤지만 보통 하루나 이틀쯤 지나면 날이 개는 정도의 뇌우에 그치는 것들이었다. 그런데 여기 한국에는 계절풍이 몰고 오는 우기가 따로 있는데 그걸 모르고 전혀 대비를 하지 않았었다. 가끔 미국에 있는 친구나 가족들에게 들려주는 얘기지만 여름 장마철만 되면 비 때문에 물독에 빠진 듯 흠씬 젖거나, 아니면 폭염과 높은 습도 때문에 땀으로 목욕을 할 지경이 된다. 내 생활에 기후가 바뀌니까 이글이글 타는 듯한 습도 높은 태양열에서부터 억수같이 퍼붓는 장맛비에 이르기까지 날씨만 해도 얘기거리가 많았다.

세상에 그렇게 작고 귀여운 다람쥐가 있는 줄은 생전 처음 알았다. 여기서 볼 수 있는 큰 다람쥐는 색깔도 검은색이다. 그렇게 아주 작은 다람쥐조차도 사람한테 이상하게 보일 수 있다니 참으로 우습다. 내가 만난 한국 친구들에게 듣자하니 여기서는 독이 있는 개구리나 독거미 등은 아예 없거나 거의 없다고 한다. 또 내가 이곳 한국에서 눈여겨본 초목의 종류로 미루어 독사가 많이 있을 것으로 예상했는데 실상 그렇질 않았다. 내 자신이 미주리 출신인지라 고향 땅에서는 독사가 많은데, 이런 사실은 가장 이해가 안 되는 경우가 된다. 다람쥐들, 이것만 해도 한국에서의 내 생활을 한층 더 흥미롭게 해주는 이야기거리가 되고, 작은 소재이지만 재미있고 사람을 웃기는 화제가 될 수 있다.

아무리 간단히 말하려 해도 한국의 교통 실상은 흥미로울 수밖에 없다. 이곳의 지하철과 버스 교통망은 나한테는 아주 새롭고 신기한 것이다. 내 평생에 그렇게 좁은 길도 처음 보지만 한층 더 놀라운 것은 이런데도 자동차 산업은 날로 번창해 가고 있는 것이다. 끊임없이 날 당황하게 하는 것이 있었다면 온갖 종류의 차량들이 그 좁은 길을 꽉 메운 채 달리고 있다는 사실이다. 한국의 좁은 도로에서 차를 피해 다니는 것도 나의 한국 생활에 모험적인 측면을 더해 주었다.

한국이 도로교통 부문에서 뒤떨어져 있는 듯해도, 나름대로 그 분야에 여러 가지 개선책을 고안해 내었다. 지하철과 버스 등 대중교통은 말할 것도 없고 통신 분야에서도 시대를 훨씬 앞서가고 있다. 고속인터넷 정보망이나 이동전화 통신 분야의 눈부신 발전은 한국의 과학기술이 고도 성장에 박차를 가하고 있음을 보여주고 있다. 이곳을 찾아온 미국사람 누구한테든지 한국에 와서 무엇이 인상 깊었는가 물어보면 대다수가 한국의 과학기술, 또는 전자 분야에서 특히 인상 깊었음을 말할 것이다. 삼성, 기아, 현대, 대우 등 한국에 와서 친숙하게 된 많은 상표들이 내가 한국에서 여가 있을 때마다 그들의 선진과학기술로 인해 내 삶을 더욱 풍족하게 즐길 수 있게 해 주었다는 사실을 입증해 주고 있다.

결론적으로 말해서 한국에서의 내 삶은 아주 흥미롭고 재미있었으며 교육적인 데가 있었다. 고요한 아침의 나라를 찾아옴으로써, 세계 여행을 하며 낯선 이국땅에서 많이 배우자는 나의 열망에 더욱 불을 붙이게 되었다.

이 나라의 자연 그대로라든가 기술, 문화, 관습, 사람, 언어 혹은 음식에 이르기까지 내가 한국에서 생활하며 겪은 모든 체험과 추억거리는 엄청난 보람을 느끼게 한다. 이곳에서 앞으로 남은 열 달이 더욱 기대된다.

미 육군 2사단 44공병대대 B중대 소속. 199년 미주리 주 레바논 고등학교 졸업과 동시에 군 입대, 미주리 주 레어나드 우드 군사학교에서 기초 군사훈련 수료

Where were You?

1st MSG Gregory K. Hamill
HHC 19th TSC

In November of 1963 I was sixteen months old; I do not remember it. In January 1986 I was on leave at my parent's house, having just completed Advanced Individual Training at Fort Eustis, Virginia, heading to Fort Hood, Texas, when my sister called with word. The assassination of President Kennedy and the loss of the space shuttle Challenger were the common threads of pain and loss that bound all Americans; until September 2001. Just as during past tragedies we will someday be asked, where were you when the twin towers were destroyed and the Pentagon burned? Where were you on September 11, 2001? I was serving God and country, this time in the Republic of Korea.

On September 11, 2001 I was conducting inspections some distance away from my home station. We got back to the hotel late and I was just going to lie down and go to sleep. After a few minutes I realized that I was not sleepy yet and turned on the television. What I saw on the television was the north tower of the World Trade Center on fire and that was just the beginning of the horror that was to take place that day. I sat all through the night in that hotel room transfixed by the events that were unfolding on live television half a world way. Who would have believed that America, my home, was under attack.

The other members of the inspection team and I met early the next morning and prepared to go back on base. From the time we first arrived at the gate we could clearly see how much our world had changed it just a few short hours. The Korean Police, heavily armed were standing guard on the outside of the gate. The gate once manned only by Korean guards was now augmented by a large number of American Soldiers and KATUSAs. Throughout that day I went about my job but kept an ear and an eye tuned to the radio or television whenever I could. I hurried about my responsibilities so that I could return to my home station as soon as possible. I made travel arrangements so that I would be able to return the following day. The threat condition the American forces were under at that time was our highest; Delta, hostile actions imminent - War. I would have to travel by train on a route less traveled by American Soldiers. Needless to say travel under these conditions made me, not so much frightened but apprehensive.

I got a ride to the train station. I went inside and purchased my ticket. Feeling unsure of my schedule I found a station work that could speak better English than my Hangoul. The first thing he did when I approached him for help was to pat me on the back, shake my hand and say bad, bad thing that happened in New York. That put me at ease somewhat, but his help and instruction on how to get back to home station helped settle my nervousness even more. The train was not an express and was going to take over six hours to get my transfer point. During this long trip an old man got on at one of the stops. He saw me sitting there and looked at me for a second or two that sat down in a seat a few rows in front of me. He sat there for just a little while then got up, approached me, said something that I did not understand and offered me his hand. I shook his hand and he sat back down in his seat. I still do not know exactly what he said but I do know the sentiments were the same as the ones of my friend back at the train station.

Well I made my transfer okay and made it to the train station near where I live. From there I got in a taxi and asked the driver to take me to my base. He asked 'American'? I answered yes. Then in broken English he would say 'terrible' and 'terrorist' and motion with his hand across his throat to indicate that we should kill the terrorist. When the taxi dropped me off at my base I checked in and went to my apartment. The landlord was outside when I walked up and he also had a few kind words of condolences to share with me. He said something like 'Oh, what happened in America, bad very bad.' Then latter that night they brought me up some food and a small gift. I know that they were feeling like just about every American and wanted to do something to help out. This was their way.

As the days passed it was easy to see that the world had changed quite a bit for us Americans. One of the things that I saw was a loss of some of our ar rogance. Let me explain what I mean by that. We have since at least the end of World War II seen ourselves as the leader of the free world. Americans were the defenders of peace and democracy, protector of the weak. The world over we entered into mutual defense treaties with those that we felt might need our help defending their own little fledgling democracies. The Republic of Korea was one of those nations that we signed such a treaty with. It had always been assumed that it would be the United States that would have to come to the defense of the Republic of Korea. September 11, 2001 proved that assumption wrong.

Within hours of the attacks Korean nationals were defending American bases throughout the Republic. Within days the Korean government was   the first of nations to say that their mutual defense pack with the United States had been activated. They were coming to our defense. As I sit here and finish this essay over six weeks after the attacks Korean nationals are still manning our gates and de fending us and I know that they will be doing that for as long as we need them.

There is no end to this story as of yet. However, there is one thing that I have learned during the last few weeks. When I am asked in the future, where were you on Septemb er 11, 2001? I will be able to answer without a doubt that I was among friends. I was in the Republic of Korea.

God Bless the people of the Republic of Korea. God Bless the people of the United States of America. Most of all, God Bless our kindred spirits. ▪

Gregory K. Hamill was Born July 6th 1962, ir Manstique, Michigan. Moved to Brighton, Michigan in 1966 and attended school there graduating from Brighton High School in 1980. Attend the University of Michigan 1980-84. March 1985 joined United States Army as a 68F Aircraft Electrician. Married, wives name Jo. Three children daughter Callan 13, son Keiron 6 and son Kiel 3. They are currently in Clarksville, Tennessee.

당신은 어디에 있었는가?

그레고리 케이 하밀 일등상사
제19 군수지원사령부

1963년 11월에 나는 생후 16개월이었으니 그 일을 기억할 리가 없다. 1986년 1월 마침 내가 버지니아 주 포트 에우스티스(Fort Eustis)에서 고등 각개 훈련과정을 수료하고, 텍사스 주 포트 후드(Fort Hood)로 부대 배치를 받아 가던 중 부모님이 계신 곳에 들러 며칠 휴가를 보내고 있는데, 내 누이가 찾아와선 이런 말을 했다. 케네디 대통령 암살사건과 우주 왕복선 폭발사건은 우리 미국 국민 모두를 한데 묶어서 아픔과 상실감을 함께 느끼게 하는 공동의 끈이라고. 2001년 9월까지는 그랬을 것이다. 지난 날 비극을 겪었을 때와 마찬가지로 훗날 우리는 질문을 받게 될 것이다. 쌍둥이건물이 무너져 내리고 펜타곤 건물이 불타고 있었을 때 당신은 어디 있었냐고. 2001년 9월 11일에 당신은 어디 있었소? 나는 그때 하나님과 조국을 위해 몸 바쳐 봉사하고 있었으니, 바로 대한민국 땅에서였다.

2001년 9월 11일 그날 나는 나의 원 소속 부대에서 다소 멀리 떨어진 곳에 출장 나가 검열을 취하고 있었다. 늦게 호텔로 돌아와 침대에 누워 잠을 청했지만 얼른 잠도 안 오고 해서 몇 분쯤 누워 있다가 다시 일어나 앉아 텔레비전을 켰다. 텔레비전에서 본 것은 세계무역센터의 북쪽 고층 건물이 화재에 휩싸인 채 그날 벌어지게 된 공포의 시작이 막 전개되고 있는 것이었다.

나는 꼼짝 않고 밤새도록 호텔 방에 앉은 채 지구 반대편 저 먼 곳에서 텔레비전으로 생중계되고 있는 그날 밤의 사건을 눈앞에 전개되는 그대로 바라보고 있었다. 누구인들 나의 모국 미국이 공격을 받게 되리라고 믿었겠는가?

검열단을 구성하고 있는 다른 동료들과 함께 나는 이튿날 이른 아침 한 자리에 모여 검열부대로 출발할 채비를 갖추었다. 부대 정문에 도착하자마자 불과 몇 시간 사이에 이 세상이 얼마나 바뀌어 버렸는지 한눈에 알아볼 수 있었다. 정문 외곽에 한국 경찰이 중무장으로 배치되어 경계를 서고 있었다. 평소에는 몇 명 안 되는 한국 민간 경비원들만이 정문을 지키고 있었는데 이제는 대규모 미군 병사와 카투사들이 증원되어 있었다. 온 종일 검열 업무차 돌아다니면서도 내 귀와 눈은 계속 라디오와 텔레비전 방송에 쏠려있었다. 되도록이면 한시라도 빨리 내 소속부대로 복귀하고 싶어 나는 출장업무를 서둘러 끝내려고 했다.

다음날 빨리 귀대하려고 교통편 예약을 확인하였다. 당시 미군이 처한 위협사태는 가장 위급한 수준으로서 적대행위가 목전에 임박한 전쟁수준의 델타급이었다. 귀대 교통편은 미군이 별로 이용하지 않는 기차여행이었다. 말은 하지 않지만 이러한 상황이 놀랄 정도는 아니더라도 은근히 걱정은 되었다. 자동차로 기차역을 향했다. 기차역으로 들어가 표를 샀다. 열차 운행 시간표에 불안을 떨치지 못하고 있던 차에 한 역무원의 영어실력이 내 한국어 실력보다 더 좋다는 것을 알았다. 그 역무원한테 다가가서 도움을 구했더니 그는 우선 내 등을 가볍게 두드리며 악수를 청하고는 뉴욕에서 벌어지고 있는 기습사태에 매우 유감이라는 그의 다음을 표하고 있었다. 그 소릴 듣고 나니 다소 위로가 되었지만, 그보다도 기차를 타고 원 소속대를 찾아가려면 어느 역에서 내려야 제대로 찾아갈까 하는 나의 불안감을 가라앉히는 데 더 많은 도움을 주었다.

열차는 급행이 아니어서 내가 기차를 갈아타는 곳까지 오는 데 여섯 시간 이상이 걸렸다. 이렇게 긴 시간 기차를 타고 가는데 중간에 어느 역에선지

한 노인이 올라탔다. 노인은 내가 기차 좌석에 앉아 있는 것을 알아차리고서 날 흘끔 쳐다본 다음 내 앞으로 몇 줄 앞좌석에 앉았다. 앞자리에 잠시 앉아 있던 노인은 벌떡 일어나서 나한테 다가오더니 무슨 소린지 알아들을 수 없는 얘기를 하며 내게 악수를 청했다. 나도 노인의 손을 마주잡고 인사를 드리니까 다시 자기 자리에 앉았다. 아직도 그 노인이 그때 무슨 말을 했는지 확실히는 알 수 없지만 느낌을 보아 아까 그 기차역에서 보았던 역무원이 내게 표했던 내용과 같은 뜻이었을 것이다.

이렇게 해서 나는 도중에 기차를 잘 바꿔 타고 내가 상주하고 있는 원 소속대 인근의 기차역까지 무사히 도착할 수 있었다. 거기서 택시를 잡아타고 기사에게 나의 부대까지 가자고 했다. 택시기사는 날 보더니 미국사람이냐고 물었고, 나는 그렇다고 대답했다. 그랬더니 택시기사는 엉터리에 가까운 영어로 "테러블(무시무시한, 소름끼치는)", "테러리스트" 등을 섞어가며 자기 손을 목에 갖다대며 미국이 테러리스트를 소탕해야 된다는 뜻으로 몸짓을 해 보이는 것이었다.

부대 앞에서 택시를 내린 나는 복귀대장에 기록을 필하고 나의 숙소인 아파트로 향했다. 밖에 나와 있던 아파트 관리소장도 내가 다가가자 나에게 몇 마디 친절한 위로의 말을 던졌다. 대략 "허참, 도대체 무슨 일이 터진 거야, 너무너무 안 좋은 일이야." 이런 얘기 같았다. 그날 밤 늦은 시간인데도 그들은 나한테 음식과 조그만 위문품을 들고 오기까지 했다. 그들도 우리 모든 미국사람과 똑같은 기분과 느낌을 갖고 우리에게 무언가 도움을 주고 싶어했다. 바로 이런 식이 그들 한국사람들의 생활풍습이었다.

날이 갈수록 우리 미국인들에게 세상이 아주 많이 변해버렸구나 하는 것을 어렵지 않게 알아볼 수 있었다. 그 중에 하나가 우리 미국인한테서 오만 불손함이 다소 줄어들었다는 점이다. 그게 무슨 얘기인지 이렇게 설명할 수 있다. 적어도 세계2차 대전이 끝난 이후로는 우리 미국이 서방 자유세계를 이끌어가는 지도국가로 자부해 온 것이다. 미국사람은 평화와 민주주의의 수호자요, 약자를 지켜주는 보호자로 생각해 왔다. 갓 피어난 민주주의의 새

싹을 지키는 데 도움이 필요하다고 생각되는 전 세계의 신생국들과 우리 미국은 상호방위조약을 체결하였다. 대한민국도 우리와 그러한 방위조약을 체결한 국가들 가운데 한 나라였다. 대한민국을 지키고자 달려와야 되는 것은 언제나 미국이 될 것이라고 가정되어 있었다. 2001년 9월 11일의 사건은 이러한 가정이 틀렸음을 입증하게 된 계기가 되었다. 9.11사태가 벌어지자 불과 몇 시간 내에 한국 국민들은 전국적으로 주한 미군을 방호하고 나섰다. 며칠도 안되어 한국 정부는 미국과의 상호방위조약을 발동시키겠다고 언급한 나라 가운데 제일 먼저 실천에 옮긴 나라였다. 한국사람들이 우리 미국을 지켜 주는 것이다. 9.11사태 이후 6주간 내가 여기 앉아 이 수기를 마무리 짓고 있는 가운데도 한국 국민들은 여전히 우리 미군 부대 출입통로를 지켜 서서 우리 미군들을 보호해 주고 있으며, 우리가 그들의 도움을 필요로 하면 언제까지라도 우리를 도와 줄 것이라는 믿음을 보여 주고 있다. 아직 이 사태는 끝없이 이어질 전망이다.

그렇지만 최근 몇 주간에 내가 깨달은 것이 하나 있다. 장차 누구든지 나에게 2001년 9월 11일에 당신은 어디 있었는가 하고 묻는다면 나는 조금도 주저하지 않고 나는 이 세상에서 둘도 없는 친구들 속에 있었으니, 바로 대한민국에 있었다고. 대한민국의 모든 국민들에게 신의 축복이 함께 하기를 기원한다. 미국사람들에게도 신의 축복을 기원한다. 무엇보다도 우리 두 나라의 형제 같은 우호정신에 하나님의 축복이 영원하기를 바란다.

제 19 군수지원사령부 항공정비부 소속. 1962년생 미시간 주 출신, 1980~84년 미시간 대학 졸업, 1985년 항공기 전자분야 기술병으로 미 육군입대, 2001. 6월 한국부임. 부인과 1녀 2남을 둠.

Korea is What You Make of It

PFC Jennifer A Piva
HHC 19th TSC

Korea is what you make of it. These are some of the first words of advice I was given when I arrived here in country. That saying alone speaks much truth. It's like with any new experience in life, you have to take the good with the bad and give it a chance and explore the many opportunities that thrive here in Korea. There is so much to see as well as do if you just take the time to get out of your military surroundings and interact with the people and community. It doesn't matter what type of activity you enjoy doing because there is something to appeal to everyone here. One of the best things about Korea is everything is within a day's travel (or less) depending on your point of interest and where you are stationed. I'm stationed near the southern point of Korea, better known as Taegu or Daegu, depending on whom you ask. I've been told that Taegu is famous for two reasons. The first is for its delicious home grown apples and the second is for the many fashions and fabrics produced here. You could spend a whole day walking around downtown and window-shopping. Many stores offer a range of varieties of styles and personally designed clothing to choose from, as well as bargain deals on the latest fashions for the season. There is always something new and undiscovered each time you go downtown.

My personal favorite and highly recommended place to shop are definitely the underground subway plazas. Here you can find just about anything from shoes to perfume, hair clips to photoshops and, of course, Kimbop for less than a dollar.

Another point of interest has to be the outdoors. Just behind my base lies a mountain called Ap-san. Ap-san Mountain is not only for hiking, but it also offers numerous varieties of activities to do. You can take the challenge of the many different paths that lead to the top. Or, if you re not in the mood to climb, you can ride the cable car. From the top of the mountain you can see in a 360-degree angle. There is so much life surrounding the mountain. You'll never forget the view and the feel of standing so high up, watching the whole city below. Just remember to take a camera and plenty of film for memories.

Another reason why I'm drawn to Korea is that it s a part of my heritage. My mother is a native Korean, and she has passed onto me her culture and knowledge of the Korean history as she remembers. I've always felt like I have an advantage to being here because of her. She taught me how to speak the language and understand Korean lifestyles. Also, my proudest part of knowing the Korean culture is being able to cook the cuisine. She has passed onto me the secrets of preparing many popular dishes. You can find a variety of restaurants around town, but nothing can compare to my mother's style of cooking. Still, its a comfort to have the selection of what I like to call home cooking. Adding to the wealth of knowledge my mother has given me are my Korean relatives, who live about two hours north of Seoul. I have memories of going out to the countryside and spending time with my grandmother. She owns acres upon acres of rice paddy fields that stretch across a valley and up the side of a mountain. Her home is of the old style Koran traditional homes. I called it the paper house. The walls and doors are made of rice paper. Her house is round and there is a garden in the middle of her home. She kept a picture of us in her kitchen and with every visit she would add a new picture to her collection of memories. It was her way of letting us know we were always in her thoughts.

This isn't my first time in Korea, but my second. The only difference is that the first time I lived in Seoul. I was there for five years and loved every moment . For a preteen that is the place to be. There is always something to get involved in. You can take a trip to Folk Village and learn, as well as interact, with Korean culture and history. Or, you can experience the amazing amusement park at Seoul Land.

Korea is a place of many wonders and preserved history. You always have to keep a positive and open mind, and put forth the effort into understanding the many years of hardship and sacrifice South Korea has endured for their independence.

One thing I have to mention and give praise to are my KATUSAs. They have made my stay in Korea not only comfortable, but also rewarding. I've gained a sense of knowledge from them, as well as friendship. They have taken the time to teach me more about Korea and their culture. I can always go to them for help with understanding the language, or if I just need someone to show me the sights. It's rewarding because in turn they can learn about American culture from me. I will always remember them for being there and making life in Korea that much more exciting.

I hope that someday I will again return to Korea and see everything I've missed from this visit. I've had the pleasure of experiencing a majority of the opportunities Korea has to offer. There is just so much to do and learn that you have to definitely take the time and make the most out of your visit here. I would like to also say thank you to all the many Koreans who have been so supportive of the US soldiers stationed here, and who have shared the pain of the recent attacks on America. Your efforts and kind words have made a huge difference in all our lives.

This concludes my essay, and I would like to leave by saying Korea can be a beautiful and unforgettable time if you want it to be. Just remember that those words given to me really are true: Korea is what you make of it.

'I'm currently stationed in Taegu, Korea at CP Walker. I've been in country for 10 months now and I am PFC in the U. S. Army. My MOS is 74B (Computer Administrator) I'm 24 years old and from Hinesville, Georgia. This is my first duty station in the military. I lived in Korea when I was younger with my father who was an army soldier, my mother who is Korea, and my two sisters. I've enjoyed the time I've spent here. I've made many friends here both Korean and US. I hope to return someday and again make the most out of my tour.

한국, 바로 내가 만들기 나름

제니퍼 A. 피바 일병
미 제19군수지원사령부

한국 생활은 바로 당신이 만들기에 달려있다. 이것은 내가 한국에 부임하면서 들었던 첫 충고 가운데 한마디였다. 이 말이 진실이라는 것은 스스로 웅변해주고 있다. 이 말 한마디면 그 참된 뜻을 충분히 알아듣고도 남는다. 어디서든 살아가면서 새롭게 겪게 되는 체험처럼 좋은 일, 궂은 일 다 있지만 여기 한국에서는 적극적으로 찾아 나서기만 하면 얼마든지 체험의 기회를 잡을 수 있다. 시간을 내서 부대 밖 주변을 찾아보고, 그 동네 사람들을 만나 서로 대화를 주고 받다보면 볼거리도 많아지고 할 일도 생긴다. 당신의 취향이 무엇이든 그런 것과는 상관없이 여기서는 누구한테든 흥미를 끌고 호감이 가는 것이 무엇이든 있게 마련이다.

한국에서 가장 좋은 것 중 하나가 당신의 관심이 무엇이든, 근무지가 어디건 간에 모든 것이 하루면 다 찾아갈 수 있는 거리에 있다는 것이다. 나는 대한민국의 남부 지역 인근에 주둔하고 있는데, 묻는 사람에 따라 어떤 이는 태구(Taegu)라고 하기도 하고, 어떤 이는 대구(Daegu)라고도 하는 잘 알려진 곳이다. 이곳에서 첫 번째로 손꼽는 것은 이 지방에서 재배한 맛있는 사과이고, 두 번째로 꼽는 것은 이곳에서 유행 따라 다양하게 생산되는 섬유직물이다. 하루 종일 시내 중심가를 걸어 다니면서 진열장의 상품을 이것저것

들여다보며 시간을 즐길 수 있다. 상점이나 가게들이 수도 없이 많은데 모두가 다양한 스타일과 사람이 손수 디자인한 옷들을 맘대로 고를 수 있고, 철 따라 최신 유행하는 옷들을 할인해서 파는 곳이 많아 싼 값으로 살 수 있다. 시내에 들를 때마다 항상 새롭고 이전에 보지 못했던 무언가가 나와 있다. 나 혼자서도 즐겨 찾고 남에게도 권하는 쇼핑 장소는 두말할 필요도 없이 지하철 역 인근에 조성된 지하상가이다. 여기만 찾아가면 신발에서 향수, 머리 클립에서 사진관에 이르기까지 온갖 것이 다 있고, 시장하면 1달러도 안 되는 돈으로 김밥을 사 먹을 수 있다.

또 다른 관심거리는 야외에 나가보는 것이다. 내 부대가 주둔하고 있는 군사기지 바로 뒤에 앞산이라고 부르는 산이 가로 놓여있다. 앞산에 가면 가벼운 산책도 즐길 수 있지만, 놀이나 운동 등 여러 가지 활동을 할 수 있는 곳이 많이 있다. 산 정상까지 올라가는 여러 갈래 길이 있어 오르는 사람에게 도전해 볼만한 기회를 준다.

직접 산을 올라갈 기분이 아니라면 케이블카를 타고 오를 수도 있다. 산꼭대기에 일단 올라서면 사방을 모두 둘러볼 수 있다. 산의 주변은 생동감이 넘쳐흐른다. 먼발치 아래로 대구 시가지가 한눈에 내려다보이는데, 높은 곳에 올라서서 멋진 경치를 감상하며 서 있는 기분이란 평생 잊을 수 없는 감격이다. 이때 잊지 말고 카메라를 가져가서 사진을 많이 찍어두는 것이 훗날 추억을 위하여 좋을 것이다.

내가 한국에 이끌리는 또 다른 이유 한 가지는 이곳이 내가 물려받고 태어난 내 몸의 한 부분이란 것이다. 내 어머니는 한국에서 태어난 한국인이고, 어머니가 갖고 있는 한국의 역사에 대한 지식과 어머니가 직접 자라난 한국의 문화를 나에게 전해 주었다. 어머니 덕분에 나는 한국에 있는 것이 항상 내게 도움이 되고 좋다는 느낌을 가졌다. 어머니는 내게 한국말을 가르쳐주셨고, 한국의 생활양식을 이해하도록 가르쳐주셨다.

한국문화를 알고 있는 나에게 그중에서도 제일 자랑스럽게 생각하는 것은 역시 내가 한국요리를 만들 줄 안다는 것이다. 나는 어머니에게 한국음식을 아주 맛있게 만드는 여러 가지 비법을 전수받았다. 시중에는 식당도 여러 군데 정말 많지만, 우리 어머니의 음식솜씨를 따라갈 곳은 아무데도 없다. 내가 아직도 고향의 음식을 골라가며 맛볼 수 있다는 것은 큰 낙이요, 위안거리가 된다.

어머니가 나에게 전수해 준 것 중에는 여러 가지 풍부한 삶의 지혜뿐만 아니라 서울에서 두 시간 쯤 떨어져 살고 계신 나의 한국 친척들이 있다. 어릴 적 시골로 내려가 우리 할머니랑 즐거운 시간을 보냈던 기억이 난다. 할머니는 산기슭 계곡에 죽 펼쳐져 있는 땅에 넓은 논밭을 소유하고 계셨다. 할머니가 살고 계신 집은 그야말로 오래된 한국의 전통가옥이었다. 나는 할머니가 사시는 집을 종이집이라고 불렀다. 벽과 문이 온통 창호지와 벽지로 발라져 있었기 때문이었다. 할머니 댁은 둥그렇게 생겼었는데 한가운데 뜰이 있었고, 부엌에는 항상 우리들이 모여 찍은 사진이 걸려있었다. 우리가 할머니 댁에 찾아가면 그때마다 새로 찍은 사진이 또 걸려 있어 할머니의 옛 추억을 모아서 엿볼 수 있었다. 할머니는 이렇게 사진을 모아 걸어놓고 늘 우리를 생각하고 계신다는 모습을 보여주었다.

한국은 이번이 처음이 아니고 두 번째 온 것이다. 꼭 한 가지 다른 점은 첫번째 한국에 왔을 때는 서울에서 살았다는 것뿐이다. 서울서는 5년을 살았는데 그때도 언제나 즐거웠다. 사춘기 직전의 어린 나에게 서울은 있을 만한 곳이었다. 거기선 언제든 끼어들어 함께 놀 수 있는 일이 무엇이든 생겼다. 민속촌 견학을 가서 한국의 풍물과 역사를 함께 배우고, 무언가 무형적인 지식을 서로 주고받을 수 있었고, 놀이공원인 서울랜드에 가면 신나는 놀이로 기막힌 재미를 체험할 수 있었다.

한국은 신비로움과 오랜 역사를 지니고 있는 경이의 땅이다. 대한민국이 자주 독립을 위해서 갖은 고초와 희생을 감내해 온 오랜 세월을 모두 이해하려면 적극적인 자세로 마음을 열고 그만큼 노력을 아끼지 말아야 한다. 또 한 가지 짚고 넘어가면서 칭찬하고 싶은 것은 우리 미군들과 함께 근무하고 있는 카투사 병사들이다. 이 모든 것들로 인해 나의 한국생활에 즐거움과 보람을 느낄 수 있었다. 한국 친구들과 우정을 쌓았고, 그들로부터 여러 가지 지혜도 얻었다. 한국인들은 서슴지 않고 시간을 내서 나에게 한국에 관하여 그 문화적인 배경과 함께 하나라도 더 가르쳐 주려고 애썼다. 내가 알고 싶은 한국말이 있거나 어디든지 구경하고 싶은 곳이 있으면 언제든지 그들을 찾아가서 도움을 청할 수 있었다. 서로에게 보람이 있었던 것은 그 친구들도 그들 나름대로 나한테서 미국 문화에 관한 것을 배울 수 있었다는 것이다. 나는 그때 그 시절 서울에 함께 살았을 때 나의 한국 생활체험을 더욱 즐겁게 만들어 주었던 그 친구들을 항상 기억할 것이다.

앞으로도 나는 언젠가 한국에 다시 와서 이번 근무에서 빠뜨리고 보지 못했던 것을 모두 다시 보게 될 날이 있기를 희망한다. 아직까지는 한국에서 체험할 수 있는 대부분의 기회를 놓치지 않고 모두 겪어볼 수 있었던 기쁨을 누려왔다. 볼거리도 많고 배울 것도 많아서 꼭 시간을 내서 한국의 여러 곳을 찾아다니며 이곳에서의 근무기간을 가장 잘 이용할 것이다. 평소 주한미군을 크게 성원해주고, 특히 최근에 있었던 미국에서의 테러 공격으로 당하게 된 큰 아픔을 함께 해 준 수많은 한국사람들에게 각별히 고맙다는 나의 뜻을 전하고 싶다. 한국사람들이 도와주려고 애써주고 따뜻한 말로 위로해 줌으로써 우리 미국인들 모두의 삶에 큰 변화를 일어나게 해 주었다.

나의 한국생활수기를 맺으면서 끝으로 하고 싶은 말은 누구든지 맘속에 우러나서 맘먹고 하려고만 한다면 한국은 얼마든지 아름답고 추억이 가득한, 잊을 수 없는 나라가 될 수 있다는 것이다. 몇몇 사람들이 내게 해준 조언은 사실 그대로 진실이다. 한국은 당신이 어떻게 만들어 가느냐에 달려 있다는 것을 기억하시오.

미 제19군수지원사령부 본부사령실 소속. 당년 24세. 조지아 주 히네스빌 출신, 미국 아버지와 한국 어머니 슬하의 세 자매중 장녀. 주한 미군인 아버지를 따라와 한국에서 즐거운 어린 시절을 보냈던 추억이 있음. 2년전 미 육군에 입대, 한국에 파견된 지 10개월 동안 한국 친구들과 미국 친구들을 많이 사귐. 한국에 재파견을 요청.

Interesting Experience in Korea

NCO Christine B. Henry
HQ Co, 34th Area Support Group

As Korea was preparing to give the world a taste of its hospitality during the Summer Olympiad of "88", I arrived here and was fascinated by the people, the culture and how they enhanced the true Olympic spirit. I vowed to return.

As an Active Duty soldier I volunteered for duties in Korea. "It's a tough assignment" I was told, and I have proven that, but with all of its hardships I wouldn't trade my experiences and wealth of knowledge gained here for anything. Many soldiers claim, "I can't wait for the year to be over, there is nothing to do here in Korea" . To them that is true, but for those who wish to explore it and find something fun to do, beauty, knowledge and intrigue await you. While many soldiers choose to drink themselves into oblivion, I decided to see the mysteries of the "Land of the morning calm".

Korea is anything but calm. Anytime of the night or day that you choose to venture out there is always something happening, from shopping to arts and entertainment. I went out to see the sights around Seoul. First stop, the "blue house" (blue, for peace) and the museum. Large rambling rooms graced with artwork, which define the dynasties, serious sentries, smiling workers and beautiful flowers marked my visit to the seat of political power. At the museum, I was greeted by eager guides, ready and willing to show and tell the history of this great nation with its over 100 different kimchi, ancient relics, artifacts and dynasty garbs dating back 5,000 years or more.

On to Tongdaemun Market and Necktie Factory I went to shop. People were everywhere, although it was a weekday. Different sights, sounds and smells greeted me as I mingled with vendors peddling their wares, calling out "for sale", as king questions, talking or just staring at me and pointing or smiling, and the sight of large pigs' eyes as the stare lifelessly at me from vendors stalls, begging for mercy.

I experienced the excitement of Lotte World as I rode upside down in roller coaster, saw the park and its environs from my perch on the gyro-drop and felt the rush from the other rides and games in the park. Through riot control gas in Downtown Seoul I ran, when I got caught up in protests for democracy and some of the problems t hat make up the political landscape for years in Korea. The ongoing protest galvanized me to learn as much as possible about this land.

Sights in Seoul motivated me to see more. Toksu Palace, an exotic contrast to modern skyscraper, with the statue of King Sejong, founder of the Korea Alphabet Changdok Palace with its many rooms, giving a glimpse of the Chosun Dynasty and ancient Korea and the National Arts Center for Performing Art with its Opera House, Concert Hall, Calligraphy Hall, Art Gallery and Library. In-Sa-Dong market with its antiques and traditional side of Seoul showed me the national pride of Korea.

Korea's beauty exuded from the Kyongbok Palace, the fragrance emanating from the Secret Garden, the panoramic view from the Seoul Tower and the 63 Building and the skill of dancers and other performers like the one who played the Ajaing at Korea House. My heart and mind were enveloped in peaceful bliss as I watch the sun rising over the Han River on my morning runs through the cherry blossoms, which seems to pave paths along the way and encourage birds to nestle. As I returned from the Yoju Pottery Factory with its traditions and temptations, I watched the red setting sun cast shadows on the architectural wonder of Seoul Station, Kwang-Hwa Gate, Bank of Korea, the War Memorial and Yonsei University in the distance, this warmed my heart.

Running and hiking were keys to discovering the splendor and natural treasure of Korea for me. From Seoul to Chuncheon to Wonju to Tageu and Pusan and countless other places I can't even remember, I have run in races which provided majestic and breathtaking beautiful natural harmony; that "rave run", that place, that moment in time. I have taken part in impromptu karoke contests with natives as we wait for races to start, singing, dancing or just trying to understand each other as they touched my hair or skin or speak their "hunglish" (hungul plus English). I ran along with the old and young as they waved, smiled, gave me the thumbs up just run companionably alongside me. Korea's beauty can be seen along the hiking trails, as I discovered the steep cliffs, gentle plateaus, rich history and great places for leisure and hospitality. Hiking in Mt. Songnisan National Park in Chungchongbuk-do Province, brought joy from the natural treasures. I saw scores of Buddhist Seminaries, the grandiose Popchusa Temple, six high peaks of scenic beauty; Hwayangdong Valley with white polished rocks in the middle of the stream and luxuriant pine tree covered cliffs. Sonyudong Valley, which means "valley for the celestial beings" invited me into its sereneness and seclusion. Ssanggok Valley inspired peace with its large rock sentinels, pools and waterfalls. Palsangjon Hall, a five story pagoda, said to be the oldest wooden building in Korea, with its 1000 miniature Buddhas, and the Tae-ungbojon Hall, the third largest temple Hall in the country, with its stone lantern, stone cistern and twin lion lantern toasted Korea's rich history. I journeyed through different eras in Songnisan Village in the souvenir shops, restaurants, tearooms, drinking spots, music halls and scores of hotels.

I rode the train to Tageu, passing by monuments of fighting soldiers and watched in amazement as farmers work in miles upon miles of green rice paddies. Rode the bus to the foothills and hiked up the hill, sipping soju given to me by old war veterans, to the Haein Temple, built in 802 and means "reflection on a smooth sea". There I sat for a while on earthen floors, seven centuries old, covered with porous charcoal to regulate the humidity in the temple. From the Camp Carroll Base, I walked up the hills with a group of soldiers to "Hill 303", to dedicate a monument to the American heroes who lost their lives there during the Korea war. I ran 12 kilometers up the side of a mountain and saw breath-taking beauty of Tageu from the look-out point.

I enjoyed a car ride in bumper to bumper traffic, symbolic of most of Korea, to Haeyundae Beach in Pusan, while I compared and contrasted Seoul and the southern reaches of Korea. The warm waters of the beach gave way to cool afternoon, as I enjoyed the culinary delights of fresh seafood on Jindo Island, watched in awe as natives try to eat live octopus, gaze at live shellfish from a skin-diving fisherwoman and watched fishing vessels raced back with their catch.

I have asked at Mt. Sorak, but summer and hiking offer treats, which are pleasing to the eyesight. After a trek up the mountains, the cool crystal waters of a stream invited my tired feet. I slept outside under the stars, drank water from a natural mineral well and jogged back down the mountain to stare in wonder at the Buddhist statue, which seemed one with the horizon.

The beauty of children and the elderly always tugged at me, and I became teary-eyed as I volunteered at an orphanage and Golden Age Home near Osan.

Serving in Korea is an experience like none other. We are truly on

Freedom's Frontier. I was gripped by fear as I watched the Korean soldiers in their "ROK READY" stance, standing guard at the Joint Security Area, bolstered by pride when I saw the speed of the Quick Reaction Force at Camp Bonifas, touched by gratitude at the memorial at Freedom Bridge, where Korean War Prisoners exchanges happened, and knew peace when I saw older natives working quietly in the rice paddies in Panmunjom.

I was the first and only female to take part in a live Claymore Mine fire-off at Camp Bonifas. I knew fear when I realized that all during the exercise the farmers were sitting in the bushes waiting for us to be done to continue their work.

I viewed the historical battle memorial near Chonan, where America got its first taste of defeat against North Korea and the General MacArthur memorial near Inchon. It was an eerie feeling to walk the cold, wet pathway of the Infiltration Tunnel and the ground where Korean soldiers died at Kanghwa Island Fortress in the 19th Century battles. The statues of the two brothers from opposing sides in the Korea War at the War Memorial brought home the struggles of war. Inside, history in totality unfolds. Seoul, like other parts of Korea is filled with distinct differences, which gives the place its old world charm. Near Namdemun I noticed a thatched roof, mud floor house with a cart parked beside it, a board shack and a bike for transportation and a custom built, brick, western style house with a satellite dish and luxury cars, all on the same road. In Tongduchon I saw rice paddy vehicles riding beside modern expensive cars. Seoul's Incheon Airport , one of the largest in Asia in a sight to behold. As I traveled to Cheju-do Island, my favorite place in Korea, I was once again treated to Korean hospitality at its finest. The pleasant smile, warm handshakes or bows from the Flight Attendants to the welcome dinner in Cheju all served to deepen my respect for the people. Cheju brought back memories of home as I gazed at the Buddhist Temple, stone tower, Chinese ship on the ocean that couldn't venture any closer, and walked the underground caves of Buddhis t worship or climb the hill to get a picture perfect view of the chameleon landscape cascading before my eyes. Cheju was so quite and peaceful with its botanical life, pleasant climate, waterfalls and history of political struggles against communism. Against that backdrop I shopped at the amethyst factory, marketplaces and stores for treasures of my visit. As I ate, Korean style, outside on the ground, I wondered about the struggles and strength of the people, and felt closer to Korea's past.

My experiences here can aptly described as "interesting, different, educational, contrasting and beautiful". I have been made glad by many of the people. From the warmth and friendliness of the Korean nationals with whom I worked, to the vendor in the marketplace with whom I haggle over a price, the ones who taught me a few Korea words and phrases, those who ran beside me and smiled and made copies of my races from Korean television (even though I can't understand anything but my name), the Korean female soldier who gave me a set of ROK Army uniform, to the ones who touches me and said thank you for being here, I applaud you. I am forever indebted to you. You have made my time here worthwhile and you never hesitated to share your beautiful country with me. You epitomize the Korean spirit. Thank you. I will cherish forever my experiences and encourage others to check out the "Land of the morning calm".

신나는 한국 체험

크리스틴 헨리 하사
34 지원단 본부중대

한국이 88 하계 올림픽을 앞두고 세계만방에 보여줄 환영 잔치를 한창 준비하고 있을 때 이곳에 도착한 나는 바로 그 한국인들과 문화, 그리고 어떻게 그들이 진정한 올림픽 정신을 드높이고 있었는가에 완전히 매료되고 말았다. 이때 나는 한국에 꼭 다시 오겠다고 맹세했다.

그리하여 현역 군인으로 한국근무를 자원했다. 한국근무는 모질고 험하기 짝이 없는 임무라고 남들이 말하던 대로 과연 힘든 근무임은 내 스스로 확인했다. 그래도 그 임무가 아무리 험난한 고생길이었더라도 거기서 얻은 내 경험과 풍부한 지식은 그 무엇과도 바꾸고 싶지 않다.

미군 장병들 가운데 이곳 한국에서 할 일 없이 일년을 기다리자니 지루해 견딜 수 없다고 주장하는 병사가 많은데, 그렇게 생각하는 사람들에게는 지루하다는 것이 맞을지 몰라도 한국을 탐색해 보고 싶어하고 무언가 재미있는 일을 찾아보려는 사람에겐 아름다움과 지식, 그리고 은밀한 성취감 등이 기다리고 있다. 많은 장병들이 술이나 마시면서 지루한 세월을 잊으려 하지만 나는 "조용한 아침의 나라"인 한국의 신비스런 수수께끼들을 파악해보자고 결심했다.

밤이고 낮이고 언제든지 과감히 영외로 뛰쳐나가면 거기에는 쇼핑에서 예능, 연예, 오락에 이르기까지 항상 무언가가 벌어지거나 일어나고 있었다. 서울 시내 주변으로 관광을 나가보았다. 제일 먼저 가 본 곳이 청와대와 박물관이 었다. 각종 수공예품과 우아하게 꾸며놓은 넓은 방들을 한가로이 오가며 구경했는데, 공예품은 시대별로 서로 다른 왕조의 작품들로 이루어져 있었다. 청와대에는 경계가 삼엄한 보초들, 항상 미소를 잃지 않는 근무요원들, 정원의 아름다운 꽃들이 정치권력을 움직이는 대통령의 권좌를 모처럼 방문한 나에게는 퍽이나 특색 있어 보였다.

박물관에 들어섰더니 안내요원들이 성실한 태도로 우리를 맞이하고 위대한 이 나라의 역사를 그때그때 즉석에서 친절히 설명해 주었고, 100여 종의 김치, 고대유물, 옛 공예품, 고대왕조의 의상 등 5,000여년 이상을 거슬러 오래된 문물을 보여주며 안내하였다.

이어서 동대문 시장과 넥타이를 만드는 공장으로 쇼핑을 갔다. 주말이 아닌 평일이었는데 가는 곳마다 사람들로 북적거렸다. 갖가지 모습들, 시끄러운 소리, 여러 가지 냄새 등이 뒤섞여 시장에 들어선 나는 이내 자기 물건을 팔아달라고 외쳐대며 행상을 하는 장사꾼들과 섞이게 되었다. 그들은 연신 무얼 서로 물어보고 대답하고 지껄이다가도 나를 힐끗 쳐다보고 손짓을 하거나 웃어보이곤 했다. 가게마다 나를 멍하니 쳐다만 보고 있는 사람들과 구석에서는 구걸하는 모습도 보였다.

신명나는 롯데월드에 가서는 롤러코스트를 타고 몸이 거꾸로 뒤집힌 채 달려보기도 하고, 회전비행물체를 타고 공원주변 일대의 풍치도 내려다보며 즐기고, 여러 가지 놀이기구를 타보고 공원에서 게임도 즐겼다.

민주화 과정에서 수년 간 한국의 정치풍토를 형성해 온 다소간의 문제들로 항의시위를 하고 있던 데모대 곁을 멋모르고 지나다가 무리에 휩쓸려 서울의 도심 한복판에서 폭동 진압용 최루탄 가스 속을 뛰어야만 했던 적도 있다. 한창 벌어지고 있던 항의시위는 이 나라에 관하여 되도록이면 많은 것을 배우도록 나를 자극했다.

서울의 멋진 풍경은 나에게 더 많은 것을 구경하도록 흥미를 돋웠다. 서울의 현대식 고층건물 숲에 비하면 대조적으로 아주 이색적이고, 한글을 창시한 세종대왕의 동상이 서 있는 덕수궁을 비롯해서 조선왕조와 고대 한국을 엿볼 수 있는 거실이 수없이 많은 창덕궁, 오페라하우스, 콘서트홀, 서예전시관, 미술관과 도서관까지 갖추고 있는 예술의 전당 등을 구경했다. 골동품거리로 유명한 인사동 민속시장은 서울의 전통적인 옛 모습으로 나에게 한국의 민족적인 자부심이 무엇인가를 보여주고 있었다. 경복궁에서 스며나오는 한국의 아름다움, 창덕궁에서 퍼져 나오는 향기로움, 서울타워와 63빌딩에서 내려다보이는 주마등 같은 전경, 한국의 집에서 전속으로 일하면서 아쟁을 다루는 연주자처럼, 모두 탁월한 고전무용가 및 기타 연예인들의 멋진 기예 등 볼거리가 한두 가지가 아니다. 벚꽃이 만발하여 길 따라 땅을 뒤덮고 온갖 새들이 보금자리를 깃들이게 하는 아름다운 숲속을 아침마다 달리노라면 가슴 속 깊이 평화로운 기쁨이 가득 찬다. 어느 날, 독특한 전통미로 마음을 사로잡는 여주의 도예공방을 돌아보고 돌아오는 길이었는데, 저녁 해가 기울면서 서울역, 광화문, 한국은행 본점, 전쟁기념관, 연세대학교 등의 멋진 건물에 드리운 그림자가 지고 있는 붉은 태양과 한데 어울려 내 가슴을 한껏 설레게 했다.

내가 달리기와 도보여행 또는 등산을 즐기다보니 보배 같은 한국의 자연미와 그 웅장함을 더욱 잘 음미해 볼 수 있는 열쇠가 되었다. 서울에서 춘천으로, 원주로, 대구로, 일일이 다 기억할 수도 없지만 헤아릴 수 없을 정도로 수많은 곳을 찾아가서 달리기 대회에 참가했고, 달릴 때마다 웅장하고도 숨막힐 듯 아름다운 자연의 조화를 감상할 수 있었다. 한번은 어느 달리기 대회에서 경기시작을 기다리고 있는 사이에 대회에 참가한 한국인들과 즉석 노래시합을 벌인 적이 있었는데, 노래하고 춤추면서 그들은 내 머리와 피부를 만져보거나 그들 특유의 콩글리쉬(한글이 뒤섞인 영어)를 지껄이며 서로를 알고 이해하려고 애쓰는 모습이었다. 경기가 시작되어 나이 많은 사람, 젊은이 할 것 없이 모두 뒤섞여 함께 달리고 있다보니 그들은 내게 손을 흔들며 미소를 지어보이고 엄지손가락을 치켜들며 격려해주거나, 어떤 친구들은 나와 어깨를 나란히 하고 길동무가 되어 함께 달리기도 했다.

내가 여기저기 찾아다녔던 가파른 낭떠러지, 평탄한 고지대, 값진 역사적 유적, 멋지게 여가를 즐길 수 있는 행락장소 등과 같이 한국의 아름다움은 산 속의 등산로에서도 얼마든지 발견할 수 있었다. 충청북도에 자리 잡은 속리산 국립공원을 올라가면 정말 보배스런 자연의 아름다움에 기쁨을 감출 수 없다. 법당도 많고, 장엄한 법주사, 경관이 수려한 여섯 개의 산봉우리, 기암 절벽에 시냇물이 흐르고 울창한 소나무 숲이 뒤덮인 화양동 계곡 등도 볼만 하다. 하늘의 선녀가 내려와 놀았다는 선유동을 찾으니 고요한 적막과 은둔 속으로 나를 인도했다. 쌍곡 계곡에 이르니 커다란 바위가 망을 보고 곳곳의 깊은 봇물과 군데군데 흘러내리는 폭포수들이 평온한 마음을 불러 일으켰다. 5층탑으로 지어진 팔상전에는 일천 개의 축소 모형 불상을 모셔놓았는데 한 국에서는 제일 오래된 목조건축물이라고 한다. 대웅전은 이 나라에서 세 번 째로 큰 절로서 경내에 있는 석등, 석수조, 쌍둥이 사자 등은 찬란한 한국의 역사를 축배라도 하는 듯하였다.

속리산 마을에 내려가서는 이곳저곳을 돌며 기념품 가게, 음식점, 다방, 주점, 노래방 등을 둘러보고 여러 군데 호텔도 찾아보았다. 기차로 대구에 내려가면서 전적비가 세워진 곳도 지나갔고, 파란 벼가 한창 자란 논이 끝없 이 펼쳐져 있었는데 농부들이 열심히 농사일을 하고 있는 모습을 경이롭게 바라보았다.

버스를 타고 산기슭에 내려서는 고지로 등산을 시작했다. 산을 오르며 나 이 많은 원로 참전용사가 건네준 소주를 조금씩 마시다 보니 어느새 해인사 에 도착했다. 해인사는 서기 802년에 지은 절로 그 이름은 "고요한 바다 위 에 그 모습이 비친 절"이란 뜻이란다. 쫄에서 잠시 맨 흙바닥에 앉아 있다보 니 이 흙바닥도 700년이나 묵은 땅으로 절의 습도를 조절하기 위해 구멍이 숭숭 뚫린 유공성 숯을 섞어 덮은 곳이라 한다. 왜관의 캠프 캐롤 기지를 출 발하여 여러 명의 장병들과 무리를 지어 303고지를 향해 등반을 시작했다. 고지 정상에는 한국동란 때 목숨을 잃은 영웅적인 미군들을 기리기 위해 세워진 전적비를 참배했다. 산등성이를 12km나 달려 올라가서 전망대로부터 저 아래 대구 시가지를 내려다보니 경치가 숨막히도록 아름다운 절경이었다.

　요즘 대한민국의 어디를 가든 나타나는 현상이지만 꼬리에 꼬리를 물고 밀려가는 차량 홍수 속에서 자동차로 부산 해운대 바닷가에 이르니 서울과 한반도 남부지역이 아주 대조적인 차이가 있었다. 따스했던 바닷물이 늦은 오후가 되자 차가워져서 나는 진도로 싱싱한 바다회를 맛보러 갔다. 거기서 주민들이 산 오징어를 날로 그냥 먹는 걸 보고 기겁을 했지만, 잠수복을 입은 해녀들이 물속에서 갖가지 살아서 꿈틀거리는 조개류를 따오고 각종 고깃배들이 그날 낚은 생선으로 만선이 되서 육지로 돌아오는 것을 보니 아주 즐거웠다.

　설악산에서는 스키 타는 재미가 일품이지만 그래도 여름에는 등산이 아름다운 비경을 즐기기에 더 없이 신나는 일이다. 산을 오르다가 수정같이 맑은 시냇물에 발을 담그면 피로가 싹 가신다. 밤하늘의 별을 쳐다보며 야외에서 그냥 잠이 들기도 했고, 우물에서 광천수를 떠 마시기도 했으며, 산비탈을 내려오다 지평선에 가로질러 서있는 불상을 쳐다보며 경탄을 금치 못한 적도 있다.

　귀여운 아이들과 나이 많은 노인들이 항상 나의 관심을 끌어오던 터라 하루는 오산 근교의 고아원과 양로원에 자원봉사를 나가서 그들의 불쌍한 모습에 눈물을 글썽인 적도 있다.

　한국 근무는 다른 곳과는 전혀 다른 색다른 경험이다. 진짜 자유의 전선에 와 있는 것이다. 판문점 휴전회담 장소인 합동경비구역에서 경계근무를 하고 있는 한국군 병사들의 근무자세를 관찰해보고 그들의 결의에 찬 준비태세에 두려움이 앞설 지경이었고, 캠프 보니파스 부대의 신속 반응 전투부대의 긴급출동 속도를 보고 자부심을 느꼈으며, 한국동란시 포로교환이 이루어졌던 자유의 다리가 기념물로 서있는 것을 보면서 무언가 감사한 마음이 앞서고, 근처의 논밭에서 조용히 농사일에 매달려 나이 많으신 노인들이 부지런히 일하고 있는 모습에 진정한 평화의 뜻을 알게 되었다. 판문점에 소재한 이곳 캠프 보니파스에서 실물 클레이모어 지뢰를 진짜로 발사 시험해 본 최초의 여성이 나였다. 우리가 발사 훈련을 실시하는 동안 농부들은 덤불 숲속에 피신했다가 우리의 훈련이 끝나기를 기다려 다시 논일을 계속하는 걸보고 참으로 사는 게 힘들고 두려운 것이라는 것을 느꼈다. 천안 근처의 역사적인 전쟁터를 방문하여 그 추모비를 살펴보고 한국동란시 미군이 최초격전을 벌이고, 북한 인민군에게 최초의 패배감을 맛보았던 쓰라린 경험을되새기고, 인천에서는 맥아더 장군 기념관을 찾아보았다.

북한군의 남침용 땅굴 속에 들어가 냉기가 돌고 습기가 눅눅한 그들의 침투로를 걷다보니 으스스한 기분에 공포감으로 휩싸였고, 강화도에 가서는 19세기에 외침을 받아 조선왕조의 군인들이 분전하다 장렬히 전사했던 축성포대를 관찰하였다. 용산 전쟁기념관에는 한국동란시 적군과 아군으로 갈라서게 된 두 형제가 전쟁 중에 만나 서로 부둥켜안고 있는 모습의 동상이 서있는데, 이를 보면 동족상잔의 비극과 비참함을 느낄 수 있다. 전쟁기념관내부에 들어가 보면 대한민국의 역사가 처음부터 끝까지 전시되어 있다.

서울에도 한국의 다른 곳과 마찬가지로 고대 왕족의 매력을 지니고 있어서로 뚜렷한 차이점을 보여주는 것들로 가득하다. 남대문 근처에는 초가지붕과 온돌로 된 집에 승용차가 주차하고 있는 모습이 눈을 끌고, 판잣집, 손수레 등이 있는 길 건너에는 접시 모양의 위성안테나와 고급 승용차가 딸린초현대식 서구형 벽돌집이 공존하는 것을 목격할 수 있었다.

동두천에서는 값비싼 고가의 현대식 승용차 옆으로 논에서 모를 심고 추수 때 사용하는 경운기가 함께 달리는 모습도 보인다. 국제관문인 인천국제공항도 볼만한 구경거리로 아시아에서 제일 큰 공항 가운데 하나로 꼽힌다고 한다.

내가 즐겨 찾는 제주도에 처음 여행 갔을 때 다시 한번 최고 수준의 한국적인 환대를 받았다. 항상 즐거운 미소, 따뜻한 악수, 항공기 승무원들의 예의바른 인사와 독특한 제주의 환영만찬에 이르기까지 모두가 제주 사람들에 대한 나의 존경심을 더욱 깊이 간직하게 했다. 사찰에서 석탑을 바라보고 있자니 문득 제주가 고향생각을 나게 했다. 바다 멀리 중국 상선이 떠있었고 지하 동굴 사찰에 들어가 땅 속의 예불장소를 구경하고, 언덕에 올라 눈앞에 펼쳐진 변화무쌍한 경관을 한 폭의 그림처럼 감상하였다. 열대성 식물이 자라고, 날씨도 따뜻하고 여기저기 폭포수가 떨어지고 한때 공산세력에 대항하여 정치적인 투쟁을 벌이기도 했던 제주도는 정말 한적하고 평화로운 곳이 되어 있었다. 쇼핑을 나갔는데 시장, 가게, 자수정 공장을 둘러 값지고 귀한 것들을 몇 개 사두었다. 어딘지 모를 바깥 야외에서 한국식 전통음식으로 끼니를 때우며 한국사람들이 고난을 겪어 온 저력에 감탄하고 한국이 지나온 과거를 좀 더 가까이 느꼈다.

한국에서 얻은 나의 체험은 흥미진진하였고 특이하였으며 교육적인 동시에 서양문화와는 아주 대조적인 아름다운 것이었다고 말해야 올바른 표현이 될 것 같다. 많은 한국인들이 날 기쁘게 해주었다. 나와 함께 근무했던 한국인들을 비롯해서 물건 값을 흥정하느라 옥신각신한 시장의 장사꾼들, 몇 마디 한국말을 가르쳐 준 이들, 달리기 대회에서 내 곁을 달리며 미소짓던 사람들, 내가 달리기 대회에 참가해 뛰는 모습을 텔레비전 중계방송에서 녹화해 복사해 준 그들, 내게 한국의 육군복장 한 벌을 선물한 여군 병사, 나를 툭 치고서는 미군의 한국 주둔을 고맙게 생각한다고 말한 그 사람들. 모두의 따뜻한 마음씨와 정다운 우정에 갈채를 보낸다. 나는 한국사람들한테 두고두고 잊지 못할 빚을 지게 되었다. 한국의 여러분들이야말로 내가 한국에 있었던 기간을 아주 보람 있게 만들어 주었고, 당신네 아름다운 나라의 모든 정서를 나와 함께 나누는 데 조금도 인색하지 않았다. 여러분들은 한민족 정신의 귀감이요 본보기였다. 정말로 감사드린다. 나는 이 귀한 나의 체험을 끝까지 간직하고 되새기며 누구든지 다른 미군에게 "조용한 아침의 나라" 한국을 음미해 보라고 권하고 싶다. ▨

Life in A Strange City

CH (CPT) Stephen W. Austin
25th Transportation Battalion (Yongsan)

Recent arrivals in Korea, we had taken the subway to Myongdong and were now trying to find that area's historic Cathedral. My wife and I are familiar with life in urban America so we knew how to conduct ourselves in a strange city: We walked purposefully down the street as if we knew exactly where we were headed. After all, showing yourself to be lost in a city is a sure way to invite trouble. Unfortunately, after twenty minutes of this had gotten us nowhere, we were forced to consult a map.

The instant I pulled out the tour guide, my worse fears were realized: A young man dashed forward to inquire our destination. My city instincts told me to shun this man who surely held some ill-intended design. However his manner was disarmingly friendly, and we were decidedly lost, so we accepted his offer to help.

Ten minutes later, this gentleman had led us to the Cathedral and politely taken his leave. In doing this, he had apparently gone in the opposite direction from which his own business had been taking him. My wife and I marveled over this: What would motivate a man to go out of his way to show hospitality to a total stranger?

In the months since then, we have discovered that this experience was not an aberration. Wherever we have traveled, we have found that there is always someone willing to offer help.

One may judge the stature of a nation by the age of its culture, the beauty of its natural treasures, or the strength of its economy. By all these measures, Korea is undisputedly a great nation. However, perhaps a more meaningful measure of a country is to consider the character of its people. When an individual citizen is willing to inconvenience himself in order to show hospitality to a stranger, it says something about the country. After all the character of a nation is built one citizen at a time.

I met one of those citizens the Saturday evening our car died. At the recommendation of the tow truck driver, I had the care taken to a local garage. I assumed that I would need to wait until the garage opened on Monday morning and then plan on leaving it there for a couple days. Thus, consider my amazement when I discovered not only that the owner of this garage had his shop open on Saturday night but that he was willing to fix the car while I waited.

From that time, I have come to know this mechanic well since our car frequently has something that needs fixing. For instance, there was the time when an exhaust pipe had broken loose. It was significantly corroded, but my friend the mechanic managed to repair it-and charged me only a pittance. He could have easily insisted on replacing the part-and made the job more lucrative.

This mechanic is one of the individuals who has enabled Korea to become an economic powerhouse in the last few decades. A nation's industry depends on its citizens being willing to work hard. Korea has been blessed with a period of peace, and she has certainly taken full advantage of that peace. Everywhere I travel in Korea, I marvel at the homes, the roads, the parks-all the construction projects that seem to spring up overnight.

Hard work, of course, needs beauty to make life colorful. For this, Korea has her flowers. Close by my family's home is a small flower shop whose proprietress is truly an artist: She does not sell flowers-she creates floral works of art. Upon discovering this shop, I developed the habit of weekly purchasing bouquets for my wife. (Flowers are, of course, a cost-effective way for a husband to please his wife.) At first, I would choose the flowers myself. Then one day I realized that was like trying to tell an artist what paints to put on her palette. Since then, I simply hand her the vase and let her create.

When spring arrived in Korea, I was amazed to see the energy that went into planting flower beds. Suddenly, all over the city, empty patches of ground were transformed into beautiful spreads of impatiens and marigolds.

The wonderful thing about flowers is that they do not constitute real property. They cannot be traded on the stock exchange or accumulated storage facilities. Their one contribution to society is aesthetic, and even that is short-lived. This is refreshing since it encourages one to look for happiness in something other than material acquisition.

This was one thing that caught my attention when this summer I was involved with a Habitat building project in Asan: I noticed that the apartments we were building lacked significant storage space. In the States we like to build large walk-in closets to store all the stuff that we accumulate but don t really need. In contrast, I have noticed in Korea less of a need to acquire material possessions. There is a simplicity to life in Korea that we in the States would do well to emulate.

Perhaps this simplicity is a reflection of the obvious spirituality of the Korean people. This shows itself in the skyline of Seoul-one that is dominated by innumerable church spires. The same can be said for the rest of Korea: Wherever I have traveled, I have been struck by the dominating presence of places of worship.

I visited recently the shrine at Choldusan, a rocky cliff overlooking the Han River. Here, in the nineteenth century, literally thousands were thrust over the cliff because they would not forsake their beliefs. At the installation chapel where my family lives, the faithful gather for 'dawn prayer' five mornings a week at 5:00-early even by military standards.

Perhaps the most ingratiating quality of the Korean people is their invariable courtesy. By its nature, courtesy is rarely dramatic rather you see it in the small, every-day acts of kindness. This, I have experienced in Korea continually.

Recently, for instance, we were taking an October walk in Pukhansan: The air was crisp, and the forest had the damp, musty smell of autumn. As we came out of the park, an elderly gentleman sitting by the side of the road eagerly motioned to us to come his way. With a friendly smile, he reached into a paper bag and offered us two big handfuls of chestnut. (He had spent the day collecting them.) We took them home and fixed turkey with chestnut stuffing.

I experienced this courtesy in a poignant way the day after the tragic September terrorist attacks on Washington and New York. I had taken my son to a local hospital for a test. As we were waiting in the hallway, a man, passing, recognized my U.S. Army uniform, came up and expressed his regret for the tragic incidents. The man was a stranger, and in a moment he was on his way but I greatly appreciated his simple act of respect.

In a lighter moment , I witnessed the Korean sensitivity not to embarrass others. At the time, I had become temporarily stuck in a closing subway door. For a few seconds, this presented a highly amusing spectacle-an out-sized and slow-moving American trying to extricate himself from the door. My wife said later that everyone around was about to bust a gut, but no one cracked a smile. They were too conscious not to damage my dignity.

I consider patriotism an important virtue: For me, this means loving your country for what is good, working to change what is not, and-above all-being willing to sacrifice individual wants for the legitimate needs of the community. During my time in Korea, I have come to appreciate the natural patriotism of the Korean people. They love their country and understand that their hard work and sacrifice is-in the best sense-for Country

I see this patriotism in the Republic of Korea soldiers with whom I work daily. I am impressed with how the young men of Korea-across the board-give two years of military service to their country. For most, this is an interruption-a break in college and career. The young Korean soldiers with whom I serve will go on and do great things in life-they have the requisite gifts and qualities. Yet they accept willingly the duty they owe their nation. If we ever go to war, I will be thankful that these are the soldiers with whom we will be fighting side-by-side.

When my tour in Korea concludes, the people whom I have encountered here will have made me a better person. As we chart new history in the twenty-first century, the Korean-American relationship will and should change. However, as it changes, I pray that God will grant our nations the continued opportunity to work together.

낯선 도시에서의 생활

스티븐 오스틴 대위(군목)
미 제8군 제25 수송대대

한국에 온 지 얼마 안 된 우리는 지하철을 타고 명동에서 내려 역사적으로 유서 깊은 명동성당을 찾아가고 있는 중이었다. 미국의 도시생활에 아주 익숙했던 내 아내와 나는 낯설은 외국의 도시에서는 어떻게 처신해야 하는가를 잘 알고 있었다. 우리 둘은 마치 우리가 찾아가고 있는 곳을 아주 잘 알고 있기라도 한 듯이 길을 따라 보란 듯이 걸어 내려갔다. 그러나 사람들에게 도심에서 길을 잃은 모습을 보이면 나중에 꼭 말썽을 자초하게 되는 것이다. 운이 없게도 한 20여분 지나서 이런 불상사가 우리에게도 찾아와, 도대체 우리가 어디에 와 있는지 알 수 없게 되어, 결국 지도를 꺼내 들여다 볼 수밖에 없었다.

관광안내 지도를 꺼내든 순간, 두려운 마음은 더욱 나를 목 죄었다. 그때 한 젊은이가 성큼 다가와서는 우리의 행선지를 묻는 것이었다. 나의 도시생활 본능은 나도 모르는 사이에 어떤 음모(?)를 꾸미고 있지는 않는지 수상하게 보이는 이 사람을 피해야 되겠다고 맘먹었다. 하지만 그 젊은 남자의 태도는 악의 없이 친근했고, 우리는 분명히 길을 잃었으니 도와주겠다는 그의 호의를 받아들였다. 10분 후, 이 신사는 우리를 성당까지 데려다주고 자기 갈 길을 향해 총총히 떠났다. 그런데 우리를 데려다 주고서 자기 볼 일을 보러 떠나는 방향이 분명히 오던 방향과는 정반대 방향으로 가는 것이었다. 아내와 나는 이 사실에 놀라움을 금치 못하였다. 전혀 알지 못하는 낯선 사람에게 그 사람은 자기 가던 길과 반대방향인데도 그런 친절과 호의를 베풀다니 도대체 그 동기가 어디에 있었던 것일까?

그런 일이 있은 후 몇 달이 지나는 사이 우리는 이런 관행이 특별한 것이 아니라는 것을 알게 되었다. 어디를 가든 항상 누군가 우리를 돕겠다고 나서는 사람이 꼭 있었다. 한 나라의 국력은 그 나라 고유문화의 오래된 전통, 국보급 자연자원의 아름다움, 또는 그 나라의 경제력으로 판단할 수 있다. 이런 잣대로 모두 재어 봐도 한국은 위대한 나라임은 이론의 여지가 없다. 그런데 한 나라를 측정해보는 방법 가운데 좀 더 뜻 깊은 방법은 아마 그 나라 국민성을 고려해 보는 것일 것이다. 일개 시민에 불과한 사람이 외국인에게 호의를 베풀자고 기꺼이 불편을 감수하고자 할 때, 그 나라에 대하여 무언가 화제가 될 수 있을 것이다. 결국 한 나라의 국민성은 어떤 한 시민이 보여주는 행동으로 이루어지게 된다.

어느 토요일 저녁 우리 차가 고장으로 서버렸을 때 이런 평범함 시민들 중에 한 사람을 만났다. 구난차 운전수가 자기 마음대로 나의 차를 시내 한 정비소로 끌고 갔다. 나는 정비소가 월요일 아침에야 문을 열게 될 테니 한 이틀쯤 정비소에 차를 맡겨두고 기다려야 되겠거니 생각하고 있었다. 그런데 정비소 주인은 토요일 밤에 정비소 문을 열어주었을 뿐만 아니라 내가 기다리면 그 자리에서 차를 수리해 주겠다고 했을 때 내가 얼마나 놀랐을지 생각해보라. 그때 이후부터 우리 차가 어디든 고칠 일이 자주 생기다보니 나는 이 정비소 아저씨를 아주 잘 알게 되었다.

예를 들어 한번은 배기관이 깨져 덜렁거릴 때였는데 관이 굉장히 심하게 부식되었는데도 이 정비공 아저씨는 이리저리 그걸 수리하고 나서 수리비는 그야말로 눈곱만큼밖에 요구하지 않았다. 그 아저씨가 아예 부품을 갈아 끼우자고 했으면 일도 쉽고 돈도 더 벌고 좋았을 텐데 말이다. 이 정비소 아저씨야말로 한국을 불과 지난 몇 십 년 사이에 경제 강국으로 성공시킨 주역들 가운데 한 사람으로 보인다. 한 나라의 산업발달은 열심히 노력하겠다는 그 나라 국민들의 의지에 달려있는 것이다. 한국도 한때는 평화를 구가했고 분명 그 평화로웠던 시절을 최대한 활용했던 적이 있었다. 한국의 어디를 가도 가옥과 도로, 공원 등 모든 건설 산업이 하룻밤 사이에 여기저기서 갑자기 튀어나오는 것처럼 보여 정말 놀라지 않을 수 없다.

생업에 성실한 사람에게는 인생을 다채롭고 활기찬 모습으로 만드는 아름다움이 필요하다. 한국에는 이를 위해서 그 나라의 꽃이 만발해 있다. 내 가족이 함께 살고 있는 내 집 가까이에 조그마한 꽃가게가 하나 있는데 그 꽃가게 여주인은 그야말로 한 사람의 예술가와 같다. 그녀는 꽃장사가 아니라 꽃으로 예술작품을 창조해 내는 작가이다. 이 꽃가게가 있다는 것을 알고부터 나는 매주 내 아내에게 꽃다발을 사서 바치는 습관을 들이기 시작했다(꽃이야 말로 좀 비싸도 남편이 그의 아내를 기쁘게 하는데 가장 효과적인 방법임에 틀림없다). 처음에는 꽃을 내가 직접 골라 갔었다. 그런데 어느 날 나는 그거야말로 마치 그림을 그리고 있는 화가에게 파렛트에 어떤 물감들을 섞어 넣으라고 건방지게 참견하는 것이나 다름없다는 것을 깨달았다. 그 다음부터는 나는 단지 그녀에게 꽃 이름만 건네주고 꽃다발을 그녀가 알아서 만들도록 맡겨 두었다.

봄이 되자 한국에서는 화단에 꽃을 심는 열기가 대단한 것을 보고 정말 놀랐다. 갑자기 모든 도심지의 공터가 텃밭으로 바뀌어 봉선화와 금잔디 등이 아름답게 피어 널리 퍼져나갔다. 꽃이 경탄스러운 것은 그것이 무슨 부동산 같은 물적 재산을 형성하지는 않는다는 것이다. 꽃을 주식거래로 매매한다든가 저장시설에 쌓아 놓을 수는 없다. 꽃이 사회에 기여하는 한 가지가 있다면 심미적인 것이고, 그 심미적인 기능조차도 아주 잠깐으로 일시적인 것에 지나지 않는다. 꽃은 물질적인 취득이 아닌 그 어떤 것에서 행복을 찾도록 사람의 용기를 북돋아 주기 때문에 아주 참신하고 기분이 좋은 것이다.

올 여름 아산에서 주거용 건물 신축공사에 파견 나가있으면서 나는 바로 이런 점에 관심을 갖게 되었다. 우리가 짓고 있는 아파트에는 물건을 보관할 수 있는 저장 공간이 턱없이 부족한 걸 발견했다. 미국에서는 별로 필요도 없으면서 쌓아만 놓게 되는 온갖 잡동사니를 넣어 두기 위해 사람이 드나들 수 있는 커다란 벽장들을 지어 놓는데, 이에 비해서 한국에선 비품이나 물품 같은 재물들을 별로 주워 모을 필요가 없다는 것이 특이했다.

한국에서 살아가는 데는 미국에서도 본받을만하다고 생각되는 어떤 단순성과 검소함이 있다. 아마도 이러한 단순성은 한국 국민의 영적인 영역을 명백히 증명하고 있는 것인지도 모른다. 이는 서울의 하늘을 배경으로 한 윤곽에서도 잘 나타나고 있는데, 서울의 지평선은 수없이 많은 교회 뽀족탑으로 뒤덮여 있는 실정이다. 한국의 다른 곳 어디를 가도 마찬가지이다. 내가 여행을 다녀본 곳에는 어디든지 예배를 볼 수 있는 곳이 도처에 깔려 있다는 인상을 받았다. 한강을 내려다보는 깎아지른 듯한 암벽에 자리 잡고 있는 절두산 성지 성당을 최근에 찾아보았다. 바로 이곳에서 19세기에 문자 그대로 수천명이 그들의 신앙을 버리지 않는다고 해서 낭떠러지 아래로 몸을 떠밀려 강물에 던져지고 빠져 죽었다. 우리 가족이 살고 있는 동네에서는 군대에서조차 일주일에 5일 간이나 이른 새벽 5시에 독실한 교인들이 모여서 새벽 기도를 드리고 있다.

아마도 한국사람들에게서 가장 큰 환심을 살 수 있는 인성은 그들의 한결같은 예의범절일 것이다. 본래부터 예의라는 것은 연극같이 꾸며내는 것이 아니라 오히려 일상생활의 조그만 친절에서 찾아볼 수 있는 것이다. 이런 현상을 나는 한국에서 끊임없이 줄곧 경험해 오고 있다. 예를 들자면, 최근 10월에 북한산으로 산행을 간 일이 있었다. 상쾌한 날씨에 공기가 맑고 숲에는 축축한 곰팡내가 그윽한 가을이 와 있었다. 북한산 국립공원을 벗어나 밖으로 나왔더니 나이 지긋한 노신사가 길가에 앉아 있다가 우리를 보고 자기한테 와보라는 손짓을 했다. 정다운 미소를 지으며 종이봉투에 손을 넣어 밤을 두 주먹 가득히 꺼내서 우리에게 주는 것이었다.(그 노인은 그날 온 종일 밤을 주웠다.) 우리는 그 밤을 집에 가져가 밤을 넣은 칠면조 요리를 했다.

이처럼 정중한 예의를 워싱턴과 뉴욕에서 비극적인 9월, 테러집단들의 공격이 있었던 그 다음날 가슴 찡하게 경험했다. 그날 나는 아들을 데리고 병원으로 검진을 받으러 갔다. 병원 복도에서 차례를 기다리고 있는데, 어떤 남자 한 분이 지니다가 나의 미 육군 군복차림을 보고, 가까이 다가와서 전날의 비극적인 사건에 대해 유감의 뜻을 표했다. 그 사람은 전혀 알지도 못하는 사람이었고, 그냥 자기 갈 길로 되돌아가고 있었지만 바로 그때 나는 그의 존경스런 순수한 행동에 크게 감사했다.

언젠가 우연한 기회에 한국인들은 남을 당혹스럽게 하지 않으려는 노력에 매우 민감하다는 사실을 목격하였다. 그때 나는 잠시 막 닫히고 있던 지하철 문틈에 몸이 끼었다. 이 때문에 몇 초 동안 아주 재미나는 구경거리를 연출하였다. 덩치 크고 동작이 굼뜬 미국인이 문틈에 끼어 빠져나오려고 안간힘을 쓰고 있었으니 말이다. 나중에 내 아내가 한 말인데, 그때 주변에 있던 사람은 한 사람도 예외 없이 염려스러운 표정이었고 아무도 웃는 사람이 없었다는 것이다. 그 사람들은 나의 곤혹스러운 처지를 너무도 잘 의식해서 내 체면을 깎아내리는 행동은 하질 않았던 것이다.

애국심은 중요한 덕목이라고 생각한다. 내 생각에 애국심이란 무언가 선한 것을 위해 자기 조국을 사랑하는 것이고, 선하지 않은 것을 바꾸려고 노력하는 것이며 무엇보다도 공동체가 합법적으로 필요로 하는 것을 위해서 개인이 갖고 싶어하는 것을 기꺼이 희생하는 것이라고 본다. 한국에 체재하는 동안 한국사람들에게서 꾸밈없는 본시 그대로의 애국심을 통찰하게 되었다. 그들은 자기 조국을 사랑하고 그들의 건실한 노력과 희생은 나라를 위해 꼭 필요하다는 사실을 가장 잘 알고 있다.

이러한 애국심을 나와 함께 매일 근무하고 있는 대한민국 장병들에게서 찾아볼 수 있다. 한국의 젊은이들이 그들의 조국 수호를 위하여 일률적으로 2년 동안 군 복무를 하고 있는 모습에 나는 큰 감명을 받았다. 거의 모든 젊은이들에게 이것은 대학교육과 자기 경력에 중도 차단을 일으키는 걸림돌이 되고 있다. 나와 함께 근무하고 있는 한국의 젊은 병사들은 군복무를 마치고

 우리는 좋은 이웃

나면 한 평생 살면서 큰일을 해 낼 사람들이며 그들은 그만큼 필요한 재능과 재질을 갖추고 있다. 그런데도 이들 젊은이들은 조국에 바쳐야 될 의무를 기꺼이 받아들여 자발적으로 수행하고 있다. 우리가 만일 전장에 함께 나가게 되면 이들 한국의 젊은이들과 어깨를 나란히 하고 함께 싸우게 됨에 크게 감사할 것이다.

내가 한국근무를 마칠 때쯤이면, 이곳 한국에서 우연히 만나게 된 모든 사람들은 내가 좀더 훌륭한 사람이 되려는 데 크게 도와 준 분들이 될 것이다. 21세기의 새 역사를 그려 나가면서 한미 양국관계가 어떻게 변하든, 그래도 나는 하나님께 우리 두 나라가 항상 함께 일할 수 있는 기회를 마련해 주실 것을 간절히 기도한다.

The Typical Courtesy of Koreans

CPT Melissa Leccese
25th 18 MEDCOM, 121 General Hospital

Being assigned to Korea was the same to me as being assigned to Mars. I fought the system in vain to find a more desirable PCS location. I'd heard the stories about lockdowns and weekend passes. I feared the worst. My husband and I would be PCSing together but, in Korea, so what? My predecessor saw her husband one weekend a month if she was lucky.

I have been here only a short 5 months now and I've had a 180-degree attitude change. Korea, Korea, beautiful Korea!! I am in love with this place. I have begun Hangul (Korean language) classes with the ACS. The class is amazing and it's free! The Army may do some confusing things, but it does some wonderful things too. I can't remember enjoying something as much. I have teachers all around me, every day and they are so willing and so pleased to hear you speaking their language, be it just a word or two. They are quick to compliment and quick to smile. The class instructor is an English teacher at one of the Korean high schools in town. He taught himself to speak English from a book. He does very well and I have all the respect in the world for his accomplishment being that I tried to teach myself sign language from a book. It was a disappointing failure. I could not remember the signs without using them frequently . One needs to be immersed in a language to learn it. What a perfect opportunity this is. A once in a lifetime chance to learn this language. It was never my dream to learn this language, but it is now. My instructor asked me to proofread his English-written research paper. What an honor!! I enjoyed reviewing his paper, which very appropriately was about methods of teaching students a second language.

As a class, we have been on three field trips. This is above and beyond my expectations that the teacher will spend his free time with us. On the field trips, we are encouraged to request our tickets or ask where the bathroom is in Hangul. This seems a simple thing, but what a feeling to say something that sounds and feels so un-natural to you, and to receive that look of understanding from your listener. It sure beats the head nodding, blank staring face that accompanies the "I have no idea what you want" response. On one of the trips, we were climbing Pukhansan (a popular climbing mountain in SSangmun), and I said "shillahamnida", which means "excuse me" to some people climbing the opposite direction. I climbed a bit further and from behind me I heard a child say in perfect English, "Cool, she knows Korean". That brought a big smile to my face! That day for lunch, our instructor's wife prepared some delicious Korean food for us. Before that time, I was convinced that I preferred American style food, but not anymore. Her yooboochobop (vinegar rice in a dumpling) was delicious!!

Knowing some Korean phrases came in handy when I visited Cheju-do. I didn't know it before I left, but they speak very little English there, even at the "tourist hotel" where we stayed. I became way too familiar with that head nodding, blank staring response. But when I asked where the bathroom was in Hangul and got an immediate smile and a friendly wave in the right direction, it was worth all the blank stares that preceded it. At first it was very frustrating trying to be understood, but it actually turned out to be fun because I was always successful one way or another, whether it be pointing to where I wanted to go on the map or struggling to get the front desk person to understand I wanted him to write the taxi driver a note for me in Hangul. The bellhop was more than helpful by hailing taxis for me and giving directions.

As a matter of fact, the AAFES taxi drivers were my first Hangul teachers since I didn't have a car the first month I was here. I can now say my address perfectly, or so I thought. I did learn the other day in my class that I was leaving out one word. The taxi driver who taught me had simplified the sentence to make it easier for me to say. I tired my address out on a Korean taxi driver once and that is a whole different ballgame. Before I leave, my personal test of competence in the Korean language is to be understood by a Korean taxi driver!!

It was an AAFES taxi driver that expressed to a friend of mine his appreciation of the American soldiers. He stated that the young people who protest against us do not understand why we are here. I have come to accept that as long as there is life, there will be differences of opinions and, alas, there will be misunderstandings. The taxi driver's words make me realize that it is the older generation that really appreciates the American presence. As I was driving home to my off-post apartment one evening, one of the apartment security gate guards saluted me sharply. It took me by surprise, and then I realized he must have seen my American license plates on the front of the car. When I first arrived in Korea, I did not fully understand why we were here either. After visiting the war memorial and the DMZ, however, I now feel pride in our military's mission, the mission of maintaining freedom, and I am thankful for the opportunity to be a part of history by serving here.

I did quite a bit of reading before I arrived about Korean customs and culture. The first time I rode the subway I was just waiting to be pushed out of the way by some one because I had read that strangers are considered "non-people" in Korean culture due to their social system of hierarchy. I had so expected the behavior that, to be honest, I was disappointed when no one pushed me. I have learned that Koreans are not rude people, no more so than anyone who lives in a large city full of people walking here and there forever getting in one's path. As a matter of fact, I have been helped numerous times by a Korean while I was traveling and looking a bit lost. One young girl allowed me to walk along with her to the correct train because she was going the same way I was going. I have found that type of courtesy to be very typical of Koreans.

All of these experiences and the greater understanding I have gained of a foreign culture are wonderful, but they do not compare to the joy I have found in re-discovering a piece of myself that I thought was gone forever.

In this small , isolated, Army community in Korea I have found God in the ROCK (Relying on Christ in Korea) services. I grew up in a Christian home but went to a fairly large church and I usually felt unhappy and out of place there. Christians are not perfect, but one hopes that they would at least try a LITTLE harder. I never before found a church that was about Jesus first and foremost. Other churches I have been to are very wrapped up in clothes and material things and gossip. The ROCK service is for the "jeans" crowd. That's me!!

I grew up in a Southern Baptist home and I am very grateful for the love and learning I received. I cannot help, however, remembering how caught up in the "proper" my childhood was. My mother is very religious and very concerned with appearances. Church came to be a chore and one that came around all too often. The tears just stream down my face at the ROCK service when we sing. I can feel the love for Jesus in those songs and in those voices. I had felt little emotion in church for many years except to wonder if I was dressed well enough or if the people were sincere in their hearts instead of attending church to gain a certain social status. I do not have those feelings at the ROCK; instead I feel the love of Jesus. I have never felt so at home in a place away from home before in my life. I had hardened my heart to Jesus because I was so disillusioned by the "church part." For many years, I resisted getting involved in a church because of the commitments expected and the guilt that coincides with dreading to keep those obligations. Now, I look forward to commitments to Christ instead of feeling guilty about them.

Like I said before, the Army does some confusing things, but it does some wonderful things too. I learned in my Hangul class that the literal translation of Korea is "great country". Thank you God and thank you Army for sending me here to this "great country" of Korea!

한국인의 친절

멜리사 러세스 대위
미 121 야전병원

한국으로 부대 배치를 받았다는 것은 나에게는 마치 지구 밖 화성에라도 보직을 받은 것처럼 황당하기 이를 데 없었다. 좀 더 바람직한 근무지를 찾아보려고 인사계통과 싸워봤지만 헛일이었다. 그곳에선 옥살이나 다름없이 갇혀 살다 주말에나 외출이 있다는 얘기도 많이 들었다. 나의 두려움은 최악이었다. 남편과 나는 같은 근무지에서 함께 근무하게는 되었지만, 그게 한국이라니, 그래서 뭐 어쩌잔 말인가? 내 전임자는 운이 좋아야 한 달에 한번, 그것도 주말에야 자기 남편을 볼 수 있었다고 했다.

이렇게 한국에 온 지 이제 겨우 다섯 갈밖에 안되었는데, 그렇게 두려워하였던 내가 180도 자세를 바꾸게 되었다. 한국, 한국, 아름다운 한국! 나는 이 나라에 흠뻑 빠지고 말았다.

나는 군 지역사회 봉사계획의 일환으로 한글반에 가입해서 한국어공부를 시작했다. 한글반은 너무나 재미있고 놀라운데다 그것도 돈 한 푼 안 드는 공짜 강습이다. 미 육군에서 하는 일이 어떤 것은 황당한데 그래도 어떤 것은 멋진 것도 더러 있다. 한글반만큼 즐거웠던 기억이 별로 없다. 주변의 모든 사람이 나한테는 선생님 같아서 내 서툰 한국어를 한 마디건 두 마디건 기꺼이 들어주고 상대를 해주고 싶어한다. 그들은 언제나 나를 칭찬해주고 항상 변함없이 미소를 보여준다.

한글반 강사는 이곳 어느 한국 중학교의 영어선생님이다. 그는 영어를 책으로 독학해서 배웠다고 한다. 그는 아주 잘 가르치고 있으며 나 스스로도 책을 가지고 혼자 수화를 배우고자 시도했던 적이 있어, 그가 독학으로 영어를 배우는데 성공했다는 점에서 그는 이 세상 누구보다도 나의 모든 존경심을 받을만하다. 나의 경우는 실망스럽게도 실패로 그치고 말았다. 자주 활용을 못하다보니 수화를 제대로 기억할 수가 없었다.

누구든지 한 가지 언어를 익히려면 그 속에 완전히 빠져들어야 한다. 이번 한글반이야말로 절호의 기회였다. 한국어를 배운다는 것은 일생에 한번밖에 없는 기회이다. 한국어를 배우는 것이 나의 꿈은 아니었지만 이제는 한국어가 나의 꿈이 되었다. 나의 한국어 강사는 날더러 자기 영어논문을 교정해달라고 부탁을 해왔다. 그의 논문교정을 봐준다는 것은 나에게는 영광스러운 일이었다. 그의 논문을 기꺼이 검토해주었는데, 그 내용은 다름 아닌 바로 학생들에게 외국어를 가르치는 방법에 관한 것이어서 나에게 아주 적절한 것이었다.

한글반에서 우리는 세 번이나 현장실습 겸 야외소풍을 나갔었다. 선생님이 자신의 여가 시간을 우리 학생들과 함께 보내준다는 것은 뜻밖의 일로 이는 전혀 생각지도 못한 일이었다. 현장으로 여기저기 다니면서 선생님은 우리에게 매표소에서 입장권 등을 사보라고 권하고 한국말로 화장실이 어디 있는지 물어보라고 시켰다. 이게 간단한 거 같지만 자기한테 발음과 느낌이 전혀 낯선 외국어로 무엇인가 말하려면 참으로 어색한 감이 드는데, 그 말을 듣는 상대방에게서 당신의 말뜻을 알았다는 표정을 받았을 땐 정말 신바람나는 그런 묘미가 있다. "당신이 무얼 원하는지 도무지 모르겠어요." 하며 어리벙벙한 표정으로 고갯짓을 하는 반응보다야 훨씬 더 끝내주는 일이다.

한번은 현장실습 겸 소풍으로 사람들이 많이 찾는 북한산을 오르게 되었는데, 반대방향으로 산을 오르고 있는 일행에게 "실례합니다."라고 한국어로 말을 건네 보았다. 그리고는 계속해서 올라가고 있는데 등 뒤에서 어느

꼬마가 완벽한 영어로 "와, 저 미국여자가 한국어를 할 줄 아네." 하는 소리
가 들렸다. 그 꼬마의 말을 들으니 내 얼굴에 큰 미소가 가득할 수밖에.

그날 점심에는 우리 한글반 강사 부인이 우리를 위해 손수 한국음식을 맛
있게 차려와 잘 먹었다. 그 전까지 나는 미국식 양식밖에 먹을 줄 몰랐는데,
그날 이후로는 입맛이 바뀌었다. 강사 부인이 만들어준 유부초밥(만두같이
뭉친 밥에 식초를 새콤하게 친 한식)은 기막히게 맛있었다.

한국말을 몇 마디 알게 되니 제주도어 여행가서 아주 요긴하게 써 먹었다.
제주도로 떠나기 전에는 몰랐는데 가서 보니 우리가 묵게 된 관광호텔에서
조차 영어를 할 줄 아는 사람이 거의 없었다. 나는 이미 그들이 멍하게 쳐다
만 보면서 고개를 끄덕이는 데 너무도 익숙해져 있었다. 그래도 내가 한국말
로 화장실이 어디냐고 묻자 즉시 미소를 보이며 친근한 손짓으로 방향을 가
르쳐주는 걸 보면 모두가 벙벙하게 쳐다만 보는 사람들한테라도 서투른 말
이지만 물어본 것이 잘 했다는 생각이 든다.

처음에는 남들이 내 말을 알아듣도록 애써보는 것도 꽤나 짜증스러운 것
같았지만, 지도를 보고 내가 찾아가고 싶은 곳을 손가락으로 짚어 보이거나,
안내인에게 나를 위해 택시기사에게 한글로 목적지까지 태워 주라는 쪽지를
써달라고 하는 등, 이런 저런 수단을 써가며 어떻게든 매번 성공적으로 의사
소통을 해내는 것을 보면 이제는 재미있는 일이 되어 버렸다. 호텔의 사환을
시켜 택시를 부르고 어디까지 태워주드록 일러주게 시켜보았더니 아주 큰
도움이 되었다.

사실 한국에 부임해서 첫 달은 내 차가 없었기 때문에 미8군 전용택시를
이용하곤 했는데 바로 이들 8군 택시기사들이 내게 처음 한국말을 가르쳐준
스승이 된 셈이다. 이제는 내가 내 집주소를 틀림없이 말할 수 있다고 생각
했는데, 하루는 한글반에 가서 알고 보니 내가 집 주소에서 단어 하나를 빼
먹고 얘기하고 있었다. 택시기사가 내게 내 주소를 더 쉽게 말할 수 있도록
가르쳐주면서 주소를 표기한 문장을 짧게 줄여 놓은 것이다. 8군 택시기사
가 아닌 시내의 한국 택시기사들에게 내 주소를 말해주었더니 전혀 엉뚱하

WE ARE GOOD NEIGHBORS   **387**
ESSAY

게 알아듣는 것이었다. 내가 한국을 떠나 귀국하기 전까지 내 한국어 실력을 스스로 검증받기 위해서는 시내에 오가는 한국 택시기사들이 내 말을 알아들을 수 있는지의 여부에 달려있다.

8군 택시기사들 중 누군가 한 사람은 내 친구에게 말하기를 자기는 주한미군들에게 감사한 마음을 늘 갖고 있다고 하였다. 그는 주한미군에 대하여 항의데모를 하는 젊은이들은 미군의 한반도 주둔의 원인이 무엇 때문인지 정확하게 이해하지 못하고 있다고 했다. 인간의 삶이 있는 한 서로 다른 의견도 있고 심지어 오해가 있을 수 있다는 것을 나도 인정하게 되었다.

그 택시기사의 얘기를 듣다보니 정말 미군의 한반도 주둔을 감사하게 생각하는 사람들은 나이 많은 노인세대들이라는 것을 절실히 깨닫게 된다. 어느 날 저녁 무렵, 영외에 있는 내 아파트로 차를 몰고 퇴근하는데 아파트 경비아저씨가 나에게 깍듯하게 경례를 하는 것이었다. 깜짝 놀라 왜 나한테까지 경례를 하는가 했더니 경비아저씨가 내 승용차 앞면에 부착된 미군부대 차량출입증과 번호판을 보고 내가 미군이라는 것을 알았던 것이다.

처음 내가 한국에 도착해서는 우리가 무엇 때문에 여기 와 있는지 완전히 이해하지 못했었다. 얼마 후 전쟁기념관과 비무장지대를 방문하고서 자유를 수호하는 미국 군대의 임무에 자부심을 느끼게 되었고 지금은 내가 이곳 한국에서 복무함으로써 세계 역사에 한 몫을 하게 된 기회에 감사하고 있다.

이곳에 오기 전에 미국에서 한국의 풍습과 문화에 관하여 꽤 많은 것을 읽어보았다. 서울의 지하철을 처음 타 보면서 누군가 나를 밀어 낼 거라는 지레짐작으로 이제나 저제나 떠밀리기를 기다리고 있었다. 왜냐하면 책에서 보기를 한국 풍습에는 사회조직상 제도 때문에 낯선 타지 사람들은 사람으로 취급도 하지 않는다고 읽었기 때문이다. 나는 그 관행을 그런 식으로 예상했기 때문에 막상 아무도 나를 밀어내지 않으니까 좀 실망스러웠다. 알고 보니 한국인들은 절대 거친 사람들이 아니었고, 그들도 다 똑같이 대도시에 살다보면 사람들로 가득 찬 거리를 이곳저곳 왔다갔다 하다가 남이 가는 길에 맞부딪치게 되는 다른 나라 사람들과 다름없는 사람들이었다. 실제로 내가 여행 중 길을 잃은 듯했을 때 여러 번 한국사람들한테 도움을 받아왔다. 어느 나이 어린 소녀는 길을 앞장서서 끝까지 걸어가 내가 타고 갈 차를 제대로 찾아주기까지 했다. 이런 호의가 바로 전형적인 한국식 친절이라는 것을 알게 되었다.

외국문화에 관하여 내가 습득한 이 같은 경험과 폭넓은 이해는 모두가 멋진 것이었다. 하지만 이것도 이젠 막바지에 이르렀구나하고 체념했던 내 자신의 일부분을 재발견했을 때 맛보았던 기쁨에 비하면 아무것도 아니었다.

이 조그맣고 고립된 주한미군의 군대사회에서 "그리스도를 믿으시오"라는 기도회에 참가하여 진정한 주님을 발견했던 것이다. 기독교 집안에서 자라났기 때문에 굉장히 큰 교회에 다녔지만 별로 좋아하질 않았고 내게는 어울리지 않는 곳이라고 느꼈었다. 기독교인이라고 완전한 것은 아니지만 누구든 교인들은 적어도 좀더 열심히 노력해 주기를 희망한다. 예전에는 예수를 제일 우선으로 모시는 교회를 본 적이 없었다. 그동안 내가 다녔던 교회들은 화려한 의상과 물질적인 것들로 둘러싸여 뒷공론이 만연하였다. 한국에서 전개하고 있는 "그리스도를 믿으시오."라는 기도회는 순수한 청바지차림의 서민대중을 위한 모임이다. 그래 이게 바로 나다!

나는 남부침례교 집안에서 자라나서 내가 남에게서 받은 사랑과 배움에 대하여 매우 고맙게 생각하고 있다. 그러나 내 어린시절은 항상 예의바르고 단정하라고만 강조하는 데 매달려 꼼짝을 할 수 없었다는 기억을 지울 수가 없다. 우리 엄마는 신앙심이 굉장히 깊으셨고 외모에 몹시 신경을 쓰셨다. 교회가 성가신 존재로 변해갔고 너무 자주 찾는 곳이 되었다. "그리스도를 믿으시오" 기도회에서 찬송가를 부르면서 내 뺨에 눈물이 하염없이 흘러내렸다. 그들의 노래와 노래를 부르는 그들의 목소리에 예수를 진심으로 사랑하는 마음을 느낄 수 있었다.

해를 거듭할수록 교회에서 별로 감흥을 느끼지 못했던 것은 사람들이 혹시 내가 옷을 잘 차려입었는지를 돌아보고, 진지한 마음가짐 대신 어떤 사회적 지위를 차지해보려고 교회에 다니는 게 아닌가하는 의아심 때문이었다.

이곳 한국에서 참가하고 있는 "그리스도를 믿으시오" 기도회에서는 미국에서 가졌던 그런 느낌이 없다. 대신 주예수를 향한 사랑의 정을 느끼게 된다. 내 생전 집을 떠난 타지에서 고향에서는 느끼지 못했던 정을 느끼게 된 것이다. 교회에서 실망이 아주 컸기 때문에 이번에 한국에 와서 주예수에 대한 나의 신앙심을 더욱 굳건히 다지게 되었다. 여러 해를 두고 교회에 깊이 관련되기를 꺼려했는데 이유는 예상되는 부작용과 그 까다로운 준수사항들을 꼭 지켜야하는 두려움에 느끼게 되는 죄책감 때문이었다. 이제는 이런 것들에 대한 죄책감 대신에 그리스도를 믿는 데 더욱 정진할 것을 기대해 본다.

앞에서도 언급했지만, 미 육군은 더러 황당한 일을 벌이기도 하지만 때로는 어느 정도 훌륭한 일들을 할 때도 있다. 코리아의 국호를 글자 뜻으로 풀이하면 "큰 나라 (한국)"라는 것을 배웠다. 나를 이 위대하고 큰 나라 한국에 보내준 것에 대해 하나님께 감사드리고 육군에 감사한다.